외로운 투쟁

실상연구원총서 4

외로운 투쟁

a lonely struggle

이삼한 지음

지유문고

머리말

나는 세상에 태어나서 특별난 인생을 살면서 자신을 알고자 하는 희망 하나로 너무나 긴 시간을 허비했다고 느끼는 사람이다.

　내 양심이 고통을 받을 때마다 고독한 사람들을 생각했고, 스스로 불행을 자초하는 사람들을 볼 때마다 안타까움도 생겼다. 불가항력의 사회 잇속에는 두려움과 고독이 존재하고 있는 것이다. 선한 사람도 악한 사람도 고민은 가지게 되어 있다. 이런 일은 과거에도 있었지만 미래에도 남을 것이라고 생각한다. 인간은 짧은 자기 일생에 절망과 싸우며 행운과 불행을 선택하는 운명을 지니고 왔기 때문이다.

　신과 인간의 약속, 그 약속은 자기가 자신을 돌보아야 하는 책임이다. 나는 아직도 자신이 자기를 구하는 것에 판단과 용기가 부족한 사람들에게 이 글을 내어놓는다.

　천대와 멸시, 학대와 박해를 받아온 내가 경험했던 현장을, 고독한 운명을 지니고 절망하는 사람들에게 나 자신을 비교 삼아서 보여 주고 싶었다. 배고픔과 질시, 추위와 외로움, 두려운 것과 억울한 마음, 나는 이런 일을 겪고서야 진정한 소망을 알게 되었다. 남을 위해 스스로 고통을 받는 양심이 행복이 될 수 있다는 판단이다. 아름다운 추억이야말로 영원히 자기의 마음을 즐겁게 해 준다고 생각되었다.

어떤 사람이 무력이나 재주만으로 남을 속일지라도 자신을 속일수 없다면, 그 사람은 불행한 추억과 영원히 같이 있어야 한다고 말할 수가 있다. 이런 것이 진리이다. 사람의 능력으로는 누구도 이 진리를 바꿀 수가 없다. 그러니까 사람들은 신에게 자신의 양심을 구해 달라고 빌고 있는 것이다.

교회가 그런 곳이 되어 왔고, 사찰이 그런 곳이 되었다. 신의 이름이 알려진 곳이면 어느 곳에 가도 그런 곳이 있다. 지극한 사람의 정성이 영혼의 일부를 씻을 수 있을 줄은 모르지만 아름다운 추억을 가지지 않고 구원을 받겠다는 것은 어리석음이지 진리가 아니다.

사람에게 있어서 가장 중요한 것은 그 사람의 양심이다. 어떻게 살아왔건 어떻게 죽었건 그것은 문제가 안 된다. 영혼은 죽을 때 부담이 없는 양심을 가져야 한다.

나는 내 자신의 삶을 통해 신의 약속을 느끼고 있다. 스스로 구하는 자를 축복한다고.

이 말은 인류의 존재 가치가 있을 때까지 지켜질 것으로 믿는다. 아직도 축복이 없는 사람들에게 나는 그 길을 알리고 싶다.

세상의 외로운 사람은 비겁한 자신과 싸워라.

1. 숲속의 비가悲歌

인적이 없는 숲속에는 한낮에도 짐승들의 울음소리가 들렸고 먹을 것을 구할 길이 없었던 화전민에게는 산나물과 나무껍질(초근목피)로 하루의 끼니를 끓이는 참담한 일이 생겨나고 있었다.

계속된 기근과 전쟁에 대한 일들이 세상의 인심을 바꾸어 버려 산골에서까지 사람들이 낯선 사람들을 경계했고, 타민족(일본인)의 지배를 받아오던 동족끼리도 생명에 대한 경시 풍조가 생기고 있었다.

1941년 여름철이었다. 경상남도 하동군 양보면 장암리 우동부락 안우동골이란 작은 산들로 둘러싸인 외진 산골에는 누가 살다가 버리고 간 집인지 모르는 오두막 한 채가 있었다.

해만 지면 오두막집은 숲속의 그림자에 가려 밤을 더 어둡게 하였고 음침한 기분은 꼭 무서운 일이 금방 생길 것만 같았다. 어설프게 바람구멍만을 때운 단칸 방 안에는 여덟 명의 생명이 움츠린 채 밤을 새워야 하니 달리 찾아갈 곳도 없었던 일가족이 당장의 고달픈 생활을 꾸려보려고 머문 곳이다.

병든 남편과 철나지 않은 자녀를 여섯 명이나 거느린 여인의 생각은, 그래도 남편이 건강할 때는 지리산 계곡을 찾아다니며 주인

없는 산에 불을 놓고 땅을 일구고 하던 화전민 생활을 할 때가 행복했다고 여겨졌다.

이제는 큰 딸애가 뜯어 오는 산나물과 자신이 벗긴 나무껍질로 하루의 끼니를 짓다보니 저절로 한숨이 나왔다.

허기진 사람들은 조그마한 더위에도 땀을 흘렸다. 이곳의 가족은 아침이 되면 같은 생활을 두고서도, 어제 있었던 하루를 지낼 때보다 오늘을 견디기가 더 힘이 들었다. 이런 비극은 계속되었다.

성한 사람이나 아픈 사람이나 다 같이 머릿속에는 세상의 여느 집안사람들과는 달리 절망이라는 생각조차도 하지 못했다. 언제나 다급한 생활뿐이었다.

아버지는 점점 더 심해지는 속병이 빨리 나아서 자리에서 일어나 가족들을 데리고 다른 곳으로 떠나갔으면 싶었고, 어머니는 죽은 조상이 남편의 병을 고쳐주길 바랬다. 열네 살짜리 큰 딸은 이야기 속의 공주님 생각을 하며 어서 자기를 데려가 줄 사람을 기다렸다. 나머지 어린 자식들은 한결같이 쌀밥을 한 번 배부르게 먹어 보았으면 하고 침을 삼켰다.

참으로 산다는 것은 힘이 들었고 고달팠다. 감았던 눈을 뜨면 당장 암담한 현실이 눈앞에 보였다. 누렇게 뜬 얼굴, 앙상한 서로의 모습, 이런 가족을 보는 어머니의 마음은 더 많은 고통을 느꼈다.

온종일 먹을 것만을 찾아 허둥대는 철없는 아이들의 행동이 너무 측은해 자신을 잊게 했다. 세상에는 아무리 생각해도 금방 해결할 수 없는 일들이 많았다. 어머니는 이런 현실을 바꾸어 보기 위해 신을 믿기 시작했다.

오직 지성이면 감천이라는 옛말을 믿고 싶었고 그런 생각들이 생활에 큰 용기를 불어넣기 시작했다. 육체는 가족들을 위해 내몰았고 정성은 신을 찾는 몸부림뿐이었다.

남이 하는 백일기도도 드려보았고 또 정성이 부족할 것 같은 생각이 들 땐 추운 날씨에도 냉수로 목욕을 하고 어두운 밤중에도 밖에 나가 혼자 산신님을 부르며 기도를 했다. 또 어떤 때는 용왕님을 부르기도 했고 칠성님께 빌 때도 있었다. 부처님을 보고 빌었고 조상님을 찾기도 했다.

어머니는 시간이 생기면 정신 나간 사람처럼 신을 찾았다. 어머니의 모은 두 손 끝에는 인간의 모든 정성이 담겨져 있었다. 아버지는 이런 일을 보면서 세상을 한탄했고 아이들은 그냥 자신들의 머릿속에 생기는 공포나 불안 같은 것을 잊으려고 안간힘을 썼다.

그런 속에서도 생각지 않은 일들도 닥쳐왔다. 어떻게 소문이 퍼졌는지 외진 안우동골 숲속에 긴 칼을 차고 총을 멘 사람들이 찾아왔다. 일행들은 겁에 질린 아이들의 얼굴을 외면한 채 엄포를 놓았다. 사상범이 숨어 있는 것이 아니냐고 따지면서 숲속까지 모두 뒤졌다.

일본인 순사가 크게 보아 주는 척 순박한 어머니를 두고 따로 드는 사람도 없는데 훈시를 했다. 그러면서도 이 집에 남아 있던 놋쇠로 된 대접(조상의 유물) 몇 개를 챙기더니 징발이란 말을 내어뱉고 뺏어갔다.

조상님의 제사 때 밥을 담아 놓던 귀한 그릇을 빼앗기면서도 힘이 없는 사람들은 분한 마음도 잊고 있었다. 사람 무사한 것만이 죽은 조상이 도와 준 덕이라고 믿었다. 그래서인지 어머니는 이런 일을 당한 날은 더욱 신의 은총을 믿으며 기도에 정성을 쏟았다.

"비나이다 비나이다 신령님께 비나이다. 저희네 가문이 일어나게 축복을 내리사 소망성취 이루어 주소서."

이렇게 기막힌 기도는 날마다 계속되었고 지칠 줄을 몰랐다.

지성이면 감천이란 말이 있었던 것일까. 어느 날 밤이다. 깊은 잠에 빠져 있던 어머니 앞에 신의 모습이 나타났다. 백발이 성성한 인자한 모습으로 말을 전했다.

"너의 정성이 하도 지극하여 일러 주노니 내일 날이 밝거든 내가 이르는 대로 하거라. 너희가 사는 곳에서 청암 쪽으로 들어가면 지리산 어느 지점에 큰 나무가 있을 것이다. 그 나무 앞에 찾아가서 정성을 드리고 나면 훗날 좋은 일을 알게 되느니라."

그런 후 잠을 깨니 신의 모습은 간 곳이 없고 어두운 적막 속에서 어머니가 느낀 것은 너무나 생생한 꿈이었다.

아버지가 한숨을 내어 쉬며 자리에서 인기척을 했다. 어머니는 호롱에다 불을 붙였고 두 사람은 심상찮은 얼굴로 서로를 살폈다. 어머니가 아버지에게 조금 전에 있었던 이야길 하니 아버지 역시 그런 환상을 보았다며 신기해했다. 두 사람은 금방 부풀어 오는 희망을 가지며 밤을 새우면서 상의를 했다.

어머니는 이른 새벽에 깨끗한 개울물로 목욕을 하고 신에게 더욱 정성을 모으며 축원을 했다. 그리고는 꿈을 찾으러 이른 아침, 허기도 잊은 채 바쁘게 집을 나섰다. 왕복 백여 리가 넘는 신령이 가리킨 지점까지는 여인의 하룻길로는 무리가 되는 거리였지만 기를 써서 걸어갔다.

내를 건너고 작은 산을 넘으며 또 숲을 지나면서 갈증과 허기를 참았다. 한 번도 다녀보지 못한 현장을 찾아가는 어머니는 한낮이 넘어서야 꿈속에서 본 현장과 같은 곳을 찾았다. 수백 년을 묵은 것 같은 거목을 바라보며 두렵고 반가운 마음으로 기도를 올리는 손이 떨렸다.

"산신령님 산신령님 은혜를 내려 주십시오."

어머니는 온갖 정성을 다해 자신의 가슴 속을 뜨겁게 하는 애원을 했다. 마음속에는 밀려오는 기대 때문에 피곤한 것도 배고픈 것도 잊고 있었다. 벅찬 감동 때문에 그때까지 모든 것을 잊은 어머니의 시야에 산의 능선에서부터 그늘이 지기 시작하는 것이 보였다. 당장 어둡기 전에 집으로 돌아가야 하겠다는 생각이 떠올랐다.

어머니는 왔던 길로 되돌아섰다. 오랜만에 몸도 마음도 훨훨 날 것 같은 가벼운 기분이었다. 복이 복이 축복이 온다. 정말 실감이 나지 않는 기분을 느끼면서 서둘러 오는 길은 잠시 후엔 어두움 속의 험한 길이 되었지만, 희망에 부푼 발걸음은 외진 길에서도 두려움을 이길 수가 있었다.

흠뻑 땀에 젖은 몸으로 집에 돌아오니 자정이 다된 시간이었다. 늦게까지 돌아오지 않는 어머니로 인해 속을 태우던 아버지의 마음도 어머니가 돌아오는 기척이 나자 금방 반가운 마음이 생겨 오랜만에 밝은 표정을 지었다.

먼 길을 다녀온 어머니가 들려준 이야기는 더욱 신기했다. 얼마 동안은 두 사람의 마음속에 행복 같은 것이 있었고 기대감 속에서 스스로 위안을 받아 보기도 했다.

세월이 흘러가면서 계절은 바뀌었고 다시 짜증스러운 일들이 하나, 둘 숲 속의 빈가에서 생겨났다. 다급한 현실들이 자꾸 눈앞에 나타나니 아버지와 어머니의 마음은 기대 같은 걸 잊고 다시 옛날로 되돌아갔다. 어머니는 언제나 열심히 기도를 했지만 어떤 기적도 나타나지 않았다.

더욱 난감해진 것은 어머니의 배가 점점 불러 오는 것이었다. 하루하루를 움직여야 살아갈 수 있는 어머니의 행동은 불편해진 몸으로 가족들과 함께 허기진 배를 참는 일로 힘들게 일 년을 견뎌 갔다.

2. 축복 받지 못한 아기

1942년 봄, 유난히 날씨가 따뜻한 날이었다. 아침부터 나뭇가지 위에서 까치와 산새들이 날아와서 오두막을 에워싸고 울기 시작했다. 이런 것을 보며 사람들의 마음속에는 어떤 길조라도 생길 것인가 하는 기대가 생겼다.

그런데 뜻밖에도 그날 어머니는 몸을 풀고 아들을 낳았다. 세상을 처음 본 아기가 울기 시작했다. 갓 태어난 아기의 울음소리는 여느 집 갓난아기의 울음소리보다 몇 배나 컸다. 허기진 배로 지쳐 있던 사람들은 이런 일에 짜증만 일어났다. 병석에 누워 있던 아버지가 제일 먼저 몸을 떨면서 기어이 한탄을 내쏟기 시작했다. 어머니는 마음속으로 더욱 부담감을 느꼈다.

그들의 현실은 정말 태어난 아기가 짐스럽기만 했다. 철부지 아이들도 이런 것을 아는지 더욱 기가 죽어버린다. 전생에 무슨 죄가 많았기에, 하며 어머니는 자신의 운명을 기막혀 했다.

아이는 하루하루 더욱 심하게 울었고 그때마다 잘 나오지 않는 말라버린 젖꼭지를 물리는 어머니는 속이 탔다. 정말 이 아기가 죽어 버렸음 하고 생각이 들 때도 있었다. 그렇다고 아기를 어디에 가져가서 버릴 곳도 없었다. 아기가 울면 어머니의 딱한 마음도 울었다.

그럴 때면 역정을 참지 못하는 아버지의 고함소리가 터지고, 옆에 있던 다섯 살배기 여자 아이가 두려운 마음 때문에 갓난아기를 들쳐 업고 산속으로 내빼곤 하였다. 적막한 산골짜기에서도 울음을 그치지 않은 아기의 떼쓰는 소리가 들려올 때마다 아버지는 자식이 아니고 원수라고 누운 자리에서 혼자 한탄을 했다. 허기로 지쳐 있는 사람들은 따뜻한 말 한 마디를 주고받는 것도 힘이 들었다. 서로가 바라보면 상대의 얼굴들이 삭막하게만 보였다.

그런 속에서도 아기만은 하루에도 몇 번씩 배고픔을 못 참는지 울어대었다. 아버지의 성격으론 이런 일을 참는 것이 힘이 드는지 결국은 아기의 울음소리만큼이나 역정도 늘어갔다. 때로는 자신의 성질을 억제하지 못해 태어난 지 한 달 남짓한 아기를 방 밖으로 던져 버리기도 했다. 놀란 아기는 더 크게 울어댔다. 아버지는 말귀를 못 알아듣는 아기더러 저 자식은 죽지도 않는다고 성질을 부렸다. 그때마다 다른 아이가 아기를 떼어 안고 멀리 피했다.

안우동골 골짜기에도 봄이 가고 여름이 왔다. 병석에서 하루하루를 짜증스럽게 견디어 가던 아버지가 눈을 감았다.

어머니는 이런 일을 당하고 나니 그때서야 이제 자신이 여러 명의 자녀들과 어떻게 살아갈까 하는 걱정이 자꾸만 자신을 두렵게 했다. 하늘이 무심하고 죽은 조상이 무심하다고 생각되었다.

이제 자기의 신세를 생각하며 통곡을 했다. 그렇게 쉽게 가족들을 남겨 두고 눈을 감은 아버지가 무심하기도 했다. 슬프게 울고 있는 어머니 옆에서 말이 없는 아버지의 시체를 두고 아이들도 울었다.

산 너머 먼 동리에까지 소문이 퍼지자 친척이라는 사람들이 오고 죽은 아버지와 면식이 있었던 사람들이 찾아와서 장례를 치러 주었다. 그토록이나 간절한 마음으로 어머니는 신에게 빌었는데도 결국은 더 어려운 일들만 생겼다. 단 하루도 이 가정에는 희망을 보여주지 않았다.

아버지가 살아서 짜증을 부릴 때만 해도 느끼지 못했던 가족들의 마음속에서는 밤만 되면 어두움 속에서 공포가 생겼다. 짐승들의 울음소리에도 불길한 마음이 일어나는가 하면 날이 궂어 비라도 뿌릴 땐 귀신들의 울음소리가 귓가에서 들리고 있는 것만 같았다. 한낮이 되어도 적막한 산속은 허기와 절망이 가득 찬 곳으로 변했다.

세상에 태어나서 한 번도 배부르다고 느껴보지 못한 쌍둥이 형제가 네 살을 채우지도 못 한 채 약속이나 한 것처럼 영양실조로 그해에 죽어갔다. 숲속의 오두막집은 줄어드는 식구만큼이나 더욱 적막하게 변했다. 어머니는 신이 자기를 버리는 것이나 아닌가 싶어 두려워했다. 이러한 생활을 한 여자의 힘으로 지켜나가기에는 힘이 들었다.

열다섯 살이 된 딸을 입을 덜기 위해 산 너머 동리에 김씨 성을 가진 나이 많은 사람의 후처로 주어 보내니, 떠나기 싫어 우는 딸을 붙잡고 너 하나만이라도 배를 채우며 살아보라는 말로 어머니가 딸의 등을 밀었다. 나이 든 신랑을 따라 떠나는 어린 딸의 눈에서는 눈물이 떨어졌다. 뒤에 남아 쳐다보는 동생들을 몇 번이나 돌아보며 작은 산의 고개를 넘어갔고 철들지 않은 동생들은 누나가 이제부터는 어머니 말처럼 배고픔을 면할 것이라는 생각에 부러움을 느끼기까지 하였다.

이런 날들이 또 지나가 버리니 숲속은 더욱 적막하게 느껴졌다. 열한 살짜리 아들과 여섯 살 된 딸과 돌이 지난 아기와의 생활은 어머니의 마음속에 새로운 공포를 생기게 했다. 어머니는 남은 자식들과 함께 어떻게 하면 이 적적한 곳을 떠날 수 있을까 하는 생각뿐이었다.

밤이 되면 산짐승들의 울음소리가 더 가까운 곳에서 들리는 것만 같은 마음이 생겨 여러 가지 사정 때문에 머물렀던 이곳에서의 생활을 지탱해 보겠다는 의욕은 무너지기 시작했다.

그런 어느 날 어머니도 결심을 했다. 외가의 주선으로 우복골이란 동리로 옮긴 것이다. 이사를 온 집은 누가 살던 집인지 오래된 초가로 주위에서는 가장 초라하고 작은 집이었다. 어머니는 이곳에 온 첫날부터 일거리를 찾아 분주하게 동리의 여러 집을 찾아 다녔다. 밤이면 개 짖는 소리가 들리고 언제나 길거리를 지나는 사람들의 인기척을 느꼈다.

이곳에서의 생활은 남의 눈치를 보며 살아야 하는 행동이 따랐다. 세상 사람들은 제 살기가 바쁜지 어느 집에서도 이 불행한 가족들을 두고 관심을 보이는 사람이 없었다. 그런데도 어머니와 아이들은 다른 사람의 눈치까지 보며 살자니 고달픔이 더욱 심해갔다. 동리의 궂은 일이 생기면 어머니는 그런 일을 도맡아 얻으려고 애썼으며 남자들 못지않은 노동도 척척 해내었다. 네 식구는 어머니가 얻어 오는 곡식으로 끼니를 끓였다.

세 살배기 막내는 지친 어머니를 볼 때마다 때를 가리지 않고 칭얼거렸다. 어머니는 세 자식의 얼굴을 보면서 고달픔을 달랠 수 있었지만 일거리가 생기지 않을 때는 무척이나 마음을 태웠다.

겨울이 되면서 어머니는 함지박을 들고 아침이면 집을 나가는 일을 되풀이했다. 바다가 있는 진교의 포구에 나가 생선을 받아서 이 동리 저 동리를 다니며 파는 장삿길을 나선 것이다. 어떤 날은 얼마나 먼 길을 쏘다녔는지 만신창이가 되어 어두워서야 집에 들어오기도 했다.

막내둥이 아기는 몇 번이나 마을을 뒤집어 놓은 돌림병에도 별 탈 없이 자랐다.

세월은 사람들에게 생활의 변화를 가져다주었다. 막내는 네 살박이가 되었고 장남인 형과 누이가 국민학교가 있는 장암으로 가버린 한낮이 되면 혼자 남아 있는 막내는 어린 마음에도 외로움 같은 것들을 느끼곤 하였다. 동리 사람들은 누구도 타성인 막내를 귀여운 아이라고 보아 주든가 혼자 노는 것을 보고 측은하게 여겨주는 사람이 없었다. 막내는 이런 환경 속에서도 어리광이 마음속에 쌓이기 시작하였다.

그런 세월이 얼마쯤 계속되었다. 일본 사람들이 연합군에게 항복을 했고 조선이 독립을 했다는 소문이 온 마을에 퍼졌다. 들뜬 며칠이 지나갔다.

세상일을 모르는 어머니와 세 남매는 나라가 독립을 했다는 소리에도 아무런 감동을 느껴보지 못했다. 사람들의 말 속에서 무섭던 일본 순사들이 떠난다는 얘기는 단순히 세상이 좋아질 줄만 믿었다. 그래서 해방된 나라 안에서 생선이 더 잘 팔리고 일거리가 많아지길 어머니는 원했고 세 남매는 누군가 조금만 도와주었으면 하는 기대도 해보았다.

막내는 단순히 어린 마음 때문에 세상일보다는 어머니의 젖쪽지가 그리웠고, 의지할 곳 없는 가족들의 생활은 해방된 자기 나라 안에서도 여전히 달라지지 않은 고달픈 생활을 계속했다. 또 막내의 작은 가슴 속에서는 왜 우리들에게는 가까운 친척이 없을까 하는 의문이 생겼다. 할아버지나 아버지마저도 없는, 모르고 있는 자기 사정에 대하여 어린 소견을 누구에게 물어 볼 엄두조차 나지 않았다.

집 앞에 있는 바위에서 혼자 놀다가도 새벽에 행상길을 나간 어머니가 함지박을 머리에 이고 먼 곳을 지나가는 것을 보면 어머니의 정이 그리워 소리 내며 떼를 썼다. 동리가 떠나가라고 힘껏 우는 아이의 울음소리가 동리 밖까지 퍼져 나갔다. 어머니는 이 집 저 집 생선을 사지 않겠느냐고 기웃거리다가 결국은 생선 함지박을 머리에 인 채 막내가 우는 집 쪽으로 달려왔다.

어머니는 감정을 이기지 못해 떼를 쓰는 막내를 회초리로 때리지만 막내는 더욱 극성을 부렸고, 언제나 어머니가 먼저 지쳐 막내를 달래곤 하였다. 응석을 부리려는 막내를 보면서도 함지박 속에는 생선이 아직도 가득 담겨져 있어 어머니의 마음은 더욱 애가 탔다. 동리 사람들이 이런 광경을 보고 어머니의 사정을 측은하게 여겼는지도 모른다.

막내는 철도 들기 전부터 외로움을 느끼며 자랐다. 세상에는 아무도 어린 막내의 마음을 몰랐다. 막내는 또 하루의 시간을 상대할 사람이 없는 가운데 혼자 보내야만 했다. 제 또래 동리 아이들이 자기 부모 앞에서 응석을 부리는 것을 보면 어린 마음에도 핏줄에 대한 그리움이 사무쳐 왔다.

세월이 흘러갈수록 어머니를 붙잡는 막내의 응석이 늘어갔고 어머니는 막내의 떼쓰는 소리에 무신경해져 갔다. 이제는 어지간히 울며 떼를 써도 어머니의 발길은 막내 쪽으로 달려오지 않았다. 어머니를 보고 부르는 막내의 떼는 더욱 기승이 높았고 어머니는 냉정하게 발길을 딴 곳으로 돌려버렸다.

막내도 이럴 땐 어머니를 그냥 보내진 않는다. '굴로 간다, 굴로 간다' 하며 발길을 움직여 물이 고여 흐르는 굴 쪽으로 악을 쓰며 뛰어 가는 막내의 두 뺨이 눈물과 콧물로 범벅이 되었다. 이런 일을 지켜보던 동리 사람들이 수다스럽게 다섯 살이 갓 된 막내의 행동에 혀를 차며 어머니한테 귀띔을 했다.

이 마을에는 일본인들이 만들다 돌아간, 경전선 철길을 닦던 곳에 북천과 양보를 이은 굴이 있었다. 굴속에는 수심이 2미터나 되는 물길이 길게 잇고 있었으며 물은 내를 만들고 바깥쪽으로 흘렀다.

막내의 발길은 깊은 수면 앞에 멈추어 울기 시작한다. 굴은 막내와 함께 운다. 동리 사람들이 막내의 이런 행동에 고개를 저었고 어머니가 달려온다. 어머니는 급한 김에 막내를 부둥켜안고 굴 밖으로 나온다. 조금 전에 냉정해 보려던 어머니의 마음도 막내의 투정에는 어쩔 수가 없었다. 어머니는 막내를 등에 업고 함지를 인 채 집에까지 올라와서는 응석을 받아주며 막내를 달래 놓고 또 장삿길을 떠나는 것이었다.

그 해 내내 한낮이 되면 어머니를 그리는 막내와 한 번만이라도 냉정해 보려던 어머니의 마음은 필사적으로 대립을 했지만 끝에 가서는 어머니가 자식의 울음소리를 귀를 막아 외면하지 못했다. 여느 아이들이라면 생각조차 못할 '굴로 간다, 굴로 간다' 하는 억지스런 행동에 어머니의 마음은 세월이 흘러 막내가 철들기만을 바랄 뿐이었다.

이런 어머니의 마음은 당장 허기와 싸워야 하는 네 식구의 생명을 지키기 위해 주어진 운명에 충실하기만 하였다. 그런 어머니한테 바람이 있다면 그것은 세 남매가 자라 불행하게 살지 않기를 원했고, 특히 세 남매 중 장남한테 거는 기대는 컸다.

날이면 날마다 거르는 날 없이 정성들여 소반 위에다 정한수 대접을 올려놓고 여러 신께 축원을 올렸다. 어머님의 축원은 시간만 생기면 되풀이됐다. 그때마다 장남의 사주를 입 속에서 되뇌이며 무엇인가 주문처럼 외웠다.

막내도 이즈음에는 어리광만 부리는 것이 아니라 제법 집안일을 거들려고 하였다. 어머니가 구해 온 지게를 지고 뒷산에 올라가 나무도 해왔다. 어머니도 막내의 행동을 대견해 하면서도 또 언제 떼를 쓸 것인지 몰라 마음을 놓지 못했다.

어느 날 동리에 낯선 중이 나타났다. 동리를 돌고 난 중은 동리에서 가장 작은 집에도 찾아왔다. 그때 마침 어머니가 집에 있었다.

신앙심이 깊은 어머니는 제사에나 쓸 양으로 천정에 메어 둔 쌀 봉지에서 얼마쯤을 그릇에 부어서 중의 염낭에 부어 주었다.

염불을 외우던 중은 고맙다고 인사를 하며 물끄러미 막내를 한참이나 쳐다보고 있었다.

"저 아이의 사주를 아십니까?"

어머니는 아이의 생년월일을 일러주며 늙은 중을 마루로 안내했다. 어디서 왔느냐는 어머님의 인사에 중은 쌍계사에서 나왔다고 대답을 했다. 얼마 동안 손가락으로 무엇인가 헤아리던 중은 또 한참이나 아이의 얼굴에 시선을 고정한 채 넋이 빠진 사람처럼 쳐다보고 있었다. 어머니의 마음은 왠지 동요한다. 더 이상 참기 힘들었던지 어머니가 입을 떼었다.

"어떠신지요?"

중은 쌉쌀하게 웃으며 한참이나 있다가 말을 했다.

"저 아이를 우리 절에 맡길 수 없겠습니까?"

무엇 때문인지 중은 그런 말을 하였다. 어머니는 중의 그런 말에는 신경도 쓰지 않고 농담으로 받아 넘기는지 장남의 사주를 보아 달라고 졸랐다. 어머니의 성화에 중은 몇 마디 대답을 하였다. 얼마 후 자리에서 일어난 중은 대문 쪽으로 걸어가다 다시 막내를 바라보며

"큰 그릇이야."

하는 의미 있는 한 마디를 남기며 다른 마을로 가버렸다.

시간이 바뀌면서 막내도 동리에서 제 또래의 아이들과 어울리며 어머니를 찾지 않고도 하루해를 넘겼다. 이런 날들이 많아질수

록 막내의 가슴 속에는 무엇인가에 대한 그리움을 느꼈다. 막내와 어울린 아이들의 성받이가 김씨들뿐이었고 이씨 성을 가진 아이는 그 속에서 막내뿐이었다.

원래 이 동리는 김씨 성받이의 집단 부락이었지만 막내는 그런 것을 알 턱이 없었다. 동리 어른들이 길을 가면 같이 놀던 애들이 인사를 했고 인사를 받는 사람 또한 무슨 말이든 하고 간다. 다른 애들이 인사할 때 보면 아저씨도 많고 할아버지도 많았다. 이런 것이 막내는 내심 부러워서 어린 마음에도 핏줄에 대한 그리움을 느꼈다. 김씨 성의 아이들이 얼마나 부러운지 이씨 성을 가지고 살아야 하는 자신이 꼭 죄지은 사람처럼 느껴져 어린 막내의 마음은 못내 섭섭한 것이다.

왜 우리 가족은 친척이 없을까, 세상이 얼마만큼 큰지, 또 사람들이 얼마만큼이나 살고 있는지 그것을 모르는 막내로서는 어머니를 붙잡고 의문스럽게 물어보지만 언제나 어머니의 대답은 이가도 김가보다 더 많이 살고 있다고만 말을 했다. 어머니의 말에 막내는 섭섭한 마음을 가누지 못하고,

"그곳이 어딘데?"

하며 어머니가 가리키는 하늘 저편을 바라보면서도 그 말이 믿어지지 않아 짜증을 내며 '정말 그런 곳이 있었으면' 하고 혼자 기대를 했다.

마을 사람들은 가난하고 타성받이인 막내에게 호감을 보여주는 사람이 없었다. 이런 환경 속에서 막내는 세상에 태어나 어떤 아이보다도 먼저 배고픔을 느꼈고 외로움을 느꼈다.

철부지인 아이들은 누가 가르쳐준 소리인지 모르지만 막내를 보면 그즈음 호로 자식이라고 놀렸다. 처음에는 그 말의 뜻을 몰랐다. 짓궂은 아이들이 손가락질까지 해가면서 애비 없는 호로 자식이라는 말에 직감적으로 자기에 대한 좋은 말이 아니라는 것을 막내는 알아차렸다.

막내는 그런 일이 생기면 집을 향해 뛰었다. 눈물이 가득한 얼굴을 어머니에게 들이대며 더듬거리는 말로 따지듯이 말을 했다.

"다른 애들이 나 보고 호로 자식이라고 놀려, 애비가 없으니깐 호로 자식이라 그래!"

하며 어머니에게 대어들었다. 주름진 어머니의 얼굴은 잠시 화를 내는 척했지만 정작 놀린 애들을 보고는 그러면 안 된다고 좋은 말로 타이르곤 할 뿐이었다. 어머니가 이러니 막내가 아이들과 어울리다 무슨 실갱이라도 생기면 애비 없는 호로 자식 하며 극성스럽게 놀렸다. 이런 순간에는 꼭 죄지은 사람처럼 막내의 얼굴이 붉어지고 어쩔 줄 몰라 당황하곤 했다. 감정을 참지 못해 달려가는 막내의 뒤통수에 대고 동리 아이들이 합창이라도 하듯 신나게 외쳐대면 약이 오를 대로 오른 막내는 끝내 울어버리곤 했다.

어머니가 막내를 놀려대는 동리 아이들 집에 다니며 일도 해주고 생선도 받아와 팔고 하기 때문에 이러한 수모를 참고 견디지 않을 수가 없었다.

동리 꼬마들이 놀려대는 소리가 듣기 싫어 여느 날을 혼자 집 앞의 바위에서 친구 없이 놀 때는 '왜 나는 아버지가 없을까' 하며 아버지의 필요성을 느꼈다. 아버지가 저 세상에 계신다면 금년의 제

삿날에는 꼭 살아서 돌아오길 빌어보기도 했다.

막내는 여섯 살이 되면서 몸에 맞는 지게를 지고 야산을 오르내리며 나무를 해왔다. 제법 땔 나무를 해다 나르는 막내가 어머니 눈에는 다 큰 애처럼 보였다.

누나가 가르쳐준 노래를 부르고 먼 산과 산 사이에 이는 봄철의 아지랑이 속에서 그는 자신이 자라고 있다는 사실을 느끼면서부터 알 수 없는 그리운 마음이 몰려들 때에는 뺨 위에 눈물이 저절로 흘렀고, 혼자서 알아낼 수 없는 의문이 생길 때에는 시간이 좀 빨리 흘렀으면 하고 지루함을 느꼈다.

무덥던 여름, 무척이나 추웠던 겨울이 가고 개울가의 얼음이 녹는 봄이 왔을 때 막내의 집에는 변화가 일어났다. 맏이가 국민학교를 졸업하고 일거리를 찾아 부산으로 떠났다. 어머니는 집을 나간 맏이를 위해 언제나 축원을 하였다. 부처님, 용왕님, 칠성님, 산신님, 조상님에게 자식을 위한 축복을 비는 일이 고달픈 생활 속에서도 어머니한테는 위안이 되고 있는 것 같았다.

3. 입학 통지서

우리는 이제 세 식구가 집에 남게 되었다.

　한낮이 되면 집에는 사람이 있지 않았다. 어머니는 삼십 리 길인 포구로 생선을 받으러 나가고 누나는 학교에 가버린다. 막내도 이 때는 제 몫을 하기 위해 땔감을 구하러 작은 지게를 지고 산으로 갔다. 마을 사람들의 입방아 속에서 이런 일이 '박석골 우동골댁도 살게 되었다'는 말들처럼 어머니의 얼굴에도 생기가 돌았다.

　또 그해 봄에 막내한테도 국민학교의 입학 통지서가 날아왔다. 막내가 들어가야 할 학교는 형이 다녔던 장암의 국민학교였다. 이런 사실을 안 막내는 책보를 어깨에 메고 뛰어가는 다른 아이들의 행동을 생각해 보며 머잖아 그리 될 자신을 그려보곤 했다. 이런 생각이 며칠간 계속되다가 막내는 정말로 국민학교 3학년짜리인 누나를 따라 10리가 넘는 길을 걸어가서 입학을 하게 되었다.

　같은 또래의 낯선 아이들과 줄에 끼이고 보니 막내의 모습은 금방 표가 났다. 허약한 체구, 남루한 의복이 그곳에 모인 아이들과 차이가 나는 생활을 말하는 듯했다.

　그러나 막내는 아직 어린 탓에 그런 것에는 신경을 쓰지 않았다. 어린 막내가 느낀 것은 여러 명의 같은 반 일학년 아이들의 성받이가 김씨가 아닌 다른 성들이 많다는 것이었다. 막내는 이가라는 성도 괜찮은 성씨라는 것을 학교에서 알게 된 것이다. 하루하루 등굣길은 낯이 익어갔고 혼자서도 그 길을 뛰어 다니게 되었다.

여름이 가고 가을이 왔다. 이즈음에 와서는 어머니의 얼굴에 생기가 돋아나기 시작했다. 그렇게 고생을 하면서 모든 걸 참고만 살아왔던 어머니의 마음에 환희를 가져다 준 일이 생겼다. 부산으로 보내놓고 걱정을 했던 장남한테서 소식이 전해 온 것이었다.

생전 처음 자기에게 부쳐 온 편지를 받아 놓고 문맹이라 봉투의 글자 한 자도 알지 못하면서도 어머니는 우체부가 아들한테서 온 편지라는 말에 어쩔 줄 몰라 하며 흥분을 하였다. 어머니의 마음속에는 별의별 생각이 다 떠올랐다. 편지를 보낸 아들이 그냥 대견할 뿐이었다.

두근거리는 가슴 속에다가 한 장의 편지를 감춘 채 용케도 한나절을 넘겼다. 들판에 해가 지고 일하던 사람들이 어두움을 피해서 집으로 돌아갔을 때 어머니는 저녁을 먹는 둥 마는 둥 하고는 정신없는 사람처럼 집을 나갔다. 막내나 누나는 오늘따라 어머니의 행동이 이상했지만 영문을 몰랐다.

어머니는 평소 자주 품을 팔던 노서기盧書記의 집으로 달려갔다. 노서기는 이 동리에서 가장 유식한 전직 면서기였다. 노서기집의 가족들은 마루에서 저녁을 들고 있었다. 노서기 부인이 자기 마당에 들어서는 어머니를 보고 인기척을 하며,

"우동골댁이 웬일이오."

하고 정색을 한다.

"뭘 좀 봐달라고 부탁하러 안 왔는기요."

하는 말소리는 여느 때와는 달랐다.

노서기집 식구들이 마루로 올라오라고 했다. 손에 쥔 봉투를 보고 누구한테서 편지가 왔을까 하고 노서기집 가족들은 '우동골댁 집에도 누가 편지를 보낼 사람이 있나' 싶어 궁금해 하는 눈치들이었다.

어머니가 먼저 큰 자식 놈한테서 편지가 왔다는 말을 끄집어내었다. 노서기집 가족들은 그때야 그 아들이 생각되었다. 촌사람들이라 편지 한 장에도 모두들 대견한 눈치였다. 저녁상을 물린 노서기 가족들은 편지의 내용이 궁금한지 모두 마루에 엉거주춤 앉아 있었고, 희미한 호롱불의 심지를 돋우게 한 노서기가 돋보기안경을 끼고 편지를 읽기 시작했다.

"어머님 전상서…."

노서기가 읽어 내려가는 편지의 첫 서두부터 어머니는 감격했다. 연방 고개를 끄덕거리며 안절부절이다. 노서기가 편지를 다 읽고 나니 그게 다냐고 어머니는 확인을 하고는 다시 한 번 읽어 달라고 청을 했다. 노서기는 여러 사람 앞에서 한 번 더 편지를 읽었고 어머니는 아들보고 따지듯 편지 내용을 캐묻고 하였다.

노서기 마누라가 '우동골댁은 아들을 잘 두었다'는 말을 하자 어머니는 지금까지의 고생이 금방 다 사라지는 기분이 됐다. 온몸이 뜰 것만 같은 그런 마음은 생전에 한 번도 느껴보지 못한 경험이었다. 처음으로 행복을 느꼈다. 이제껏 이렇게 자식 키우는 보람을 가져본 적이 없었기 때문이었다.

어머니는 집에 돌아와서도 막내와 딸을 보면서 '이것들은 언제 커서 자기 마음을 이렇게 기쁘게 해줄 것인가' 하면서도 이것들은 힘들 것이라는 마음이 들어서 어머니의 마음속에는 장남이 더욱 대견했고, 그놈이 애미한테 편지까지 부치게 된 것은 죽은 조상님이 보살핀 덕분이라고 밤이 깊어 잠이 들 때까지 혼자서 조상님 치하의 말씀만 했다.

다음날부터는 틈만 나면 장남의 이름을 외우며 신에게 더욱 간절한 축원을 드렸다. 어머니의 기도는 온 정성을 손끝에 모아 빌고 또 빌었다. 편지 속의 잘 있다는 말들이 자신이 지극히 기원했기 때문에 용왕님이나 칠성님, 산신님께서 도와주어서 된 일인 줄 알았고, 또 죽은 조상이 보살핀 덕이라고 믿게 되었다. 장남에 대한 어머니의 기대는 오직 하나의 희망이요 자신의 전부였다. 막내나 어린 딸이 있어도 두 남매한테는 기대 같은 것이 생기지가 않았다.

산골의 동리에는 또다시 차가운 바람이 세차게 부는 겨울이 왔다. 막내는 이렇게 날씨가 추워지면 설날이 온다는 것을 알고 있었다. 벌써부터 동리의 같은 또래의 아이들은 손가락을 꼽으며 밤을 세고 있는 것이다.

떡도 먹고 제사도 지내는 날, 막내가 설날을 기다리는 이유는 그날만은 아무 음식이라도 배불리 먹을 수 있는 날이기 때문이었다. 이렇게 기다림 속에서 시간은 흘렀고 애를 태우던 아이들의 설날은 눈앞에 다가왔다.

그믐날 오후에는 돈을 벌어오마고 집을 떠났던 장남이 시골에서는 흔치 않은 근사한 옷을 입고 과자 나부랭이와 과일 바구니를 들고 집을 찾아왔다. 어머니는 정말 자식을 보고 신바람이 나는 듯 분망하게 설쳤다.

막내는 형이 들고 온 보따리에 신경이 써졌다. 어머니는 보따리를 풀어 막내더러 내일 제사를 지내고 많이 준다며 박하사탕 한 알을 집어 주었다. 막내는 어머니가 건네 준 사탕 한 알을 오랫동안 먹지도 못하고 한참이나 아끼다 살짝 혀에다가 대어 보았다. 달콤하고 싸아 하는 박하냄새! 어린 막내는 보물처럼 사탕을 아꼈다. 입술에 침이 모이면 또 혀를 내밀어 사탕을 핥아보았다. 지금까지 먹어본 엿보다는 훨씬 맛이 좋았다.

어머니는 막내의 눈치를 알았는지 사탕 꾸러미를 막내의 손길이 닿지 않는 높은 선반 위에다 올려놓았다. 막내의 머릿속에는 입 속에서 녹는 박하사탕 생각으로 가득 찼다. 왜 이렇게 그믐날 밤이 긴지, 잠이 잘 오지 않는 막내의 머릿속은 지루해서 죽을 지경이었다.

하룻밤을 힘겹게 지내니 설날 아침에는 동리에서 가장 가난하고 초라한 박석골의 초가집에도 조상들을 위해 제사상이 차려졌다. 오랜만에 푸짐한 음식들이 상 위에 올랐다. 형이 부산에서 사온 과일과 과자가 상 위에 놓여 있었다. 평소에 자주 허기를 느끼던 막내는 곧 제사만 지내면 저 음식들을 먹을 수 있을 것이라고 생각하면 자신이 행복해지는 것 같았다.

그날은 여러 가지 음식들로 배가 부르게 포식을 했다. 또 어머니의 말에 따라 날씨가 추운 데도 여느 때보다 즐거운 마음으로 사탕 몇 개가 든 호주머니를 만지며 형의 뒤를 따라 성묘길을 나섰다. 막내에게는 즐겁고 신나는 설날이었다.

막내는 자고 새는 설날이 안타까웠고 그래서 하늘 위의 해를 붙들어 두고 싶었다. 일 년에 설날이 몇 번 더 있었음 하고 바라기도 했다.

설을 고향집에서 보낸 형은 부산으로 떠나버렸고, 어머니는 동리에 일이 없는 날이면 진교의 포구로 생선을 받으러 아침 일찍 나갔다. 막내는 십 리가 넘는 길을 뛰어다니며 시골 국민학교에서 생기는 일들에 익숙해져 갔다.

어느 날 수업시간에 선생님은 우리나라 대통령이 이승만 박사라고 아이들한테 이야길 했다. 막내는 우리나라의 가장 높은 자리에 있는 분이 이승만 박사라는 선생님 말씀에 박사라는 소리에는 관심이 가지 않았지만 성씨가 이가인 것에는 가슴이 뛰었다. 김가끼리 일가가 된다면 이가도 일가일 것이라고 믿었다.

그런 사연 때문에 선생님께서 들려주는 이승만 박사의 이야기는 어느 시간보다도 재미있고 신이 났다. 지금까지 김가가 더 좋은 성씨라고 부러워하던 마음속에 이가 성이 이젠 더 좋은 성씨라고 믿었다.

대통령의 성씨가 이씨라는 사실이 어린 마음에 용기가 돋아나게 했다. 김씨 성을 가진 동리의 아이들 앞에서 잘 알지도 못하는 대통령 자랑을 했다. 괜히 우쭐한 기분에 동리 아이들한테는,

"대통령이 우리 할아버지래, 우리 어머니가 그랬는데 언젠가는 우리집에 올 거래."

지금까지 신나는 이야기가 없어서 언제나 시무룩해 있던 막내는 오랜만에 허풍을 쳤다. 사실을 모르는 같은 또래의 아이들은 대통

령이 할아버지라는 막내의 말에 모두들 부러운 눈치였다. 이런 것을 느낀 막내는 정말 이가 성을 가지게 된 것이 천만다행이라고 생각하며 김가 성을 가진 아이들에 대해서 지금까지 부러워하던 마음을 씻어버렸다.

잠시 동안이었지만 정말 신이 나는 순간들이었다. 나는 이가여, 나는 이가여, 하며 자꾸만 가슴 속에서 올라오는 소리를 삼키며 아이들 앞을 뛰어갔다. 다른 때는 막내를 놀리던 아이들이 부러운 눈으로 쳐다보며 막내의 행동에 기가 죽었다. 한동안 막내는 배고픈 것도 참으면서 행복해 했고 어떤 일에도 짜증이 나지 않았다. 나무짐도 커졌고 어머니를 성가시게 하지 않았다. 영문을 모르는 동리 사람들은 삼한三漢이가 철이 들었다고 입방아를 찧었다.

하늘은 더욱 높고 푸르게 보였으며 세상은 막내의 마음을 즐겁게 하였다. 이때는 막내도 처음으로 사람이 가질 수 있는 희망과 포부를 가져보았다. 생각할 수 있는 많은 사람들의 얼굴을 머릿속에 담으면서 산촌아이의 가장 큰 꿈을 찾아보았다. 순경, 국민학교 선생, 면서기, 시골 동리에서 보는 인기 있고 높은 사람들의 모습을 상상해 보았다. 국민학교 일학년짜리 희망은 작은 것들뿐이었지만 어린 생각에는 동리 사람들도 자신이 그쯤만 되면 삼한이를 위로 쳐다볼 것이고 어머니도 그때는 형님보다 더욱 좋아할 것이라고 생각하며 우쭐댔다.

이러한 가운데 시간은 변하여 봄이 가고 여름이 왔다. 한참 무덥던 때 동리에는 이상한 소문이 퍼졌다. 어른들의 얼굴에는 걱정이 있는 것 같이 보였고, 전쟁이 일어났다는 소문이 입에서 입으로 전해지면서 날마다 달라지는 이야기는 어느 쪽이 이겼고 어느 쪽이 졌다는 소문들이다.

칠월이 지나면서 전선은 이제 우리 마을로 점점 가까워지는 모양이었다. 먼 곳에서는 천둥소리 같은 포성이 은은하게 울려왔고 굉장한 소릴 내며 지나가는 비행기를 볼 수도 있었다. 동리의 나이 많은 사람들은 걱정들을 하였고 전선의 이야기는 온통 어느 쪽에서 죄 없는 사람들을 많이 잡아다가 죽였다는, 무서운 소리가 퍼지기 시작하였다. 부산으로 갔던 형도 전쟁 때문에 집으로 올라왔다.

하동읍에 빨갱이가 들어왔다는 소문이 퍼지던 날 우리 마을에도 낯선 사람들의 피난 행렬이 지나갔다. 그런 다음날 저녁나절이 되면서 드르럭 드르럭 동리 뒤의 국도변에서 총소리가 났다. 전쟁이 어떤 것인가 경험하지 못한 사람들과 궁금증 많은 사람들이 국도가 보이는 산의 언덕으로 올라가더니 얼마 있지 않아 겁먹은 얼굴을 하고 돌아왔다. 모두 하는 말이 미군들이 부산 쪽으로 밀려가고 있는데 자동차가 끝없이 신작로(국도)에 줄을 잇고 있다는 이야기들을 했다. 또 다른 이야기는 지서의 순경들이 도망을 가고 지서가 비어 있다는 소리들이었다. 들리는 이야기마다 어른들한테는 우울하고 불안한 말뿐이었다.

동리사람들은 모두들 그런 이야기에 더 귀를 곤두세우며 확실한 것을 알려고 애를 쓰고 있었다. 다음날 한낮에 우리 동리에는 낯선 사람들의 얼굴이 나타났다. 그 순간 어저께까지의 산골 인심이 뒤바뀌고 있었다.

하루 밤이 새고 나니 동리에서 기세가 당당하던 유지들이 맥을 못 추고, 남의 집 머슴을 살던 사람 중에서 어떤 젊은이가 완장을 차고 동리를 다니면서 모두 해방이 된 것이라고 떠들었다.

간간히 비행기가 날아와서 국도변에다 폭탄을 떨어뜨릴 때는 그 소리가 천둥소리보다 더 크게 들려와 처음 이런 일을 당해보는 사람들의 마음을 두렵게 했다.

비행기는 밤낮 없이 우리 동리의 상공을 지나갔다. 어떤 날은 아침이 되면 동리의 사람들이 무슨 소문을 들은 탓인지 피난을 서두르지만 오후가 되면 집으로 돌아왔다. 누구의 입에선가 흰 옷을 입고 다니면 비행기가 총을 쏘지 않는다는 소문이 퍼졌다. 사람들은 모두 흰 옷을 입고 피난을 다녔다.

그런데도 어느 동리에서는 비행기에서 쏜 총격에 여러 명의 양민이 죽었다는 소문이 파다하게 퍼졌다. 사람들은 비행기 소리만 들어도 두려움을 느꼈다. 어느 날 우리 가족도 처음으로 피난길에 나섰다. 목적지도 없이 나선 길은 갈 곳을 정하지 못해 온종일 쏘다니다가 종래 밤이 되어 집으로 돌아오고 말았다.

인심은 점점 흉흉해졌다. 누군가가 그 전날 지서 자리로 잡혀갔다는 소리고, 또 어떤 사람이 매를 많이 맞아서 반죽음이 되었다는 말들이 나돌았다. 연일 지서 자리에서는 붙잡아 간 사람들을 장작개비로 사정없이 팬다든가 고춧가루 물을 먹인다는 것이다. 시골 사람들은 이런 소문을 듣고 자기도 잡혀가는 것이 아닌가 하고 공포에 떨기 시작하였다.

동리 부자들은 소를 마구 끌고 가는 사람이 있어도 평소와는 달리 말 한 마디 못했다. 완장을 찬 사람들은 힘이 있어 보였고 반대로 어떤 사람들은 죽을상을 짓고 있었다.

부락의 회관에는 연일 무슨 모임이다 무슨 회의다 하고 사람들을 모았다. 김씨 동리의 부자들은 누가 가르쳐준 것인지 붉은 군대의 노래를 신나게 불러댔다. 노래의 가사가 내 마음을 외롭게 했다. 인민위원이니 하는 북쪽 편을 드는 사람들은 그런 철부지들을 대견하게 보았다. 내 마음속은 무더운 여름의 날씨만큼이나 덥고 거북해 있었다. 어느 집의 젊은 아들이 의용군에 지원을 했다는 소문과 젊은 사람들은 의용군에 나가야 한다는 소문이 동리에 퍼졌다.

전쟁이 끝날 것이라는 인민군의 선전처럼 전쟁은 달이 지나도 끝나는 기미가 없었다. 부산까지 밀어붙였다는 소문도 알 수가 없는 것이다. 무더위가 한풀 꺾인 듯한 어느 날 새로운 소문이 동리에 퍼지면서 또 세상의 인심이 변했다. 빨갱이들이 도망을 갔다는 소리가 마을에 퍼졌고 지서 자리에는 예전에 자취를 감추었던 순경들이 돌아왔다는 소문도 있었다.

그때부터 다시 누가 맞아서 똥물을 넘겼다는 말이 나돌았다. 누가 잡혀가서 죽었다는 소문들은 순박한 촌사람들을 겁부터 나게 했다. 전쟁통에 가장 피해가 적은 집은 동리에서는 우리집이었다. 우리집은 어떤 쪽에서도 피해를 입지 않은 상태였다. 힘없는 것도 이럴 때는 복이 되었다. 어머니는 이런 것이 조상님의 보살핌 때문이라 했다.

인민군이 물러간 동리에는 비행기에서 총을 쏘지 않았다. 전쟁을 치른 자리에는 피해를 입은 사람들이 많았지만 전선은 점점 북쪽으로 멀어지면서 시골의 인심은 옛날로 되돌아갔다. 장성한 자식을 둔 부모들은 그들의 자식들이 군대에 징집되어 가는 것을 보고 걱정들이었고, 그런 와중에 우리집에서는 형이 다시 돈을 벌어오마고 부산으로 떠났다.

어머니는 전쟁이 나기 전처럼 포구로 생선을 받으러 다녔고, 나와 누나는 학교에서 돌아오면 집안의 작은 일들을 도맡아 했다. 우리 가족은 전쟁의 기억을 씻고 옛날처럼 일들을 시작했다. 금방 그해가 지나갔다. 북쪽에서는 전쟁이 한창인데도 설날을 맞이했다.

형은 다시 고향을 찾아왔다. 이번에는 미군들이 먹는다는 과자인 초콜렛도 사가지고 왔다. 우리 가족의 얼굴에는 모두 생기가 살아나고 있었다. 박석골의 우리집에 1951년의 달력이 걸린 것이다. 금방 금방 날짜들이 넘어갔다. 형편이 조금 나아진 탓인지 하루의 해가 점점 짧아지는 것 같았다.

그런 봄에 어느 날, 우리집에 편지가 왔다. 어머니는 먼젓번처럼 편지를 받고서도 어떤 예감이 있었던지 반가운 마음이 보이지 않고 침울해 있었다. 이번에도 저녁 무렵에 노서기 집을 다녀온 어머니는 이제 수심이 가득 찬 표정 속에서 한숨만 간간히 토하며 혼자 애를 태웠다. 어쩌면 곧 군대를 가야 한다는 노서기의 말과 부산에서는 검문검색이 심하여 건장한 학생들은 무조건 입대한다는 편지 내용 때문이었다. 그날부터 어머니는 더욱 광신적으로 신들 앞에 자신의 소망을 드러내 놓고 애원을 했다. 그러다가도 가끔씩 초조해 했다. 정신 나간 사람마냥 멍하니 허공을 쳐다보는 일들이 잦아졌다.

모든 희망을 장남한테 걸어 놓고 살아 온 어머니에게 형의 편지는 곧 어머니에게는 절망을 가져다주었다. 전쟁을 경험한 어머니의 마음속에는 징집 그 자체가 죽음이라는 불길한 생각이 들었다. 어머니는 젊은 아들이 피투성이가 되어 전쟁터에서 죽는 꿈을 자주 꾸었고 산촌의 순박한 여인으로 감당하기 어려운 상상들이 눈만 감으면 어머니를 괴롭혔다. 어머니의 얼굴이 수심으로 수척해져 갔다. 어머니는 부산엘 다녀오마고 두 남매를 남겨두고 어느 날 집을 나섰다.

생전 처음 도시에 나간 어머니는 아들을 보기 전에 수많은 인파와 피난민을 보았다. 어머니는 이런 부산에서 보게 된 광경 때문에 마음속에는 더욱 공포가 생겼다. 어머니가 장남을 만났을 때는 이 자식을 꼭 전쟁터에서 잃을 것만 같았다. 자식의 마지막 임종을 보는 것 같은 장면이 눈만 감으면 떠올랐다.

부산을 다녀온 다음부터 어머니의 마음속은 근심이 깊어져 얼굴이 수척해져 갔다. 어머니는 자식을 생각하게 되는 고통 때문에 자신을 잊어버리고 있었다. 그러던 어머니가 급기야는 자리에 눕고 말았다. 어머니의 몸에 병이 생긴 것이다. 그것도 다시는 일어날 수 없는 병이었다.

4. 어머니의 죽음

아무도 관심을 가져 주는 사람이 없는 곳에서 어린 두 남매는 어머니가 하던 집안일을 꾸려 보기 위해 열심히 일하였지만 아이들한테는 어려운 일들이 한두 가지가 아니었다.

곧 일어날 것 같은 어머님의 병은 점점 더 심해 갔다. 누나는 학교를 그만 두었고 아홉 살이던 나도 결석을 많이 하였다. 비로소 우리는 어머니가 우리에게 중요하다는 것을 느끼고 있었다.

병이 깊어 고통을 참지 못해 괴롭게 몸을 떨어대는 어머니를 보면 옆에 있는 철부지의 생각에도 어머니의 병을 빨리 낫게 해야 되겠다고 걱정을 했다. 그래서 아무도 안 볼 때는 굴뚝 뒤에 가서 나는 두 손을 모아 절을 했다. 우리 어머니 병을 낫게 해 달라고 빌었다. 그럴 때는 옛날에 어머니의 모습을 생각하며 용왕님, 산신님, 조상님을 다 불러보곤 했다. 이렇게 정성을 다하면 어머니의 병이 금방 다 나아서 일어날 것만 같았다.

그런데도 현실은 생각하는 반대 방향으로 나타났다. 어머니는 잘 먹지 못하는 데도 배는 바가지처럼 불러왔다. 가까이서 이런 어머니의 모습을 볼 때면 세상을 모르고 살아오던 어린 나까지도 어찌할 줄을 몰랐다. 이대로 두면 죽을 것이라는 동리 사람들의 말을 들으면 우리는 어떻게 하더라도 어머니를 살려야 한다는 생각뿐이었다.

동리 사람들의 이야기만 듣고 먼 곳에 있는 한약방에 가서 배 아플 때 먹는 약을 지어와 먹여도 어머니의 병은 나을 조짐을 보이지 않았다. 어머니는 계속 가쁜 숨을 쉬었다. 이제 대소변도 우리 남매의 손으로 받아 내어야 했다. 우리는 남이 하라는 대로 그대로 다 했다.

아랫마을인 하성부락에서 제법 소문이 난 여의사도 데려왔다. (실제로는 어느 곳에서 간호원을 지냈다는, 주사 정도는 놓을 수 있는 여자였다.) 병원이 없는 산촌에서는 무당만큼이나 소문이 난 의사였다. 그 여자는 내 안내로 검은 가방에 도구를 챙겨 들고 어머니를 진찰하러 왔다. 그녀는 요상하게 생긴 물건인 청진기를 몸에 대고 진찰하는 흉내를 내었다.

얼마 후에는 가방에서 큰 주사기를 끄집어내더니 어머니의 치마끈을 끄르게 한 후 자리에 앉히고는 우리에게 붙잡게 하여 바가지처럼 튀어나온 어머니의 배에다가 사정없이 주사바늘을 꽂아 버렸다. 주사 바늘구멍에서는 맑은 물이 쪼르르 쏟아져 나왔다. 그렇게 나온 물이 한 요강에 차고도 남음직했다. 그리고는 주사 한 대를 어머니 팔뚝에 놓았다. 그러자 어머니의 얼굴은 금방 편안해지는 것 같았다. 어머니도 이젠 살 것 같다고 말을 하였다. 바가지처럼 불렀던 배도 점점 가라앉았다. 옆에서 이런 것을 지켜보는 우리 남매는 어머니의 병이 다 나은 줄만 알았다.

그날은 미음을 조금 먹기까지 하였지만 그것도 그날뿐 다음날이면 어머니는 또 괴로워하였다. 며칠이 못 되어 배는 다시 불러오고 그전처럼 고통스러워하였으며 어머니의 얼굴은 점점 여위어만 갔다. 이즈음에 설이 찾아왔다. 그러나 나는 다른 때처럼 즐거운 마음이 아니었다. 어머니가 병이 나아서 빨리 일어나야 한다는 마음뿐이었다.

긴긴 겨울, 설날을 5일 앞둔 날이었다. 어머니는 맑은 정신이 드는 듯하더니 이런 말을 했다. 죽은 할머니가 와서 자꾸 가자고 한다고 하면서 한참이나 멍청하게 우리들의 얼굴을 바라보더니 눈을 감았다. 얼마 되지 않아 몸에서는 제법 큰 소리가 났다. (숨이 끊어지는 소리였다.) 누나가 어머니를 불렀다. 그러나 아무리 불러도 어머니는 대답이 없었다. 누나는 어머니의 몸 위에 쓰러져 마구 울어댔다. 나도 가만히 있지를 못하고 큰 소리를 내어 울었다.

자정이 넘은 시각에 구슬픈 울음소리는 이웃의 잠을 깨게 하였고, 한 사람 두 사람 동리 사람들이 어머니가 죽은 것을 눈치를 채고 찾아왔다. 별로 친척이 없는 우리 집 일을 동리 사람들이 주관이되어 일을 치루었다. 설날이 며칠 남지 않았기 때문에 장례는 더욱 서둘러져야 했다. 제일 먼저 사람들은 부산의 형님께 전보를 쳐 주었다. 그리고 알 만한 곳에는 부고장도 내어 주었다. 많은 사람들이집 안에서 왁자지껄하였으나 나는 나이 때문인지 어머니의 죽음이실감이 나지 않았다.

설날 때문에 더욱 서둘러진 장례는 3일 후에는 어머니의 몸이 초라한 상여에 떠메어져서 동리 뒤의 작은 산에 묻혔다. 북적거리던 사람들이 돌아가고 나서부터 나는 어머니가 안 계신 고아임을 느끼게 되었다. 설날이 와도 즐겁지가 않았다. 모든 것이 쓸쓸하고 외로웠다. 아무도 나의 응석을 받아 줄 사람이 없었다. 그때 내 나이는 겨우 10살 난 어린애였다.

날마다 서러운 일만 생겼다. 당장 나의 꼴이 초라해졌고 기가 죽어 버렸다. 어떤 일을 당해도 의지해 볼 곳이 없으니 어린 마음에도 고독한 생각뿐이었다. 동리의 힘센 아이들은 아무 곳에서나 나를 동네북처럼 차고 쥐어박았다. 내 눈에서는 눈물이 마를 날이 없었다. 보호자가 없는 아이, 친척이 없는 아이는 억울해도 하소연할 곳이 없었던 것이다. 동리의 아낙네들조차도 내가 지나가면 저희끼리 혀를 찼다. 서럽고 배고프고 천대받는 세월이 내 곁을 떠나지 않았다.

나는 세상에서 가장 약한 동물처럼 주위의 시선을 두려워하며 어머니와 아버지를 자주 생각하게 됐다. 명절이 되어도 쓸쓸했고 이제는 영영 내 마음속에서 즐거운 날들이 사라진 것 같았다.

사람들이 모이는 곳이면 발길을 옮기기가 싫었다. 학교도 자주 결석을 하였다. 이제는 조그마한 꿈마저도(국민학교 교사가 되고 싶었던) 사라져 버렸다. 내 몸이 자라서 동리에서 가장 일을 잘 하는 사람이 되어야겠다고 생각을 바꾸었다. 나는 이런 형편으로 인하여 국민학교 6학년 무렵에는 더욱 학교 공부를 소홀히 했다.

봄이 가고 또 여름이 왔다. 내 꼴은 더 초라해져 갔다. 하루하루 늘어나는 것은 눈치뿐이었다. 밤이 되면 공부방이 아닌 동리의 사랑방 머슴들 속에 끼었다.

나는 나 자신의 모든 것을 버렸다.

가을이 와도 나에게는 희망이 없었다. 조금 짓던 농사일을 위해 온종일 지게를 져야 했고 견딜 수 없는 고된 일을 하면서도 투정조차 부려 볼 곳이 없었다.

겨울이 왔다.

나는 홑바지만 걸친 몸으로 추위를 느껴야만 했다. 양말조차 신고 다니지 못하는 발은 때가 끼이고 갈라지기 시작했다. 손이 트고 피가 흘렀다. 어린 몸은 만신창이가 되었다. 겨울은 참으로 고통스러웠다. 나는 내 곁에 온 겨울을 스스로 방어할 방법이 없었다.

또 겨울이 가고 봄이 왔다. 이제 나에게는 희망이라는 것이 조금도 남아 있지 않았다. 스스로를 위해 스스로를 지켜야 하는 방법밖에 아무것도 없었다. 그런 우리의앞에 지금까지보다 더 큰 시련의 날들이 닥쳐오고 있었다.

건너 마을에 살던 김영감이라는 사람이 우리들한테 전갈을 보내왔다. 누나보고 꼭 건너 왔다가 가라는 것이었다. 저녁나절 누나는 김영감이 왜 우리한테 전갈을 보냈을까 의아해 하면서도 그 집으로 찾아갔다.

김영감은 누나를 자기네 방안까지 들어오게 해서는 긴 담뱃대만 빨았다. 무슨 말을 할 것인지 무척이나 거북한 표정을 지어 대었다. 입 속에서는 담배 연기를 내뿜었다. 그런 다음에야 어렵게 말을 끄집어내었다.

우리 남매가 살고 있는 집과 밭뙈기 그리고 논을 내어놓으라는 것이었다. 그리고는 큰 인심이나 쓰는 듯 두어 달이란 기한까지 붙였다.

누나는 영문을 몰랐다. 영감님은 어떤 증서를 누나 앞에 내어 보였다. 그건 오빠가 부산에서 김영감 아들한테서 돈을 가져가고 집과 전답을 양도한 양도증서였다. 누나는 오빠가 왜 이런 짓을 했을까 영문을 몰라 당황했다. 동리에서는 딱한 우리를 도와주려는 사람은 한 집도 없었다. 당장 들리는 소문에 스물두 살짜리 형이 노름을 해서 날렸다는 말뿐이었다.

이제 우리의 앞날은 어떻게 될 것인가. 한 시간 한 시간 새로운 공포가 가슴을 쥐어짰다.

5. 빼앗긴 집과 땅

세상에는 어린 나를 위안할 수 있는 말은 한 마디도 찾을 수가 없었다. 두 달이라는 말미 때문에 시간이 흐르는 것이 두려웠다.

이런 우리 남매 앞에는 또 기막힌 일이 생겼다. 제법 인물이 괜찮은, 16살 난 누나를 동리 사람들이 외가쪽 사람을 충동질해서 시집을 보내기로 의견이 나왔으나 누구 하나 어린 나를 거두어주려는 사람은 없었다. 몇 달 전까지만 해도 꿈을 지니고 있던 누나는 이제 자기 처지를 생각하며 그 꿈을 잊어갔다. 신랑감이 누가 되건 생각하지 않았다. 자기 앞에 닥치고 있는 운명에 따를 뿐이었다.

나는 이런 누나의 처지가 딱했다. 그런데도 누나는 또 나를 생각하는 모양이었다. 나는 남자니까 어디에 가서 밥을 얻어먹더라도 길거리에라도 혼자 잘 수 있을 것이라고 생각했다. 나는 나 혼자 언제이건 이곳을 떠나야 한다는 것을 알았다. 내 처지는 더욱 딱해지기 시작했다.

운명과 부딪힐 엄청난 그날을 기다리면서 온몸이 축 늘어진 채 외롭게 하루하루를 보냈다. 아무도 없는 고향땅, 아무것도 가진 것이 없는 고향을 생각하며 또 하루를 그냥 보내게 되었다.

나에게는 이제 슬픈 날들이 다가오고 있었다. 나는 이판에 소식이 끊긴 형을 만나보기 위해 찾아 나서야 되겠다고 생각을 한 것이다.

열두 살이던 나는 언제인가 우리집을 다녀간 적이 있는 부산에 산다는 단 한 집의 친척집 주소를 누나한테 물어서 받았다. 동리의 어떤 아주머니가 부산에 볼 일을 보러 간다는 날짜에 누나는 그 아주머니를 찾아가서 나를 부산까지만 같이 좀 데려가 달라고 부탁을 했다.

내가 고향을 떠나기 하루 전날 밤에는 두 남매가 참으려고 애를 쓰면서도 눈물을 흘렸다. 누나는 나를 생각했고, 나는 어느 집 머슴 살던 총각과 혼담이 오고 가는 누나를 생각하며 흘리는 마지막 눈물이었다. 어린 남매는 아침에 일어나서 보니 서로의 눈이 부어 있었다.

누나는 더 이상 어떤 표정을 감춘 채 아침을 지어왔는데, 흰 쌀밥과 계란으로 만든 반찬까지 있었다. 누나는 자기 밥은 먹으려 하지 않고 나만 자꾸 먹으라고 권했다. 나는 자꾸만 목에서 넘어가지 않으려는 밥을 삼키면서 억지로 이런 일이 즐거운 것 같이 신나는 표정을 지었다.

나는 이제 집을 나설 시간이 되었다. 누나가 준 여비 몇 푼과 주소가 적힌 종이를 입고 있던 팬티의 고무줄 속에 감춘 채 부산에 간다는 옆 동리의 아주머니를 따라 마을 뒤 고개로 올라갔다. 발을 옮길 때마다 집들이 멀어져 갔고 어머니의 무덤이 멀어져 갔다. 멀리 동리 밖에서 누나가 눈 가장자리를 수건으로 훔치고 있었다. 나도 왈칵 눈물이 솟았다. 그러나 앞에 가는 아주머니에게 그 눈물을 보이지 않으려 애를 썼다. 재를 넘어가니 우리 동리는 보이지 않았다. 저 멀리 내가 찾아가는 신작로가 발을 옮길 때마다 가까워졌다. 나는 외로움을 느꼈다. 앞서 가는 아주머니는 어린 나에게는 아무런 관심도 없었다. 그 사람도 너무 내 사정을 잘 알기 때문이다.

시간을 맞추어 온 것이기 때문인지 얼마 기다리지 않아 자갈길 위로 먼지를 일으키며 우리가 타야 할 버스가 달려왔다. 나는 속옷의 고무줄 속에 끼워 두었던 돈 주머니에서 여비가 될 만큼 돈을 꺼냈다. 차는 승객들을 태우고 다시 달렸다.

대부분이 시골 사람들이라 차멀미를 하는 사람이 많았다. 나는 차의 맨 뒷좌석에 앉아 죄인처럼 쪼그리고 있었다. 차가 심하게 자갈길을 달릴 때마다 멀미가 생겨 어지러움을 느꼈다. 차 안은 이야기 소리로 시끄러웠지만 어린 나에게는 말을 걸어오는 상대도 없었다.

차가 중간 도시의 큰 정류장에 설 때마다 먹을 것을 든 장사들이 차 안에 올라왔고 사람들은 모두 먹을 것을 사서 요기를 했다. 나도 시장기를 느꼈다. 누나는 내가 집을 나올 때 차 안에서 무엇을 사 먹으라고 돈을 준 것이 있지만 나는 그 돈을 끄집어낼 수 없는 형편이었다. 나보다 대여섯 살 위인 것 같은 장사치가 코앞에 내미는 빵과 과자가 눈앞에 들여졌을 때에는 정말 먹고 싶었다. 입가엔 슬슬 침이 고여 들고 배 속에서는 나를 보고 사라고 재촉을 했다. 자꾸만 내어 밀며 권하는 장사 앞에서 말도 못하고 고개만 흔들었다.

여섯 시간이나 달린 차가 종착지인 부산의 충무동에 닿았다. 버스에 탔던 사람들이 차에서 내려 모두 자기가 갈 곳으로 뿔뿔이 흩어져 갔다. 옆 동리 아주머니와 나도 헤어져야 했다.

나와 같이 왔던 아주머니는 나에게 혼자 찾아가겠느냐고 물었다. 나는 무슨 말을 할까 망설이다가 그냥 고개를 끄떡거렸다. 그 아주머니는 급히 자기가 갈 곳으로 떠나 버렸고 혼자 남게 된 나는 사람들이 없는 곳에서 속옷 속에 감추어 두었던 주소가 적힌 종이를 끄집어내었다. 그리고는 그 종이를 주머니에도 넣지 않은 채 한 손에 꼭 쥐고 사람들이 많이 모여 있는 곳으로 걸었다. 지나가는 사람을 붙잡고 대신동이 어느 쪽이냐고 물었다. 전찻길을 가리키며 따라가면서 물으라고 일러 주었다.

길에는 꽤 많은 사람들이 오가고 있었고, 자동차가 연속해서 달려오고 있었다. 길가의 이층집을 신기하게 쳐다보며 구덕산 쪽으로, 전차의 레일이 깔린 길을 따라 걸어가면서 자꾸만 자꾸만 길을 확인하였다. 얼마쯤 지났을까, 전차들이 모여 있는 곳까지 갔다. 그 곳엔 전차의 차고가 있었고 조금만 더 가면 산이었다. 길을 가는 사람을 붙들고 물었다. 대신동이 어디냐고 다시 물으니까 질문을 받은 사람은 어이없는 표정이 되었다. 한참 내 행색을 확인한 후

"어느 대신동이냐, 여기도 대신동인데."

나는 비로소 한 손에 꼭 쥐고 있던 주소를 내보였다. 이 길로 따라가 어느 곳에 가서 물어보라고 하였다. 나는 그 사람이 가르쳐 준 길을 따라 갔다. 그리고 또 물었다. 얼마 묻지 않아서 집을 찾을 수 있었다.

친척집은 가난하게 살았지만 다른 사람들에게는 좋은 인상이었는지 모두 잘 가르쳐 주었다. 골목길을 돌아가 보니 작은 대문이 있

었다. 망설이다가 대문을 두드렸다. 내 또래의 사내아이가 나오더니 아래 위를 한참이나 확인하고 문을 열어 주었다. 이상해 하는 그 사내아이에게 나는 하동에서 왔다고 말했다. 그곳의 식구들은 모두 낯설었고 이상한 눈초리로 나를 맞이하였다. 마침 집 안에는 몇 년 전 우리집에 찾아온 적이 있는 형수뻘 되는 여인이 있었다.

그분은 나를 상상 외로 반갑게 대해 주었다. 그리고 그곳의 식구들한테도 아재라고 내 촌수를 소개하며 내가 어색하지 않게 말을 해 주었다. 나는 서먹서먹한 기분으로, 도시로 온 첫날밤을 보냈다. 그날 저녁에는 촌수로 형님뻘 되는 그 집의 주인과도 인사를 했다. 마음씨 좋은 친척 형님은 내 이야기에 무척이나 동정하는 눈치였다. 나는 내가 당한 모든 일을 그곳에서 털어 놓고 이야기했다. 그리고 우선 형님을 만나야겠다고 말을 끄집어내었더니 친척집 형님이 찾아갈 곳을 가르쳐 주었다.

나는 다음날부터 형을 찾아, 낯선 도시의 거리를 헤매며 다녔지만 형은 쉽게 만나지지 않았다. 나는 한편으로는 형이 내가 부산에 온 것을 알고 친척집에 찾아와 주길 기다리기도 했다. 내 마음속에서는 형을 만나야 무슨 일이든 해결이 날 것만 같았다. 나는 아직도 어린 남매의 입장을 난처하게 만든 형을 미워하기에는 모든 것이 어렸다.

아침나절이 되면 내 또래 동리 아이들은 학교에 가버리고 상대해 줄 사람마저 없는 낯선 곳에서 할 일 없이 혼자 길거리에서 소일했다.

나를 처음 만난 도시의 아이들은 하동에서 왔다는 소문에 나만 보면 촌놈이라고 놀렸다. 그 놀림을 피해 다른 곳으로 옮겨가도 다른 쪽 골목의 아이들이 또 놀렸다. 촌놈 합바지, 촌놈 합바지 하며, 심하게 놀릴 때는 나는 화가 났지만 점점 참는 것에 익숙해져 갔다.

내 또래 아이들은 이런 나를 좀 모자라는 아이로 취급을 했다. 내가 그들을 쳐다만 보아도 폼을 재며 한 번 싸울 수 있겠느냐고 시비를 걸어 왔다. 이럴 때면 나보다도 더욱 애가 타는 것은 이런 것을 보는 친척집 아이였다. 이 골목에서 내 편을 들어주는 사람은 그 아이뿐이었다.

어느 날은 그 친척집 아이가 학교에서 돌아오더니 나를 보고 물었다. 한번 싸워 보겠느냐는 것이었다. 나는 나를 심하게 놀리던 골목 안의 내 나이 또래인 어떤 중학교의 일학년짜리인 아이와의 도전을 받아들이기로 했다. 소문은 삽시간에 골목 안에서 놀던 다른 애들한테까지 퍼졌다. 촌놈이 결투한다는 소리에 할 일이 없었던 옆 동리 아이들까지 관람하러 왔다.

나는 친척집 아이의 운동화를 빌려 신었다. 그리고 행여나 하며 걱정을 하는 친척 아이와 함께 마을 뒤 공터로 올라갔다. 골목 안 아이들은 싸울 장소를 만들어 주었다.

나와 상대는 서로 주먹과 발길질이 오갔다. 나와 중학생의 주먹은 막상막하를 이루었다. 이윽고 내가 부딪치면서 씨름할 때처럼 다리를 걸어 상대를 쓰러뜨리고 배를 깔고 앉았다. 친척 아이의 얼굴 표정이 밝아졌다. 나는 중학생의 얼굴에다 주먹을 날렸고 그의 얼굴에 코피가 흘렀다. 중학생이 불리하게 되자 골목 안 아이들이 뜯어 말렸다. 중학생은 그때서야 겁먹은 표정으로 달려들지 않았다.

나는 이런 일이 있은 후부터는 골목 안의 대장이 된 기분이었다. 이때부터는 아무도 날 놀리지 않았고 골목 안 아이들과도 어울릴 수 있었다.

하동에서 살 때처럼 나무라도 했으면 좋겠는데 할 일 없이 남의 집에 얹혀사는 것이 얼마나 불편한지 어린 마음에도 큰 부담을 느꼈다.

그런 어느 날 형이 친척집을 찾아왔다. 반가운 마음에 나는 싱겁게 웃었고 형도 날 보고 웃었다. 스물두 살 된 형은 나에 대한 아무런 대책도 세워 주지 못한 채 하루 저녁을 나와 같이 자고 다음날 그냥 나가 버렸다.

형님이 나에게 남긴 말은 중앙동 낙원다방에 오면 자기를 만날 수 있다는 말뿐이었다. 그럭저럭 시간은 흘러 부산에 온 지 한 달을 넘겼다. 가련한 내 신세는 열두 살짜리 답지 않게 눈치만 늘어갔다. 내가 지금 묵고 있는 친척집은 무던히 마음씨가 좋은 사람들이었기에 어린 나를 당분간은 거북하게 만들지 않았지만 그들도 생각하면 너무나 어려운 생활을 하고 있었다.

친척 형님은 술만 좋아하고 생활력이 없었다. 많은 식구는 묵장사를 하는 형수님의 함지에만 기대고 살아가는 형편이었다. 나는 어지간하면 형이 어디든 있을 곳을 정해 주었으면 하고 바랐으나 형은 별다른 얘기가 없었다.

대신동 쪽의 골목들도 머릿속에 익숙해 갈 무렵 내 또래 할 일 없는 아이들과 사귀면서 제법 먼 길인 〈하단〉까지 논고동을 잡겠다고 놀러 가기도 했다. 그러던 어느 날은 난처한 문제가 생겨 버렸다. 일가집이 살던 집을 비워 주고 이사를 가게 된 것이다.

새로 얻은 집은 대문도 없고 현관도 없는 집이었다. 가재도구를 정리하니 그 집 식구가 같이 앉아 있기에도 비좁은 방이었다.

친척 형님은 장의사에 운전기사로 다녔는데 이사 온 이후로는 집에 잘 들어오지 않고 사무실에서 잤다. 모두가 같이 누워 다리를 뻗을 수 없는 방이었기에 나는 그댁 식구들의 발밑에서 웅크리고 숨소리마저 감추면서 잤다. 일가 형님이 집에 들어오는 날이면 그 동안 사귄 동리 아이들 집을 찾아다니면서 잠자리 동냥을 하였다.

나에게는 밤중에 소변이 마려우면 가장 곤란했다. 어떤 경우에는 날이 샐 때까지 참았다. 나는 나 한 사람이 여러 사람을 괴롭히고 있는 것을 알았다. 나는 어떤 곤란한 일이 있어도 표시를 내지 않았다.

어느 날은 장사가 잘 되지 않더라면서 친척 형수님은 묵이 남은 함지박을 그대로 이고 들어오는 날도 있었다. 그런 날이면 나는 죄인처럼 마음이 쓰여 힘이 들었다.

이런 거북한 일을 보면서도 나는 도시에 나온 지 삼 개월째 접어들게 되었다. 나는 제법 먼 곳까지 혼자 다녔다. 중앙동까지 걸어서 형을 찾아 이 다방, 저 다방을 기웃거렸고 길가의 이집 저집 사람들이 모인 곳을 기웃거렸다. 그러던 중에 우연히 엉뚱한 곳에서 형님을 보았다. 형님은 어떤 사람과 당구를 치고 있었다.

나는 창밖의 유리를 통해 당구대만 주시했다. 붉은 공, 흰 공이 굴러 다녔다. 형님은 자꾸만 상대에게 돈을 건네주었다. 나는 창밖에서 발을 굴리며 안타까워했다. 한참 시간이 흐르자 형님은 돈이 떨어진 모양인지 밖으로 나왔다.

밖으로 나온 형을 나는 멀찍이 따라가다가 불렀다. 형은 퉁명스럽게 어떻게 왔느냐고 물었다. 나는 일가집에서 빨리 다른 곳으로 옮기고 싶다고 했는데 형은 그냥 며칠만 더 기다리면 데리러 갈 것이니 기다리라고 말만 하였다. 나는 힘없이 형과 헤어졌다. 찢어진 고무신이 자꾸만 벗겨졌다. 오늘 저녁을 어떻게 보낼 것인가 걱정이 되었다.

이런 나한테는 참기 어려운 순간이 자주 생겼고 겨울이 한참 지난 어느 날, 형님의 연락을 받았다. 영도에 있을 곳을 마련해 두었다는 것이었다. 실제로는 형님이 얻은 것이 아니었고 시골 김영감의 아들이었던 사람이 영도에 살면서 방 한 칸을 삭월세로 얻어준 것이었다. 어쨌든 당장 나에게는 다행한 일이었다.

내가 대신동 친척집을 나올 때 친척들의 얼굴에서 반가운 표정을 읽을 수 있었다. 나는 새로운 기대를 가지고 영도로 갔다. 형과 형수 되는 사람이 웃으며 반겨주었다. 그런데 방 안에는 가재도구가 아무것도 보이지 않았다. 내 마음에는 이곳에서도 별 뾰족한 수가 생기지 않을 것만 같았다. 당장 오늘 저녁 잠자리 동냥을 나가지 않는 것이 커다란 위안이었을 뿐이었다.

나는 다음날부터 해만 뜨면 동리의 골목에 나와 서 있게 되었다. 양지쪽에 서 있으니까 처음 본 동리의 아이들이 슬슬 접근해 왔다. 어느 동리에서 왔느냐고 묻는 그들한테 대신동에서 왔다고 했다. 이 동리 아이들도 나한테서 어떤 구실을 찾으려고 했다.

이곳에서 나는 촌놈 대신 키다리라는 별명이 붙었다. 영도 아이들은 대신동 아이들보다 더욱 하는 짓이 짓궂었고 영도에는 내 편을 드는 아이가 하나도 없었다. 제대로 먹지 못하여 심하게 여위고 그 대신 나이에 비해 키만 커보이는 날 두고 동리 아이들은 당장 얕잡아보기 시작했다.

양지쪽 벽에 붙어 서 있는 나를 보고 앞을 가로 막으며 그늘을 지우는가 하면 폼을 잡으며 한번 싸우자고 시비를 걸어오는 아이들 뿐이었다. 나는 옆에서 재미있어 하는 다른 관람자들을 위해 싸워야 했다. 맞지 않으려면 내가 때려야 했고, 싸움을 걸어오던 애들의 대부분은 결국 내 밑에 깔리게 되고 코피를 흘려야 했다.

그리고 나는 그들의 부모나 형들한테 매를 맞았다. 차츰 나를 놀리는 아이들이 적어졌다. 이런 속에서 시간이 가니까 비슷한 또래의 아이를 사귀게 되었고, 불행한 환경 속에서 사는 다른 동리의 아이들과도 어울렸다.

나는 언제쯤 괴로운 운명에서 벗어나게 될지.

모질지 못한 형은 남에게 잘 이용당하고 돈이 생기면 도박으로 날려버리고 아예 생활비를 주지 않는 모양이었다. 대신동에 있을 때에는 지내기는 거북해도 하루 두 끼는 얻어먹었고 어떤 날은 점심 요기도 하였는데 이곳에 와서는 하루 두 끼가 힘들었다. 밥을 먹을 때보다 죽을 먹을 때가 많았고 한 번도 배가 부르다고 생각해 본 적이 없었다.

나는 점점 더 여위어 갔다. 이런 형편에 나에게는 입을 옷이란 따로 있을 수 없었다. 열 살이나 위인 형님이 입다가 못 입게 된 옷을 고치지 않고 입으니 병아리 우장 씌운 것과 같았다. 헐렁한 바짓가랑이를 몇 번이나 걷어 올렸고 허리춤은 단단하게 졸라매어야 내려가지 않았다. 윗저고리는 단추를 끼운 채 뒤집어쓰면 몸에 자연적으로 걸쳐졌고 엎드리면 자연적으로 벗겨졌다.

누구에게서인가 내가 하동에서 온 것이 알려지기 시작하였다. 국민학교에 다니는 동리 어린 꼬마들이 내 우스운 꼴을 재미있어라고 합바지, 합바지 하고 놀렸다. 내가 인상을 쓰면 애들이 웃어대며 더 아우성을 쳤다. 그때는 내 또래의 다른 애들도 덩달아 재미있어 하는 데는 괴롭기만 했다.

동리의 덩치 큰 아이들은 일부러 다른 동리의 아이들을 불러다가 나한테 싸움을 붙였다. 그들은 단지 구경을 하기 위해 내 괴로움을 모르는 척했다. 결국 내가 알게 된 것은 이겨도 득이 없고 지면 손해라는 점이었다.

싸우다 두들겨 맞게 된 애들의 부모는 나를 나쁜 아이라고 욕했다. 나는 내 자신이 손해 보는 일을 피할 수도 막을 수도 없었다. 이 세상에는 아무도 나의 딱한 처지를 도와주려는 사람이 없었다. 어쩌면 길거리에 싹을 내민 야생초처럼 메말라도 짓밟혀도 혼자 일어나야 하는 운명인가. 어쩌면 세상의 고통은 골고루 경험해야 하는 운명이었는지도 모른다. 남들이 맛있는 음식을 먹을 때는 목구멍으로 침을 넘겼다. 동리의 내 또래 아이들은 딱지치기나 구슬놀이로 시간을 보내도 나는 그 자리에 어울리지 못하고 누가 그것을 잃고 따느냐를 보면서 시간을 보냈다.

어느 마음씨 좋은 아이한테서 개평을 얻었다. 나는 그렇게 생긴 딱지나 구슬을 소중하게 모았다. 영도의 골목들도 점차 낯이 익어갈 때 개평으로 모은 구슬과 딱지를 동리의 어떤 애가 졸라서 10원에 팔았다. 길거리에서 팔던 제법 큰 풀빵 하나가 내 주머니 속에 있게 되었다. 정말 나는 오래간만에 돈을 가진 것이다. 나는 이 10원을 어디에다 긴요하게 써야 할 것인가 생각하면서 금방 부자가 된 기분을 느꼈다.

날씨가 봄기운을 재촉하면서 따뜻해지자 나 혼자 동리에서 먼 곳까지도 나다니게 되었다. 그런 어느 날이다. 전차 종점에 있는 민주당 사무실에 설치한 스피커가

"못 살겠다. 갈아보자……"

라는 선거 구호를 외치고 있었다. 어떤 사람들은 스피커에서 흘러나오는 말에 귀를 기울이는 사람들도 있었지만 나는 목적지도 정해두지 않고 그냥 걷고 있었다.

사람들이 붐비는 길을 신문사의 깃발을 단 짚차가 바쁘게 달리면서 호외를 뿌렸다. 그때마다 오고 가는 사람들의 표정이 웅성거렸다.

나는 어느새 남포동 거리를 걷고 있었다. 눈앞의 어느 건물 옆에서 나처럼 초라해 보이는 소년들이 담에 기대거나 맨땅에 주저앉아 있었다. 간간히 저희끼리 무슨 이야기를 주고받곤 했다. 나도 호기심 때문에서였는지 아무 생각도 없이 그들 속에 끼었다.

얼마 후 주위에서 〈국제신문〉이라는 신문사의 간판을 보았고 건물의 옥상에 나부끼는 신문사의 깃발을 보았다. 윤전기 돌아가는 소리가 바쁘게 들려왔고 신문사에서 일하는 듯한 젊은 사람이 육

중해 보이는 나무책상 하나를 담 옆에 세웠다. 앉아 있던 아이들이 책상을 두고 밀고 밀리면서 줄을 섰다. 나도 엉겁결에 줄 속에 끼었다.

아이들마다 손에 돈을 쥐고 있었다. 나도 주머니 속에 넣어 두었던 십 원짜리 지폐를 손에 꼭 쥐고 무슨 일인지도 모르면서 기다렸다. 얼마 있지 않아서 신문뭉치들이 책상 위에 쌓였고 덩치 큰 사람이 돈을 받으면서 순서대로 신문을 넘겨주었다. 나는 줄이 짧아지면서 내 차례가 가까워지자 야릇한 감정을 느꼈다. 금방 내 차례가 왔다.

6. 단돈 10원의 밑천

나는 내 앞에 섰던 사람이 하던 대로 먼저 10원짜리 한 장을 건네주었다. 돈을 확인한 상대가 신문 한 장을 건네준다. 그곳에 있던 신문장사 속에서도 꼬마였던 나는 건네 준 신문을 움켜쥐고 길거리로 나가면서 다른 애들이 하는 짓을 보면서 그 흉내를 내며 뛰어갔다. "내일 아침 국제신문!" 하고 외치며 달리는 내 발길을 붙드는 소리가 뒤에서 들렸고, 한 장의 신문은 20원의 돈과 바뀌었다.

나는 다시 신문사로 뛰어갔다. 긴 줄은 다 끊어져 나가고 없었다. 즉각 신문 두 장을 받아 쥔 나는 의식 없이 소리만 외치면서 길거리를 뛰었다.

"내일 아침 국제신문."

목이 터지라고 외쳤다. 신문은 그날따라 잘 팔렸다. 몇 번씩이나 나는 신문사를 들락거렸다. 내 주머니 속엔 100원 짜리도 10원짜리도 여러 장 가지게 되었다. 그러나 시간이 갈수록 신문은 점점 팔리질 않았다.

나는 어두워지는 변두리 길을 다니면서 신문을 팔았다. 희미한 전등불이 켜지고 난 뒤에도 한참이나 길을 뛰어다녔다. 시간이 얼마나 되었는지 나에게는 관심도 없었다. 나는 생전 처음으로 돈이 생기는 것이 신나고 행복하였다.

그날 내가 모은 돈은 360원이나 되었다. 흠뻑 땀에 젖어 가지고 집에 들어가니 형수는 등신 같은 게 때도 제 때에 못 들어온다면서 푸념을 늘어놓았다. 나는 그런 말을 들으면서도 여느 때처럼 얼굴이 붉어지지 않았다.

작은 양재기 그릇에 식은 강냉이 가루죽 한 그릇을 간장을 쳐서 비벼 먹고는 의젓하게 앉아 있었더니, 형수는 더욱 약이 오르는지 얼굴에 표독한 빛을 떠올리며 금방 무슨 말이든 하려는 표정이었다. 나는 더 기다리지 않고 돈 200원을 얼른 그런 형수 앞에 내어놓았다. 돈을 본 순간 형수의 표정은 금방 달라지며 얼굴에 웃음이 흐른다.

"돈이 어디서 났소?"

형수는 돈의 출처가 궁금한지 나에게 물어 왔다.

"내사 신문 장사 안 했능기요."

하는 나의 하루 동안의 이야길 다 듣고 난 형수는 무엇인가 생각하는 것 같더니 금세 눈시울까지 적셨다. 나는 어린 소견에 '이 여자도 악인은 아니여' 하는 생각을 하며 그날 밤은 깊은 잠이 들 수가 있었다.

다음날 아침은 통금해제 싸이렌 소리를 듣고 곧장 자리에서 일어났다. 160원을 지닌 채 희미해져 가는 별들을 보며 나는 영도섬의 새벽길을 뛰기 시작했다. 신문장사를 하며 알게 된 어제의 아이들이 이야기하던 곳으로 신문을 받으러 찾아간 것이다. 토성동 개다리 옆에 있었던 〈동아일보 부산분실〉이란 간판이 달린 건물 주위에는 신문팔이 소년들로 득실거렸다.

먼저 온 아이들이 쇠창살 앞을 가로 막고 뒤로 길게 줄을 이어 서 있었다. 나도 내 차례를 위해 줄을 섰다. 금방 내 뒤에도 줄이 이어져 나갔다. 같은 처지의 소년들이라 이야기하기도 쉬웠다.

"신문은 언제쯤 나오노?"

하고 뒤에 선 아이에게 물으니 곧 올 것이라고 했다. 얼마 있지 않아서 자전거가 신문이 가득 실린 리어카를 끌고 왔다. 건장한 소년들이 그 리어카를 밀며 뛰어오자 삽시간에 왁자지껄해진 속에서 아귀처럼 아이들은 서로 줄에 붙어 먼저 신문을 받을 양으로 밀어 붙였다. 나는 내 차례가 되어서 가진 돈만큼의 신문을 받았다. 그러고 나서 그 신문을 꿍쳐 쥐고는 오고 가는 사람조차 없는 먼동이 트는 조용한 길거리를 "동아일보요, 동아일보요." 하고 외치며 이길 저길로 바쁘게 뛰었다. 앞에서 뛰던 아이가

"동아일보요, 특보요."

하며 다른 말로 외쳤다. 그때는 선거기간 중이라서 신문이 다른 때보다 잘 팔렸는데, 야당의 대통령 후보였던 신익희 선생이 갑자기 죽었다는 뉴스가 신문팔이 소년들한테는 사회의 충격만큼이나 힘차게 뛸 수 있는 하루였다.

한낮이 되면서 다방과 상점에서는 동아일보를 찾는 사람이 많았고 신문이 모자라서 동아일보 1장에 50원씩이나 값이 뛰었다. 어찌되었건 당장은 신문팔이 소년들은 신이 났다. 나는 그 하루 동안에 아침 겸 점심요기까지 하고도 800원이나 모았던 것이었다.

내가 밤늦게 집에 돌아와 보니 죽그릇이 어제와는 달랐다. 다른

때처럼 밥그릇이 아니고 좀더 큰 양재기에 식은 죽이나마 하나 가득 담겨 있었다.

나는 다음날도 그 다음날도 신문장사로 나다니면서 세상 살아가는 법을 알려고 노력했다. 선거가 끝나니까 신문은 열심히 뛰어도 잘 팔리지 않았다. 그래도 나는 하루도 쉬지 않고 매일같이 나다녔다.

날씨가 점점 더워지자 신문장사는 더욱 힘들었다. 어떤 곳은 토박이가 있어 드나들지도 못했다. 그런 것을 모르던 나는 어느 날 큰 봉변을 당했다.

아무것도 모르고 어느 다방에서 신문 한 장을 팔고 나왔는데 누군가가 내 손목을 붙잡았다. 옆을 쳐다 본 나는 나보다 나이가 더 든 아이들에게 끌려가서 몰매를 맞았다. 옷이 찢겨지고, 온 얼굴에 멍이 들었고 신문도 찢겨졌다. 나는 그때 공포 때문에 울기조차도 못 했다. 심지어는 칼을 목에 대고 찌르려 하면서 한 번만 더 들어오면 죽이겠다고까지 했다. 아무도 나를 구해주는 사람은 없었다. 나는 반죽음이 되어서 일어나기조차 못해 신음을 하고 있는데 그들은 더럽다는 듯이 내 몸 위에다 침을 뱉으면서 가버렸다.

나는 한 번 당하고 나서부터는 조심이 생겨 텃세가 심한 곳은 피해다녔다.

신문은 잘 안 팔렸다. 형수는 내가 돈을 벌어오길 기다렸다. 나는 동네 아이들과 노는 것보다 신문을 들고 낯선 골목길을 헤매며 다니는 것이 더 마음이 편했다. 나는 '무슨 일을 하면 어린 내가 돈을 좀 벌 수 있을까' 하는 생각뿐이었다.

나는 어느 날 신문이 잘 안 팔려서 그냥 걸어가다가 길가에서 아이스케익을 팔고 있는 소년에게 말을 걸었다. 그도 아이스케익이 잘 팔리지 않는지 통 위에 앉아서 아이스케익 하는 소리만 계속 내어지르고 있었다. 나는 신문을 든 채, 그 소년 옆으로 접근하였다. 그리고는 궁금한 것을 물었다.

"하루 얼마나 버니?"

그는 질문을 하는 내 얼굴을 싱겁게 쳐다보며 말했다.

"응 600원 정도야."

더 많이 버는 사람도 있다고 말을 했다. 나는 600원이란 수입에 그만 부러운 마음이 생겼다.

"아무라도 할 수 있는 거니?"

나는 또 어떻게 하면 아이스케익 장사를 할 수 있느냐고 물어보았다. 그 소년은 나한테 통값은 얼마를 걸어야 하고 아이스케익을 받을 때의 값은 얼마를 낸다는 등을 가르쳐 주었다. 1개를 팔면 4원이 남았다. 그래서 나는 그 소년과 약속을 하였다. 다음날 아침 아이스케익집 앞에서 그와 만나기로 한 것이다.

통값 1,800원이 약간 문제였지만 신문장사 밑천을 보태고 형수한테 얼마를 받으면 되겠다고 생각을 한 것이었다. 이렇게 해서 나는 다음날은 신문장사를 그만 두고 아이스케익 장사로 전업을 하였다.

아이스케익 공장 사람들은 내가 너무 어려보이는 모양이었지만 굳이 하겠다고 사정을 하고 나서니, 아이스케익집 주인도 잘 해 보라고 하면서 승낙을 하였다.

한여름의 날씨는 얼음통을 어깨에 걸친 몸에 땀이 쭉쭉 흐르게 하였다. 신문장사 때처럼 활동이 간편하지만은 않았다. 아이스케익 통은 무게가 있었고, 처음 시작하니 생각보다 어색한 것이 많았다. 당장 급한 것은 아이스케익이란 소리가 입 속에서 맴돌다가 사라져 버리는 것이었다.

나는 몸에 비해 무거운 통을 메고 무작정 걸었다. 그러다가 시청 근방에 와서 눈을 딱 감고 용기를 내어서 아이스케익 하고 외쳤다. 그때 누가 내 등 뒤에서 아이스케익을 달라고 하였다. 나는 멋진 폼을 내면서 아이스케익을 통에서 끄집어내어 손님에게 주고 통 뚜껑을 닫았다. 그때 케익을 산 소년이 내게 물었다.

"너 케키 장사 하니?"

나는 고개를 들고 손님의 얼굴을 마주 보았다. 내 눈 앞에는 고향에서 같은 동네에 살던 소년이 서 있는 것이었다. 나는 무슨 죄지은 사람처럼 가슴이 두근거렸다. 얼굴에 열기가 올라오고 할 말이 나오지 않았다. 그냥 멋쩍게 웃었다. 그는 10원짜리 한 장을 내밀었다. 그제사 말이 튀어나온다.

"그냥 두어."

그러나 그는 억지로 돈을 받게 하고는 많이 팔라는 말을 남기고 다른 곳으로 가버렸다. 그가 보이지 않을 때까지 나는 멍청히 거리만 주시하다가 너무나 초라해 보인 내 자신에 대하여 부끄러운 마음을 느꼈다.

통을 둘러멘 내 머릿속엔 아무 생각도 떠오르지 않았다. 발길이 움직이는 대로 걸어갔다. 자리를 잡은 곳은 시청 뒷편 바닷가의 선

창가였다. 오고가는 사람조차 뜸한 인적없는 곳에서 통 위에 앉아 오랫동안 바닷물만 쳐다보았다.

아무리 애를 써도 떠오르지 않는 아버지의 얼굴, 마지막 돌아가실 때까지도 잠시도 편안하지 못했던 어머니의 모습이 떠올랐다. 그리운 옛날 생각에 내 두 눈에서는 눈물이 계속 뺨 위로 흘러내렸다.

간간히 지나던 사람들이 아이스케익 있느냐고 물으면서 사 주었다. 나는 바보처럼 하루 종일 멍청하게 있었는데, 하늘에는 노을이 지기 시작하였다. 선선한 바다 바람은 땀도 멈추게 해버린 것인지, 지나는 사람들도 더 아이스케익을 사먹으려는 사람이 없었다.

나는 비로소 정신이 조금 들어서 아이스케익이 어떻게 되었는지 궁금하였다. 통을 열고 안을 들여다보니 아이스케익은 보이지 않고 나무꼬지와 단팥죽으로 변해버린 케익 녹은 물이 보였다. 이럴 때는 어떻게 해야 좋을지 몰랐으나 버리기에는 밑천이 든 물건이 아까웠다. 양철통을 통 안에서 끄집어내어서 나무꼬지를 집어내기 시작하였다. 밥 대신 그 물이나 마셔야 되겠다고 생각한 것이다.

통에서 주어낸 나무꼬지는 23개나 되었다. 23개의 아이스케익물을 먹으니 미적지근한 케익물은 정말로 맛이 없는 음식이었다. 나는 빈 통을 챙겨 둘러메고 전등불이 켜지기 시작하는 길을 걸으며 케익공장을 찾아갔다. 공장의 기술자가 어린 날보고 다 팔았느냐고 물었지만, 대답을 할 수가 없었다. 빈 통에 얼음을 채우고 다시 50개의 케익을 통에 받아 넣었다.

먼 곳에 보이는 변두리 마을의 불빛을 보며 목청을 돋구어 어둠을 향해 외쳤다.

"아이스케익, 맛있는 아이스케익."

하나라도 더 팔아야 한다는 집념이 나를 숨 가쁘게 뛰어다니게 했다. 온종일 아무것도 먹지 못한 몸은 죽을 지경이었다. 그런데도 입은 소리를 내지른다. 뱃속에서는 먹은 게 없는데도 이상한 소리를 낸다. 꿀렁꿀렁 뱃속이 흔들리는가 하면, 6.25사변 때 들은 기관 총 소리를 내기도 했다.

뱃속은 시간이 지날수록 더욱 요동이 심해 갔고 통증마저 느끼게 되었다. 그런데도 온통 생각은 밑천을 날리는 것이 걱정이 되어서 죽으라고 움직이며 외친다. 어서 케익을 다 팔아야 하는데, 저녁 때 먹은 케익 녹은 물이 몸에 좋지 않은 모양이었다. 나는 참기 어려운 괴로움을 느끼면서 식은땀마저 흘리며 밤을 이겨내었다.

하루 저녁을 보내고 나니 고통은 멈추었지만 온몸에 힘이 빠진 것이 만신창이었다. 좀 있으면 괜찮겠지 하는 마음으로 모처럼 시작한 장사를 하루라도 빼먹고 싶지 않아 나는 다시 케키 공장으로 나갔다. 뜨거운 한여름의 땡볕 속을 나는 열심히 아이스케익 장사로 시간을 채웠다.

그러나 여름이 지나고 서늘한 기운을 느끼면서 길거리에는 얼음장사가 한 사람, 두 사람 자취를 감추었다. 아이스케익 장사들은 대부분 전업을 서둘렀다.

이제 나는 무엇을 할 것인가 하고 혼자 생각을 더듬어 보았다. 무엇이라도 하고 싶다. 그러나 내가 해야 할 일을 곰곰 생각해도 머릿속에 얼른 떠오르는 것이 없었다. 하다못해 나는 해볼 만한 일거리를 찾아 거리를 쏘다녔다.

세상에는 13살짜리 소년에게 줄 일거리는 많지 않았다. 어느 날은 사람들이 없는 영도의 고갈산 꼭대기까지 혼자 올라갔다. 칡뿌리라도 하나 캐고 싶었는데 어디에도 내가 찾고 있는 것은 보이지 않았다.

먼 바다를 바라보면서 큰 숨을 몰아쉬었다. 저 멀리에 또 다른 섬들이 어렴풋이 시야에 들어왔다. 더 가까운 바다에는 배들이 오고 가는 것이 보였고 섬 주변에서는 무엇인가 물체들이 움직이고 있는 것이 보였다. 나는 호기심과 혹시 저곳에 내려가면 무슨 일이 생길 것 같아 길도 없는 산비탈 길을 마구 내려갔다.

휘파람 소리처럼 길게 숨을 몰아쉬며 해녀들은 해안의 물속에서 작업을 하고 있었다. 물 위에 떴다가 곤두박질을 하면 1~2분 정도 물속에 들어갔다 나오곤 했다. 나는 다른 일도 없고 해서 그 사람들의 일하는 장면들을 계속 주시하면서 여자들이 용하게 물속에서 일을 한다고 신기한 생각을 하였다. 얼마쯤 있으니까 물속에서 한 사람씩 나오는데 모두 그물 망태기에 가득 채운 해물들을 힘겹게 메고 나왔다.

그들이 잡아 온 물건은 시장에서 파는 것들이었으며 상당한 돈이 될 듯도 싶었다. 바다에는 임자가 없는지 아무라도 일을 하는 것 같았다. 해녀들은 숫자가 꽤 많았다. 나는 해녀들의 주위에 접근하여 얘기도 듣고 작업을 해 온 물건들도 보고 나서 집으로 돌아오면서도 임자 없는 저 넓은 바다에서 무슨 일이든 일거리를 찾아야 되겠다고 생각을 하였다.

그날 저녁 나는 동리앞 문방구점에서 30원짜리 잠수경潛水鏡 하나를 구해 와서, 행여나 그 수경에서 물이 샐까봐 밤새도록 양철과 유리 사이에 초땜질을 하였다.

다음날 날이 새자 아침이라고 죽 한 그릇 얻어먹고는 밀가루 푸대 하나를 구해서 돌돌 말아 옆에 끼고서 인적이 뜸한 바닷가를 찾아갔다. 사람의 왕래가 없는 곳을 찾다보니 길도 나지 않은 험한 산비탈과 위험한 벼랑을 몇 번이나 타고 넘어가야 했다.

7. 가을의 바다

추석이 지난 후의 바닷물은 차가워 있었다. 막상 자리를 정해 두고 작업을 시작하려고 하니 푸른 물이 마음속에 두려움 같은 걸 가지고 왔다. 그러나 나는 입고 있던 옷을 하나둘 벗었다.

금방 온몸이 알몸으로 드러났다. 서늘한 기운이 몸을 떨리게 한다. 마다리 푸대를 줄에 묶고 그 줄을 배에다 동여매었다.

나는 물이 얕은 곳으로 뛰어들며 몸을 허우적거렸다. 몸 전체가 물속에 잠긴다. 손발을 놀리며 헤엄질쳤다. 수경을 얼굴에 맞게 고쳐 쓰고 머리를 물속에다 들이밀었다. 얕은 바다 밑이 보였다. 금방 몸이 지칠 것만 같았다. 그러니깐 나는 해녀들처럼 바다 깊은 곳에서는 작업을 할 수가 없었던 것이다. 겨우 힘을 다해 물가에서 20여 미터쯤 떨어져 파도에 잠길 것 같은 물 가운데 보이는 바위까지 헤엄을 쳤다

금방 숨이 차왔다. 손이 바위의 한 모서리를 잡았다. 그때 밀려온 파도가 내 몸을 바위에서 떼어 놓으려고 했다. 나는 힘을 다해 허우적거리며 다음 파도가 올 때까지 안정을 취했다. 숨을 조절한 다음 고개를 물속에 묻고 바다 밑을 보았다.

수심 2미터 내지 3미터에서는 내가 찾던 물건들이 보였다. 돌미

역도 있었고 곰피같은 해초도 보였다. 다시 얼굴을 물위에 내어놓고 숨을 조절했다. 그리고는 물속을 향해 고개를 처넣고 곤두박질을 쳤다. 작은 손에 한 움큼의 해초를 뜨면 물위로 올라왔다. 바다 밑 돌에는 소라도 붙어 있었고 담치도 바위에 붙어 있어서 딸 수가 있었다. 나는 약간의 물건을 만들어 물 밖으로 가지고 나왔다.

소라와 담치를 불에 구워서 생미역과 함께 시장기를 메우고는 작업을 계속하였더니 몇 시간이 못 되어 집에서 준비해 나간 마다리가 가득 찼다.

집으로 돌아가기 위해 물기 젖은 몸을 닦고 옷을 입는데 온몸엔 한기가 생기고 이빨이 부딪쳤다. 불을 피운 나무에서는 불꽃보다 연기가 더 많이 났다. 눈물을 흘리며 입김으로 불꽃을 내게 하고 그 불꽃에 의지해서 몸을 녹이며 모든 시름을 잊었다.

제법 무게를 내는 물기가 흐르는 마다리를 어깨에 걸머멘 채 나는 왔던 길을 되돌아서 동리로 돌아왔다. 내가 해온 물건들을 보며 형수는 놀란 눈으로 신기해했다. 형수는 그것을 우리가 먹을 만큼 남기고 이웃집에다 파는 모양이었다.

우리 가족도 담치를 충분히 넣은 시원한 국물로 오래간만에 배를 채울 수가 있었다. 나는 다음날도 바다에 나가서 일을 했다. 내가 해온 물건을 형수가 시장에 내어가서 돈과 바꾸어 보리쌀도 사고 강냉이가루도 사왔다. 나는 고달픔보다 형수 앞에서 사람대우를 받을 수 있는 것이 어린 마음에도 대견하게 생각이 되었고 기분 좋은 일이었다.

어떤 날은 나를 따라 동리의 다른 애들도 바닷가에 나오는 날이 있었다. 나는 외진 곳에서 물질을 할 때 옆에 친구가 있는 것이 얼마나 마음이 든든한가를 느꼈다. 그런 날은 더욱 경쟁이나 하듯 열심히 일을 한다.

11월이 되면서 바닷물의 온도는 물속의 일을 하기에는 너무나 차가워졌다. 해녀들의 작업하는 모습도 눈에 잘 뜨이지 않았다. 내 용기와 인내에도 한계를 느꼈다. 동리의 애들도 나를 따라 바다에 나가기를 원하지 않았다. 나는 다시 다른 일거리를 구해야 했고 온종일 거리를 헤매는 신세가 되었다.

생활은 내가 보기에도 더욱 쪼달리는 눈치다. 형님은 가족에 대한 부양에는 책임이 없는 사람처럼 우리에게 강냉이죽 먹이는 것조차 해결하지 못했다. 나는 형님을 원망해 본다거나 나무라는 마음을 가져보기에는 아직도 어린 나이었다. 한 번도 형님의 행동에 대해서 섭섭한 마음을 가져보지 못했다.

형편이 이러했으니 노는 것이 일하는 것보다 부담이 되었다. 나는 다음날도 어슬렁 어슬렁 길을 헤매며 아침부터 오후 늦게까지 내가 할 수 있는 일을 찾으려고 사방을 두리번거리며 거리의 이곳 저곳을 돌아다녔다. 어서 무슨 일거리든지 찾아야지 하는 마음뿐이었다.

그러던 어느 날이다. 그날따라 시장기가 더 느껴지는 것 같았다. 나는 시청 옆 청과시장 근처를 서성댔다. 그때 마침 내 눈앞에는 김장배추를 가득 실은 리어카를 덥수룩하게 생긴 50대의 나이 든 사람이 끌면서 쩔쩔매고 있었다. 사람들은 그 옆을 스쳐 지나가면서도 아무도 도와주지 않았다.

어떤 여인이 옆에서 낭패한 얼굴로 바쁘게 무슨 말인지 해댄다. 나는 그 옆으로 다가가서 물었다. 제가 밀어 드릴까요? 하는 소리에 끙끙 용을 쓰고 있던 짐꾼 아저씨가 나를 쳐다보았다. 허수룩한 차림보다도 허약해 보이는 체구가 더 마음에 안 드는지 그 짐꾼은 아예 대꾸조차 않고 다시 리어카를 끌려고 힘을 써댔다. 그런데도 리어카의 바퀴는 꿈쩍도 않는다. 나는 짐꾼의 승낙도 얻지 않고 리어카 뒤를 힘써 밀어주었다. 리어카는 그제야 꾸무적거리다 바퀴가 돌기 시작하였다. 나는 아무런 생각 없이 내 일인 양 계속 리어카를 밀었다.

꽤 오랜 시간 동안 리어카는 골목을 몇 번이나 돌아 비탈진 곳을 올라갔다. 찬바람이 부는 겨울이었는데 온몸에 땀이 흘렀다. 리어카 짐꾼은 리어카를 세운 채 배추 단을 묶은 줄을 풀기 시작하였다. 그제서야 배추 주인인 듯한 여자가 신기한지 내 얼굴을 주시한다. 나는 누구의 말도 듣지 않은 채 배추포기를 한 아름씩 안고 집 안에다 쌓기 시작했다.

일이 다 끝나니 여자는 리어카 짐꾼한테 500원을 준다. 돈을 받아 쥔 짐꾼은 돈과 내 얼굴을 번갈아 보며 한참 생각하는 눈치였다. 100원짜리 한 장을 뽑아 쥐고는 '너 뭐라도 사 먹어라' 하면서 내 손에 쥐어주었다.

나는 몇 번이나 사양하며 거절하다가 그 돈을 받았다. 돈을 손에 쥐고 보니 힘들었던 조금 전의 일들이 기억에서 사라져갔다. 중년이 넘어선 리어카의 짐꾼한테 말했다.

"내가 끌고 갈게요."

짐꾼은 말없이 미소를 짓고 나는 신나게 리어카를 끌며 앞서 갔다. 짐꾼은 급히 내 뒤를 따라오며 조심하라고 일렀다. 두 사람은 바쁘게 청과시장을 향해 뛰었다. 리어카 주인인 짐꾼은 무엇을 생각하는 것 같더니 또 말을 걸었다.

"야, 너 점심 먹었니?"

나는 무어라고 대답할까 망설이지도 않고

"저는 점심을 안 먹어요."

짐꾼은 왜 점심을 안 먹느냐고 묻고 부모님이 계시냐고도 물었다.

"형님하고 살아요."

무엇인가 느낀 표정으로 먼 공간을 향해 한숨을 쉰다. 그러던 리어카 주인은 내 손을 끌고 가더니 억지로 30원짜리의 우동을 한 그릇 사주며 먹게 했다. 나는 짐꾼한테서 오랜만에 따스한 정을 느꼈다.

13살짜리 소년이었던 나는 짐꾼과 청과시장을 돌아다니며 김장 배추를 사러 온 사람들한테 접근하여 "리어카 가져올까요?" 하고 물으며 다녔다. 이렇게 하여 정말 나는 짐꾼의 조수가 된 것이다. 짐은 자주 내가 맡아 왔다. 힘은 들어도 돈이 생긴다는 마음에 더욱 용기를 내어 리어카를 밀고 다녔다.

짐꾼은 나를 보고 똑똑하다며 칭찬도 해 주었다. 나는 그가 준 얼마의 돈을 생각하면서 저녁때가 되어 다시 물어보았다.

"나 내일도 나오면 어떨까요?"

"그래 나오너라."

짐꾼의 승낙에 나는 신나게 길을 향해 뛰었다. 내 뒷모습을 짐꾼은 한참이나 보고 있었다.

나는 이렇게 해서 날마다 짐꾼을 따라 시장엘 다녔다. 그러나 겨울이 깊어가고 날씨는 더 추워졌다. 김장거리를 사려고 청과시장에 나오는 아주머니들의 발걸음도 뜸해졌고 김장거리를 실은 트럭도 청과시장에 들어오지 않았다. 청과시장도 그만큼 한산해졌다.

이젠 인정이 두터워 보이는 짐꾼과도 헤어져야 하는 시간이 왔음을 느꼈다. 그동안 내 사정을 대강 아는 그는 자기 걱정은 하지 않고 내 걱정부터 해 주었다. 이제 또 무엇을 할 것인지를 물었다. 그러면서 푸념을 내뱉었다.

"너 같은 아들 하나만 있으면……."

그는 자기 자식들을 두고 섭섭한 말을 했다. 나는 일거리가 없어진 청과시장을 떠날 때 아저씨께 '보람 있는 일이 생기길 빌겠습니다'라고 말하며 마지막 인사를 나누었다.

나는 내가 생각한 말로서는 근사한 말을 했다고 느끼면서도 어린 나이 때문에 다소 수줍은 마음을 지닌 채 목적지도 없이 공연히 큰 길 쪽으로 그냥 뛰었다. 그리고는 또 무슨 일인가 해야겠는데 하는 생각만이 강렬하게 내 마음을 흔들어 놓았다. 나는 세차게 부는 바닷바람을 귓가에 맞으면서 으시시한 기분을 느꼈다.

내 정처 없는 밤걸음은 40계단 위로 오르고 있었다. 나는 길가의 벽에 붙여진 구인광고를 한 자 한 자 읽기 시작했다. 그때 나는 신문 배달원이 되고 싶은 충동에 휩싸였다. 나는 용기를 내어 구인광고가 붙은 옆 계단의 신문사 간판이 달린 문을 밀며 들어갔다. 신문사 사무실 안에는 나보다 나이가 위로 보이는 소년들과 어른들이 있었다.

나는 누구에게 물어보아야 할 것인가 망설이다 안경을 낀 중년 신사의 책상 앞으로 걸어갔다. "신문 배달원 모집합니까?" 하고 먼저 물었다. 신사는 내 행색을 아래위로 훑어보더니 다른 책상 앞에 앉은 사람을 가리켰다. 나는 또 그쪽으로 옮겨갔다.

"신문 배달원 모집합니까?"

조금 전에 했던 말을 다시 반복했다. 나는 그 신사로부터 몇 가지 질문을 받고 대답을 하였다. 그 사람은 나에게 몇 가지 구비서류를 해오라고 일러 주었다. 나는 동아일보 부산분실의 간판이 달린 문을 나왔다. 그리고는 또 거리를 무작정 걸었다.

8. 신문 배달원

내 머릿속에는 금방 신문을 돌리는 모습이 떠올랐다. 그리고 빨리 신문을 돌리는 배달원이 되고 싶었다.

내 마음은 겨울철인데도 열기가 생기기 시작했다. 형수가 집에 돌아온 내 눈치를 보기 시작하자 나는 무엇인가 마음속에서 금방 죄인처럼 자신이 위축됨을 느꼈다. 그리고는 한참이나 지난 후에야 형수 앞에서 신문배달원 모집광고를 본 이야기를 했다. 그때 내 심중은 '절대 공짜밥은 안 먹을 겁니다' 하는 감정이었다.

형수는 내 이야기를 들으면서 담담한 표정을 지었다. 얼마 후 자리에서 일어난 형수가 희멀건 강냉이 가루죽 한 그릇을 반찬도 없이 방으로 들여왔다.

나는 며칠 동안이나 애를 써서 구비서류를 갖추어 신문사에 가져다주었다. 곧 통보하겠다는 그쪽 사람들의 말을 믿고 집에 돌아와서 하루하루 겨울의 추위를 골목의 양지쪽에 서서 소식 오기만을 기다렸다.

학생들의 겨울방학이 끝나고 난 어느 날 그렇게 기다리던 배달원의 자리에 대한 신문사의 통보가 왔다. 나는 신문사로 달려갔다. 나에게 인수인계를 해 줄 전임 배달원을 신문사에서 소개받고 다음 날에는 전임 배달원의 안내로 독자집을 확인하기 시작하였다.

한 아름의 신문을 허리에 안은 채 전임 배달원을 따라 한 집 한 집 신문을 넣으며 내 배달구역이 될 독자들의 집을 익혀갔다. 첫날은 배달이 끝나고 보니 3시간이나 걸렸다. 동광동 5가에서 영주동 수원지 위까지 골목마다 돌아야 했다. 새벽마다 반복되는 인수인계가 3일 만에 끝이 났다. 전임 배달원이 얼굴에 시원한 표정을 지으며,

"잘 해봐!"

하면서 나를 격려하는 말을 해주었다.

"…응 고마워."

하는 말로 대답을 하며 고등학교 학생이었던 전임 배달원 소년과 작별의 악수를 했다.

이젠 정말 나는 배달원이 되어 이른 새벽, 별들이 총총한 하늘을 보며 한 아름의 신문을 허리에 들쳐 멘 채, 한 집씩 독자집을 찾으며 뛰어다녔다. 날이 갈수록 배달을 하는 일은 익숙해졌고 추위도 봄기운에 쫓겨 누그러졌다.

신문은 서울에서 기차로 밤에 실려와 새벽 5시쯤에 도착되어 왔기에 통금만 해제되면 나는 배달을 위해 잠자리에서 일어났다. 집 안에 시계가 없었던 형편이라 언제나 통금해제 싸이렌 소리에 신경이 곤두섰다. 싸이렌 소리를 놓쳤다가는 독자들한테 투정을 받기가 일쑤였다. 일찍 잠이 들었다가 일어나면 하늘에는 별이 총총했다. 어린 나는 시간을 어림잡을 줄 몰라 잠자리에 들어도 선잠조차도 청하지를 못했다. 오직 신경은 잠결에서도 싸이렌 소리를 들

기 위해 곤두서 있었다.

이런 생활을 하다 보면 자정이 새벽으로 착각될 때도 있고 새벽이 자정으로 느껴질 때도 있었다. 잠 속에 빠져 있던 나는 싸이렌소리만 들으면 무의식적으로 일어났다. 그때마다 사방은 어두웠고, 그믐날이 되면 더욱 그러했다.

그런 어느 날이다. 나는 싸이렌소리만 듣고 자리에서 일어나 낯이 익은 어두운 길을 늦을 세라 달음박질을 쳤다. 골목을 나설 때만 해도 총총히 걷는 골목길의 사람을 보았다. 나는 늦은 것만 같은 마음으로 더욱 발길을 재촉했다. 그런데 거리는 점점 죽음처럼 고요해져 갔다. 영도다리를 넘으려는 찰나에 누가 뒤에서 자꾸 나를 불러 세웠다.

"야 이리와 봐."

나는 그때까지 경찰서의 순경 아저씨가 왜 나를 부르는지 알지 못했다.

"너 지금 어디 가니?"

가까워진 거리에서 순경이 말했다.

"신문 돌리러 가요."

라고 대답을 하고 발길을 돌렸다. 그런데도 순경은 다시 불렀다. 제법 차분한 목소리로

"지금 몇 신데 신문을 돌리러 가느냐?"

나는 순경의 질문에 이해가 가지 않았다.

"싸이렌 소리를 듣고 나온 거예요."

싸이렌 소리란 내 말에 순경은 무언가 알아채고는 12시 30분이

라고 일러 주었다. 그제서야 나는 자정을 새벽이라고 착각하게 된 사실을 알게 되었다. 할 말이 없어서 웃음이 나왔다. 경찰서 정문 근무의 순경도 씩 웃었다.

나는 새벽까지 정문초소의 나무의자에서 졸며 시간을 기다려야 했고, 새벽을 알리는 싸이렌 소리에 비로소 신문사 쪽으로 달려갔다. 그날은 수십 명의 배달원 중에서 일착을 하였고, 한참이나 기다린 끝에 신문사의 문이 열리고 사무실 안의 난롯가에서 몸을 녹일 수가 있었다.

하루하루의 생활 속에서 신문배달도 익숙해져 갔다. 신문사의 상급 직원들로부터 착실하다는 평도 자주 듣게 되었다.

신문배달을 시작한 지도 1개월을 넘어섰다. 이제 나는 배달료를 받을 날이 온 것이다. 흐뭇한 마음에 돈을 받으면 쓸 곳부터 생각하고 있었다. 이런 내 마음이 그날 오후부터 당황하게 되었다. 내 상급직원인 배달직 감독은 미수금영수증에서도 돈이 잘 걷히지 않는 영수증 중에서 배달료만큼 받아서 가지라고 뜯어 주었다.

내 마음은 지금까지의 기대가 무너지는 것 같았다. 내가 돈을 가져오기를 집에서는 기다리고 있는데 단돈 얼마라도 돈이 생겼으면 하고 생각을 하면서도 다른 방법이 생기지 않았다.

나는 맥 빠진 발걸음으로 영수증을 지닌 채 급한 생각에 구독료가 밀려 있는 독자 집으로 찾아 나섰다. 독자들은 모두 한결같이 며칠 더 기다려 달라고 했다. 나는 아무리 뛰어다녀도 그날은 한 집도 수금을 못한 채 힘없는 발걸음을 집으로 돌렸다.

맥이 빠져 있는 나를 본 형수는 의심하는 눈치였고, 무능력했던 형은 어떤 마음에서인지 욕설을 섞어가며 다 집어치우라고 화를 냈다. 나는 내가 큰 잘못을 저질렀을 때처럼 민망스런 마음에 어떻게든 그 순간을 넘기고 싶었다. 세상의 고통과 시련은 이런 순간에 나를 더욱 기죽게 했다. 떨어진 고무신에서는 물기가 올라오는데도 나는 신발 하나 바꿀 대책이 없는 것이었다.

그러자 집안에서도 대우가 더욱 나빠졌다. 죽그릇이 바뀐 것이다. 양재기에 담겨져 있던 것이 대접으로 바뀌었다. 나는 하루하루 더욱 심하게 허기를 느꼈다. 몸은 크려고 바둥대는데 속을 채우지 못하고 배고픔을 참는 것이 습관처럼 되어 갔다. 언제나 반복되며 생기는 딱한 일 속에서도 살아야 되겠다는 희망만이 나를 움직이게 하였다.

밤이 이슥해지는데 얼마의 미수금을 받겠다고 나는 영주동 일대를 쏘다녀야 했다. 화교 골목의 어떤 국밥집에도 두 달 치의 구독료가 밀려 있는 집이 있었다. 상점의 벽에 걸린 시곗바늘이 저녁 9시를 가리켰다.

나는 국밥집 안으로 들어서는 순간부터 구수한 돼지고기 삶은 냄새가 속을 뒤집어 놓았다. 연방 군침이 입 안에 가득가득 고였다. 신문대금 받으러 왔다는 말을 하면서도 시선은 자꾸만 음식 있는 곳과 음식을 먹는 사람들께로 옮겨갔다.

우두커니 서 있는 나를 보고 식당주인은 다음에 오라면서 불쾌한 표정으로 말을 했다. 나는 온몸에 맥이 풀리는 것을 느끼면서 한 달 치라도 좀 떼어 달라고 다시 매달렸다. 주인은 이런 내 앞에서 화를 내며 나를 몰아세웠다. 나는 할 말을 잊고 우두커니 서 있었다. 이런 나를 두고 식당주인은 더욱 기세를 더하며 옥박질러 왔다. 주위 사람들이 보기가 딱했던지 오늘은 돌아가고 다음에 와서 달라면 될 것이 아니냐고, 모두 내 사정은 알려고 하지도 않고 나를 타일렀다.

이 세상에는 아무도 나의 딱한 사정을 알고 있지 않았다. 내 뺨 위에는 눈물이 흘렀다. 이런 나를 보고 식당의 주인 남자는 더욱 기세를 높여서 상말까지 했다. 나는 항변을 할까 말까 망설였다.

어떤 손님이 나를 자기네 자리에 앉히고는 '어른의 말을 그렇게 안 들을 수 있느냐'고 타일렀다. 식당 주인도 모두가 나를 타이르자 조금은 마음이 풀리는지 잠잠해졌다.

나는 아무래도 내 처지를 이야기하는 것이 좋을 것 같아서 어린 나이에 신문배달원이 된 사정 이야기를 했다. 나는 식당 주인이 내 말을 가로 막는 것도 상관하지 않고 앞에 있는 사람들에게 오늘 하루 일어났던 일을 이야기했다.

이 영수증이 내 월급이라는 점과 어쩌면 내일은 온종일 굶게 될 것이라는 딱한 내 형편을 털어놓으니까 주위의 분위기는 점점 가라앉았다. 그렇게 안 좋게만 보던 주인은 '내일은 꼭 주마'고 여러 사람 앞에서 약속을 하였고, 주위 사람들은 무척 측은한 눈으로 나를 보는 것이었다. 정말로 모두 놀라는 눈치였다.

발길을 돌려 식당을 나오는 내 마음속에는 세상의 인정이 생각했던 것만큼 험한 것이 아닌 것 같은 기분을 느꼈다. 하도 많은 날들을 굶다 보니 몇 끼 정도는 굶어도 배고픈 것을 느끼지 못할 지경이었다. 나는 힘없는 발걸음 속에서 무의식적으로 음식을 원하고 찾게 되는 본능을 느낄 뿐이었다.

나는 날마다 여전히 신문이 도착하면 한 아름이나 되는 신문을 안고는 같은 길을 뛰어 다녔다. 어떤 날은 신문을 실은 기차가 연착할 때가 있었다. 그런 날은 배달원들은 애를 먹게 된다.

신문을 집어넣으면, 신문을 기다리던 사람들이 대부분 투정을 해댄다. 어떤 사람은 쫓아 나와서 〈구문〉을 넣을 테면 당장 끊으라고 호통을 치는가 하면, 아무리 설명을 해도 아예 신문을 안 보겠다고 으름장을 놓기도 하여 급한 내 발길을 붙들어 두기도 했다.

나는 이러한 모든 일이 투정부리는 독자 앞에서는 꼭 내 잘못인 양 송구스럽게 행동해야 했다. 그리고 세상의 인심이 나 같은 소년을 수월하게 살아갈 수 있도록 용납하지 않았다. 힘드는 일은 하루하루 더 많이 생기고 고역은 늘어갔다.

날씨가 더워지면서 땀투성이의 몸이 된다. 이 골목 저 골목을 정신없이 헤매다 영주동 수원지 위쪽을 돌 때에는 언제나 떠오르는 아침 햇살을 맞게 된다.

어느 날 아침에 생긴 일이다. 기차가 좀 늦게 도착을 했다. 나는 힘들게 한 집 한 집 신문을 넣고 있었다. 영주동 수원지 위쪽을 올라왔을 때에는 아침 햇살이 온누리를 비추었고 태양은 제법 하늘 가장자리까지 떠올라 있었다.

신문을 기다리던 사람들은 나를 부르며 신문을 넣지 말라고 성화들이다. 나는 기차가 연착이었다고 변명을 하면서 다음 집으로 뛰었다. 그런데 그 순간이었다. 온몸에 맥이 탁 풀렸다. 땅과 하늘이 빙빙 돌았다. 머릿속이 어지러워 더 이상 몸을 지탱할 수가 없었다. 이래서는 안 된다고 생각을 하면서도 중심을 잡을 수 없는 것이다. 다음 순간 나는 의식을 잃고 말았다.

내가 의식을 회복하였을 때는 많은 사람들이 내 주위를 에워싸고 있었다. 나는 내 꼴이 어린 마음에도 쑥스러워졌다. 주위에 흩어진 신문을 챙겨 들고 사람들이 걱정스럽게 바라보는 눈을 피해 힘껏 뛰어갔다.

14살의 한 해를 신문 배달로 날들을 채우고 보니 영양실조 속에서도 자란 키가 그동안의 경험과 함께 이젠 어떤 일이라도 할 수 있겠구나 하는 마음의 여유가 생겼다.

동아일보 부산분실 내에서 배달지역이 좋지 않기로 소문난 구역을 일년 만에, 내가 처음 신문사로 자청해 찾아갔던 때처럼 신문배달을 하겠다고 찾아온 사정이 딱한 소년에게 독자집을 한 집씩 한 집씩 인계를 하였다.

나보다도 두세 살 위인 것 같은 소년은 내가 처음 배달을 시작할 때처럼 의욕을 가지고 인수를 받는다. 3일간 나는 그 소년과 같이 다니면서 배달길을 상세히 일러주고 복잡한 길목에서는 그만이 알 수 있는 표시를 하게 하였다.

나는 그 소년에게 마지막날 자신이 있느냐고 물으니 미소를 지으면서 기대감에 넘치는 표정을 보였다. 나는 오래간만에 해방감에서 맛보는 시원함을 느끼며 그 소년과 헤어졌다.

고향을 떠나와 낯선 도시에서 어린 나이에 삶을 위해 싸워 온 세월도 3년이 되었다.

형이 입다가 물려주는 옷이 요즈음에 와서는 바짓가랑이나 소매를 걸지 않아도 되었다. 품은 우장처럼 느껴졌지만 행동하기에는 옛날보다 수월했다. 나는 빨리 성장하여 어른이 되는 생각을 자주 하였다.

오가는 사람을 볼 적이면, 많은 사람들 속에서 자기 문제를 해결할 수 있는 신체와 힘을 가진 사람들을 부러워했다. 검게 탄 얼굴에 지게를 진 사람을 볼 적에도, 길거리에 늘어 선 무허가 우동집의 포장을 부담 없는 표정으로 젖히며 들어서는 것을 볼 때면 부러운 마음이 생긴다. 나도 언제쯤이면 저런 곳을 끼니때마다 부담 없이 드나들 수 있을까 하는 조그만 기대를 가지게 되었다.

한 끼니에 막국수 두 그릇을 먹는 것이 당장의 내 소원이었다. 나에게 다른 소원이 있다면 아무 일이라도 남의 눈치를 보지 않고 당당히 해낼 수 있는 어른이 되는 것이었다.

별다른 기대나 희망을 가져 볼 곳이 없었던 나는 아무리 깊게 생각하여도 의지할 곳은 자신뿐이었다. 고통스럽고 고달파도 세월은 나를 성장시켜 주고, 나이를 먹게 해 준다는 사실을 믿을 뿐이었다. 오직 기다리는 마음이 있다면 그것은 세월이 흐르는 것만을 기다리는 것이었다.

겨울이 지난 바닷가의 풍경은 한가로웠다. 신문 배달을 그만 두고 할 일이 없었던 나는 다시 한적한 바닷가를 찾았다. 전에 다녀본 길이라 낯이 익은 산비탈을 수월하게 넘었으며 가파른 벼랑에서조차 평소 느껴보지 못했던 정감을 느꼈다. 작은 파도가 바위 끝에 와서 부딪치면서 흰 물결을 튕긴다. 그리고 그 물결은 금방 푸른 바다로 다시 잠겨 버린다.

물기 젖은 바위에는 돌김이 탐스럽게 붙어 있었다. 겨울 내내 자라서 그런지 제법 물결이 스칠 때마다 나래를 폈다가 물이 빠지면 바위에 붙어버린다. 나는 마음 내키는 대로 돌에 붙은 돌김을 뜯기 시작하였다. 시간이 갈수록 뜯어 모으는 김의 양도 많아졌다. 날씨가 아직 추우니까 물속에 들어가 작업을 할 수가 없어 여러 종류의 해물을 채취할 수가 없었지만 그래도 팔을 걷고 손길이 닿는 곳에 있는 것은 무엇이든지 뜯어내었다.

한 움큼의 김을 입 속에 넣고 씹어본다. 별달리 맛은 없지만 시장기를 느끼는 나에게는 분명히 도움이 되었다. 몇 시간의 작업을 통하여 얻은 것들이 제법 쌓여졌다. 아침에 나올 때 집에서 가지고 나온 보자기에 싸니 제법 묵직하였다.

다음 날도 나는 바다 쪽으로 나갔다. 아무도 없는 바닷가는 외로운 마음이 들지만 형수의 푸념이나 눈초리를 받는 것보다 이렇게 나다니는 것이 훨씬 더 좋았다. 날씨는 매일 따스하게 변해갔다.

물가에 다니면서도 마음은 빨리 날씨가 좀 더 따뜻해져서 물속에 마음껏 들어가서 필요한 것들을 더 많이 따내고 싶었다. 나는 하루도 쉬지 않고 바다로 나갔다. 살결이 검붉게 타들어 갔지만 나는 내 모습에 신경을 쓸 겨를이 없었다.

참으로 다행한 일은 이런 내 처지를 아는지 몸도 별 아픈 곳 없이 세월이 흘러가주었다. 동리 사람들은 추한 꼴이 된 내가 내 또래의 자기 자식들과 어울리는 것마저 달갑지 않게 생각하는 사람들도 있었지만 이런 곳에서도 단 한 집 이웃에 살았던 중국인의 부인이었던 일본 태생의 여인이 동리 사람 중 나에게 가장 호의를 가져주는 사람이었다.

그 여자는 동리 사람들과는 어울리는 일이 없었다. 그 집의 어린 아이도 언제나 이방인답게 부모하고만 논다. 나는 이웃인 그 집 아이와 시간이 있을 때마다 어울렸고 또 그를 업어주기도 하였다. 그래서 그런지 그 아이의 어머니 되는 일본 여자가 어느 날 나에게 말을 붙여왔다. 솥 공장에서 일할 수 있겠느냐는 것이었다. 부인은 솥 공장에 가면 밥은 양껏 먹을 수 있다는 소리를 했다. 나는 굶주림을 면할 수 있다는 말에서 어떤 일이든지 할 수 있다고 느꼈다. 그녀는 자기 남편에게 이야기할 것이니 마음으로 준비나 하고 있으라고 귀뜸을 해 준다.

그러던 어느 날, 그 일본 여인은 나를 부르더니 이야기가 되었으니 공장에 찾아가 보라고 하였다. 나는 헌 옷 한 벌을 챙겨 중국인들의 주물공장鑄物工場이 있는 대평동의 쌍화주물이라는 솥공장을 찾아가게 되었다.

9. 나이 어린 노동자

큰 대문이 양쪽으로 열려 있었고 건물이 있는 담장 안의 지면에는 온통 쇠뭉치들로 가득 쌓여있었다. 두 사람이 비껴 지날 만한 통로가 건물의 양쪽으로 나 있었고 그 입구에는 사무실이 보였다. 사무실 안에는 전부 중국인 같은 사람들이 저희들끼리 알아들을 수 없는 말을 주고받으며 떠들었다.

나는 그런 사람들한테 내가 찾아 온 용건을 말했다. 마침 한국말을 할 줄 아는 건장한 중국인 청년이 별 이야기도 없이 나를 보고 자기를 따라 오라고 했다. 나는 그 청년이 가는 대로 뒤를 따라 갔다. 나무로 짜여진 문짝을 밖에서 밀고 건물 속으로 들어가는데 꼭 굴속에 들어간 기분이 들었다.

실내는 캄캄했고 어느 쪽 벽에도 창문은 없었다. 굴속 같은 곳의 천정에는 30촉짜리 전구 두 개가 매달려 희미한 빛을 내고 있었는데 한참이나 지나서야 주위가 보이기 시작한다.

양쪽으로 깔린 마룻바닥은 사람들의 잠자리인 것 같았는데 키 큰 사람의 머리가 닿을 만큼의 공간을 두고 또 나무로 짜여진 마루가 설치되어 있었다. 나를 보고 2층으로 된 중간 마루에 자리를 정하라고 그 청년은 일러 주었다. 그리고는 그곳에서 작업복으로 옷을 갈아입고 내려오게 하였다. 나는 젊은 중국인이 시키는 대로 했다. 나무 사다리를 타고 올라가 내 자리라는 곳에 소지품을 놓아두고 옷을 바꾸어 입은 후 밑으로 내려왔다. 처음 이런 일을 당하고는 눈앞에 보이는 것이 신기하기도 하였다.

나는 다시 젊은 중국인을 따라 공장 안으로 갔다. 굉장한 소음이 귀와 눈을 놀라게 했다. 용광로의 후앙소리와 그 후앙을 돌리는 발동기소리가 사람들의 잡담하는 소리를 여지없이 삼켜 버리고 있었다. 온몸에 먼지를 뒤집어쓰고 있는 사람들을 보았다. 당장 뜨거운 열기가 몸으로 밀려온다. 우리 동리의 옆집에 살던 중국인이 저만치의 거리에서 혼자 주물의 형을 흙으로 만들고 있었다.

나는 내가 해야 할 일을 그곳에서 십장 일을 맡고 있는 중국인으로부터 지시를 받았다. 처음 하게 된 일은 수레를 미는 일이었다. 용광로의 개탄을 실어 나르고 쇠붙이를 실어 날랐다. 또 용광로에 들어가는 돌조각을 실어 날라야 했다. 좁은 통로를 아슬아슬하게 수레를 밀고 다녔다. 중국인 십장의 눈은 공장 안에서 일하는 사람들의 뒤를 따라다녔다.

힘 꽤나 있어 보이는 제대군인 한 사람도 나와 같은 작업인 수레를 밀고 있었다. 그 사람도 하는 일이 몸에 비해 고된지 쩔쩔매고 있었다.

나도 첫날은 긴장과 견뎌야 한다는 다짐 때문에 무사하게 넘기긴 했지만 하루가 지나고 보니 이제 열다섯 살인 내 체력이 감당하기에는 확실히 무리한 노동이라는 것을 느꼈다. 그런데도 억지로 견디게 한 것은 부식은 없으나 밥만은 양껏 먹을 수 있다는 미련 때문이었다. 조미료가 제대로 들어가지 않은 콩나물국도 허기진 생활 속에서 살아온 나한테는 부자들의 진수성찬보다도 맛있었다.

해가 져야 고된 일은 끝이 난다. 시간이 왜 그렇게 천천히 가는지 하루를 보내면서 몇 번이나 하늘의 해를 바라보아야 했다.

어두워진 후에야 몸에 묻은 먼지를 닦아내고 노동으로부터 해방은 되었지만 몸이 뭉개지는 것 같은 피로를 느꼈다. 나는 오랜만에 허기를 잊고 자리에 누웠으나 잠이 오지 않았다. 한참이나 잠을 청하기에 또 시달려야 했다. 왁자지껄한 분위기가 아침이 되었다는 것을 알게 해 준다.

사람들은 일을 하러 나가려고 서둘렀다. 나는 얼굴을 닦고 어제처럼 밥함지 속의 밥을 내 손으로 먹을 만큼 펐다. 밥은 배가 부르도록 먹을 수 있었으나, 이제는 지금까지 느껴보지 못한 온몸이 찢기는 듯한 괴로움을 느껴야 했다. 80여 명의 노동자 중에서 나는 가장 나이가 어렸고 보기에도 허약한 체질이었다. 그러나 아무도 주위에서는 내 이런 형편을 딱하게 생각한다든가 동정하는 사람이 없었다. 이곳에서 일하는 사람들은 모두가 고달픈 생활을 하며 사는 가난한 사람들이었기에 자기 자신의 지친 몸마저 해결하지 못하는 사람들이었다.

며칠이 지나니 아침마다 코에서는 코피가 쏟아졌다. 흐르는 피가 몸속에서 빠져나간다고 생각하면 안타까워 견딜 수가 없었다. 아무리 고통스러워도 또 감당하기 힘들어도 나는 당당하게 하루 동안 장정 한 사람 몫의 일을 해야 했다. 조금이라도 게으름을 피우면 중국인 십장의 눈이 등 뒤에 따라다녔다.

너무 일이 고되기 때문에 더 견디지 못하고 공장에서 나가는 사람이 생기는가 하면 이런 중노동도 직장이라고 찾아오는 사람들도 있었다. 작업 중에 쇳물이 조금이라도 땅에 엎질러지면 일을 하던 사람이 다치기도 했다. 쇳물은 너무 뜨겁기 때문에 살결에 닿으면 닿은 부분이 금방 타버린다. 누구나 이곳에서 오래 일하다 보면 쇳물에 데인 자국을 갖지 않을 수가 없었다.

내 몸에도 어느 사이에 쇳물 자국이 더러 생겼다. 나는 그때마다 다른 도리가 없어 견딜 수밖에 없었다. 그러다 보면 월급날이 돌아온다. 조금의 돈을 생각하면 그 돈을 기다리고 있는 사람들의 얼굴이 머리에 떠올랐다.

생활력이 없는 남편과의 사이에서 형수가 기대는 곳은 나였다. 그들은 나를 돌보려는 것이 아니라 내가 그들을 돌보아 왔고, 또한 조금은 돌봐주어야 하는 것이 내 사정인 줄 알았다. 형수가 아기를 낳아서 요즈음은 더 형편이 쪼달리는 모양이었다.

월급날이 아닌데도 집안의 형편이 다급한지 형수가 나를 찾아올 때도 있었다. 나는 첫 월급을 받는 날 군복을 물들여 놓은 작업복 한 벌을 사는 외에는 남은 돈 전부를 형수에게 건네주었다. 나를 짐스럽게 여기던 때와는 달리 돈을 줄 때는 태도가 몹시 달라 보였다. 내 마음속에는 이런 일을 겪고도 미움 같은 것이 없었다. 오직 하루하루가 견디기 어려워도 바보 같은 마음이 되어 어려운 일은 금방 잊고 참았다.

하루의 일과가 끝난 다음이면 공장 안 합숙소의 모든 노동자들이 외출을 해서 기차굴 같은 합숙소가 사람이 없어 비게 되면 나는 그 속에 혼자 남아 있게 되는 때가 많았다. 외출은 생각조차 하기가 싫었다. 가볼 곳도 없었지만 어디를 가도 위로를 얻을 곳이 없었기 때문이었다. 정말 이 공장에서 일하는 대부분의 사람들은 어린 내 눈에도 희망 때문에 일을 하는지 굶주림 때문에 일을 하는지 알 수가 없었다. 고된 것을 이기는 것이 이곳 사람들의 수단이었다.

내 잠자리 건너편에 잠을 자던 어느 50대의 중국인은 하루 온종일 허리 한 번 펴는 일 없이 맡긴 일에 순종하고도 그 대가로 받는 적은 돈은 아편주사를 놓는 데 다 써버린다. 그렇게 힘들여 돈을 벌고 있으면서도 그 돈으로는 아편가루를 구하는 것조차 부족하여 쩔쩔 매는 꼴을 보면 내 마음으로는 세상일들을 알 수가 없었다.

아편 중독자가 되어버린 지 오래된 것 같은 중국인 노동자는 합숙소의 사람들이 외출을 하고 나면 혼자 희미한 전등불 아래서 한쪽 손으로 자기의 팔뚝에다 주사기를 꽂고는 편안한 표정을 지으며 그때부터 눈을 감고 자리에 눕곤 하였다.

이런 일을 바로 맞은편에서 건너다보게 된 나는 그 영감이 무슨 일을 하는지 몰랐다. 그의 계속되는 행동이 이상해 옆자리에 있던 고참 노동자에게 물으니 아편쟁이라고 쉽게 말하는 것을 들었다. 이곳에 있던 고참들은 모두 나보다 먼저 그런 사실을 알고 있는 모양이었다. 그런데도 이곳의 사람들은 이런 일을 말리려 드는 사람이 한 명도 없었다. 또 사무실에 있던 중국 사람들도 역시 다른 노동자들과 같았다. 모두가 남의 일 따위에는 관심을 갖지 않고 있었다. 공장 안에서 일을 하던 사람들은 소박하게 보이는 얼굴과 행동이 달라 곧잘 속에 없는 말을 잘 하는가 하면 기를 쓰며 자기 사정들을 숨기며 그냥 넘기려고만 하였다.

이런 환경 속에서 같이 있다 보면 나의 하루도 고달픔과 애환 속에서 넘어갔다. 손수레를 밀고 있던 나를 중국인 십장은 어느 날 용광로의 고짓기로 지명을 하여 일자리를 바꾸어 놓았다. 옆에서 계속 들리는 후앙소리가 더 크게 들렸고 당장 견딜 수 없는 것은 열기였다.

덥다는 표현만으로는 말이 충분하지 않고 그냥 몸을 삶는 듯했다. 금방 땀이 흘러 몸은 물에 빠진 것 같이 된다. 이런 열기를 사방으로 흩어 버리기 위해 사람의 몸보다 더 큰 선풍기 날개가 등 뒤에서 온종일 돌아가니 석탄가루나 쇳가루의 먼지로 숨을 쉴 수가 없었다. 코까지 덮는 입마개로 입을 막고 그 위를 수건으로 다시 동여메고서 눈만 내어놓은 채 일을 했다.

한참 일이 시작되면 조금만 게으름을 부려도 쇳물이 안 나온다고 고함이 들린다. 어려운 일은 이유가 통하지 않는다. 더 열심히 일하는 것이 해결책인 것이다. 중국인이나 한국인 노동자들은 아무도 공장을 움직이는 십장의 말에 항변하지 않았다. 몸이 고달파도 공장을 떠날 수 없는 사람은 그 나름대로 사정이 있었고 그래서 순종 그 자체가 방법이었다.

일이 바뀌고부터는 자고 나면 아침에 가래가 목에서 넘어왔고 그 가래에 석탄가루와 먼지가 범벅이 되어 토해졌다. 이런 현상이 오래 가면 좋지는 않을 것이라는 생각이 머리에 떠올랐지만 날이 새면 또 같은 일을 하러 가야 했다.

그런 일들이 반년이나 계속되었다. 어떤 날 저녁의 일이다. 기차굴 같은 합숙소에는 여느 때처럼 노동자들의 외출이 많았다. 내 건너편 마루에서는 아편장이 중국인이 아편기가 떨어져 괴로워하다가 숨을 거둔 사건이 생겼다.

사람들은 그가 죽은 줄도 모르고 외출에서 돌아와 그 옆에서 잠을 잤고 아침이 되자 공장 안으로 일하러 나간다. 그 중국인이 잠자리에서 일어나지 않자 점심때가 되어서야 죽었다는 소문이 공장 안에 퍼졌다.

어느 손수레꾼이 공장 사무실에서 주는 몇 푼의 돈을 받고 아편 기운이 떨어져 죽은 송장을 가마니로 싸서 손수레에 싣고 공장문을 나갔다. 그날의 일인데도 노동자들은 아무도 죽은 사람에 대해 이야길 하지 않았다. 옛날 일처럼 모두의 기억 속에서 금방 사라져 버린 것이다.

공장 안에는 중국인 십장의 눈이 일이 시작되면 사방에서 번뜩거렸고, 쉴 사이 없이 일을 해야 하는 나와 같은 하급 노동자한테는 한숨조차 쉴 여유가 없었다.

그런 어느 날 형수와 손위의 누나가 나를 찾아 왔다. 점심시간에 누가 면회를 왔다기에 공장 밖에 나가 보았다. 형수는 나를 보더니 고개를 돌렸고 누나는 금방 눈물을 흘렸다. 내 가슴도 뭉클하여 눈물이 흐르려고 했으나 이래서는 안 된다는 마음으로 억지로 참으며 말을 끄집어냈다. 어떻게 왔느냐고 내가 먼저 물었다. 혹시 돈 때문에 온 것이 아닌가 싶었다. 지나가는 사람들이 우리를 쳐다볼 때 꼭 내가 동물원의 짐승 꼴이 된 것 같아서 그냥 올라가라고 말을 재촉하면서도 오늘 저녁에는 형님댁엘 올라가마고 하는 말을 남기고 내가 먼저 공장 안을 향해 발길을 돌려 버렸다.

오후가 되자 바쁜 일에 쫓겨 잡념은 금방 사라져 버린다. 일이 끝난 저녁에야 나는 온몸을 빨래비누 조각으로 깨끗이 닦았다. 오랜만에 군복에다 물들인 새로 산 옷을 입고 외출을 하려고 생각을 하였다.

그날 저녁엔 밥 대신 흑빵으로 식사가 나왔다. 나는 내 몫인 큰 빵 두 개를 종이에 싸들고 공장을 나와 형님 집으로 찾아갔다. 누나도 같이 있었다. 내가 싸온 빵 두 개를 방안의 사람들에게 내놓았다. 사람들은 연신 말을 하면서도 빵을 뜯어 먹었다. 제법 빵이 맛있다고까지 말을 한다. 돌을 지난 조카아이는 큰 빵을 움켜쥔다. 누나가 내게 '산 입에 거미줄 치겠느냐'고 다른 일을 해보라고 권했다. 형수도 그때 공장 안의 일에 대해 이야기를 듣고 나서는 그런 일이면 그만두는 것이 어떻겠느냐고 처음으로 인간적인 말을 했다. 나는 한 달 가량 남은 음력설까지만 하고 그만 두겠다고 내 의사를 밝혔다.

밤이 이슥해져서 합숙소로 돌아오려고 할 때까지 형님은 집에 돌아오지 않았다. 겨울은 여름보다 한결 일하기가 수월했지만 설날이 가까워 오면서 공장 안의 노동자들은 들뜨기 시작했다. 모두 명절을 쇠러 떠나면 그 사람이 다시 지옥 같은 이곳으로 돌아올까 하는 의심이 생겼다. 한 사람 두 사람 설이 가까워지자 공장에서 떠나갔다.

나도 음력설을 3일 남겨 둔 날 고향에 가야겠다고 십장한테 이야기를 했다. 사무실에서 계산을 하고 돈을 찾았다. 옷가지를 보따리에 싼 후 합숙소를 나오니 처음으로 중국인 십장이 미소를 지으면서 설 쇠고 고향에서 내려오면 공장에 다시 일하러 오라고 나를 타일렀다. 나는 고개를 끄떡거렸다.

공장문을 나오는 내 머릿속에는 아무것도 떠오르지 않았다. 발걸음은 점점 공장과 멀어졌다. 아직도 검은 연기가 나오고 있는 굴뚝을 보면서 자신을 처음으로 대견하게 생각했다. 지난 시간 동안 용케도 참았구나 하는 생각이 들었다.

이젠 열여섯 살이 되는 날도 며칠이 남지 않았다. 나는 당장 다음 날부터 허기를 느꼈다. 그러나 악몽 같은 솥 공장의 일들을 다시 생각하지 않기로 했다.

1월의 추위가 내 몸을 움츠리게 했다. 일자리는 쉽게 나타나지 않았고 온종일 거리를 기웃거려야 하는 내 몸을 찬바람이 사정없이 몰아쳤다. 춥고 배고픔을 절실히 느꼈다.

그러던 어느 날이었다. 골목길 점방에는 펑과자가 아이들에게 유행했다. 약삭빠른 사람들이 길거리에서 펑과자를 만들기 시작했다. 나는 이런 곳에 일자리를 얻게 되었다.

구식 짚차의 핸들을 잡고 틀었다가 놓는 일이 고작이었다. 연탄불에 달구어진 틀에 쌀을 조금 넣고 틀의 뚜껑을 닫고 핸들의 밑에 장치된 곳에 집어넣어 주면 나는 핸들을 돌려 틀을 압축시킨다. 그리고 나서 힘을 풀면 압축된 틀에서 펑하고 조그만 쌀알들이 큰 과자가 되어 튀어 나온다. 온종일 핸들을 돌리다 보면 손이 뻐근하고 몸도 피곤했지만 일할 수 있다는 사실과 조그만 돈이지만 수입을 얻을 수 있다는 데 만족했다.

이런 일자리에서 열심히 일하며 신용을 얻었다. 그래서였는지 이집 저집에서 나를 찾아주어 나는 쉬는 날 없이 일할 수가 있었다. 하루의 해가 지는 것만으로 세월이 바뀜을 느꼈다. 슬픔도 추위도 배고픔도 잊었다. 동리의 소년들이 성냥개비라고 부르는 별명처럼 나는 거리의 어떤 소년보다도 여위어 있었고 키만 멀쩡하게 컸던 것이다.

나는 이런 내 모습 때문에 내가 지금 당장 이룰 수만 있다면 내 소원은 한 끼에 우동 두 그릇만 먹어 볼 수 있는 형편이 되게 해달라는 것이었고, 또 말하고 싶은 것이 남아 있었는데 내 몸이 볼품이 없어도 좋으니 살이 좀 찌게 되어 남들로부터 업신여김을 당하지 않게 될 수 있었으면 하는 생각뿐이었다. 다른 사람이 안다면 우스운 말들뿐이었지만 나에게 이 두 가지는 절실한 소원이었다. 어떤 때는 나의 딱한 사정을 무작정 신에게 빌었다.

도시에는 겨울이 지나고 봄이 왔다. 평과자가 한때는 그렇게 유행이 되더니 사람들의 구미에서는 한물 가버려 평과자를 만들었던 집들이 여기저기서 문을 닫았다.

한참 성장기에 접어든 나는 또 주위의 눈치와 허기 때문에 새로운 일자리를 찾아내어야 했다. 이런 내 사정 앞에는 상의할 곳은 물론 일자리를 구할 수 있게 말해 주는 사람도 없었다. 오직 할 수 있는 일이 있다면 길거리를 쏘다니며 나를 원하는 곳이 있는가를 찾는 것뿐이었다.

온종일 행선지가 없는 발길을 재촉하여 시내의 여기저기를 기웃거렸다. 그러다가 대청동 미공보원 앞에 이르러 한낮의 강한 햇빛을 받으며 지치고 허기진 몸을 가누면서도 눈망울만은 사방을 두리번거리고 있는 내 시야엔 어느 집 담벽에 붙어 있는 흰 종이 위의 검은 붓글씨가 들어왔다.

나는 그곳을 향해 발길을 옮겼다. 예감처럼 종이에는 구인광고의 내용이 쓰여 있었다. 사원모집광고는 나를 필요로 하지 않았다. 그러나 나는 오래간만에 찾은 구인광고를 보고 포기할 수가 없었다. 내 머릿속은 잠시 어지러웠다. 부딪혀보고 싶은 마음이 불현듯 일어났다.

나는 집에 돌아와서 밤새도록 몇 장의 종이를 버려 가면서 이력서를 썼다. 볼품없는 얼굴이었지만 빨래 비누로 때를 씻었다. 옆집의 내 또래 친구의 바지를 빌려 입고 와이셔츠는 형이 씻으려고 벗어 놓은 것을 집어 입었다. 나 자신의 이력이 아닌 구인광고의 조건에 맞추어 꾸민 이력서를 들고 대청동에 있는 조선일보 부산지사의 간판이 붙은 문을 밀치고 들어섰다.

세 살이나 올려 쓴 나이, 게다가 사실이 아닌 고등학교의 학력 등 나로서는 양심까지 속이면서 조작한 내용들이 적힌 이력서였다. 이렇게 엉터리로 꾸며 쓴 서류도 그쪽에서 원하는 요구에 비하면 미비점이 많았다.

당시 조선일보 부산지사장이던 곽도산 씨는 총무부장으로부터 서류를 받아들고 한참이나 내 얼굴을 보더니 뜻밖에 잘할 수 있겠느냐고 물었다. 나의 떨리는 대답을 듣고 그 사람은 내일 아침부터 출근을 하라고 했다. 봉급은 당시 돈으로 일만 오천 원, 그리고 잘할 땐 수당도 준다고 했다.

나는 조선일보사의 부산지사 사무실을 나올 때 내 자신이 대견스러웠다. 꿈일까 생시일까 의문이 생길 정도였다.

그날 저녁은 무슨 일 때문인지 언짢은 표정이던 형수에게 취직이 되었다는 말과 일만 오천 원의 월급을 받게 되었다는 말을 전해 주었더니 그도 금방 얼굴을 활짝 피우며 정말이냐고 되물었다. 내가 회사에 취직되기까지 경과를 이야기하자 '당장 출근하려면 옷이 있어야 할 텐데' 하고 걱정을 해주었다. 그날 저녁 나는 중국인의 솥 공장에서 일할 때 산 군복을 물들인 옷을 손질해 입고 다음날 출근을 했다.

처음 내가 맡은 일은 신문 배달원의 배달감독과 애독자 구독 상태를 확인하는 것이었다. 나는 서구쪽 지역의 총무직책을 맡았으며 당장 활동을 하게 되었다. 배달원을 따라다니며 한 집씩 내 구역 안의 독자집을 확인하고 머릿속에다가 집어넣어야 했다.

나는 이곳에서도 같은 일을 하던 사원 중에 나이가 가장 어렸다. 실제로는 배달원이 나보다 나이가 더 많은 애들이 반이나 넘었다. 나는 이런 결점을 보완하기 위하여 남들보다 애를 써서 일했다. 밤이면 천자문 책을 사다 놓고 한문 익히기에 열중하기도 했다.

내가 나 자신의 약점을 보완하기 위해 노력하는 동안 2개월이 채 못 되어 여러 사람들한테서 특히 그곳 지사장으로부터 성실하다는 말을 들었다. 나보다도 나이가 더 먹은 고등학교 3학년인 배달원을 데리고 다니면서 미수금 독촉을 하였고 새로운 신문 구독자 확장에도 게으름을 피우지 않았다. 그러니 지사 내에서 구역별 수금 및 확장 부수에 1위를 하였다. 지사장은 나를 새롭게 신임해 주었다.

나는 신문사에서 하는 업무에 대한 일에 더욱 익숙해졌다. 나보다 훨씬 나이가 많은 동료 직원들은 나를 친절하게 대해 주었다.

나는 매일매일 보람을 느꼈다. 그러나 도벽이 심하고 가정을 돌볼 줄 모르는 형이 종종 회사 앞에 찾아와서 돈을 빌려 달라고 했다. 월급을 받으면 집에 보내주는데도 형님의 요구는 잦아졌다. 어떤 날은 배달원이 수금해 온 돈을 빌려주지 않는다고 어린 내 앞에서 눈물을 보이기도 했다. 이러다가 요구 조건이 이루어지지 않으면 막말을 하고 욕설을 하는 것이 예사였다. 나는 형을 볼 때마다 마음이 괴로웠다. 불쌍한 형, 나는 이런 형 때문에 몇 달이 지나도 옷 한 벌 사 입지 못했다. 나는 언제나 분주했다.

4월이 되면서 연일 학생들이 거리에서 구호를 외치며 시내 고등학교의 학생들이 경쟁이나 하듯 길거리를 메우며 데모를 했다. 신문은 이런 사실을 과장하여 보도하고 흥분한 시민들이 데모대에 박수를 치고 연일 아우성이었다. 그러니까 4.19의거가 일어난 것이다. 시내엔 계엄령이 선포되었고 무장한 군인을 거리마다 길목에서 보게 됐다. 사람들은 더욱 극성을 부렸다. 이런 행동은 사람들의 오기인지도 모른다.

사람들의 마음을 흥분시킨 나날 속에서 거리엔 담화문이 나붙었지만 사람들은 보지도 않았다. 데모대의 숫자는 불어났고 흥분은 봄철에 열기를 더해 갔다.

4월 26일, 이승만 대통령은 국민이 원한다면 대통령 자리를 물러나겠다는 하야 성명을 냈다. 경무대를 나서는 사진이 신문을 통해 온 사회에 전해졌고 하루아침에 집권당이었던 자유당이 몰락했다.

세상의 인심이 또 바뀐다. 그동안 자유당 정권 밑에서 그 정책에 반대하던 글을 실었던 탓으로 폐간되었던 경향신문이 그런 일이 있은 다음날 복간된 것이다.

천주교 재단에서 발행하던 경향신문이 새로 복간됨에 따라 전국에는 새로운 조직과 보급망이 형성되었고 조선일보 지사장이었던 곽도산 씨는 경향신문 부산지사를 다시 인수했다. 조선일보는 다른 지사장 앞으로 넘어갔다. 영업사원들의 반은 경향신문으로 반은 조선일보로 갈라졌다. 나는 곽도산 씨가 짜 놓은 인사 계획에 의하여 경향신문으로 갔다.

대청동에 있던 조선일보의 간판이 다른 곳으로 옮겨지고 바로 같은 자리에 경향신문의 간판이 나붙었다. 내가 이곳에서 새로 맞게 된 구역은 초량을 중심으로 한 동구 쪽이었다. 나는 이곳에서도 지금까지의 경험으로 다른 곳보다 많은 애독자를 확보하였고 운영도 잘 해 나갔다. 나보다 나이가 더 먹은 배달원들과도 순조롭게 일들을 처리해 나갔고 구역에 대한 활동도 힘이 있어 보였다.

그런 몇 달 후였다. 내가 관리하던 지역이 지국으로 떨어져 나갔다. 지국에서는 인수인계를 해 갔다. 이제 나는 지사 내에서 내근 근무를 하면서 부실한 지국을 인수하고 관리하는 직책을 맡게 되었다. 나는 요령을 피우는 것을 몰랐기 때문에 오직 지시된 사항에만 의지하였고 그러니까 문제를 생기게 하지 않았다.

신문에 대한 경험과 보급 과정의 관리에 소홀히 했던 사람들은 몇 개월이 못 가서 손해를 입게 되었고 지국을 지사로 넘겨왔다. 참으로 내게는 바쁘게 된 한 해였다. 이제 나는 열일곱 살이 되어가고 있었다. 설날이 얼마 남지 않은 어느 날 초량지국장이 나를 찾아왔다. 나를 보고 일을 좀 돌보아 달라는 것이었다. 그리고는 지사장에게도 매달린 모양이었다. 지사장은 곤란한지 나에게 의향을 물어보라고 하며 모든 것을 나에게 미루었다.

지국장은 좋은 조건을 제시하며 지사장이 승낙하였으니 자기의 이야기를 들어달라고 통사정이었다. 세상의 경험이 부족했던 나는 이럴 때 어찌할 바를 몰랐다. 나는 그만 지국장의 요청을 받아들여야 하는 것인 줄 알았다.

숙식을 제공하겠다는 지국장의 말에 따라 지국장 집으로 이사를 하였다. 한 달이 지나니 약속은 이행되지 않는 것을 알았다. 나는 지국장의 말에 속아 내 자신을 곤란하게 만들어 버렸다.

그곳을 떠나오려고 해도 지국장의 처남인 당시 초량 바닥에서 제법 악돌이로 소문나 있었던 27세 가량의 제대군인이 나를 괴롭혔다. 나는 두 달 동안이나 그들에게 억눌려 있었다. 이런 환경 속에서 나는 그곳을 빠져나오기 위해 요령을 피우기 시작했다. 그때부터 내가 하는 일이 그렇게 신통하지 못하니깐 지국장은 슬그머니 나를 놓아주면서 끝까지 엄포를 놓았다.

부산에는 봄이 서서히 오고 있었다. 나는 당장 실업자가 되어 직장을 구해야 했다.

영도로 이사와 살고 있는 누님 집으로 찾아갔다. 누나는 나를 보고 반가워하면서도 무슨 일을 저질렀는가 걱정하는 눈치였다. 나는 내 사정 이야기를 하고 며칠만 쉬겠다고 했다. 그러면서도 누이의 손에다 지니고 있던 돈 얼마를 건네주었다.

다음날부터 나는 할 일 없이 거리로 쏘다녔다. 나 자신의 새로운 문제를 해결하기 위해 길을 헤매고 있는 것이다. 그런 어느 오후였다. 대청동에 있었던 경남지역 병사구사령부 앞을 지나치게 되었다. 담벽에 붙여둔 신병 모집 포스터가 눈에 띄었다. 나는 그 벽 쪽으로 걸어갔다. 한 자씩 벽면의 글을 읽어 가면서 머리에 떠오르는 것은 군대나 지원할까 하는 마음이었다.

당장 내 발길은 앞에 있는 대서소에 들어가서 3군 지원병 모집 절차와 구비서류를 알아보았다.

10. 소년 지원병

해군과 공군은 인기가 있어 지원하는 데 상당한 돈이 든다고들 했다.

나는 비교적 지원 입대가 수월한 육군하사관 쪽을 선택하였다. 대서소에서 부탁을 하여 지원자 양식에다 써 넣어야 할 사항을 기재하고 나니 대서소의 사람이 접수증을 받아다 주면서 신체검사의 날짜와 필기시험 날짜들을 알려 주었다. 대서소를 나오니 머릿속에는 유니폼을 입은 내 모습이 떠올랐다. '정말로 군인이 될 수 있을까.'

군인이 된 나 자신의 모습을 그리면서 며칠 남은 날짜들을 기다렸다. 군대의 지원 서류를 접수시킨 뒤 가장 걱정이 되는 것은 신체검사였다. 흉위가 키의 절반이 못되었던 나는 지원병으로서는 너무 신체가 여윈 편이었다.

이런 사정 때문에 생기는 걱정과 기대가 교차되는 가운데 며칠이 지나간 뒤였다. 필기시험을 치른다는 날 병사구사령부의 건너편에 위치하고 있었던 집합 장소인 동광국민학교 운동장으로 찾아가니 100여 명의 지원병이 여기저기서 우울한 표정으로 모여들었다.

접수증이 수험표로 바뀌어졌다. 다른 소년들도 사정이 있어 군대에 지원을 했겠지 하는 생각을 했다. 막상 이런 장소에 나와 보니 마음은 우울하기만 하였다. 필기시험이란 것은 형식뿐인 상식 문제였다.

다음날 또 신체검사를 받아야 했다. 시청 옆에 있었던 제5 육군병원에서 실시되었다. 나는 판정관의 앞을 지나면서 불합격이 될까봐 몹시도 마음을 졸였다. 허약해 보이는 내 외모가 이런 곳에 와서도 문제가 되었다. 신경이 쓰이는 것은 흉위였다. 키의 이분의 일이 되지 않으면 불합격이 된다는 주위의 지원병들로부터 들은 말이 부담이 되었다.

키를 잴 때는 움츠려 보았고 흉위를 잴 때는 배 속에 숨을 빼고 흉위를 조금이라도 키워보고자 애를 썼다. 그런데도 신체검사 기록표의 기록이 아슬아슬하게 키의 절반이 되지 못했다. 나는 안타까웠다.

모든 신체검사의 절차가 끝났다. 지원병들은 현역 군인인 인솔자로부터 해산해도 좋다는 말을 듣고는 병원 밖으로 뿔뿔이 헤어졌다.

나는 견디기 힘든 고독감을 느꼈다. 가만히 있다가는 기피자가 많은 세상에 군대 지원도 못하는 병신꼴이 될 것 같았다. 호주머니를 뒤져보니 당시 돈으로 150원이 있었다. 아리랑 담배 한 갑을 살 수 있는 돈은 되는 것이다. 나는 주위를 살펴 담배 한 갑을 샀다. 그리고는 열심히 병사구 사령부 소속인 지원병 담당 군인이 걸어가고 있는 쪽으로 뛰어갔다. 가쁜 숨을 내쉬면서 일등중사였던 군인을 불러 세웠다. 마침 지나가는 사람은 없었다. 나는 애처로운 표정으로 그에게 말을 걸었고, 나의 지원병 번호를 외웠다. 그리고는 담배 한 갑을 그의 주머니 속으로 집어넣으며 말했다.

"부탁합니다."

쑥스럽게 웃으며 처음으로 어쩔 수 없는 일에 청탁을 했다. 군인은 병사구 쪽으로 걸어갔고 나는 뒤를 돌아 군인과 반대 방향으로 걸으면서 길게 한숨을 내뿜었다.

이젠 내 인생의 새로운 모험을 두고 무척이나 가슴 두근거리는 날을 보냈다. 아리랑 담배 한 갑에 큰 기대를 걸면서도 혹시나 하는 불안감은 머릿속에서 지워지지 않았다. 나의 모든 신경은 지원병 합격자 발표가 나는 날에 멈추어 있었다. 나는 합격자 발표가 있는 날 사령부의 담벽 위에 붙여진 종이 위에서 내 지원번호를 무척이나 조급하게 찾았다. 내 수험번호가 다른 사람들 번호 속에 끼어 있었다.

비로소 내 마음은 오랜만에 안정된 기분이었으나 또 새로운 걱정거리와 기대가 나를 이상하게 만들었다.

육군지원병 모병 담당자가 그곳에 모인 소년들을 보고 몇 월 며칠 부산역 광장에 몇 시까지 모이라고 일러주고는 해산을 시켰다. 나는 당장 나에게 닥친 사정을 아무에게도 말할 곳이 없었다. 내 이야기를 듣고 군의 지원을 만류해 줄 사람도 없었고, 그렇다고 내 앞날을 걱정해 줄 사람도 내게는 있을 까닭이 없었다. 그래서 비밀처럼 혼자 마음속에 감춘 채 아무에게도 말하지 못하고 시간만 기다렸다.

내가 군에 입대하는 날 누이네 집을 찾아가서 군대에 입대하는 사실을 알려도 몸조심하라는 인사조차 않는다. 형을 찾아가서 인사를 했으나 형도 말대꾸조차 해주지 않았다.

나는 전날부터 속이 비어 있으면서도 또 점심을 거른 채 오후의 소집 시간에는 부산역으로 걸어서 나갔다. 다른 지원병들의 주위에는 전송자가 더러 있었다. 아무도 위로의 말을 해 주는 사람이 없는 내 주위가 오히려 마음이 편하다고 생각했다. 군인 모병담당의 호루라기 소리에 마음이 긴장됐다. 나를 부르는 호명 소리에 크게 대답하며 줄에 끼어 서니 난생 처음 기차요금을 국방부가 물어 준 열차에 승차하게 됐다.

떠나려는 군용 완행열차의 기적이 울리자 기차 안에 탄 지원병들은 모두 밖을 내다보며 손을 흔든다. 나는 멍청히 내 지정석에서 창밖의 하늘을 쳐다보며 어서 오늘이 지나가 버리기만을 원했다. 기차는 조그마한 역까지 빠뜨리지 않고 멈추고 떠나니 완행열차는 피로하고 허기진 몸에 지루한 마음까지 갖게 했다. 지원병이 탄 객차에서는 그때부터 노랫소리가 흘러나왔다.

4시에 떠난 기차가 자정이 넘어서야 대전역에 도착했다. 우리가 타고 가던 객차가 다른 기차로 옮겨 붙는 작업이 있더니 금방 기차의 안과 밖에서 들리는 사람들의 말씨가 이젠 달라졌다. 호남선 안의 손님들은 전라도와 충청도 사투리로 나 같은 사람을 이방지대에 온 느낌을 가지게 했다.

기차의 움직이는 속도가 서울 쪽으로 올라가던 기관차가 끌 때보다 더 느린 느낌이었다. 좌석 주위에서는 조는 사람도 있었고 술기 때문에 코를 고는 지원병도 있었다.

선잠 속에서 호루라기 소리를 들었다. 정신을 차려보니 주위는 아직 어둠뿐인, 먼동이 트지 않은 새벽녘이다. 부산에서 지원병을 태워 왔던 두 대의 객차를 연무역에 떼어 놓은 호남선 완행열차가 시원하다는 듯 기적을 길게 울리며 금방 떠나가는 것이 보였다.

우리는 멈추어 버린 객차를 바라보며 이젠 더 갈 곳도 없는 목적지에 온 것이 느껴졌다. 군복을 입은 군인들이 그 시간부터 지원병들인 우리 일행을 통제하기 시작하였고, 열을 세워 호명을 하더니 물건짝처럼 부대의 트럭에 실어 군부대의 영내를 향해 달렸다. 군복을 걸친 군인들이 위압적인 말을 썼다. 우리 일행은 마음속의 잡념을 빼앗기고 말았다. 돈을 지불할 필요가 없는 군부대의 식사를 때에 맞추어 하게 된 것이다.

일정에 따라 신검대에 들어온 다음날 아침부터 우리 일행은 신체검사가 실시되었다. 징집되어 온 사람들은 불합격을 원하는 사람이 있어 사바사바 소리가 사방에 나돌았다.

지원병 중에서도 나이가 가장 아래에 끼었던 나는 이런 주위의 형편 속에서도 행여나 나에게 불합격이 떨어질까봐 가슴을 조여가며 신검대의 한 곳 한 곳을 통과했다. 신경이 많이 쓰이고, 손엔 땀이 흥건히 고였다. 이틀이나 걸린 아슬아슬한 나의 마음은 합격이라는 판정을 받고서야 비로소 안심이 되었다.

여느 사람들과 같이 다음날에는 군인으로서 처음 절차인 인식표 군번을 받았고 정식 군인으로 등록이 확인되고 그런 다음날에는 또 일주일간 머물렀던 신검대를 떠나 훈련소로 넘어갔다.

훈련소에서는 당장 편성을 끝내더니 우리가 입고 갔던 사복을 깡그리 벗게 하고 양말부터 모자까지 군수품으로 지급을 해주었다. 또 개인의 장비가 지급되었다. 군복을 갈아입은 우리들 앞에는 훈련병으로서의 입소식을 갖게 했고 다음날이 되니 훈련소의 일정에 짜여진 대로 신병들이 겪는 처음 과정인 훈련이 실시되었다.

계급장을 붙인 기관 사병들의 엄포는 다수인 훈련병을 통솔하는 데 말 한 마디가 충분한 위엄을 가지고 있었다. 긴장이 몸에 배인 탓 때문인지 날만 새면 훈련과 군인 수칙의 암기 그리고 지급된 장비의 청소관리 등으로 하루가 꽉 짜여 있었지만 마음속에서는 같은 일만 반복하니 지루하고 고된 느낌 속에 시간이 흘러갔다.

그런 어느 날이었다. 웬일인지 그날은 훈련을 마치고 나니 주위의 분위기가 이상했다. 훈련병을 막사 안에서 밖으로 나다니지 못하게 전달이 오는가 하면 기관 사병들이 무장을 하고 각자 막사에서 서성거렸다. '전쟁이라도 일어난 것인가?' 머릿속에는 알 수 없는 궁금증들이 생기기 시작했다.

그런 다음날 나는 엄청난 사실을 알게 되었다. 5.16혁명이 일어났다는 것과 성공했다는 사실이었다. 4.19혁명 일년 만에 또 5.16 군사혁명이 일어난 것이다.

하루의 짜여진 일과에 피로해 있으면서도 점점 알 수 없는 이런 사연 속에 '세상이 어떻게 되어 가는가' 하는 궁금증이 내 마음을 메워갔다. 이런 생각을 잠시나마 자신으로부터 떼어 놓을 양으로 혁명 같은 것은 내가 걱정할 일이 아니라고 부인하며 억지로 새로운 것에 대한 기대를 갖기로 했다. 다시 우리의 앞에는 아침이 왔고, 하루의 훈련이 시작되었다. 구슬프게 들리는 취침나팔 소리를 기다렸다가 하루의 밤을 새고 나니 또 다음날부터는 훈련을 마치고 쉬려는 우리들 앞에 암기사항 한 가지가 하루의 일과에서 늘어났다.

11. 못 외우는 암기사항

지금까지 외웠던 다른 군인 수칙보다 길게 연결된 혁명공약이 6가지나 있었고 점호시간 때마다 소대원이 복창을 하며 외우게 하더니, 며칠이 지나자 점호 시간이 되면 한 사람 한 사람 지적을 하면서 강압적으로 암기상태를 확인하였다. 다른 훈련병들은 잘도 외워대었고 금방 암기를 하는 사람들이 많았다.

나는 왜 혁명을 한 높은 군인들이 철학과 실천을 통하여 목적을 행하려 하지 않고 문장을 통하여 목적을 달성하려는지 걱정이 되었다. 그런 생각을 하고 있으니 아무리 애써봐도 이런 암기사항이 머릿속에 외워지지 않았다.

나는 지적을 받을 때마다 외우지 못했고 이런 나 한 사람 때문에 소대원들은 집단기합을 받았다. 이런 일이 생기니 소대원들은 점호시간만 되면 아예 내가 지적을 받을까 봐 모두가 함께 걱정을 했다. 원산폭격이라는 기합을 오래 받을 때에는 그 고통 때문에 나를 원망하는 훈련병도 있었다.

형편이 이 지경에 이르고 보니 나는 같은 훈련병인 소대원들한테서도 감정이 좋을 리가 없었다. 나에게는 고문관拷問官이라는 별명이 붙었다. 애가 탄 소대원들이 나를 두고 곧잘 이런 말로 핀잔을 주었다. 그럴 때마다 조국의 앞날에 대한 어떤 염려가 내 가슴 속에서 지워지지 않았다.

혁명공약 6가지의 말처럼 국가재건최고위원이라는 군인 출신들이 조국을 힘차고 올바로 일으켜 세워 주길 바라면서도, 군인으로보다 정치인으로서의 능력과 철학을 아직 알 수가 없었기에 성공한 자를 위한 찬양의 노래인 혁명공약이 내 머릿속에서는 감동이 느껴지지 않았다.

오직 무언의 일편단심으로 졸병신세에 있으면서도 그 속에서 내가 고문관이란 별명을 가지게 된 것이 다음날 부끄러운 일이 안 되길 바랄 뿐이었다. 나의 이러한 행동 때문에 몇 번씩이나 죄 없는 소대원들을 단체로 기합을 받게 하였다. 그런 후에야 6주의 훈련을 마쳤다.

그렇게 지루하게만 느껴지던 초여름의 하루하루가 훈련소라면 신물이 날 것같이 싫어지던 훈련병들의 마음도 퇴소식을 하는 날에는 모두 밝은 표정을 보였다. 새 군화와 군복으로 차려입고 연병장에 모여 훈련소를 떠나야 하는 퇴소식을 가지고 나니 처음으로 우리 일행들은 작대기 하나의 이등병 계급장을 받으면서 얼마나 감격했는지 모른다.

또 퇴소식이 끝나자 군용 트럭들이 와서 우리들을 배출대까지 차에 태워 옮겨다 주었다. 잠시 머물게 되는 이곳에는 날이 새면 떠날 사람들뿐이었다.

어떤 약삭빠른 사람들은 좋은 부대로 배치 받기 위하여 교제를 하는 자도 있었고 얼마를 쓰면 어디에 떨어진다는 루머들이 공공연하게 나돌았지만 나는 나 자신의 신상을 위해 아무런 힘도 쓸 수가 없었다. 나와 같이 훈련을 받고 배출대로 넘어온 동기들이 자기들이 가야 할 곳으로 명령을 받고 떠나는 것을 볼 때마다 나 자신도 궁금증을 가지면서도 그동안 친분을 느껴온 사람들과 함께 떠나게 되었으면 하는 기대를 가졌다.

남은 사람끼리 서로 병과를 묻게 되었고 초조한 마음속에서도 뒤에 힘써 줄 사람이 없는 나는 상급부대에서 내려올 특명에 의하여 정해질 나의 행선지에 대해 궁금증을 느끼면서도 행여나 하는 또 다른 기대뿐이었다.

그러던 날 오후였다. 주위에 호루라기 소리가 들려 왔다. 우리가 기거하던 내무반에서 대기병들의 행동이 분주해졌다. 개인 사물을 정리하고 집합하라는 연락이 전달되어 왔다. 내 이름도 있었다.

우리는 떠날 준비를 하고 집합 장소에 모였다. 5일 동안 대기하던 같은 병과의 일행은 부산에 소재한 모 특과학교特科學校로 특기교육 이수차 떠나야 하는 명령이 내려진 사실을 알았다. 행선지를 알고 나니 아무도 반겨줄 사람이 없는 부산이었지만 그래도 오랫동안 생활해 본 도시의 이름이었기에 알 수 없는 안정감을 마음속에 느낄 수가 있었다.

배출대를 나온 우리 일행은 인솔자의 지시에 따라 연무역에서 준비된 객차에 올라가 자리를 잡고 나니 그렇게도 마음에 부담을 주던 논산이 차츰 뒤로 멀어지면서 기차가 열기를 뿜으며 달리기 시작하였다.

군용 열차는 조그마한 역에까지 정차를 하는 완행이기 때문에 목적지인 부산진역에 도착했을 때에는 하루 저녁이 지나가 버린 다음날 이른 아침녘이었다. 의자 위에서 잠들었던 일행들은 고함 소리에 모두 긴장하며 일어났고 기차에서 내리게 한 인솔자는 우리를 한 곳에 모아 머리 숫자부터 세고 있었다. 또 옆에 와서 주위에 대기하고 있던 군용 트럭을 가리키며 우리 일행더러 각자 자기 이름을 호명하며 트럭으로 올라가게 하더니 숫자 파악을 했다. 그러고 나서야 트럭은 시내를 질주하며 달려갔다.

바쁘게 돌아가는 일정이 도착지인 특과학교에도 기다리고 있었다. 한나절이 지나서야 소대원이 편성되고 내무반의 막사가 정해졌다. 그리고 나서 온종일 긴장과 이곳에서 지켜야 하는 요식절차가 지시되어 왔다.

이곳에서의 교육은 훈련소와는 달랐다. 이론과 기술교육뿐이기 때문에 며칠이 지나게 되니 처음 들뜨며 긴장하던 마음도 잠시요 긴장이 온몸에서 풀리며 여름이라는 계절 탓인지 학과시간이 되면 졸음을 쫓기가 힘들어 또 고통이 생겼다.

이곳 특과학교에서는 6주의 기간이 지나면서 교육생들한테도 주말이면 외출을 신청하게 해서 허용해 주었다. 그런데 나는 이곳에서도 문제가 있었다. 혁명공약을 아직 암기하지 못했기 때문에 외출 신청이 처음으로 거절된 것이다. 부대마다 군인들한테 혁명공약을 억지로 암기시켰다.

나는 이러한 악조건에서도 여섯 줄의 혁명공약을 암기해야 한다는 사실에 주의하지 않았다. 또 일주일이 지나갔다. 그런 주말에 나는 외출신청을 하였다. 교육중대의 본부에서도 딱했던지 이번에는 외출이 허용되었다.

이등병 계급장을 잘 닦아서 광이 나게 하여 모자와 군복에 붙이고 신나게 길거리를 오래 간만에 자유롭게 걷고 있는데 누군가가 나를 불렀다. 헌병의 검문을 받은 것이다. 그러나 내 복장과 행동에 아무런 지적사항이 없음을 알고 그들이 부르는 쪽으로 걸어갔다. 헌병들의 요구로 외출증을 제시하였다. 순찰중인 헌병은 어떤 지적도 하지 못한 채 외출증을 돌려주지 않고 한 곳으로 끌고 가는 것이 아닌가. 헌병이 나를 데리고 간 곳에는 나처럼 외출증을 뺏긴 군인들이 줄을 잇고 있었다.

헌병들은 무조건 길가에 나다니는 졸병인 군인들을 찾아내어 통제하는 것이었다. 금방 헌병부대의 트럭이 와서 길가에 멈추어 섰다. 트럭 위에는 여러 명의 헌병들이 무섭게 눈을 굴리며 무조건 이유를 몰라 하는 군인들을 짐짝처럼 트럭에 싣고서 차를 달렸다.

내 마음은 모처럼의 신나던 기분이 불쾌해졌다. 트럭이 도착하여 멈춘 헌병대의 뒷마당에는 여러 부대에서 외출 나온, 나와 같은 신세로 보이는 졸병들로 수백 명이 웅성거렸다.

한 사람의 헌병이 급히 걸어오더니 고함을 질렀다. 십열 종대로 열을 세웠다. 중위 계급장을 모자에 단 위관장교를 앞에 세운 여러 명의 헌병들이 몰려와서 주위를 에워싼다. 또 우리한테서 빼앗아 간 외출증을 가지고 한 사람씩 호명을 한다. 모두가 다 모여 있는 것을 확인하고서는 줄의 앞사람부터 차례차례로 혁명공약을 외우게 하였다. 대부분의 군인들은 혁명공약을 외웠다. 다 외우는 군인에게는 외출증을 주면서 헌병대에서 내보내 주는 것이었다.

나는 끝내 혁명공약을 외우지 못한다는 이유 때문에 헌병대에서는 내 소속부대인 특과학교로 통고를 보냈고, 소속 부대에서는 차편을 보내서 부대로 싣고 들어가는 대신 주었던 외출증을 취소해 버렸다.

나는 군대 입대 후 처음 받은 외출을 이런 일로 취소당한 것이다. 나는 그 후 여러 번 부대 안에서 저녁 점호 시간마다 지적을 받고 혁명 공약을 암기 못한 이유 때문에 기합을 받았으며 심지어는 소대원 단체 기합까지 받게 했다.

그런 일이 자주 생기던 중 하루는 교육중대의 중대장이 나를 보고 학과장에 나가지 말고 남게 했다. 나는 나 혼자 남으라는 것에 궁금증을 느끼면서도 중대본부로 찾아갔다. 중대장과 기관사병들은 신기한 눈동자로 부동자세로 굳어진 내 얼굴을 뚫어지게 쳐다보았다. 교육중대 인사계라는 사람이 무슨 공문 같은 것을 읽어주었다.

"암기 불량으로 2일간의 중노동에 처함."

학교의 징계위원회에서 명령서를 내려 보낸 것을 알려준 것이다.

나는 중대장의 지시대로 한 자루의 삽을 들고 중대본부의 인사계를 따라 부대 옆 공지로 나갔다. 인사계는 나한테 흙구덩이를 파게 하였다. 한여름의 무더운 날씨는 잠시만에 땡볕 아래서 삽질을 하는 몸을 금세 땀으로 범벅되게 하였다. 그런데도 마음만은 간간히 불어오는 시원한 바람을 맞을 때처럼 오랜만에 내 가슴 속에도 답답한 마음이 삽질을 할 때마다 시원하게 느껴졌다. 이런 나를 두고 땡볕에 서 있기가 어려운지 감독을 하고 있던 교육중대 인사계가 '쉬지 말고 열심히 구덩이를 파라'는 말만 하고 그만 자리를 빠져나갔다.

나는 주말마다 외출이 거절되었다. 텅 빈 내무반에 혼자 누워서 이 생각 저 생각 하면서 그 사람들은 혁명공약처럼 정말로 실행할 것인가, 자기네들은 약속을 지킬 의무나 사명을 느끼지 않으면서도 그냥 우리 졸자들에게 찬사의 문장이나 외우게 하는 것이 그 사람들 취미인가 묻고 싶었다.

3개월간의 교육 기간 중 마지막 일주일이 남은 주말에야 나에게도 외출이 허용되었다. 나는 나를 반겨주는 사람은 없었지만 내 마음속에 고통의 추억이 쌓인 거리로 군복을 입고 마음껏 호흡을 하며 걸었다. 아는 사람이면 누구나 만나고 싶은 심정이었다.

이제 우리들은 마지막 일주일을 이곳에서 남겨두고 있었다. 1군과 2군을 두고 모든 교육생들의 마음은 후방에 떨어지길 원하는 모양이었다. 간간히 내무반 안에서 듣게 되는 이야기 속에서 누가 어디에다 줄을 대고 있다고 하는가 하면, 누구누구는 어디에 떨어진다는 말이 나돌았다.

배경도 없고 돈 대줄 사람도 없었던 나는 숫제 아무런 관심이 없었다. 내가 일군사인 전방부대에 떨어질 것이라는 것은 뻔한 사실이라는 생각이 누구보다도 내 마음을 안정시켰다. 나의 이런 생각은 특과학교의 교육이 끝난 다음부터 경험하게 되었다.

처음에는 강원도로 호송이 되었다. 또 며칠을 기다리니 이번에는 경기도였다. 신기한 것은 이렇게 돌아다닌 끝에 떨어진 곳이 1

군 관할의 직할 기술대대였다. 그러나 이곳의 신기한 생활도 오래 지속되지는 않았다. 반년이 못가서 딴 곳으로 또 옮겨가야 했다.

보충대를 거치고 거친 끝에 내가 간 곳은 최전방 사단의 소총대 대였다. 나는 비로소 내 신분에 맞는 곳에 오게 된 사실을 알게 되었다. 이곳에도 군복을 입은 군인들이 부대의 TO만큼 들어오고 나갔다.

나는 먼저 배치되어 온 병사들과 함께 어울려 근무하는 동안 이곳의 사병들이 좋아졌다. 배경이 있다는 자랑을 하는 병사도 없었으며 부잣집 아들이라고 뽐내는 사람도 없었다. 계급의 존엄성에 의해서 규율은 지켜지고 있었다. 당시로서는 우리나라의 영토로는 최북단인 삼팔선 이북 지역에서 근무하는 병사들 속에는 다른 부대처럼 탈영병도 간간히 생겼으나 대부분은 같은 처지끼리 그래도 주위에서 전우애를 느끼면서 병사로서의 사명을 지켜가고 있었다.

내 계급장이 고참 일등병이 될 때쯤에는 나는 소속부대 안에서 제법 강한 군인이 되어 있었다. 부대 안에서는 나보다 한 등쯤 높은 상등병 정도 군인들도 내 요령 앞에 도전하지 못했다. 다른 졸병처럼 배고프다는 생각이 들지 않을 정도로 양껏 밥을 먹었다. 중대 취사병들이 나한테서 골탕을 먹은 후부터였지만 나는 제법 큰소리를 칠 수 있는 형편이 되었다.

내 상사인 부대 선임 하사나 인사계, 또 중대장은 장난기 섞인 마음으로 부대의 궂은 일이 있으면 꼭 나를 차출하여 내보냈지만 그것은 나중에 알고 보니 나를 골탕 먹이려는 상사들의 짓임을 알았다. 이런 일이 반복될수록 나는 나보다 졸병인 후임자들에게는 인기가 늘어갔다. 반면에 중대에서 계급이 높은 사람들 앞에서는 골 칫거리였다.

이런 속에서도 세월이 지나자 상등병으로 올라갔다. 내 몸에서 는 오랜만에 힘이 샘솟는 것을 마음으로 느꼈다. 군대생활이 나에 게 있어서는 태어나서 처음 느껴본 행복한 곳이었다.

그런 어느 날 나는 휴가 특명을 받았다. 날씨는 제법 쌀쌀한 아직 도 살얼음이 끼는 늦은 겨울이었다. 보급품의 사정이 좋지 않던 당 시의 전방부대 사정은 몇 벌의 사지군복을 보급창고 안에 보관시 켜 두고 휴가병한테만 잠시 입고 갔다 오게 했다.

나는 그 소중한 옷을 받아 입고 부대에서 지급해 준 얼마 안 되는 휴가비였지만 제법 돈까지 타고는 군용열차를 이용한 휴가를 보내 기 시작했다. 당장 떠오른 내 기억 속에는 갈 곳이란 부산뿐이었다. 그래서 부산행 군용열차를 이용했다. 부대를 떠난 후로는 아무것 도 먹지 못했는데도 허기를 느끼지 않았다.

이른 새벽 기차에서 내려 부산의 낯익은 거리를 보면서 오랜만 에 형제들을 생각하고 영도 쪽으로 찾아가기 위해 길을 걸어갔다. 평소 모아 둔 몇 봉의 건빵과 한 보루의 화랑 담배를 선물인 양 손 에 들고 형의 집을 찾아간 것이다. 남의 땅 위에 지어진 무허가인 4 평짜리의 판잣집은 지금은 썩은 나무가 떨어져 나갈 것처럼 흔들 거렸고 바깥바람이 방안에 들어오는지 덜덜 떨며 군용담요를 감고 있는 가족들의 표정이 측은해 보였다.

근 2년 만에 나를 보는 그들의 모습은 그래도 얼굴에는 반가운 표정을 지었지만 무엇인가 당장 걱정이 있는 모양이었다. 내가 가방 안에서 내놓는 건빵을 보고는 아이들이 무척 좋아했다. 어른들은 아이들 보고 삼촌도 좀 먹게 하라고 말을 했다.

나는 이곳의 처지를 금방 눈치 챌 수 있었다. 그동안 모았던 돈과 휴가비로 받은 돈 전부를 내어놓았다. 가족들은 웬 돈이냐고 사양하는 척했지만 그것은 그들에겐 퍽 소중한 것이 되었다. 나는 형의 가족들이 측은했다. 이런 것이 정이라는 것일까.

20여 일간의 휴가기간 중 옛날처럼 굶주리게 되었고 아는 집에서 무슨 일거리가 생겼을 때는 서슴없이 잡부일을 도맡아 해주고, 그렇게 해서 받는 적은 돈은 형수한테 건네주었다. 그러던 나는 다시 부대로 돌아가야 하는 날을 맞았다.

국제시장에서 낡은 군복 한 벌을 샀다. 나는 부대로 들어가야 하는 날 나의 가장 가까운 혈육인 형제를 위해 내가 휴가복으로 부대에서 입고 왔던 새 군복을 벗어주고 낡아서 해어진 군복을 다려 입고서, 부대에 돌아갔을 때의 일은 생각하지 않고 귀대길을 서둘렀다.

추운 계절도, 어려운 일들도 견디려는 마음속에는 하나의 옛이야기처럼 희미한 추억을 남기면서 지나갔다. 나는 고참 병장이 되었다. 신기한 것은 군대의 급식 때문에 더욱 강해진 나의 뚝심이었다.

사단 체육대회에서는 각 부대에서 뽑혀 온 다른 연대의 씨름 선수를 넘기고 여러 사람들이 보는 곳에서 개인 1등을 한 사실이었다. 군대에 지원하던 때만 하더라도 그렇게 허약하던 내 신체가 군대의 급식으로 몇 년 만에 건강하고 강해진 것을 느꼈다. 비로소 내가 조국을 위해 무엇을 할 것인가를 생각했다. 정말 이 시기에는 나의 젊은 마음은 조국에 대한 애정과 조국을 위해 모든 것을 바치고 싶은 감정뿐이었다. 부대 내에서는 병사들의 눈이 이런 나를 대단한 사람으로 여기게 했다. 나는 주위에서 강한 자로 인식되기 시작했다.

나는 이즈음 부대 연대급 웅변대회에서도 당당히 1등을 하였다. 나의 웅변과 뚝심은 장병들 속에서 대단했다. 내가 어린 시절 나 자신을 지켜왔던 싸움 실력은 나를 얕잡아 보던 연대 내 제일의 유단자였던 태권 4단짜리와의 대결을 통해서 상대의 입을 봉하고 나서부터는 나의 또 다른 신화가 부대 내에 알려졌다.

어떤 허풍을 친다 해도 연대 안에서는 병사들이 아무도 나를 두고 거짓말을 한다는 사람은 없었다. 사단 내의 다른 부대에도 나에 대한 이야기가 알려졌다. 배짱 좋고 뚝심 세고 말 잘하며 머리 좋은 사나이라는 이런 소문은 인근의 도시나 민간인이 사는 동리에도 알려졌다.

가장 활기찬 젊음을 병영생활로 보내면서도 나는 군대생활에 만족할 수가 있었다. 부대 내에서 어려운 문제가 생길 때마다 나는 병사들 사이에서 대단한 인기가 있었다.

나를 잘 아는 사람들이 나에게 기대를 걸어 준 덕택에 어떤 문제도 잘 처리하게 되었다. 군기가 문란해진 것 같은 느낌이 들 정도로 연대 내에서는 내가 소속된 대대를 두고 카츄샤라고 부를 정도로까지 분위기가 좋았다. 그리고 우리 소속 대대의 수백 명 장병 중에서는 큰 문제가 나오지 않게 됐으며 탈영병도 줄고 있었다.

내 신분은 안면이 있는 지휘관이나 장교들로부터 열외사병列外士兵 대우를 받았다. 전우들이 나를 그만큼 뛰어난 사람으로 여기기 시작한 것이다.

12. 고참하사

나는 하사로 진급이 되었다. 나와 같은 연도에 입대했던 사병들은 제대를 하여 부대를 떠났다. 그릴 때마다 정들었던 그들을 보내는 것이 마음속에서 외로움을 만들었다.

낯익은 얼굴들이 떠난 후면 낯선 보충병이 오고, 같은 숫자의 부대원들을 보면서 나는 새로 오는 전우와 부대에 남았다.

세월은 나를 성숙한 군인으로 키워주고 있었다. 또 몇 년이 지나자 나는 고참하사가 되었다. 같은 계급장을 붙인 하사들이 나를 보면 하사님이라고 불렀으니 고참인 셈이다. 그리고 해를 넘기니 하사들은 중사로 진급하였다. '나도 중사가 되겠지' 하고 기다렸다. 그런데 몇 년 후배가 중사진급을 하였다. 나는 그 원인을 궁금히 여겼다. 진급 기회만 오면 해당자들은 진급을 위해 손을 쓰는 모양이었다.

나는 이런 사실을 알았을 때 군대행정에 대하여 실망하지 않을 수가 없었다. 천진하기만 했던 내 마음에 실소가 생겼다. 중사들이 하사 앞에서 쩔쩔매는 행동을 보는 신병들의 눈은 신기했지만 내 마음은 그렇지가 않았다. 나한테는 분노가 생겨났다.

근무성적표는 양호한데 그리고 통솔력이 매우 뛰어남이란 지휘관의 고가高價 점수는 어떻게 된 것일까, 이런 생각들을 할 때마다 나는 자신만이 느끼는 서글픔을 참을 수가 없었다. 이런 나 자신을 두고 많은 생각을 하게 되었다.

그래서 나는 절이 싫으면 중이 절을 떠난다는 속담을 생각하며 제대를 하는 것이 상책이라 여겼지만 아무리 생각하여도 뾰족한 수가 떠오르지 않았다. 이런 답답한 마음을 하소연할 곳도, 풀길도 없는 내 마음은 더욱 심란했다. 그러나 나는 내가 처신할 방도를 찾아 머리를 쥐어짰다. 그러다 지난날들을 생각했다.

굶주리다 지쳐 허기에 쓰러진 옛날의 일들이 떠올라왔다. 부대 안에서만은 불가능한 것이 별로 없었던 나는 정말 내 앞에 있는 어려운 문제를 내가 스스로 해결할 수 있을 것인가 하는 것이 궁금했다. 나는 당장 나 자신에게 지워진 운명에 도전할 결심을 했다. 이 몇 년 동안의 군대의 편한 생활에서 나 자신에 대한 장래를 잊어버리고 있었다고 생각했다. 이제는 노동력을 가진 어른이 된 사실을 스스로 깨달았다. 군대는 나에게 선택의 기회를 주지 않더라도 나는 이제 그 기회를 만들어야 하는 것이다.

그럴 즈음 나에게는 휴가 특명이 내렸다. 나는 휴가 기간 동안 군용열차가 닿는 곳이면 어디든지 마지막 무임승차가 될 기회를 충분히 이용하기로 마음을 정하였다. 제대 후의 일들을 생각하며 나는 여기저기를 찾아다녔다.

휴가의 부대 복귀날짜를 이틀 앞두고 새벽녘에 나는 군용열차로 용산역에 닿았다. 특별히 찾아가야 할 목적지나 할 일이 없는 나는 시간을 허비하기 위해 남산공원까지 걸어갔다. 희미한 전등불이 꺼지고 햇살이 밝게 비추니 시간은 한낮을 향해 달리고 있었다. 남대문시장으로 찾아가서 싸구려 식당에서 값이 싼 음식으로 아침 요기를 하고 이태원 쪽을 향해 걸었다.

걸음을 멈춘 곳은 육군본부 정문 앞이었다. 일선에서만 근무해 온 한 사병이 4성 장군이 있는 건물의 입구에서 위압감을 느끼게 된 것은 위병소 앞에서였다. 정문에는 헌병들이 눈을 부라리며 경계 근무를 하고 있는가 하면 영관 장교들이 일선 부대의 사병들처럼 정문을 드나들고 있었다.

망설여지는 발걸음을 옮겼다. 정문의 헌병이 증명서 제시를 요구한다. 나는 휴가증을 정문 헌병한테 보관시키고 본관 건물 앞으로 걸어갔다. 육군본부 본관 건물 앞에서 어디로 가야 할 것인지 얼떨떨했다. 마침 그때 여군 병사 1명이 옆으로 지나갔다. 당황하면서 나는 급히 여군의 뒤를 따르면서 그를 불러 세웠다. 내 목소리에 지나치던 여군이 발걸음을 멈추며 뒤로 돌아보았다.

예쁘장한 얼굴을 가진 하사 계급장을 단 여군이었다. 상대는 당당하게 내 아래 위를 훑어보았다. 그러니까 더욱 나의 마음에 당혹감이 생겼다. 온몸과 말소리가 그냥 떨렸다. 여군은 참모 총장실을 찾는 나의 아래 위를 이상한 눈으로 보며 본관 건물의 2층을 가리키면서 출입구와 복도의 위치를 알려 주었다. 나는 걸어가는 여군의 뒤를 넋 나간 사람처럼 쳐다보다가 시선을 되돌려 조금 전 여군이 일러준 대로 본관 건물의 2층으로 올라갔다.

2층의 복도는 꽤나 넓은 편이었다. 나는 이곳저곳을 기웃거리다가 복도의 중간쯤에서 참모총장실이라는 팻말을 보았다. 그 순간 긴장감과 당황감이 온몸을 위축되게 했다. 기대와 망설임이 한참이나 내 행동을 붙잡았다. 어떤 길이든 새로운 것을 찾기를 원하는 나를 생각하다 노크를 하기 시작하였다. 노크소리에 안에서 문이 열렸다. 과연 오늘 4성 장군을 만날 수 있을 것인가. 내가 복도에서 발을 옮겨 놓은 곳은 비서실이었으며 총장실은 또 하나의 문을 지나야 했다.

깨끗한 차림을 한 중령과 사병 두 사람이 나의 거동을 살폈다. 나는 군인답게 〈필승〉하며 경례를 했다. 그런 후 차분하게 중령을 보며 말을 끄집어내었다. 총장님을 만나고저 찾아온 동기부터 이야기했다. 용건이 나의 개인 신상 이야기임을 알아 챈 중령은 전화기를 들더니 교환대에다가 육군본부 주임상사를 호출하였다. 얼마 후 나이 든 상사 한 사람이 뛰어왔다. 내 이야기가 무엇인가 알아보고 될 수 있으면 선처를 하라고 내가 있는 데서 지시를 했다.

나에게서는 이 순간이 내 생애에 있어 중요한 순간임을 느꼈다. 호랑이에게 물려가도 정신만 차리면 살 길이 있다는 어릴 때 들은 속담이 머리에 떠올랐다. 나는 육군 본부의 총장실 부속실장과 주임상사 앞에서 그들이 납득하게끔 또박또박 말을 시작했다. 나는 고아 출신이며 무의탁 병사라는 것과 군은 나에게 있어 가장 훌륭한 직장이며 희망을 가질 수 있는 거처라고 말했다.

내가 이런 말을 늘어놓자 그들은 영문을 몰라 했다. 나는 나에게 나 스스로도 억제할 수 없는 병이 있다고 하였다. 누가 큰소리만 치면 총을 쏘고 싶어진다는 말도 꾸며댔다. 그리고 대남방송이 괴롭다고 했다. 나는 내 활기찬 젊음을 군대에 바친 내 뜻이 명예롭게 군대에서 물러나야겠다고 엄살을 떨었다. 내 이야기를 듣고 두 사람은 측은해 하였다.

나는 마지막으로 내 말 못하는 이런 사실들을 자신과 국가를 위해 더 숨겨 둘 수가 없어 군의 최고 책임자이신 총장님께 상의하고자 한다고 찾아온 동기를 그럴 듯하게 말했다. 부속실장과 주임상사는 내 소속부대와 계급성명을 메모했으며, 부대에 복귀 즉시 전역상신을 서면으로 올려보라고 일러 주었다. 나는 내 신분이 장기복무 지원자인데 쉽게 되겠느냐고 암시를 주었다. 육군본부에서는 내 상급 부대에 연락을 하겠다는 다짐을 했다. 그리고 내가 서 있는 앞에서 육본 교환대로 군단과 사단을 연결하였다.

나는 육군본부의 건물을 빠져나와 가벼운 걸음으로 한강 쪽을 향해 걸었다. 그러면서 마음속으로는 내일 일은 또 내일 생각하면 될 것이라고 믿으며 오늘은 행복해야지 하는 생각이었다.

부대에 복귀하고 휴가가 끝난 다음날 행정반 서무계 계원더러 전역상신 용지 한 장을 가지고 오게 했다. 그래서 아무도 몰래 전역상신을 자필로 작성했고 중대 행정반에다 문서의 발송을 의뢰했다.

중대 서무계 행정요원이 나를 찾아와서 이런 서류를 올릴 수가 없다고 말했다. 나는 상급 부대에 발송만 하면 된다고 말해도 병사인 중대 행정원은 믿지를 않았다. 사단 사령부 인사처에 전화로 확인해 보라고 하였더니 그때서야 서무계 요원은 당장 사단인사처 전역계에 전화를 하는 모양이었다.

사람들은 내 면전에서는 아무 말이 없었지만 내가 없는 곳에서는 내 행동을 두고 군대를 모르는 짓거리라고 비웃었다.

이런 날들 속에서도 나는 내가 제대하게 될 것을 생각하면서 하루하루 날짜가 지나가자 지금까지 군대 생활을 통한 안일한 일들을 기억하면서 한 달을 넘겼다. 궁금하고 초조한 시간을 보내던 나는 참지 못하고 부대에서 하루 동안 외출을 얻어서 서울로 찾아갔다. 한 달 만에 다시 만나게 된 육군본부의 부속실장과 주임상사는 나에게 어떻게 되었느냐고 물었다. 나는 바로 그 문제가 궁금해서 찾아왔다고 얘기했다.

두 사람은 '하사의 전역은 1군 사령부에서 명령이 내려간다'고 하며 '지시를 했는데…' 하면서 1군 사령부 전역계를 전화로 불렀다. 언제라는 날짜는 말하지 않으면서도 특명이 났다고 전갈이 왔다.

나는 궁금증 때문에 원주행 군용열차를 타고 1군 사령부로 찾아갔다. 군 사령부는 넓은 위치에 자리잡고 있었다. 담당 계원을 찾아가니 계원은 사병이었지만 나 같은 하사 따위는 별 것 아닌 것처럼 대했다.

나는 내 소속 부대를 대면서 언제부로 난 특명인가 날짜를 물었다. 사병은 금방 내 이름을 기억해 내고는 나를 대하는 태도가 달라졌다. 2·3일 후면 부대에 특명이 도착한다는 것이었다. 빨리 돌아가는 대로 출발 준비를 서두르라고 귀띔을 해주었다.

나는 급히 소속부대가 있는 지역으로 가는 차를 탔다. 그날 저녁 늦게 부대로 돌아온 나는 다정했던 사람들에게 제대특명을 받았다고 전했다. 하지만 아무도 내 말을 믿으려 하지 않았다.

다음날 나에 대한 소문은 대대 안에 퍼졌고 내 행동에 대한 조소가 장병들의 입가에서 떠나지 않았다. 이런 날이 3일 지나서야 특명이 아니고 사단 사령부에서 전통이 내려왔다. 제대 특명이었다.

다음날 부대 안에는 비상이 걸렸다. 나는 떠나야 할 사람이니 좀 일찍 떠나겠다고 지휘관들 앞에서 말을 하였더니 아무도 내 얘길 거절하지 않았다. 대대장이 비상출동을 하면서 손을 잡아 주었다. 시간이 있었으면 회식이라도 해주고 보낼 텐데 하며, 사회에 나가면 열심히 해서 성공하라고 격려해 주었다.

나는 간단한 개인 사물을 가방에 챙겨 넣고 부대원들이 출동해 버린 텅 빈 대대를 빠져나와 연대 본부로 갔다. 평소부터 나와 친분이 두터웠던 연대 부관은 일측 관례보다 앞서 부대를 떠나려는 나를 위해 소지해야 할 문서와 특명을 전해 주었다. 그리고 직접 연대장실로 안내하며 마지막 부대 생활을 마치는 전역신고를 시켜 주었다.

연대장은 나의 전역을 아쉬워하면서도 병사로서는 아까운 인물이었다고 서슴없이 말했다. 사회에 나가면 큰 사람이 되라고 격려해 주는 것이 아닌가. 연대장과의 작별인사로 군인으로서 근무하던 부대에서의 모든 수속을 마치고 정들었던 얼굴들, 정들었던 기억들을 뒤로 하면서 서울행의 차편에 몸을 실었다.

이제 사회로 나가지만 나의 제대를 반겨줄 사람은 아무 곳에도 없었고 또 나를 필요로 하는 직장도 있을 턱이 없었다. 건장한 육체를 가진 나는 입대하던 때와는 달리 가슴 속은 담담한 마음뿐이었다. 자신의 노력과 투지만이 나의 밑천이며 기대의 전부였다.

나는 서울을 거치면서도 여행 시간을 위해 급행열차의 승차권을 구입하지 않았다. 마지막 무임승차의 기회인 군용열차를 이용하여 밤새도록 피곤해지는 몸과 마음을 빽빽이 들어찬 객차 속의 병사들과 함께 밤을 새웠다. 열차는 새벽녘에 부산진역에 도착했다.

늦은 여름철이라 그런지 금방 먼동이 틀 것 같다. 역전 주변은 아직 조용하였고 간간히 달리는 차량의 불빛과 빛을 잃어가는 하늘의 별들이 시야에 들어왔다. 나는 한참 생각을 하다가 버스가 오는데도 타지 않고 걷기 시작했다.

여름날의 새벽은 무척 상쾌한 기분을 느끼게 했다. 어제 오후부터 아무것도 먹지 않은 뱃속에 허기가 생기게 했다. 내가 무의식중에 자석에 끌린 것 같이 걸어간 곳은 단 한 사람의 형제인 가난한 형의 집 앞이었다. 아직도 형의 생활은 비참한 형편에서 풀리지 않았다. 나는 그의 가족과 함께 아침을 먹으면서 내가 제대하였다는 사실을 알려 주었다.

나는 며칠을 쉰 후 예비사단에서 제대수속을 완전하게 마치고 일거리를 찾아서 분주하게 뛰어다녔다. 군대 생활 중에 생긴 돈을 쓰지 않고 모은 것을 가지고 있었기 때문에 수중엔 상당한 돈이 있었다. 나는 그 돈을 이용해서 무엇을 할 것인가 생각을 하면서도 적당한 일거리를 찾아내지 못했다.

어떻든 놀 수는 없었다. 닥치는 대로 수입이 생기는 일이면 하려 했고 보다 나은 일거리를 찾았다. 내 자신이 성숙한 이상 내 자신의 독립생활을 위해 형님 집에서 나갈 것을 생각하고 있었다.

바로 이즈음의 어느 날 아침이다. 형과 형수는 망설이는 나를 붙잡았다. 지금 자기들 처지가 딱하니 같이 기거하자는 것이었다. 그리고 내 수중에 있는 돈은 믿을 만한 곳에 이자 돈으로 놓아 줄 것이니 그렇게 하자고 자꾸만 권했다. 언제나 정에 약한 나는 형제의 청을 뿌리치지 못하였다. 지난날들은 생각도 못한 채 내 수중에 지닌 돈을 두 사람의 말만 듣고 맡겨 버린 것이다.

우리는 당장 살기에 불편하지 않은 집을 구해서 이사를 하였다. 처음 한두 달은 형님 가족은 친절했고 우리는 사이가 좋아보였다. 3개월이 넘어가면서 형과 형수는 점점 나를 대하는 태도가 달라져 갔다. 처음 이자를 든든한 곳에 놓아 준다고 가져간 돈은 이자는 그만 두고라도 원전 이야기도 없었다.

때때로 형수가 무슨 일 때문인지 기분만 언짢으면 네 형제가 내 신세를 망쳤다고 도전적인 말을 걸어왔고, 형님은 내가 맡긴 돈이 옛날 먹여 준 밥값도 안 된다고 생트집을 잡아 왔다.

자기들만 믿고 무일푼이 된 나를 이제는 집 안에서 몰아내려고 애를 썼다. 나는 당장 딱하게 된 신세를 어디에 가서 하소연할 곳도 없었다. 가슴 속에서는 억장이 무너지는 것 같이 눈앞이 캄캄해지고 있었다.

13. 냉정한 사회

내 처지는 딱하게만 변해 갔다. '이거 속은 것 아닌가' 하는 의심도 생겼고, 처음으로 세상에서 사람들에 대한 두려움도 생겨났다.

막연하게 형님 내외분이 마음을 바꾸어 주길 기다려 보았으나 모든 기대는 부질없는 생각에 불과하였다. 내 처지가 더욱 딱하게 된 것은 바로 그때부터였다. 사사건건 트집을 잡았다. 시간이 흐를수록 내 마음이 두 사람을 대하기가 여간 거북한 것이 아니었다. 자신에 대한 비관이 더 먼저 생겼다. 세상 사람들은 아무도 이런 나한테 위로되는 말 한마디 하는 사람이 없었다.

박복했던 지난날의 운명을 두고 생각만 해도 서러움이 생겨나고 있었다. 내 마음은 그만 자신을 지키기에도 의욕을 잃었다.

그런 나한테 어느 날 아침에 일이 또 생겼다. 금방 잠자리에서 일어나 앉아 있는 나를 두고 형님은 옆에 와서 생트집을 잡기 시작하였다. 들어서 참기 어려운 말들만을 골라서 욱박질러댔다. 그래도 가만히 있으니깐 병신자식 꼴값한다고 말을 하며 발길로 얼굴을 차는 게 아닌가. 나는 너무나 상상 못한 행동에 기가 막혔다.

날아오는 발길과 주먹을 맞지 않으려고 피했다. 형님은 더욱 미친 사람처럼 날뛰었다. 그러다가 부엌칼을 들고 들어와 죽여 버리겠다고 휘둘렀다. 나는 칼끝을 피하여 우선 방 밖으로 나갔다.

더욱 심하게 내 몸 쪽으로 칼을 휘두르며 따라 나왔다. 형수는 이런 일을 보고도 말리질 않았다. 나는 다급한 김에 신도 못 신고 골목길로 뛰어나갔다. 형은 이번 참에 나를 그 집에서 내어보낼 양인지 끝까지 죽이겠다면서 칼을 든 채 따라왔다. 간신히 먼 길까지 뛰어가서 형을 떼어 놓고 내 몰골을 보니 만신창이가 되어 있었다.

맨발로 뛰다가 돌부리에 채인 발끝이 퉁퉁 부어 있었고 찢어진 발가락 사이에는 피가 흘렀다. 점점 긴장이 풀리니깐 통증이 머리 끝까지 전해져 왔다. 급한 김에 맨발로 인근에 살고 있는 누나 집으로 찾아갔다. 나를 동정하기에는 힘이 없는 누이도 내 몰골과 이야기를 듣고는 '왜 그런고' 하면서 한탄하며 눈물만을 흘렸다.

나는 국민학생인 누나의 아들한테 형이 없거든 형네 집에 가서 신발과 옷가지를 가져오게 하였다. 누이 집에서 차려준 아침을 몇 술 뜨고 가방에다 간단하게 짐을 챙겨 넣었다. 가야 할 목적지도 없는데 나의 신세는 떠나야 했다. 이런 행동을 보면서도 누나는 한숨만 지을 뿐 어떤 말도 못 끄집어냈다.

다시금 가슴 속에는 서러움과 비관이 쌓이기 시작했다. 양 볼에는 눈물이 흘렀고 이번 기회에 죽어 버릴까 하는 극한 생각까지 떠올랐다. 힘이 빠진 발길을 의식적으로 옮겼다.

이럴 때 내가 찾아가야 할 곳은 세상에서 한 군데도 머릿속에 떠오르지 않았다. 당장 느끼게 된 것은 마음속에서 생기는 풀 길도 없는 분노뿐이었다. 부산을 떠나야 한다는 단순한 생각만이 떠오를 뿐이었다.

나는 기차가 있는 역 쪽으로 걸었다. 어디로 떠나는 행렬인지 역 앞에 오니 광장에는 차를 타려는 줄이 길게 늘어서 있었다. 매표소 쪽으로 걸으며 생각했다. '어느 쪽 차표를 구할 것인가?' 당장 행선지부터 정해야 했다.

먼 도시의 이름들이 급하게 머리에 떠올랐다. 곰곰이 생각하던 나는 대전까지의 보통 급행표 한 장을 구입하였다. 길게 늘어진 줄을 따라 들어갔다. 역전에는 떠나는 사람과 보내는 사람들의 눈길이 있었다.

기차는 제시간에 맞추어 기적을 울렸다. 창가에 자리를 잡은 나는 스쳐가는 들녘을 바라보는 것으로 모든 것을 잊으려고 애를 썼다. '짓궂은 운명이여, 그 운명을 지니고 태어난 사나이여! 지금 너는 어디로 가고 있느냐? 부질없는 걱정으로 오늘을 보내지 마라. 내일이면 또 밝은 태양은 떠오르느니라' 하는 생각이 내 자신을 타일렀다.

그때 옆 좌석에 앉은 사람이 나한테 말을 건네 왔다. 50이 될까 하는 시골 여인이었다. 건너 쪽에 앉은 사람들이 모두 말이 없는 나를 심심찮게 쳐다보았다.

"총각은 어데 사우? 어데 가우? 얼굴이 부자상이여."

하고 50대의 여인은 내가 대답을 안 하는데도 자꾸 물어왔다. 여인은 또 삶은 계란 한 개를 건네주며 나한테 먹으라고 권하였다. '세상에는 이렇게 좋은 사람들도 있는데' 하는 생각을 하면 형님 내외분의 행동이 도무지 이해가 되지 않는다.

겨울철의 해가 뉘엿뉘엿 지고 있을 때 기차는 대전역에 도착하였다. 난방이 들어 있던 훈훈한 객차 안을 빠져나와 차가운 기운이 가득찬 낯선 도시의 역 광장에 서고 보니 생소한 도시가 나에게는 더욱 냉정해 보였다.

나는 동서남북 사방을 두리번거리며 무엇인가를 찾았다. 어느 쪽으로 발길을 옮길까. 행선지가 당장 떠오르지 않는다. 먼 곳에서 시외버스가 기차에서 내린 손님을 부르느라고 어떤 젊은이가 고함을 질러댔다.

역전 한쪽에는 가까운 유적지를 소개하는 안내판이 붙어 있었다. 속리산, 공주, 부여, 망설이던 나는 마음속에서 공주에서 오늘 저녁을 쉬며 생각들을 정리하기로 하고 우선의 현실로 돌아왔다. 그래서 공주행 버스를 타게 된 것이다.

어두운 밤길을 버스는 불빛을 비추며 울퉁불퉁한 자갈길을 힘차게 달린다. 한참 지루함을 느끼게 한 후 공주의 한 정거장에 버스가 멈추었다. 차에서 내려보니 생각보다 초라한 공주 시가지가 눈으로 들어왔다. 우선 가까운 여관의 간판을 찾았다.

볼 품 없는 여관방은 연탄불 덕택인지 구들목만 따스한 온기를 느낄 수 있었다. 이 생각 저 생각이 피로를 쫓아 버렸다. 잠이 오지 않았다. 오만 가지 생각들을 다 한 끝에 내린 결론은 우선 인근의 절을 찾아가 보자는 것뿐이었다.

부모 덕 없는 사람은 형제 덕도 없다고 박복한 운명을 지니고 세상의 시비나 치르느니 차라리 중이나 되어 모든 것을 잊고 싶었다. 지금까지 살아왔던 기억을 버리고 싶었다.

동화책에서 읽은 어떤 주인공의 팔자가 나와 같았다고 느꼈다.

날이 새면 또 어느 쪽 절을 찾아가야 할 것인가 하는 생각들이 자정이 다 될 때까지 내 머릿속에서 사라지지 않았다.

내가 자리에서 일어났을 때에는 아침 햇살이 창문을 밝게 비추고 있었고 여관에는 별 손님이 없는지 조용했다. 우물가를 찾아 차가운 냉수로 얼굴을 닦았다. 그리고 여관을 바쁘게 나왔다. 당장 어제 점심부터 거른 뱃속에서 허기를 느끼고 있었다.

내 눈동자가 열심히 근방의 식당을 찾았다. 아침나절이라 손님이 없던 탓인지 장터 근방에 있는 식당에는 별 준비된 음식이 없었다. 손님이 단 한 사람도 보이지 않는 집에서 뜨거운 국물에 밥을 좀 말아 달라고 부탁을 해 국밥 한 그릇을 억지로 시켜서 먹었다.

식당 주모가 그런 나를 물끄러미 쳐다본다. 나는 주모한테 먼저 말을 걸었다.

"이곳에서 가 볼 만한 절이 어디 있습니까?"

내 말을 들은 주모는 자기대로 생각하다가 "갑사지요" 하며 한 번도 들어보지 못한 절 이름을 가르쳐 주었다. 두 사람의 이야기가 꼬리를 물고 길어졌다. 주모는 재미있게 말을 받아 주면서 갑사 가는 길은 버스를 타면 된다고 일러 주고 또 곧 떠나는 버스 편까지 일러 주었다. 국밥값을 주고 주모가 일러준 정류장으로 버스를 타기 위해 걸었다.

들은 말처럼 갑사행 버스가 시동을 걸어 놓은 채 금방 떠날 채비를 하고 있었다. 버스에 올라 차장인 듯한 아가씨로부터 갑사까지의 차표를 끊었다. 시간에 잘 맞추어 온 탓인지 얼마 후 차는 출발하였다.

금방이겠지 싶은 마음과는 달리 터덜거리며 꼬부랑길을 버스는 한 시간이 넘게 달렸다. 얼마 후 숲이 우거진 산비탈에서 버스는 멈추었다. 다 왔다는 차장의 말에 차에서 내리니, 갑사까지는 제법 걸어서 올라가야 한다고 버스를 타고 온 사람들이 또 말을 했다.

혼자서 산을 거슬러 올라갔다. 눈앞에 〈계룡산 갑사〉라는 절의 현판이 들어왔다. 담담한 마음속에 내가 여기까지 온 사실에 대해 의문과 쓸쓸함을 느꼈다. 발길을 옮길 때마다 절의 웅장한 자태가 시야에 들어왔다.

머리를 깎고 승복을 걸친 내 초라한 모습이 거울에 비친 것처럼 눈앞에 선하게 보였다. 이제는 나에게도 세상의 시비는 끝나는구나 생각하면서 절의 경내로 발길을 옮겨 갔다. 우선 어디부터 찾아가야 하는지 이것저것 생각하는 동안 발길은 대웅전 쪽으로 향하고 있었다.

인자한 부처님의 모습이 내 눈에 보였다. 부처님께서 무엇이라고 말을 하는 것 같은 느낌이었다. 네 팔자를 몰라 이제 오느냐고 나무라는 것만 같았다. 가방을 문 앞에 놓아둔 채 불상 앞으로 걸어 들어갔다. 2천 원을 제단 앞에 놓고 절을 했다. '늦게 찾아와서 죄송합니다.' 불상을 보며 마음속으로 말을 했다.

법당을 막 돌아서서 나오려는데 그 절의 스님이 걸어왔다. 나는 마침 잘 되었다고 생각하고 있는데, 스님은 습관인지 연신 고개를 숙이며 절을 하였다. 나는 그에게 승려가 되는 길을 묻고자 벼르다가 그의 표정과 행동 때문에 주지 스님 계신 곳으로 좀 안내해 달라고 하려던 생각과는 달리 엉뚱한 말로 표현을 바꾸었다.

"이곳에 조용한 암자는 어느 곳에 있는지요?"

꼭 휴양 온 사람처럼 말을 꺼낸 것이다. 승려는 연신 절을 하며 구름이 걸려 있는 산 정상을 가리키면서 저 곳에 올라가면 〈등원암〉이란 암자가 있다고 가르쳐 주었다. 친절하게도 승려는 등원암으로 가는 산의 길 입구까지 안내를 해 주다가 '더 못 바래다 드려서 미안하다'고 인사까지 했다.

나는 혼자 산을 오르며 등원암이란 암자가 나를 반겨줄 것 같은 생각이 들었다. 나는 이런 생각과 함께 가파른 비탈길을 숨을 헐떡이며 기어 올라갔다. 단풍이 들고 있는 계룡산은 내 눈에도 명산이구나 하는 마음이 생겨났다.

갑사를 빠져나와 산을 오르고 있는 자신이 우습다. 당장 중이 될 팔자마저도 못 되는가 싶어 더욱 애꿎은 웃음이 나오려고 했다. 모든 것은 전생에 있었던 인연인가 생각하면서 두 시간이나 걸려 가파른 정상까지 올라갔다. 승려가 일러주던 쪽의 산 정상에서 등원암을 찾을 수 있었다. 암자의 법당을 찾아 들어가서 부처님 앞에 절을 하면서 마음속으로 빌었다. '저의 앞날을 인도해 주옵소서.'

나는 당분간 이 곳에서 휴양을 하기로 했다. 좀더 자신의 신상 문제를 냉정하게 한 번 더 생각해 보고 어떤 길이든 확실하게 정하고 싶었다. 암자의 주지 스님을 찾았더니 한 스님이 나를 맞는다. 너무 외진 곳이어서 그런지 그곳 사람들은 초면인데도 좋은 인상으로 무척 반긴다. 첫 대면 인사를 나누었다.

당분간 이 절에서 휴양을 하고 싶다고 내 심중에 있던 말을 끄집어내며, 될 것인가 물어보았다. 스님은 한 달에 쌀 25되를 받겠다고 먼저 의식주 문제를 말했다. 나는 즉석에서 2개월간 있겠다며 쌀 한 가마 값을 돈으로 내어놓았다. 그로써 당분간 나는 그 절의 식구가 되었다.

500년 전에 세워졌다는 절은 신도완 쪽을 향해 서 있었으며 그 절에는 전설이 서려 있었다. 옛날의 절 이름이 압정사였다고 한다. 그곳에서만 십 년이 넘게 일을 해온 김노인이란 동학교도인 절간 인부가 친절하게 귀띔을 했다.

오랜 세월 흘러오면서 절은 300년 전부터 등원암이란 암자로 이름을 바꾸었고, 당시 절의 현판을 쓴 사람의 이름이 내 이름과 같은 사람이란다. 오늘까지 이어온 절의 내력을 듣고 나니 신기한 마음마저 생겨났다.

여름철에도 서리가 내릴 때가 있다는 산상은 세찬 바람이 계속 불었다. 나는 나를 위해 치워준 빈 방에 어둡기 전에 군불을 지폈고, 칠흑같이 어두워진 밤을 촛불 한 자루로 방안을 밝히면서 오래간만에 모든 것을 잊어버리고 잠을 청할 수가 있었다.

며칠 동안은 같은 생활이 편안하다고 느꼈는데 시간이 경과하면서 사람에 대한 향수 같은 것을 느꼈다. 주말이면 간간히 등산객이 산의 능선을 따라 지나가는 것이 보일 뿐 어쩌다 먼 곳에서 명산에 기도를 하러 왔다는 사람들이 절에 들를 때면 무척이나 반가웠다.

욕망도 희망도 산 생활이 빼앗아가 버렸다. 먹고 자고 향수를 느끼며 하루하루를 보냈다. 아무것도 변하는 것이 없는 하루를 넘기면 어제 생각했던 기대에 미소를 지웠다. 단조로운 생활과 싸워 보는 외에 나에게는 산을 헤매는 버릇이 생겼다. 가파른 산의 능선을 넘으면 계룡산 골짝마다 간간히 초라한 토담집이 한 채씩 나왔다.

평범한 도시 사람이 이해하기 힘든 일들이 이런 곳에서는 아직도 행해지고 있는 것을 볼 수 있었다. 신자도 없는 유사종교의 교주라는 사람이 보이는가 하면 기인이 되겠다고 산신께 기도만 하는 사람, 신통력을 받겠다고 토담집에서 기거한 지 10년이 되었다는 자칭 도인도 있었다. 나는 마음이 내키는 날이면 이런 사람들과 인사를 나누고 어울리면서 꽁꽁 언 계룡산의 겨울을 외롭지 않게 견뎌내려고 애썼다.

대전과 서울에서 왔다는 불공 손님을 만나는 날은 세상 이야기가 듣고 싶어 여자이건 남자이건 손님 옆에서 떠나고 싶지가 않았다.

어느덧 절 생활을 한 지 50여일이나 지났다. 섣달 그믐날을 얼마 앞둔 날 나는 어떤 그리움 같은 것을 느꼈다. 마지막 결정을 짓기 전에 한 번 산을 내려가 보고 싶은 충동이 생긴 것이다. 알 수 없는 정이 마음속에 충동질을 했다. 어머니의 얼굴이 왠지 머릿속에 떠올랐다. 그런 일이 자꾸 산을 내려갈 생각을 갖게 했다. 나는 그런 어느 날 새벽, 부산을 한 번 다녀오기로 결심을 하였다.

그날따라 밤새도록 짐승들의 울음소리가 절의 주변에서 들렸다. 새벽녘에는 절의 마당 앞 길목에서 큰 부엉이 두 마리가 격렬하게 싸우고 있었다. 사람이 바로 지척에 가도 짐승들은 길을 막고 피하지를 않았다. 내가 짐승들의 털을 잡자 비로소 부엉이는 허공을 향해 날아갔다.

나는 길을 따라 산을 내려와 아침나절에는 대전역까지 와서 부산행 기차에 올랐다. 괜한 짓을 했다는 후회도 생겼고 다음 역에서 내려버릴까 하는 마음도 가져보며 딱 한 번 어리석고 못난 혈육들의 얼굴이나 확인하고 정말 중이 되어버릴 결심으로 마음을 붙잡았다.

기차가 종착역에 도착하고 나는 망설이면서 누나 집으로 찾아갔다. 두 달 가까운 시일이 지나고 다시 보게 된 서로의 얼굴 속에서 누나는 떠나오던 때의 내 사정을 너무 잘 알고 있어 혹시 무슨 일을 저지르지 않았는가 생각하였던 모양이다.

그러나 멀쩡한 나를 보자 반가워하는 표정보다도 염려하는 눈치였다. 내가 산에서 있었던 일을 이야기하고 이번에 산에 들어가면 출가를 하겠다고 말을 하니 누나는 울기 시작했다. 누나의 눈물을 본 탓인지 냉정하려고 애쓰는 마음도 찡하며 내 눈에서도 눈물이 맺혔다. 누나가 먼저 눈물을 닦았고 정말인지 거짓말인지 내가 떠난 다음, 형도 양심의 가책을 느끼더라면서 제발 마음을 한 번 바꾸어 보라고 하였다. 그러면서 이틀 뒤인 어머니 제사만은 지내고 떠나든가 말든가 하라고 권하였다.

아무리 괴로운 날과 설움의 날이 많았을 망정 이 넓은 세상에서 하나뿐인 형제를 원망하고 싶지는 않았다. 그동안 누나가 내 이야기를 형님한테 한 모양인지 제삿날 그는 나를 보고 싱겁게 웃었다. 오늘만은 참기로 결심하였는데도 지난 일을 생각하면 점점 순간들이 거북하게만 느껴졌다. 자정을 알리는 싸이렌 소리가 울리고 나서 제사상이 차려졌다.

나는 음식이나 좀 먹고 가라는 형님의 말을 들으면서도 통금이 된 시간인데도 자리에서 일어났다. 다음날도 그 다음날도 누나의 말 때문에 나는 산으로 떠나지 못했다.

설날을 누나 집에서 보내고 새로운 결심을 시작했다. 출가하는 것은 언제라도 마음먹으면 되는 것, 어떤 욕망 때문인지 다시 한 번 도시에 머물고 싶었다. 나 자신의 노력 하나만에 나를 걸고 도박을 벌리기 위해 서둘러 계룡산으로 들어가서 짐을 챙겨 가지고 다시 부산으로 돌아왔다.

형제들과 접촉을 줄이기 위해 영도가 아닌 대청동 산비탈에다가 다다미 한 장짜리 방 하나를 구하여 살았다. 일이 생기면 무슨 일이든지 망설이지 않았다. 10원짜리 하나가 귀한 것 같아 먹을 때보다 굶고 버틸 때가 더 많이 생겼다.

이런 환경 속에서 나는 조금씩 마음속에 안정감을 쌓아가고 있었다. 또 한 해가 많은 문제들을 추억 속에 묻히게 하면서 흘러갔다.

그런 어느 날 나는 어두운 밤을 맞았다. 전등불을 꺼버린 작은 방 안에서 잠이 든 때였다. 귓가에 이상한 소리가 들리기 시작했다.

처음에는 무슨 소리인가 확인을 하려고 애를 썼다. 그러나 점점 똑똑하게 들리는 소리는 '너의 용기와 양심을 동포에게 바치라'는 그런 소리였다. 나는 누가 나에게 지금 이런 소릴 하는가 알아보기 위해 주위를 살폈다.

주위에는 아무도 없었다. 나는 더 크게 눈을 뜨고 사방을 두리번거렸다. 그때 나의 눈에는 어두운 방안의 그림자만 보일 뿐이었다. 그런데도 잠이 깨어버린 귓가에 계속 소리가 들리고 있었다. 참으로 나는 딱한 마음이 생기기도 하였다. 나 하나 뻗대기도 힘든 세상에 나의 양심과 용기를 또 바치라니 어처구니가 없었다.

그때 알지 못할 일들이 일어났다. 나의 마음에 흥분이 생기는가 하면 가슴 속이 더워지고 있었던 것이다. 그때부터 잠이 오지 않았다. 자꾸만 엉뚱한 생각들이 일어나는가 하면 나 자신의 가치관에 대한 생각이 생겼다.

이런 일이 며칠이나 계속되었다. 나는 비로소 더 이상 자신을 부인하지 못하고 젊은 나의 애정을 바칠 곳을 찾기 시작하였다. 내 마음속에 처음으로 다른 사람에 대한 관심이 생긴 것이다. 어제까지만 해도 행복하게 보이던 사람들의 겉얼굴보다 그들의 내면을 생각했다. 또 불행한 사회의 원인들이 나의 머릿속에 떠올랐다.

나는 점점 나 자신을 잊어버리고 남의 불행을 구하는 일이 가장 큰 행복이라는 뜻과 사명을 느끼기 시작한 것이다.

내 가슴 속에서는 '동포여!' 하는 외침이 터져 나오고 있었다. 나는 내 가슴 속에 이런 일을 숨긴 채 빵을 구하기 위해 거리로 뛰어다녔다. 그런데 그 비밀이 가슴 속에 담아 두기에 거북할 만큼 급진적으로 커지고 있었다.

나는 밤마다 담요를 뒤집어쓰고 외치기 시작했다. 기필코 나의 용기와 양심을 동포에게 바칠 결심을 하였다. 그런 내 마음은 언제나 누구에게인가 꼭 사기를 당하는 기분을 느꼈다.

누가 패가망신을 했다는 이야기나 누가 금방 부자가 되었다는 소문이 퍼져도 사람들은 놀라지를 않았다. 국민들은 정치를 중요시하지 않는 것 같았다. 그런데도 장차 세상은 어떻게 변해 갈 것인가? 조급한 생각들이 내 마음을 안타깝게 하였지만 나는 내 할 일에 대해 엄두조차도 가져 보지 못하고 있었다.

나는 어느 순간 어두운 방안에서 무릎을 꿇고 두 손을 모아 신을 찾으며 간구의 말을 끄집어내었다.

"신이여, 저의 국민들을 구해 주소서!"

내 마음은 그 순간 점점 아찔해져 갔다. 나는 그날부터 시간이 나면 열심히 독서에 몰두했다. 어려운 것을 스스로 이긴 위인들의 자서전 같은 걸 읽기 시작한 것이다.

그러던 어느 날 나는 확실한 결심을 했다. 동포들의 빵과 자유를 위해 나 자신을 바치겠다고. 나는 이런 생각을 정리하면서도 만약 내가 무슨 말을 끄집어낸다면 나를 보고 사람들은 미친 사람이라고 손가락질을 할 것만 같았다.

어처구니없던 나의 형편, 딱하기만 한 이 사회의 장래가 내 가슴속에서 그저 안타까울 따름이었다. 어쩜담 어쩜담 하면서도 주위에서 알아주지 않으니 말을 끄집어내기가 무서웠다. 사랑을 알면서 사랑을 지킬 줄 모르는 사람들을 두고 무슨 말을 할까 하는 자포적인 생각을 하면 할수록 머리는 더욱 어지러웠다.

대청동에서 방을 구해 열심히 일한 보람이 1년 만에 나타났다. 수중에는 약간의 돈이 모였다. 그때 영도의 누나가 생활이 쪼들리는지 혼자 지내는 내가 안타까워 그러는지 남매간에 같이 한 집에 있자고 했다. 내키는 말은 아니었지만 대청동에서 다시 영도의 누님 집 작은 방으로 하숙을 옮겼다. 국민학생인 생질들과 같은 방을 쓰면서도 과거보다 나아진 내 자신을 느낄 수가 있었다.

철이 든 때문일까. 가슴 속에서는 사명감이 담긴 불길이 계속 타올라 피를 끓게 하였다. 나는 견딜 수가 없었다. 무엇이든 이념을 가진 행동의 길을 떠나야 할 것 같았다. 우선 서울에 한 번 다녀오면 무슨 일이건 알게 될 것 같은 마음이 생겼다. 약간의 돈을 수중에 지닌 채 차비가 가장 싼 서울행 야간 보통 급행열차를 탔다.

기차는 출발부터 만원을 이룬다. 요금이 싼 만큼 힘이 많이 드는 여행이었다. 세 사람씩 앉는 좁은 의자에 운 좋게 앉아 졸다 보니 밤이 바뀌고 새벽이 되면서 기차의 창밖에 보이는 무수한 불빛들이 서울에 왔음을 알려 주었다. 이른 아침에 역전 근방에서 싸구려로 파는 해장국 한 그릇을 시켜 먹었다.

밀리는 차와 새로 생기는 빌딩들을 보니 이방지대에 온 것 같은 느낌을 들게 한다. 이제 나는 어떻게 행동해야 하는가? 사전에 계획된 여행도 아니요, 누구와 약속을 하고 올라온 서울길도 아니었다. 나의 행동에는 엉뚱한 곳이 많았다.

나는 버스가 닿는 정류장 쪽으로 걸었다. 기억을 더듬어서 모래내행 버스를 탄 것은 순전히 몇 년 전에 만났던 한 사람의 얼굴이 생각났기 때문이었다. 추풍회의 오재영 씨 소개로 알게 되었던, 당시 그곳의 임시 대변인이라는 직함을 가지고 있던 구좌석이라는 청년을 만나보고 싶었기 때문이었다.

언제인가 그가 가르쳐 준 번지도 생각나지 않는 주소를 찾아 북가좌동 일대를 두어 시간이나 헤맨 끝에 겨우 그의 거처를 찾기는 찾았으나 그 사람은 외출중이었고 그의 부인인 듯한 여인이 약국에서 언제쯤이면 돌아올 것이라고 일러주었다.

나는 할 일 없이 그곳에서 그냥 기다릴 수만 없어서 다시 시내 쪽으로 나왔다. 온종일 종로 1가에서 3가까지 왔다 갔다 하면서 하루해를 보냈다. 무수한 빌딩 숲속에서 높이 달린 간판을 쳐다보면서 하루를 보낸 것이다.

한 그릇의 짜장면으로 점심과 저녁을 겸해 때우고 나니 이제 내게 필요한 것은 싸구려 여인숙의 방뿐이었다. 희미한 전등불, 때 묻은 이불, 쾌쾌한 내음새가 나는 서울의 여인숙이 숙박비가 비싸다고 여기면서도 금방 잠들지 못한 채 밤이 새기를 기다렸다.

이렇게 하루 저녁을 넘긴 나는, 이른 아침 어제 한 번 다녀온 모래내 길을 묻지 않고 찾아갔다. 먼 산에 떠오른 햇살이 세상을 점점 밝게 비추었다. 내가 구좌석 씨의 집을 방문하자 그는 자기의 아내에게서 들은 어제 찾아왔던 방문자에 대해 궁금증을 느꼈는지 내 얼굴을 확인하고는 의외인 듯 느끼면서도 방으로 들어오게 하였다.

이야기가 오고가는 동안 더욱 친근감과 신뢰감이 두 사람한테 생겼다. 그의 아내가 내 아침까지 차린 밥상을 들고 방으로 들어오는 것을 보자 나는 너무 일찍 그를 찾아오게 된 데 대하여 미안한 마음을 느꼈다.

우리는 밥상을 물린 다음에 이야길 하였다. 나는 내 포부를 이야기해 보았고 그는 나와 외출을 할 준비를 서둘렀다. 나는 그와 지낸 시간 속에서 그가 어려운 생활을 하면서도 신념이 강한 청년이라는 것을 느낄 수가 있었다.

종로 2가에서 버스를 내린 우리는 제법 이름이 알려진 정치인들을 만날 참이었다. 마침 그 시기에 종로에 있던 사법서사 회관의 건물 안에 국민당 창당발기위원회의 사무실이 있었다. 당시 국회의원이던 장준하 씨를 구좌석 형이 소개해 주겠다고 했기 때문이었다.

우리가 국민당의 창당준비위원회가 있는 건물의 엘리베이터에서 내리려 할 때 그 엘리베이터를 타려는 장준하 씨를 만났다. 구좌석 형이 아는 척을 하면서 인사를 하였다. 장준하 씨는 그의 일행과 함께 바쁘게 엘리베이터 안으로 들어갔다. 금방 엘리베이터의 신호가 밑으로 내려감을 나타냈다.

나는 내가 만나고자 원하는 사람은 그 사람이 아님을 직감적으로 알았다. 그래서 우리도 다음에 올라온 승강기를 탔다. 두 번째로 찾아가게 된 곳이 서민호 의원의 사무실이었다.

14. 정당에 입당하다

종로2가의 큰길가에서 찾은 대중당의 간판이 붙어 있는 한 정당의 사무실로 들어갔다. 구좌석 형은 망설임 없이 당수실이란 팻말이 붙은 앞에서 노크를 했다. 비서인 듯한 사람이 처음 보는 두 사람을 두고 용건을 물어왔다. 구좌석 형이 나를 대신하여 모든 사정을 말했고, 나는 처음으로 호남아로 소문이 나 있던 노정객인 서민호 의원을 만날 수가 있었다.

구좌석 형은 전부터 아는지 자기 이야기와 근간의 안부를 그곳 정당의 대표이자 국회의원인 선생에게 물었고 선생도 구좌석 형의 말에 쉽게 대답도 해주었다. 특히 그분은 처음 본 나에게 많은 관심을 가져주었다. 선생은 또 선생의 전 비서관이었으며 당의 조직국장인 장재철 씨를 불러 나에게 소개시켜 주었다.

나는 그곳에서 젊은 청년지사들을 장재철 씨로부터 소개받았다. 그곳에 모이는 젊은 사람들과 자리를 같이 하는 동안 나는 많은 공감과 친근감을 느꼈다. 나도 그들과 사귀며 좋은 뜻을 같이 찾아보고 싶었다.

나는 그때서야 서울에 온 것이 잘한 일이라는 생각이 들었다. 그날로 여러 사람들이 보는 앞에서 대중당에 입당원서를 내니 금방 내가 유명한 정치인이 되는 그런 기분이었다. 그래서 신 앞에 맹세까지 했다.

"저는 앞으로 제 행복보다 민족의 영광을 위해 제 몸과 마음을 바칠 것입니다."

나는 그 순간을 영원히 잊을 수 없을 것 같았다. 어떻게 하면 이 나라에서 가장 훌륭한 애국자가 될 수 있을 것인가를 생각해 보았다. 처음으로 사나이다운 포부가 생겨났다. 조금 전까지만 하여도 모르던 사람들이 내가 당원으로 입당원서에 서명을 했다는 사실에 그곳에 있던 사람들은 마치 10년지기처럼 처음 만난 나에게 흉허물 없이 대해 주었다.

나는 그곳에 있었던 젊은 당 간부들과 잠시 동안의 시간이었지만 내가 궁금하게 여기던 이야기들을 많이 들었다. 또 내가 그곳 사무실을 나올 때는 모두 내 손에 악수를 해주며 건투를 빈다는 인사까지 받았다.

한낮의 종로길은 사람들로 길을 메웠다. 나 혼자 같으면 건너버릴 점심을 나를 위하여 시간을 내어 안내까지 해 준 구좌석 형을 생각하며 청진동 해장국 집에 들러 소주 1병과 해장국을 시켜 점심을 먹었다. 남자들끼리 마음이 통하다보니 금방 백년지기 같은 우정을 느끼게 되었다.

거리에 나선 우리는 서울역 방면의 차를 탔다. 서울역 광장에는 지방으로 떠나고자 하는 사람, 서울로 들어오는 사람으로 한창 북적대었다. 나는 부산행 보통 급행열차의 승차권을 구했고 구좌석 형은 떠나는 나를 보면서 작별인사를 하였다.

객차의 좁은 공간에서 입석손님으로 만원인 사람들 틈에서 운 좋게 의자에 엉덩이만 낀 나는 스치는 창밖을 내다보면서 가슴을 활짝 폈다. 머릿속에는 알지 못하는 사람들의 말소리가 들려왔다. 레일 위를 달리는 기차의 쇠바퀴 소리가 가슴 속에서 고동치는 젊음의 한처럼 느껴졌다.

밤이 깊어갈 무렵, 기차는 부산역에 도착했고, 다음날부터 나는 지구당을 창당하려고 한 사람 한 사람 동지를 모았다. 관록과 금력, 권력이 없는 나의 출발은 한마디로 고난의 길이었다. 애기가 커서 어른이 된 사실만 믿으며 언제인가 이런 일들도 성숙할 것이란 생각을 했다.

하루는 10여 명의 세상살이에 지친 순박한 사람들을 나의 하숙인 누님 집 작은 방에다 불렀다. 소주 한 병과 막걸리 주전자를 방가운데 놓아둔 채 그 주위에 사람들을 앉게 해서 지구당 창당을 위해 요식 절차를 서두른 것이다. 서로 권한 술로 몸에 술기운이 도는지 아무도 이론을 제기하는 사람이 없었다. 모인 사람들은 나를 알고 있기 때문에 내 행동이 신기한지 그저 놀라는 눈치들이었다. 나는 이때부터 사람들한테 주민등록증을 내어놓게 하여서 창당준비 위원회에 필요한 서류를 만들면서 도장을 받아 내었다.

내가 하는 행동이 나쁜 짓이 아닌 줄을 안 사람들은 안심하였다. 대부분의 사람들은 정당을 만든다니깐 혹시 무슨 연줄이나 잡힐까봐 스스로 협조하는 형태를 취해 준 것이다. 별 어렵지 않게 내가 만든 서류를 선거관리위원회 정당과에 접수까지 시키고 접수증을 받았다.

나는 다음에 남은 요식 절차를 서둘렀다. 우체국을 다니면서 서울의 대중당 중앙당 조직 담당 국장한테 장거리 전화를 걸었고 구좌석 형한테도 전보를 쳤다. 이런 일은 내가 서울에서 헤어질 때 그곳 사람들과 약속된 일들이었다. 모든 일은 순조롭게 되어 갔다.

창당 준비날도 받았고 정해진 날짜에 대회장으로 쓸 예식장 1실을 예약도 했다. 대중당 중앙당에서는 지구당 창당대회에 사무총장을 내려 보냈고 구좌석 형이 서울에서 부산까지 참석을 하였다.

꽤 넓은 예식장 안에는 가난한 동리 사람들과 친구들, 그리고 창당대회에 협력해 준 노무자들로 좌석을 메웠다. 짜여진 식순에 따라 순서가 연결되며 대회가 진행되었다. 나는 난생 처음 청중이랍시고 동리 사람뿐인 낯익은 얼굴들을 보며 연설을 시작하였다.

미리 문구를 작성하여 외어둔 것이 없었기에 약간 두근거리는 마음과 상기된 얼굴 때문에 자신도 모르는 부담감을 느꼈다. 웅변대회의 연사로 나갔을 때처럼 청중을 보며 인사를 했다. 한 사람이 박수를 치니 따라서 박수를 쳤다. 열려진 창에서는 시원한 바람이 들어왔다. 자리에 앉아 있는 사람들을 쳐다보면서 천천히 입을 열었다.

"오늘 이 자리를 만들기까지 수고해 주신 당원 동지 여러분! 그리고 이 자리를 더욱 빛내 주신 내빈 여러분!

지금 이 순간 여러분과 나 자신을 위해 무어라고 인사의 말을 올려야 할지 제 마음이 자꾸 당황해집니다. 여러분들께서는 이러한 저를 앞으로 이끌어 주시고 채찍질을 해 주셔서 이 땅에서 쓸모 있는 사람이 되도록 키워 달라고 말씀을 올리고 싶습니다.

제가 오늘 이런 일을 통해 여러분 앞에서 약속드릴 수 있는 분명한 말은, 어떤 일이든 더 열심히 임할 것이며, 바라는 것이 있다면 고난과 역경 속에서 살아온 제가 앞으로의 일을 통해서 제 자신을 여러분과 여러분의 친구들에게 알리고저 노력할 것입니다.

나는 신의 뜻을 믿으며 진리를 믿는 쪽의 사람입니다. 우리가 오늘 부족한 것이 있다면 과거가 잘못된 것이 있다는 것뿐입니다. 잘못된 것이 있다면 앞으로는 고쳐야 되는 것입니다. 이런 일들은 매우 어렵게 생각되어 왔으나 그 일을 하는 사람에 따라 매우 쉬운 일입니다.

위선과 거짓을 일삼는 자는 일생을 통해 이루지 못할 것이나 행동과 실천을 통하여서는 누구나 할 수 있는 일입니다.

이 땅에 생명을 가진 자 중에 행복하기를 원하지 않는 사람은 드뭅니다. 그렇지만 그 세대를 위해 불의와 싸우기를 원하는 사람은 흔하지 않은 게 세상인심입니다. 이런 일들이 신의 뜻일까요? 분명한 것은 축복받는 사회, 축복받는 민족의 길을 위해서는 진리가 통하는 쪽에 서 있어야 한다는 것이 제 소신입니다. 이 소신만으로 저의 인사를 대신합니다. 감사합니다.”

내 인사말이 끝나자 사람들은 힘차게 박수를 쳤다. 모두 놀라는 표정들이었다. 식순은 쉬지 않고 계속되었다.

중앙당의 사무총장이었던 이몽 선생께서는 대중당의 당수였던 서민호 선생이 바쁜 일정 때문에 이 대회장에 참석 못한 사실을 설명하고 치사를 해 주셨다. 만세 삼창을 마지막으로 창당대회는 끝이 났다.

모였던 사람들이 뿔뿔이 흩어져 갔다. 험난한 앞길이 길게 길게 뻗쳐 있는데도 나는 마냥 즐거운 마음이었다. 씨름판에서 상대를 내동댕이치던 때를 생각하면 자부심도 생겼다.

이렇게 해서 양심과 자신의 용기만으로, 저 하나 살아가기에도 급급한 판국에 국가와 사회, 민족의 문제에 관심을 갖고 현실 속에서 분노와 비애를 느끼는 자신의 시간을 만들어갔다.

인간의 생존에는 꿈과 현실이 엄연히 존재한다. 아무도 책임지려 하지 않는 나의 인생이었다.

누구나처럼 나에게도 삶의 원칙은 있기 마련이다. 허기진 뱃속을 채우기 위해선 투쟁이 아니라 노동을 해야 했다. 힘든 일이거나 위험이 따르는 일도 거절하지 못하는 것은 현실에서 피할 수 없는 사정이 있기 때문이었다.

조선소에서 어깨에 철판을 메고 먼 곳까지 날라야 하는가 하면 용접기에서 불똥이 튀어 살에 닿는데도 몸을 털지 못할 때가 있었다. 그러나 내가 하는 일들이 고통보다는 미래에 대한 애정으로 느껴져서 그런대로 자신을 위로했던 것이다. 시간은 계절을 바뀌게 하였고 한 해를 넘겼다.

나는 내 자신이 억울한 일을 당할 때도 있었지만 견딜 수 없는 고통은 선한 사람들이 권력 밑에서 피해자로서의 슬픈 일들을 당하는 때였다. 세상을 보는 내 마음속에는 허탈과 허무가 쌓였고 생각과 생각 때문에 잠 못 드는 밤을 맞이해야 했다.

민족의 비애를 느끼기 시작한 것이다.

부모는 자식을 낳아 기르면서 자기 자식이 씩씩하고 용기 있게 크기를 원하는데 이 땅의 왕들은, 오늘의 권력자들은 제 자식은 사랑할 줄 알면서 남의 자식은 사랑할 줄 모르는가. 무조건 억누르며 인간의 가장 숭고한 용기와 개인의 투쟁을 말살하려는 비겁한 수단은 수천 년의 역사 속에서 변변한 영웅 한 사람을 길러내지 못한 왕조의 포악성과 절대복종의 전통을 오늘날에 와서 꼭 지키겠다는 것인가.

이렇듯 비애에 빠져버리는 슬픈 감정 속에서 나는 '나의 사명감이 무엇인'가 하고 마음속에 물었다. 비로소 번민하던 중에 내가 할 일을 처음 결정한 것이다.

내가 정당에 입당하여 정당인이 된 지 반 년이 된 겨울이었다. 나는 현실을 잊고 사는 동포들에게 무서운 미래가 닥쳐오고 있음을 알리기 위해 강연회를 주선하였다. 그 이름을 민주시민 단합대회라고 붙였다.

15. 처음 느낀 사명

이곳저곳의 우체국을 드나들며 서울에다 장거리 전화를 자주 신청하였다. 처음으로 나는 현실에서의 정의감을 억제하지 못해 단독으로 민중의 권리를 회복하기 위해 시민 단합대회를 준비하기 위해 서둘렀다.

연사들을 좀 보내달라고 대중당 중앙당 당사에다 전화를 걸었다. 몇 차례의 통화 끝에 참석자 명단을 통고 받았고 나의 결심이 실천으로 바뀌는 문제들이 남았다.

먼저 장소를 예약해야 했다. 2,000명 정도가 들어올 만한 장소였다. 600석의 의자까지 준비했다. 벽에 붙일 포스터도 인쇄소에 부탁하여 만들었고 30여 명의 대회준비위원을 구성하였다.

이런 경험이 없는 나로서 혼자 주관을 하는 일들이라 실수도 많이 생겼다. 모든 진행과 계획을 혼자 세워야 했고 준비위원 전부가 이웃 동리의 건달들이거나 공사장의 인부들뿐이었다. 이들이 한곳에 다 모인 날이면 각자 생각하는 의견이 달라 시빗거리가 생겼다. 당장 옆에서 지쳐버릴 것 같은 형편이 되는 것을 그들을 달래서 일을 추진해야 하는 것이 내 사정이었다.

어쩌다 술기만 몸속에 들어가면 선배 후배 따지느라고 소란을 피웠다. 어떤 날은 나에게 의리를 지킨다고 제법 굽신거리며 열성을 보일 때도 있었다. 그러다가도 도저히 남을 이해하려고 들지 않을 때가 있다. 자기들 말마따나 의리 때문에 나를 따라다녔다.

대회를 3일 앞두고 인쇄소에 맡긴 벽보가 나왔다. 누님 집의 조그마한 방에서 흰 종이를 사다 놓고 동리에서 한문깨나 쓴다는 이발사를 청해다가 대회장의 아치를 쓰게 하였고, 풀통을 들린 건달 친구들한테는 눈에 잘 띄는 길목에다 선전벽보를 붙이게 하였다.

이제 남은 것은 청중이 모일 것인가 하는 문제뿐이었다. 이런 심정을 물어 볼 곳이란 건달과 노동자들로 구성된 주위에 있던 준비위원들뿐이었다. 30명 전부가 문제없다고 말은 한결같이 잘하는데도 안심할 수가 없었다. 모레 아침 대회를 위해 내일 오후에는 내 말만 믿고 서울에서 연사들이 내려오는 날이었다. 대중당의 당수였던 서민호 의원도 내려온다고 연락이 왔다.

나는 이곳에 오는 연사들에게 조금이라도 경의를 표하기 위해 준비위원격인 노동자와 동리의 건달들에게 기차 도착 시간 두 시간 전에 대회장인 영도예식장 4층 강당에 모여 달라고 부탁을 하고 밤이 늦어서야 소주 한잔씩을 먹여 돌려보내었다.

긴장 때문에 잠이 오지 않았다. 다음날 약속된 오후 두 시가 되니 식장으로 쓸 강당 내에는 삼십육 명이나 안면 있는 사람이 모여들었다. 노파심에서 잘 해달라고 인사를 했다. 모두 대답하나는 시원하게 저희들만 믿으면 된다고 떠들었다. 그때의 형편은 정말 나는 그들의 행동을 믿고 싶었다.

몇 대의 시내버스에 분승을 해서 역전으로 출발했다. 기차시간까지는 상당한 시간이 남았다. 처음에는 조심하던 일행들이 한 시간이나 남은 시간 때문인지 초조해 하였다. 한 사람 두 사람 보이질 않는다. 마음속에 낭패감이 생긴다. 남은 사람을 통해 보이지 않는 사람을 찾아오게 하니 추위 때문에 그렇다고 구차한 변명을 하면서 술내음새를 풍겼다.

삼십 분쯤 후면 기차가 도착하는 시간인데 일행 중에서 두 사람이 실랑이를 해댔다. 한 사람이 나를 보고 돌아가겠다고 했다. 또 다른 사람도 돌아가겠다고 한다. 이제는 숫제 모두 웅성거리는 형편이다. 그들을 달래면서도 당장 속이 상하고 손에 땀이 묻어나는 사람은 혼자였다. 바로 그때 스피커에서 반가운 소리가 들려왔다. 관광호가 곧 도착한다는 방송이 나온 것이다.

안내방송 덕택에 싸우며 간다고 떠들던 자들도 입을 다물었다. 삼십칠 매의 입장권을 구하여 역 안으로 모두 들어갔다. 영화의 한 장면을 연상하며 기차가 도착할 플랫폼에 간격을 두어 줄을 세웠다.

정시가 되니 역 구내로 특급열차가 들어왔다. 사람들이 내리고 낯익은 얼굴들이 차에서 내려왔다. 나는 그곳으로 달려갔다. 그쪽에서도 나의 마중을 알아보고 반가워하는 눈치였다.

아침나절 사정사정하여 돈을 깎아서 산 꽃다발을 당의 당수인 서민호 의원의 목에 걸며 내미는 손을 잡았다. 나는 나와 함께 마중 나온 사람들 앞에서 만세를 불렀다. 모두 나의 선동에 소리를 내어 만세를 따라 불렀다. 역 구내가 소란하였고 열차에서 늦게 내린 사람들이 놀라는 표정들을 지으며 돌아보았다. 어설프게 해낸 연기였지만 그래도 부딪히니 넘어갔다.

무슨 일이나 있는가 호기심에서 기를 쓰며 따라오는 사람들에게 버스를 타고 집으로 돌아가라고 이르고 몇몇 사람만 만나자고 약속을 했다. 그리고 서울에서 내려온 사람들을 버스에 태울 수가 없어서 역 광장에 대기 중이던 영업용 승용차 한 대를 영도까지 대절하였다.

숙소를 어디다 정하면 좋겠느냐는 물음에 당수인 서민호 의원께서는 영도에 적당한 곳이 있으면 식장 가까운 곳에다 정하자고 하였다. 마침 생각나는 곳이 있어서 영도시장 가에 위치한 동원 여관이란 곳에 방 두 칸을 잡아들게 되었다.

어떻게 알았던지 역전에 나왔던 사람들이 한 사람 두 사람 여관 앞에 모여들었다. 나는 오늘 그들이 내 체면을 세워준 것에 고마운 마음을 가지면서 당에서 내려온 연사들한테다 일일이 인사를 시키고 소개도 시켰다. 그렇게 해서 보내 놓고 나니 한참 후 여관 앞의 골목길에서 어슬렁거리는 그림자가 보였다. 분명히 돈이 없는 그들이 어디서 술을 마셨는지 통금 시간이 될 때까지 골목에서 떠들어냈다.

어떤 자는 내일 어떻게 되는가 보라고 숫제 공갈까지 쳤다. 이런 것을 두고 마음이 조급해지기 시작하는 것은 나였다.

열두 시가 넘어서야 나는 누나 집으로 돌아와서 잠을 청했다. 이 생각 저 생각 때문에 머릿속은 더욱 말똥말똥해졌다. 결국 잠이 들지 못한 채 교회당의 종소리에 오늘 생길 일을 걱정하며 자리에서 일어났다. 조금 전까지만 해도 괜찮던 머리가 아프기 시작하고 견딜 수 없는 피로가 몰려왔다.

나는 옷을 주섬주섬 주워 입고 찬바람이 부는 거리를 뛰어야 했다. 제일 먼저 전차 종점 옆에 있는 마이크 대여업을 하는 무선사를 찾아갔다. 문도 열지 않은 집에 찾아가서 자고 있는 집 주인을 깨웠다. 여덟 시까지 마이크를 식장 내에다 몇 개 설치해 줄 것을 부탁하였다. 당원 간부의 집을 좇아다니며 자는 사람들을 깨우며 대회장의 아치 설치를 하기 위해 서둘렀고, 또 청중 동원에 가슴을 조여야 했다.

여덟 시가 가까워서 무선사에서 사람이 나와 대회장에다 마이크를 설치하였다. 서너 사람의 당원 간부가 식장을 꾸미고 있었다.

시간이 흘러갈수록 점점 불안한 심정이 되었다. 아침 아홉 시가 지나자 나는 당황하며 앞뒤 가리지 않고 설치기 시작했다. 아무도 청중에 관한 자신 있는 이야길 하지 않았다. 그때까지 건달과 노동자인 준비위원들의 얼굴이 한 사람도 눈에 뜨이지 않았다. 비통하게 변하는 마음은 설치가 끝난 마이크를 손에 잡았다.

이제 마이크 소리가 흘러가는 곳까지 안내방송을 내보낼 참이었다. 입 가까이에 마이크를 대었다. 막 입을 떼려는데 그때 누가 나한테 명함 한 장을 내밀며 손님이 왔다고 전했다. 평소 적은 접촉 속에서도 마음이 서로 통하던 당 선전국장인 이경식 동지였다.

나는 반가운 마음에 그가 있다는 인근의 이발소 쪽으로 뛰어갔다. 이발소에는 이경식 동지가 얼굴에 비누칠을 한 채 면도를 하면서 거울에 비친 내 얼굴을 확인하고는 그의 특이한 미소를 지었다. 나는 이발사한테 독촉하여 서둘러 면도를 끝내게 했다.

밤새도록 기차여행에 시달려 온 그에게 아침식사도 먹이지 않고 9시 30분의 시계 바늘이 가리키는 시간을 확인하고는 대회장으로 데리고 들어왔다. 텅텅 빈 넓은 공간과 빈 의자를 보면서 도저히 청중 동원이 불가능한 것이 아닌가 하고 걱정이 되었다.

나는 옆에 서 있는 이경식 동지한테다 마이크를 억지로 건네며 안내방송을 부탁하였다. 그는 내 행동을 보며 나보다 당황하지 않았다. 내가 계획 없이 서둔 것 같은 대회장이 걱정이 되어서 여비를 빌려서 개인 자격으로 내려왔다는 말을 전하면서, 시장기도 잊은 채 마이크를 잡은 손을 입 가까이 가져가서 입을 열었다.

"새야 새야 파랑새야 녹두꽃에 앉지 마라, 녹두꽃이 떨어지면 청포장사 울고 간다.

여기는 ○○○입니다. 오늘 오전 10시부터 마이크 소리가 퍼지고 있는 이곳에서는 불의와 불법·부정과 싸워온 월파 서민호 선생님과 함께 독재와 싸우는 용기 있는 사람들의 대강연회가 개최되겠사오니 시민 여러분께서는 마이크 소리가 나가는 이곳으로 모여주실 것을 알려드립니다.

새야 새야 파랑새야 녹두꽃에 앉지 마라 녹두꽃이 떨어지면 청포장사 울고 간다. 여기는 ○○○입니다."

안내방송은 계속 마이크에서 흘러나갔다. 구슬프게 애처로움마저 띤 목소리가 효과를 나타내기 시작한 것인가. 처음으로 사람들이 식장으로 들어오는 것이 보였다. 나는 반가운 마음으로 들어오는 사람들 쪽으로 고개를 돌렸다. 낯이 익은 얼굴들이었다. 일행은 사복차림의 경찰관들이었다.

그들은 텅 빈 대회장을 둘러보며 겸연쩍은 얼굴을 했다. 그러면서도 한 사람 한 사람 그곳에 있던 사람들의 얼굴을 확인했다. 나는 불길한 생각이 들기 시작했다. 혹시 일이 틀려지지나 않는 것인가 걱정이 되었다. 그러는 동안 10시가 되고 한 사람 두 사람 청중들이 들어오기 시작했다. 금방 출입구가 줄로 이어졌다. 좌석이 찼고 통로가 사람으로 메워졌다. 안내방송은 장내의 방송으로 변하고 있었다.

나의 가슴 속에서 안도의 한숨이 튀어나올 때쯤 나는 급히 여관으로 뛰어갔다. 서울에서 내려온 일행들한테 아침 인사 겸 준비가 다 되었음을 알렸다. 그들은 대회장에 사람이 모였느냐고 걱정인지 위로인지 말을 건넸다. 나는 대성황이라고 현재의 상황을 보고하였다.

10시 20분, 사회자의 낭랑한 음성에 따라 식순은 이어져 나갔다.

"왕권과 독재자에 의해서 우리의 역사는 무엇인가 잘못되어 가고 있는 느낌 속에서 불의는 정의를 압박하고 사람들은 올바른 곳에 나타나기를 꺼리는 요즈음 이곳의 이삼한 동지는 이 땅에서 용기와 지혜를 구하자는 구국애로 모든 시민의 단합과 민주 민권 수호의 의지를 이루고자 오늘 이 장소를 가진 것입니다. 먼저 이삼한 동지를 위해 격려의 박수를 부탁드립니다."

사회자의 인사 소개에 장내에서는 긴 박수소리가 이어져 나왔다. 나는 손을 들며 연단 쪽으로 걸어갔다.

청중들의 눈이 나를 주시할 때에는 나도 한 사람 한 사람 청중 속의 얼굴을 향해 나의 눈길을 보냈다. 장내는 물을 끼얹은 듯 조용해졌다. 나는 마음속에서 당황감이 생겼다. 몸과 마음이 피로해진 것을 느꼈다. 조금 전까지만 하여도 할 일에 밀려서 가장 중요한 개회사를 준비하는 것을 잊고 있었다.

청중이 보는 곳에서 서 있을 수만은 없는 일이었다. 머리를 짜 보아도 금방 뾰족한 수가 없다. 장내가 다시 술렁술렁하는 분위기로 변했다. 나는 내가 알고 있는 모든 말들을 머릿속에서 찾아내려고 애쓰며 입을 열었다.

"억울한 사람은 있어도 억울한 마음을 풀 길이 없으니 어찌 사람들이 자기의 장래를 안심할 수 있겠습니까.

불안하고 답답하고 울분이 치솟는 마음을 참고만 살자니 제 본분이 의심스러워 오늘 여러분을 이곳에 오시게 하였습니다. 우리는 노예입니까, 그렇지 않으면 이 사회의 동등한 주인입니까? 권력의 주변은 비대해지는데 그렇지 못한 사람의 경우는 여위어만 가니 도대체 오늘의 인심을 알 길이 없습니다.

더욱이 상식이라고 하는 것들이 남을 위해서도 도움이 못되고 자신을 위해서도 도움이 못되는 것에 더욱 안타깝습니다. 이런 일이 무엇을 가리키는 것입니까? 결과를 두고 기다리라는 것입니까? 짐작해서 알아라 하는 것입니까? 침묵이 흐르는 현장은 새로운 반성의 역사를 원하기 때문입니까? 단순히 민족정기의 파괴를 보기 위해서입니까? 남을 믿지 않아야 자기가 사는 그런 시대가 우리에게 꼭 필요한 것인가 나는 묻고 싶습니다.

세계는 지금 모든 나라가 정의를 근본으로 여겨 정치의 기본이

160

되고 있으며, 약속도 생명과 같다는 조례에 의해서 남을 믿고 자신을 의지하며 모든 사람들이 위로를 삼고 있습니다. 그런데 우리는 지금 다른 나라와 같은 근본을 갖추고 있지 않는 것입니다. 바로 내가 잘못했고 여러분이 잘못하고 있기 때문에 이런 결과가 생기는 것뿐입니다. 우리는 그동안 사람을 너무 믿었고 권력을 너무 두려워하기만 했기 때문에 이런 현상이 더욱 두드러지게 일어나고 있는 것입니다.

주인대접을 받으려 할 때는 주인노릇을 해야 하는 것입니다. 주인이 주인노릇을 못할 때 그 사회는 위계질서가 파괴되고 상식이 사라지고 스스로의 권위는 도전에 직면하게 되는 것입니다. 자신을 깨닫고 분통이 터질 때는 이미 외로운 자신을 보게 되며 불행한 세계에 살게 된 것을 느끼게 되는 것입니다.

나는 오늘 내 자신이 어떤 위치에 있건 상관하지 않았습니다. 단지 생명과 희망을 포기할 수가 없어서 여러분을 청한 것입니다. 진리는 변할 수가 없습니다. 진리를 따라 가면 불행할 수가 없다는 것입니다. 여러분이 주인인 줄 알면 주인의 권위를 위해 싸워야 하는 것이며, 믿음을 구하기 위해 새로운 정치의 시대를 구현해야 한다는 것입니다.

나는 그 시대를 위해 두려움을 버렸습니다. 일을 잘 하는 일꾼은 우리의 보배이지만 나라를 망칠 일꾼은 우리의 적인 것입니다. 조그마한 위협이나 가소로운 협상 앞에서 스스로 노예가 되겠다는 어두운 마음만은 과거를 생각하더라도 버려야 한다는 것을 주장합니다. 권력의 횡포는 진리가 아닙니다. 양심이 부족한 자의 행동일

뿐입니다. 나는 내 자신이 왜 불행한 세계에 살고 있느냐고 생각하지 않겠습니다. 내 자신이 행복해질 것이라는 진리가 있는 편으로 가겠습니다. 그때는 여러분 모두를 데리고 가겠습니다. 그때까지 불편한 점이 많더라도 참으시고 용기를 내어서 현명한 판단으로 오늘의 현실에 임해 주실 것을 당부드립니다."

사회자는 또 다음 연사를 소개하였다.

"반독재 투쟁의 기수, 민주주의의 기수, 대중당 당수이신 월파 서민호 선생님을 소개하겠습니다."

사회자의 말이 끝나자 장내는 숙연해졌다. 선생님의 늠름한 모습이 마이크 앞에 서서 입을 열기 시작했다. 청중은 우뢰와 같은 박수로 답례를 했다.

탁월한 선생의 웅변이 열을 더하자 누구의 짓인지 마이크의 줄이 끊기는 일이 생겼다. 선생은 칠십의 고령인데도 육성으로 장내의 분위기를 사로잡았다. 오후 한 시가 넘어서야 대회는 끝이 났다.

군중들은 헤어지고 우리끼리만 남게 되니 서울의 연사들과 부산 시내의 지구당 위원장 후보들을 합쳐 십여 명의 일행만이 시내의 남포동 번화가로 나와서 당수인 선생께서 사게 된 설렁탕을 점심으로 먹으며 이야기들로 피로를 풀었다.

모두가 대회가 잘 되었다고들 칭찬해 주었다. 당수인 월파 선생께서는 비서더러 열차 시간을 묻더니 우리 일행더러 부산에서 제일 큰 다방에서 차나 한잔 하자고 말을 꺼낸다. 우리 일행은 지나가던 인근의 길가에 있던 남포동의 향촌다방에 들어가서 커피를 시켰다.

다방 안 손님들은 우리 일행 중에서 노신사가 당시 사람들의 기억에서 너무나 이름이 나 있던 서민호 의원인 것을 알고 모두 우리 일행 쪽으로 시선을 돌렸다. 일행은 선생께서 떠날 기차 시간까지 그 분을 붙잡고 대화를 가졌다. 그리고 우리는 또 부산역까지 배웅을 나갔다.

기차가 떠나고 다시 혼자가 되어 영도로 돌아온 나는 방안에 들어가자 금방 자리에 쓰러지면서 잠이 들었다. 낮에 있었던 내 행동이 대견해 보였던지 누이가 아이들을 떠들지 못하게 이르더니 몸 위에 담요를 덮어주고 나갔다.

분주한 생활 속에서 겨울의 한낮은 빨리 넘어갔다. 내 가슴 속에는 누구에게도 느끼지 못해 본 연민의 정을 조국이란 이름 밑에 쌓아 놓고 애정을 키워 갔다.

또 한 해가 나의 나이를 올려놓았다.

세찬 바닷바람이 불 때마다 봄이 오고 있었다. 금년이 대통령선거와 국회의원 선거가 있는 해라는 것이 머리에 떠오를 땐 이제 정치 지망생인 내 심중에는 환희와 걱정이 생겨나기 시작했다. 나는 이런 나를 두고 외쳤다.

"나는 남을 두려워하지 않는다. 나 자신을 두려워할 뿐이다."

봄이 가까운 새해 늦은 겨울에 중앙당에서 연락이 왔다. 대중당 전당대회의 개최 통고장이었다. 나는 대의원이랍시고 두 사람의 친구인 당원과 함께 서울행 기차를 탔다.

전당대회장인 시민회관의 별관에서 치렀던 대회에서 대통령 후보에 당수인 서민호 의원이 지명되었다. 선생은 당원의 절대 지명에 수락연설을 했다. 그러나 개인의 용기나 능력이 각광받지 못하던 시대는 한 사람의 인재 앞에는 불행한 시대였다.

전당대회가 끝나고 나서 얼마 안 된 기간에 당수였던 선생은 정권교체라는 시대의 열망 때문에 후보를 포기할 것인가를 생각하여야 했다. 사람의 기대는 현실을 위해 한 사람에게 스스로 아픔의 순간을 맞이하게 했던 것이다. 당시의 법률관계 때문에 선생은 당수직과 당을 떠나야 했다.

그 순간 자신을 위로할 수 있었던 것은 오직 동포의 희망이었다. 그분은 마지막 순간 자기를 따르던 많은 사람들을 두고 걱정을 했다. 신문의 뉴스가 선생의 거처를 관심 있게 기사화하였고 그의 반대자들은 그를 비웃었다. 선생의 사상은 모든 사람은 위선과 싸워야 한다는 궁극적인 이유 때문에 혼자 힘으로 지키던 대중당을 그때까지 가장 가까운 동지요 측근인 사람들한테 넘겼다.

아쉬운 정을 나누면서 떠나야 하는 마지막 순간이었다. 오랫동안 손때가 묻은 당인장을 가져 오게 하여 두 장의 국회의원 후보 공천장에 도장을 찍고 사무실을 나간 것이다. 두 장의 공천장에는 경북 지역의 청송 영덕의 김동현 형과 부산 영도구의 이삼한이었다.

선거를 앞에 둔 대중당은 긴급 정치회의에서 사무총장인 이몽 선생을 새로운 대표 서리로 선출하고 20여일 후에 닥쳐올 국회의원의 공천을 내고 있었다. 4·27 대통령 선거가 봄날의 기운과 함께 열기를 더해 가기 시작했다. 어느 쪽이 이길 것인가?

권력과 민심의 대결, 도시 사람이면 아무도 낙관할 수 없었다. 한 번도 평화적인 정권교체가 없었던 민족의 전통이었기에 도시인들 속에는 선거 중에 이미 촌놈 때문에 망했다고 성패를 좌우하기도 했고 순박한 시민들은 가슴 속에 혼자 마음으로 정권교체를 갈망하였다.

오월이 되었다. 극성이 심했던 대통령 선거도 끝이 났고 국회의원 선거 후보 등록 마감일이 신문에 발표되었다. 공천장을 남보다 앞서 손에 쥐었던 나는 고민을 해야 했다.

벽보의 비용만 근 십만 원이 넘게 드는데 나는 단돈 십만 원이 수중에 없었다. 순박하기만 한 나의 마음속에는 아무리 생각하여 보아도 출마하라고 단돈 만 원도 보태줄 사람이 생각나지 않았다. 그렇다고 염치없이 남에게 이런 꼴을 내보이고 싶지도 않았으며 담담한 심정 속에서 5월의 그날을 맞이하게 되었다.

16. 남을 두려워할 수 없는 사연

5월 5일의 아침이 되었다. 내 가슴 속에는 자신이 감당하기 어려운 안타까운 마음이 쌓였다. 나는 이런 순간 지구당 당원이며 이웃에 살던 친구 두 사람을 불러 상의를 해 보았다. 그리고 나서야 등록을 서둘게 됐다. 승패에 관계없이 내가 갈 길은 가야 한다는 사명감이 가슴에 생긴 것이다.

결단을 내리고 보니 타고난 운명적인 기질이 마음에서 일어나고 있었다. 결코 두려워하지 말라는 소리가 내 가슴을 쳤다. 언제 내가 돈 가지고 살았으며 누구의 도움으로 살았더냐 하는 배짱뿐인 마음에 운명의 신은 결국 내가 가는 길을 열어 주었다.

6일 날 가까스로 마감시간 전에 벽보 대금을 맞추어 내고 등록을 마쳤다. 그날 저녁에 또 평소 당내에서 나와 접촉이 있던 대중당 대덕, 연기지구당 위원장이었던 최희수 동지가 뜻밖에 찾아왔다. 전직 고등학교 사회 담당 교사였던 모씨를 선거 사무장으로 기용하고 노동판의 십장 몇 사람과 이발관을 하던 친구 유무종을 참모진으로 갖추고 선거전에 임하게 되었다. 7일 날은 선거에 경험이 없는 몇 사람이 의견을 내어서 선거공보를 만들어 지역선거관리위원회에 제출을 했다.

해야 할 일은 태산 같은데 피로가 쌓여 금방 지쳤다. 8일 날 아침 9시, 온몸이 천근처럼 무겁고 눈가에는 졸음이 오기 시작했다. 선거 사무실인 내 하숙방에서 두 다리를 펴고 누워버리니 단번에 깊은 잠에 빠져들었다.

10시 30분이나 되었을까, 소란스러움으로 눈을 떴다. 사무장과 참모들 그리고 최희수 동지가 당황해하고 있었다. 바로 오늘 오후에 합동정견 발표가 있는 날이기 때문이었다. 한 번도 연설문을 준비하는 것을 보지 못한 그들이라 당장 닥칠 일에 대해 아무런 대책도 없이 태평스럽게 코를 고는 나를 보고 당황하고 있었던 것이다.

좀 더 잤으면 하는 아쉬움이 남았지만 모두들의 심각한 표정에 나도 일어나 움직이기 시작했다. 먼저 최희수 동지가 기막히다는 표정으로 어처구니없이 웃으며 합동연설을 어떻게 할 것이냐고 물었다. 망설이는 나를 보고 대가도 없이 선거운동을 해주러 왔던 여러 사람들이 집으로 돌아가겠다고 성토를 했다.

오후의 문제는 오후에 해결하더라도 당장의 이 소란은 수습해야 했다. 당의 정책 자료를 적어 보낸 책자를 뒤적였고 읽지도 못하는 외국서적을 읽는 척하며 슬슬 상대방의 눈치들을 살폈다.

12시가 넘어 누님이 준비해 준 점심을 먹고 나니 다시 나의 눈꺼풀에는 졸음이 왔다. 만사 제쳐두고 눕고 싶었지만 옆 사람들의 눈을 의식하며 애써 표정을 바꾸었다. 그때 최 동지가 어서 나가자고 앞장을 서며 서둘렀다. 미리 연설 장소에 나가서 사람들한테 얼굴을 익혀야 한다고 했다. 그런 말을 하니 옆에 있던 사람들이 자리에서 일어났고 나도 일어났다. 도살장에 끌려가는 소처럼 내 마음은 죽을 지경이었다. 그런데도 모두들 고맙게도 나를 에워싸고 전차 종점 근처에 있는 남중학교 운동장까지 따라왔다.

낯선 사람들과 시선이 마주치니 점점 정신이 맑아졌다. 연설 시간을 30여분 남긴 학교 운동장에는 사람들이 많이 모여 있었고 다른 후보들은 이미 나와 있었다.

점잖게 행동을 하라는 최 동지의 말에 다른 사람들도 젊은 나에게 충고를 했다. 나는 우선 무게 있게 보이기 위해 일행과 함께 한쪽 담 옆에 사람들의 눈에 잘 띌 수 있는 곳에 자리를 잡았다.

비로소 나는 초조하게 다가오는 시간을 보면서 내 정견에 대해 머릿속에서 말을 찾아 만들었다. 당장 떠오르는 것은 연설순위만 뒤에 되었음 하는 기대뿐이었다. 사실 나는 연설회를 두고 정리한 원고가 없었기 때문에 상당히 두려움을 느끼고 있었던 것이다. 누구의 선거 참모 한 번 해보지 못하고 신념 하나만 가지고 뛰어든 선거전이었기에 쉽사리 어떤 방법도 떠오르지 않았다. 그러나 두려워하지 말라는 자신의 소리가 억지로 나를 힘들게나마 버티게 하였다. 일각일각 자신에게는 시간을 견디어 내어야 하는 투쟁이 이어졌다.

그런 시간에 안내방송이 스피커에서 흘러나왔다. 선거관리위원회 직원이 몇 번씩 마이크로 되풀이하며 알리고 있었다.

"곧 연설회가 시작되겠으니 후보자는 연단 옆의 참관석으로 나오시고, 후보자 대리인인 경우는 후보자의 도장을 가지고 나와서 연설순위를 추첨해 주시길 바랍니다."

내 주위에 모였던 동지들이 흥분을 하기 시작했다.

최 동지가 내 도장을 가지고 연설순위 추첨에 나갔다 돌아오더니 미안한 얼굴을 하면서 1번이라 알려왔다. 그 말을 듣는 순간 내 마음은 가슴이 내려앉는 것 같은 충격을 느꼈다. 그러나 나는 당황하며 주저할 시간도 없었다. 이것도 운명의 소치인가. 내 마음은 당장 어디에든 숨어버리고 싶었다. 그러나 후보자가 운동장 밖으로 도망칠 수도 없으며 연설을 기피할 수도 없었다.

즉시 내 이름이 스피커를 통해 불려졌다. 나는 어쩔 수 없는 사람처럼 되어 뱃심에다 든든히 힘을 주고 연단으로 올라갔다. 많은 청중들이 나를 주시했고 나는 그런 현장을 보고 여기서 망신을 당할 수 없다고 다짐하며 정신을 가다듬었다. 그리고는 또렷하게 눈을 뜨고 청중을 주시하며 허리를 굽혀 인사를 했다. 사방에서 박수가 터지니까 웬일인지 그 순간 내 몸이 흔들리고 있었다. 나는 정신을 가다듬으며 마이크를 얼굴 가까운 곳에 맞추어 입을 열었다.

"제가 기호 4번인 대중당의 후보 이삼한입니다.

제가 이번 5·25 선거에 출마하게 된 것은 이때까지 살아오는 동안 느꼈던 답답함을 풀어 보고 싶었고, 또한 저처럼 살아오면서 답답함을 가슴에서 풀지 못하고 있는 다른 분들을 위로해 주어야겠다는 사명감을 갖고, 억압과 복종만 강요했던 왕권정치를 모방만 하고 있는 오늘날의 정치적 독선과 그들만이 진정한 조국의 수호자인 양 떠벌리는 정권의 억지에 대항하고저 출마를 했습니다. 이제부터라도 양심이 있고 지혜가 있으며 용기가 있는 자가 조국을 위해 봉사할 수 있는 기회를 주는 사회를 만들어야 한다고 외치고

자 하며, 저와 같은 뜻을 가진 분을 찾아 나라의 앞날을 구하고자 이 자리에 나섰습니다.

양심과 정의를 먼저 구하고 희망과 용기를 심어 번영되고 자유스런 조국을 가질 수 있는 이상적인 기회는 바로 지금이라고 여기면서, 이러한 중대한 시기에 금력에 매수되고 권력에 억눌려 자신의 행사를 뜻대로 못한다면 우리는 희망을 잃게 되고 자유를 버리게 되는 사실을 경고하기 위해 나의 행동이 필요하다고 믿으며, 부패자와 싸우기를 원하는 젊은 기개를 가진, 여러분 같이 가난하고 순박하며 우직스런 저를 국회에 보내 주심으로 해서 여러분이 이 땅의 확실한 주인임을 확인시키기 위해 오늘 제가 이 자리에 나선 것입니다.

주인이 주인 구실을 못할 때, 질서는 파괴되고 정의는 어둠 속으로 숨어버리고 맙니다. 자신이 받는 고통이 아프다고 빌기만 하고 지낼 수 있겠습니까? 어리석은 자에게는 신의 축복이 내리지 않는다는 것은 역사가 증명하여 온 사실입니다.

다음에 이 자리에 올라올 다른 후보들은 나를 두고 어떻게 말할지 모르겠습니다만 나는 가난하며 학식도 없고 명성도 없습니다만 언제나 사실을 사실대로 말하며 당당하게 조국과 민족을 걱정하면서 소신과 양심을 지킬 것을 약속하겠습니다. 사실을 거짓으로 바꾸어 말하는 것은 웅변이 아니며 사기꾼의 행동입니다. 위선을 일삼는 자는 인재가 될 수 없으며 협잡꾼에 지나지 않습니다. 진정으로 조국의 장래를 걱정하는 후보가 있다면 누구든지 자기의 영달보다 사회에 대한 애정과 책임감으로 이 자리에서부터 행동으로 임해주길 제의합니다."

그때부터 나는 나의 공약과 신념을 발표했고 대중당의 정책을 설명했다. 청중들은 나의 이야기에 어떤 때는 상당히 열광했고 음성을 높일 때마다 힘찬 박수를 쳤다.

나에게 주어진 연설시간이 잠시만에 지나갔다. 시간을 알리는 벨소리가 울렸다. 나는 비로소 해방감을 느끼면서 연단을 내려왔다.

내가 연단을 내려오니 내 일행들이 무척이나 반갑게 악수를 했다. 그들은 정말 가슴이 조마조마했는데 태연하게 말을 잘했고 반응도 좋았다고 칭찬을 했다. 다른 면식 있는 사람들도 연설을 잘한다며 나를 새롭게 인식하는 듯했다.

나는 처음 실시되는 합동연설이었기 때문에 다른 후보들의 정견을 다 들어 보았다. 그러나 사실 전문가인 듯한 그들의 연설도 진실성이 없는 듯 신통하지 못했다.

하늘에는 저녁노을이 펼쳐지고 연설회는 끝이 났다. 나는 개인 연설을 위해 자리를 떠났다. 돈도 권력도 조직도 없었던 나의 선거운동이란 내 가슴 속의 진실과 목소리에만 너무 의지하다 보니 어려움도 많았다. 언제나 고달픔에 지쳐 있었으며, 정신은 피로를 이기려는 나의 억지에 더욱 만신창이가 되어 갔다.

어떤 곳에서도 연설만은 인기를 얻었다. 그런데도 결과에 대해서는 기대가 떠오르지 않았다.

나는 내 행동이 어느 세대이든 한 사람이 걸어야 하는 사명의 길이라고 생각하며 시간을 견뎌가고 있었다. 그러했기에 하루도 쉬지 않고 고달픈 육신을 이끌며 악을 쓰고 거리를 누비고 이것이 곧 내가 걸어가야 하는 숙명이라 생각했다.

견디는 시간이 늘어가면서 점점 목이 잠기고 있었다. 나는 날계란과 용각산을 먹어가며 목소리라도 살려 대중의 가슴 속에 내 외침이라도 남겨 두기 위해 애를 태웠다.

다행한 일은 하루도 변함없이 나를 위해 자기들의 일마저 그만두고 나의 뒤를 따라다니며 협조해 주는 몇몇 동지들이 외로운 나의 투쟁에 의지가 되었으며, 특히 멀리서 와서 나를 위해 노력하는 최희수 동지의 정은 정말 고마웠다. 한 차례도 빠뜨리지 않고 깨끗한 목소리로 안내방송과 찬조연설을 도맡아 해 주는 최 동지의 목소리는 항상 차분해서 내 부족함을 메꿔주었다.

이곳저곳을 옮겨다니며 그는 하루에도 몇 차례의 안내방송을 했고, 나는 몇 사람의 청중이 모인 곳에서도 허공과 거리를 향해 현실을 절규하고 외쳤다.

"존경하는 유권자 여러분! 타 후보들은 정당정치가 어떻고 살기가 좋아지고 경제가 발전했다고 떠들어 대는 것을 보고 저는 심히 불쾌하게 생각합니다. 그것은 내일을 외면한 위선의 소리일 뿐입니다. 정말 이런 정도가 우리를 만족시킬 수 있는 환경이라 생각합니까? 정당정치라는 것도 그렇습니다. 쥐를 잡지 못하는 고양이가 무슨 소용이 있습니까? 권력의 횡포에 말도 못하고 부화뇌동하며 민중을 기만하면 그것이 어찌 우리들의 지도자라고 말할 수 있습니까?

정치는 도대체 누구를 위하여 존재하는 것입니까? 대통령을 위해서입니까? 국민을 위해서입니까? 나는 오늘날 너무나 상식을 벗어나서 전개되는 상황에 대해 답답함을 참을 수 없어 여러분께 호소하고 있습니다. 양심도 없는 자가 위선과 거짓을 보태서 말한다고 똑똑한 사람이 되어서는 안 됩니다. 엄청난 외국의 빚을 얻어 빌딩 몇 개 짓고, 쓰지도 못하는 공장을 계획 없이 짓는다고 발전이며 건설이라고 함부로 자랑하는 것은 조국을 사랑할 줄 아는 사람은 가슴 아픈 일입니다. 그 빚은 누가 갚아야 합니까? 대통령이나 정당이나 국회의원이 갚는 게 아니라 그 빚과 이자는 여러분과 여러분의 자손이 갚아야 하는 것입니다.

그렇게 무계획적으로 엄청난 빚을 얻어 즉흥적으로 발전이라 떠들고 보면 그 덕은 극히 일부들만 보고 우리는 무거운 부담만 얻고 빚 때문에 허덕여야 할 날이 머지않은 장래에 다가올 것입니다.

오늘의 정부나 집권층은 상식 밖의 일을 너무나 잘하고 말도 비단결같이 잘하는데 그것을 확인해 보려는 사람은 아무도 없어 이 젊은이가 답답한 마음을 억누르지 못해 출마를 결심했습니다. 그런데도 항간에는 나를 말 잘하는 위선자 정도로 보는 경우가 허다하니 참으로 가슴이 터질 것 같습니다.

우리 다 같이 생각하는 사람이 되어 오늘을 세심하고 조심스럽게 지켜야 하는 것이 우리들 공동의 책임입니다."

이렇게 절규하다 보면 내 가슴은 정말 격해지고 금방 터질 것 같았다. 얼굴에는 땀이 흠뻑 흘렀으며 그럴수록 무언가 이 나라에 불안한 문제가 터질 것 같은 마음이 가슴을 떨리게 했다. 이야길 하다 보면 목소리도 격해져서 고함이 되었고 절규로 변했다.

"자기 것은 자기가 차지해야 합니다. 위협한다고 굴복하고 기만한다고 속아 넘어가서는 안 됩니다. 밝은 것을 버리고 어둡게 살려는 것은 어리석은 자의 소치이며 영원히 후회해야 할 일이 될 것입니다. 자유와 행복은 신의 선물이며 이 귀중한 선물은 여러분의 양심 속에서 지켜져야 할 것으로서 결코 망각하거나 포기해서는 안 될 것입니다. 나는 내일의 밝은 사회를 만들기 위해 여러 가지 불리한 여건에도 불구하고 이 자리에 나와서 진심으로 외치고 있습니다. 자유와 행복은 우리에게 더없이 소중한 것입니다. 이 사람의 말이 옳다고 보시면 주저하지 마시고 지지하여 주십시오.

저는 분명히 약속드립니다.

조국을 위해서 생명을 바칠 것이며 사회의 정의를 찾기 위해서는 어떤 매도 두려워하지 않고 맞겠으며 굶주림도 고달픔도 거부하지 않겠습니다."

외로운 나의 절규가 허공에 퍼져 되돌아와도 나는 절실한 마음으로 쉬지 않고 외치고 또 외쳤다. 내가 연설을 마치고 마이크를 놓으면 최 동지가 다시 나의 지지를 호소했고 하루에도 4~5번씩 자리를 옮기며 개인정견을 발표했다. 상대편 운동원들은 나의 호소를 지나치다고 욕을 했다.

나는 그런 속에서도 마지막인 다섯 번째의 합동정견 발표회를 맞이하였다. 자금도 조직도 부족한 나의 기대는 언제나 진실을 토

할 수 있었던 웅변뿐이었다.

오후 3시부터인 동삼국민학교의 연설회를 위해 점심 때가 지나면서 서둘렀다. 그날의 연설 순위는 5번째였으며 마지막이었다. 후보들의 연설이 끝날 때마다 청중이 줄었다. 마지막으로 연단에 오른 나는 넓은 운동장에서 띄엄띄엄 보이는 청중을 향해 목청을 올렸다.

"오늘 시간보다 일찍 여러분을 뵈옵고 제 마음을 조금이라도 알리고저 동삼국민학교, 이곳 연설회장으로 오고 있었습니다.

제가 타고 오던 버스는 정류장마다 서면서 타는 사람과 내리는 사람을 위해 멈추었습니다. 그럴 때마다 교통법규를 위반해 가면서 질주하는 승용차들을 목격하게 되었습니다.

나는 당장 느낀 것이 제 처지와 그분들의 처지가 너무나 하늘과 땅 같은 차이를 느꼈습니다마는 안타까운 마음속에서도 좌절하지 않고 여기까지 왔고 연단에 올라오게 된 동기는, 무엇인가 주위가 잘못 되어가고 있다는 예감에서 우리 사회의 앞날을 두고 좀 진지하게 의논도 하고 진실된 말로 내일을 염려하는 마음에서 나의 사명을 찾아 조국에 바치고저 결심하고 나왔습니다.

존경하는 시민 여러분, 또 오늘의 어두운 사회 현실에서 밝은 것을 찾으려는 애국적 유권자 여러분, 저는 오늘 이곳 연설회장에서 다른 후보들의 정견을 여러분과 함께 들었습니다. 제가 느낀 것은, 그분들은 말씀도 수월하게 잘 했습니다마는 도저히 그분들의 웅변 속에서 수긍이 안 가는 것이 많이 느껴졌습니다.

출세를 하기 위해 국회의원에 출마한 분인지, 조국의 어려운 문제 때문에 사명감이 생겨서 출마하신 분들인지 이해가 안 되었습니다.

제가 이런 말씀을 드리면 저의 반대자들은 저를 조소하고 저자가 누굴 비방하는 것이냐고 의심도 있을 줄 압니다마는, 저는 결코 어떤 쪽을 비방하기 위해 이런 말을 끄집어내는 것은 아닙니다.

다른 분들은 정당정치가 어쩌고 저쩌고 하며 우리들을 가르치려고 하고 있습니다마는 정말 ○○당이나 ××당을 믿고 우리의 행복과 이상을 기다리기만 하면 된다는 것입니까? 오늘의 세상만 하더라도 그렇습니다. 의심이 생기는 문제들이 하나둘이 아닙니다. 나쁜 것을 무조건 덮어 두려는 행위가 정당정치가 아닙니다. 그런데도 우리들은 현실에 대한 문제들을 알 수가 없습니다.

안타까운 마음을 가진 젊은 제가 오늘의 이런 쟁점에 뛰어들었습니다. 나의 용기나 나의 지혜가 여러분에 의해 이 땅에서 봉사할 수 있기를 기대하는 것입니다. 어떤 문제이든 잘 알고 행세를 한다면 낭패를 당하는 일이 적을 줄 믿습니다.

오늘 이곳에 마지막까지 남아 저의 이야기에 귀를 기울여 주시는 여러분들께서는 지난날 대통령 선거에 대한 기억을 아직도 잊지 않은 줄 믿습니다. 그 당시 여러 사람이 출마하신 것을 압니다마는 현 대통령인 ××씨와 제일 야당이라는 김모 후보의 조방 앞 연설회를 기억할 줄 압니다.

저는 당시 두 분의 연설회장에 나가본 적이 있었습니다. 그 당시 대통령후보의 연설과 찬조연사로 나온 쟁쟁한 분들의 말씀 속에서 아연한 이야기를 들었습니다. 그분들은 대통령 선거뿐만 아니라 국회의원 선거에서까지 우리 부산 시민에게 당부한 말씀이 있었습니다. 전직 국무총리의 말씀부터 들은 대로 이 자리에서 다시 한 번 전하겠습니다.

제일 야당이라는 곳에서 공천 받고 후보로 나온 사람들 국회에 뽑아 보내지 말아 달라고 부탁을 합디다. 낮이면 국회의원 행세를 하지만 밤만 되면 장사꾼으로 변한다는 이 말의 의미가 납득이 안 가 저의 머릿속에서는 몇 날이나 저를 괴롭혔습니다마는 현명하신 여러분들께서는 이 말이 무슨 의미에서 나온 말인지 짐작하실 줄 믿습니다. 제가 모략을 하는 것이 아니냐 의심 가는 분들은 그날 조방 앞에 가신 분 붙잡고 물어보세요. 다른 분들도 들은 것이 사실입니다. 나는 그날 백만이다, 60만 명이다 하는 군중 앞에서 똑똑한 발음으로 웅변한 그들의 직위나 태도로 보아 거짓이 아닐 것이라는 심중을 확인했습니다.

이젠 김 모 후보의 당부말씀도 전하겠습니다. '○○당 국회의원 후보들, 국회의원에 뽑아도 여러분 위해 별 소용이 없다. 그들은 하나같이 행정부의 시녀 노릇이나 하니 오히려 민주 정치를 하려는 역사에 역행이나 하는 짓이다' 하는 말씀에는 왜 우리 사회가 밝지 못하고 점점 음침해지는가 하는 의심이 더욱 나를 괴롭혔습니다.

존경하는 유권자 여러분!

우리의 생활 속에는 안면도 좋고 의리도 좋은 것입니다마는 더욱 중요한 것은 밝은 사회이며 활기찬 조국인 것입니다. 이런 일을 위해 준비 없이 이번 선거전에 뛰어든 젊은 저에게 그놈 괜찮은 놈이다 여기시고 표 좀 모아 주시길 부탁드립니다. 저는 언제든지 여러분과 조국을 위해 나의 양심과 용기를 바칠 준비가 되어 있습니다. 이러한 각오 때문에, 제 어려움보다 조국의 어려움에 더 슬픔을 느끼며 양심을 버린 자들의 조소 속에서도 떳떳이 제 자신을 지키려고 버팁니다.

오늘 마지막까지 남아 제 연설에 귀를 기울여 준 여러분의 양심에 기대를 걸며 시간관계상 연단을 물러갑니다. 감사합니다.”

나는 다섯 번째 차례였던 합동정견발표를 다 마쳤다. 내 심신에는 피로가 몰려왔다. 그러나 나를 위해 보수 없이 일하는 사람들을 위해서는 쉴 여유가 없었다. 대중 앞에 서기만 하면 말이 저절로 나왔다.

26살인 나를 사람들은 대견한 눈으로 바라보았다. 바로 선거를 하루 앞둔 날 마지막 개인 연설을 하였다. 그날은 웬 우연인지 사람들이 제법 모였다.

나는 마음속에 가장 염려시 되던 앞날의 문제들에 대한 호소를 했다. 결국 나는 5차례의 합동 정견발표와 54회의 개인 연설회를 통해 내 가슴 속에 응어리진 한을 전했지만 정치를 유희처럼 느끼려는 사람들의 마음은 돌리지 못했다. 결국 국회의원이 된다는 것은 애국심만으로는 불가능 했으며 이 땅에선 금력과 권력이 무기였던 것이다.

5·25 선거는 끝이 났고, 나는 예상보다 더 외롭고 쓸쓸함을 맛보지 않을 수 없었다. 동지들이 개표장에 나가 있는데 나는 안주도 없

는 깡소주로 허탈을 달래며 고달픈 육신을 잠재우려고 노력했다.

날이 샌 다음날 눈을 뜨고 정신을 차려 보니 내 주위에는 그동안 열심히 나를 도왔던 동지들이 둘러 앉아 연민스런 표정으로 잠든 나를 보고 있었다. 내가 자리에서 일어나니 그들은 나를 위로했고 나는 오히려 그들을 진심으로 감사하며 위로했다.

"여러분 고마웠소. 모든 결과는 내 탓이었소. 인물도 못났고 돈도 권력도 없는 나를 끝까지 따라다니며 협조했던 당신들로부터 나는 다시 많은 힘을 얻었소. 사실 나도 내 자신의 이름에다 표를 찍으면서 이 땅에 인물이 없음을 깊이 한탄했다오.

애기가 크면 어른이 되는 것 아니오. 우리는 지금부터 경험을 살리며 시작하는 것이오. 정말 신세 많이 졌소."

순박하고 우직스러운 동지들에게 형식이 아닌 깊은 감사의 마음을 느끼며 말을 했다. 금방 방안의 분위기가 달라졌으며 나는 주머니를 털어 됫병 소주 한 병과 오징어 두 마리를 사서 술상을 벌렸다. 얼큰하게 취하여 지난 일들과 앞으로의 일들을 토론하기 시작했다.

얼마 후 모두가 돌아가고 나니 술기운이 몸 전신에 퍼지며 다시 피곤이 엄습해 왔고 급기야는 그냥 쓰러져 잠이 들었다. 누나가 저녁밥을 지어 놓고 하루 종일 술만 먹고 취하여 쓰러져 있는 나를 두고 걱정을 했다.

시간이 흐르니 또 세월이 변하여 갔다. 나는 언제까지 감상 속을 헤매며 세월을 먹고 있을 팔자가 못되었다. 이제 또 내 앞에는 방 문제를 비롯한 많은 일들이 쌓여 있었던 것이다.

조금 모아두었던 돈은 선거를 치르느라 바닥이 났고 막노동으로 여러 식구의 생계를 책임진 자형한테 하루라도 나를 더 맡길 수가 없는 형편이었다. 예견된 결과였지만 선거의 충격은 한동안 나를 공허하게 했으며 마음을 방황하게 만든 것이 사실이었다.

그러던 어느 날 나는 새로운 결정을 했다. 서울로 올라가기 위해 헌 옷가지를 챙겨 누님 집을 빠져나와 곧장 부산역까지 걸어 나가서 서울행 완행열차표 한 장을 샀다. 정거장마다 쉬어가는 완행열차는 내 빈 창자를 더욱 자극했다. 그리고 역을 지나면서 차안은 또 복잡해져 왔다. 피로한 기색으로 앉지도 못하고 서 있는 사람들을 보니 마음이 몹시 아파왔다. 저들도 돈이 없어 나처럼 이렇게 지루하고 복잡한 여행을 하겠지 하는 생각이 들었다.

소주를 마시는 사람, 의자에 기대서서 졸고 있는 사람도 있었다. 내 옆에 앉은 어느 촌 노인이 쉴 새 없이 싸구려 담배를 피우고 있어 나를 질식할 것 같게 했지만 내색도 못한 채 참아야 했다.

드디어 열 시간을 넘게 달린 열차가 용산역에 도착했다. 낮이 긴 계절이었지만 새벽 4시는 아직도 어두웠고 전등불이 역 주변을 밝히고 있었다. 역 광장에 나온 나는 어디로 갈 것인가를 생각하며 서성거리고 있었고 "○○ ○○"를 외치며 여자들이 따라와 옷소매를 끌었다. 정말 어디 들어가 쉬고 싶었으나 도저히 형편이 그것을 용납하지 않았다.

나는 끈질기게 달라붙는 여인들을 뿌리치고 새벽 공기를 들이키며 빠른 걸음으로 거리를 향해 걷기 시작했다. 얼마쯤 그냥 걷다보니 먼동이 트여오고 있었고 내 발길은 남대문 시장통을 가고 있었다. 한쪽 편에 허수룩한 차림을 한 사람들이 모여 무엇인가 먹고 있는 것이 보였다. 나의 발걸음이 그쪽으로 향했다. 노동자 풍의 사람들은 새벽녘 길가에서 미군부대에서 흘러나온 꿀꿀이죽인 짬뽕을 10원에 한 그릇씩 사서 먹고 있었다.

나는 다른 사람들 속에 비비고 들어가서 10원짜리 한 닢을 죽을 떠주던 여자 앞에 내밀었다. 제법 뚱뚱한 여자가 돈을 보더니 꿀꿀이죽 한 그릇을 떠서 내 손에 건네준다. 비로소 뱃속의 시장기가 느껴진다. 잽싸게 숟가락질을 해대었다. 꿀꿀이죽 한 그릇을 금방 먹어치우니 몸에 생기가 나서 제법 살 것 같은 기분이 생긴다. 가진 게 별로 없어서인지 그 죽 맛도 별미로 느껴졌다. 한 그릇쯤 더 했음 하는 기분을 억제하면서 남쪽 산의 길을 걸어 올라갔다.

새벽의 찬바람을 오래 맞으니 피로도 사라져 버린다. 약수터에 들러 갈증을 느끼지 않으면서도 약수물을 떠 마셨다. 공짜는 무엇이든지 우선 먹어 두고 싶은 심정이었다.

먼동이 터오는 서울 시가지를 내려다보며 식물원 쪽을 향해 걸으면서 생각해 보았다. 햇빛에 비친 아침 안개가 한 폭의 그림 같은 느낌을 준다. 마음껏 숨을 들이마시고 내뿜으며 광장의 벤치에 주저앉아 젊은 나의 꿈과 이상을 어느 곳에서 찾아야 할지 모를 부질없는 공상을 했다. 시간을 좀 수월하게 보내려고 아무리 머리를 굴려보아도 생각이 떠오르지 않으니 그런 일도 힘이 들었다.

한 사람 두 사람, 산책 나온 사람들이 주위로 지나갔다. 나의 눈길은 할 일 없이 지나가는 사람의 발길을 따라 움직인다. 눈을 붙인 발길이 멀리 사라지면 또 가까이서 다른 사람의 발길을 붙잡게 되고 또 그 발길을 따라 눈동자는 움직였다.

붐비던 사람들이 잠시 뜸했다. 시계의 바늘이 9시를 가리키고 있었다. 허공을 쳐다보는 시선에는 외로움이 느껴졌다. 몸을 의자에서 일으켰다. 남대문까지 걸어가는 시간이 한 시간만 걸려주었으면 했다. 시간을 소비하기 위해 무턱대고 걸었다. 남대문으로, 시청 쪽으로, 광화문 쪽으로, 열 시가 될 무렵에는 종로 쪽을 걷고 있었다.

대중당 당사로 들어갔다. 아직 이른 시간이라 그런지 텅 빈 사무실에는 사환 아이만이 웃으며 반갑게 인사를 했다. 나는 사무실의 소파에 기대며 이것저것 궁금한 것들을 물었다. 시간이 흘러가니까 한 사람 두 사람 낯익은 얼굴들이 나타났다. 모두 다 나의 얼굴을 보고 반가운 표정을 찾으며 굳게 손을 잡아 주었지만 그런 그들의 얼굴은 한 사람도 신색이 좋아 보이는 사람이 없었다. 나는 이 속에서 나 자신이 좀 더 의젓해 보려고 노력하였다.

정오가 되어도 주위에 점심식사를 하러 가는 사람이 없었다. 또 점심을 먹자는 말을 꺼내는 사람도 없었다. 해가 넘어가고 나서야 모두 서로의 눈치만을 살피며 돈타령이다. 잠시 후에 누군가가 막걸리 집으로 가자고 제의를 했고 여섯 사람이나 되었던 일행은 관철동의 싸구려 술집을 찾았다.

사람들은 막걸리 두 되를 안주도 없이 마시면서도 호기들은 대단했다. 술집 주인은 이런 우리 일행을 좋은 눈치로 보아주지 않았지만 홀 안의 큰 테이블을 차지한 일행은 술기 때문인지 떠들어 대었다. 빈속에 술이 더 잘 취한다는 말처럼 모두의 얼굴에는 주기가

나타나기 시작했다. 온종일 먹은 것이라곤 새벽에 꿀꿀이죽 한 그
릇을 사먹은 것뿐인 내 몸이 금방 술기로 머리가 멍하였다.

누군가가 〈사람 팔자 시간문제〉라고 팔자타령을 시작했다. 가게
의 일하는 아주머니마저 이런 우리 일행들의 이야기에 건달 취급
이다. 점점 정신이 흐려져 갔다. 애써 의식을 붙잡으려고 노력을 해
야 자신을 지탱할 것 같다.

우리 일행은 좌석에서 일어났다. 내일 만나자면서 한 사람 한 사
람 손을 내밀며 뿔뿔이 제 갈 곳을 찾아 흩어졌다. 나는 혼자가 되
어 큰 길 쪽으로 걸으며 생각하였다. 어디로 간담! 생각을 하면서
도 몇 잔 마시지 않은 술기 때문에 정신을 잃지 않으려 애를 써야
했다.

최종적으로 결정을 내린 것은 기억 속에 남아 있는 상도동 쪽에
있는, 단 한 집 알고 있는 친척집을 찾아가 보자는 생각이었다. 제
법 촌수가 멀어 그냥 배짱을 부리며 찾아 가기에는 염치없는 짓이
었지만 당장 뾰족한 수가 없었다. 군대생활을 할 때 한두 번 들른
기억을 가지고 용케 길을 찾아갔다.

잠을 자려고 준비하던 사람들이 놀라며 나를 그래도 친척이라고
외면으로는 반겨주었다. 저녁을 어떻게 했느냐는 질문에 미안해서
먹었다고 억지로 대답을 했다. 술기운이 나를 더욱 피로하고 괴롭
게 했다.

누가 나를 흔드는 기척에 눈을 뜬 나는 새로운 아침을 확인하였
다. 식사를 하라는 말에 급히 서둘러 세수를 하고 여러 사람의 밥상
앞에 앉았다. 아침을 먹는 동안 이 집 식구들과 이야길 주고받다가

'얼마 동안이나 서울에 있을 것이냐'는 질문에는 할 말이 막혀 버렸다.

나는 한 숟갈의 밥을 입 속으로 넣으면서도 부담을 느꼈다. 며칠 서울 사정을 보고 내려갈 날짜를 잡겠다고 말을 해 놓고는 친척집에 가방을 맡겨 놓은 채 출퇴근을 하였다. 며칠이 지나니 나는 스스로 손님이 아니고 이 집의 짐이라는 눈치를 느끼게 되었다.

나의 행동이 점점 거북해져 갔다. 이쯤 되면 내가 어떤 행동을 취해 주어야 하는 것인데 내 처지도 정말 딱했다. 나는 아침저녁 타고 다니는 입석버스의 요금도 겨우 정당의 당원동지들한테 신세를 지고 있는 형편이었다. 며칠이나 더 친척집에서 잠을 자야 할지 몰라 너무 미안한 마음에 언제나 저녁때에는 당 동지들과 어울려 막걸리 몇 잔에 취하여서 들어가면 저녁은 밖에서 먹고 들어왔다고 거짓말을 하면서 상을 차려오지 못하게 하였다.

하루 종일 식사라고는 아침 한 끼를 먹으면서도 나의 가슴 속에는 커다란 꿈이 나를 배고픈 상태에서 참을 수 있게 해 주었다. 어린 시절을 거쳐 내가 청년이 된 것처럼 언제건 희망을 버리지 않는 한 내 자신의 지난 일을 자랑스럽게 이야기하고 웃을 날을 찾으리라고 생각했다.

나는 그날그날 당의 청년 동지들의 도움으로 약간의 버스비 정도는 마련했지만 사실 그들도 빈털터리라 나 자신의 대책이 필요하다고 느껴졌다. 나는 서울에서 나의 꿈을 찾으려면 당장 급한 의식주 문제 때문에 '부산으로 내려가서 다시 좀 준비를 해 가지고 와야 되겠다'고 생각했다. 당장 부산까지의 차비가 여간 걱정되는 게 아니었다.

　넓은 서울바닥에서 지금의 딱한 사정을 내 염치로서는 상의할 곳이 없었다. 여름날의 무더위 속에서 만원인 완행을 탈 수 있었던 것도 신의 도움처럼 생각이 들었다.

　땀을 온몸이 젖도록 흘리면서 온종일 입도 다시지 못한 채 허기에 시달리며 부산의 누나 집으로 찾아갔다.

17. 여분 없는 인생

나의 운명 속에 여분이란 있을 수가 없었다. 부산에 찾아와도 당장 급한 것은 서울과 마찬가지였다. 가난한 누나가 남매지간이란 인연 때문에 억지로라도 당분간 부담을 덜 느낀 것뿐이다.

그런데 당장 또 알게 된 것은 이젠 이 고장에서는 옛날처럼 행동하기가 수월하지 않은 것이었다. 유명세가 뒤에 붙어 다녔다. 길을 갈라치면 사람들이 내 얼굴을 힐끗힐끗 쳐다보는가 하면 골목길 같은 데서는 중학생이나 국민학생들이 아무개 지나간다고 떠들며 내가 안 보일 때까지 시선을 나의 곁에서 떼지 않는 것이었다.

한마디로 나의 신세가 정말 설상가상이었다. 그러나 이런 것을 이겨야 하는 것은 나 자신 뿐이다. 이곳저곳 찾아다니면서 아는 사람들의 일을 도와주고 내 몫의 일당을 벌었다. 부지런하게 이력서를 만들어 어떤 일자리이건 찾아 쏘다녔지만 얼굴 덕분에 나에게 맞는 자리가 없다고 퇴짜를 더 많이 맞았다.

나는 어떤 상황 속에서도 절망하지 않았다. 이빨 없는 사람들은 잇몸으로 씹는다는 격언처럼 남을 의지하려던 마음을 버리고 자신과 부딪치면서 그날그날 일을 찾았다. 나에게 생기는 일은 궂은일 뿐이었지만 그런 일도 피할 수 없었다. 비누를 배달하는 등 틈나는 대로 다른 사람들이 원하는 일을 거들어 주었고 고철장사도 시작하였다.

내 수중에는 두 달 만에 의식주를 해결하고 나서도 얼마간의 돈이 남았다. 나는 다시 내 꿈을 찾아 서울로 올라갈까 생각을 하였다. 서울 가서도 부산에서처럼 막일을 할 결심이 생겼다. 당장 머릿속에 떠오르는 생각은 사람이 나면 서울로 가고 말이 나면 제주도로 보내라는 말뿐이었다.

늦은 가을날 나는 또 수중에 몇 달 치의 하숙비를 지닌 채 보통급행 열차의 창가에 앉아 스치는 풍경을 감상적으로 느끼며 꿈과 낭만을 지닌 채 서울로 올라갔다. 나의 입가에서는 휘파람이 흘러나왔다. 그날 나는 오후 늦게 서울 바닥에 나타난 것이다. 새로 맞추어 입은 양복에다가 넥타이까지 맨 정장한 모습은 내가 보기에도 의젓했다. 어느 날 잘 아는 선원으로부터 얻은 외제 선글라스까지 끼고 보니 지금 모습은 내가 보아도 옛날의 내가 아닌 것이다.

당사로 들렀더니 불쑥 나타난 나를 본 동지들이 여간 신기해하지 않으면서도 반가워했다. 그날 저녁 나는 10여 명이나 넘게 있었던 동지들을 데리고 근방에 있었던 관철동의 싸구려 술집으로 찾아갔다. 오랜만에 생두부 안주까지 주문해서 빈속인 동지들의 뱃속에다 막걸리를 채우게 한 것이다. 주전자가 몇 개나 바뀌었다. 모두 얼근한 기분인지 이야기가 길어진다. 안면이 있는 주모가 호기를 부리는 우리 일행의 사정을 잘 알기 때문에 돈 걱정이 되는지 점점 거북한 얼굴을 보인다. 오늘 술값은 내가 낸다고 얼마 되지도 않는 탁주값을 두고 걱정마라고 안심시키니 술집 주모가 말끔해진 내 모습이 신기한지 뚫어지게 쳐다보았다. 술기가 오르는 것만큼 내 마음도 부풀어갔다.

술집을 나올 때에는 모두 비틀거리면서 제 갈 길로 손을 흔들며 뿔뿔이 가버렸다. 혼자가 된 나는 길가에서 망설일 필요가 없었다. 지닌 얼마의 돈을 믿고 인근에 있는 3류 여관에다 하루 저녁을 묵기로 이미 마음을 결정하고 있었다. 온종일 피로했던 몸은 술기 때문인지 금방 밤을 새게 하였다.

나는 그날로 사직동 쪽에다가 당분간 있게 될 하숙을 구하였고 서울생활에서 부딪혀야 할 일들을 생각하고 있었다. 다음날 나의 하숙집에는 당의 젊은 동지들이 여러 사람 찾아왔다. 값싼 소주와 오징어 다리 안주가 시간의 흐름에서 빈속인 배 속에 열기를 올렸다.

세상에 대한 불만들이 터져나왔다. 이야기는 당직 개편에 대한 우리 주변의 이야기였다. 사람들은 무슨 일이든 일을 벌이려고 했다. 무엇 때문인지 한 사람 두 사람 흥분하기 시작했다. 모인 사람들은 웬일인지 이런 난처한 문제를 나에게 떠넘기려고 일을 꾸몄다. 나는 당시 모인 사람 중에 가장 나이가 연소했다. 그런데도 흥분은 저희가 하면서도 내 눈치만 살폈다.

그날 오후 늦게 당사의 사무실이 지난번 있었던 사무총장의 독자적인 인사 때의 불만으로 중앙당 중견 간부들에 의해 점령되었다. 이런 행동을 타협적으로 처리하자고 만류하려던 당 최고위원의 설득도 실패하자 당의 원로들이 당사를 나갔다. 당사의 출입문이 안에서 걸렸다.

당시 당의 사무차장이던 이강백 동지는 단식을 하자며, 요구가 관철될 때까지 아무도 밖에 나가지 말자고 제의를 했다. 그곳에 있었던 사람들은 이런 의견에 더욱 흥분을 하는 것이었다. 나도 당의 형편에 흥분을 느꼈다. 그리고 정신적으로 나약한 당직자들의 형편에 딱한 마음도 생겨났다. 앞일을 대비하지 못하는 지도층의 사정이 일을 만든 것이다. 흥분된 사람들은 어디서 구한 것인지 술을 마셨다.

밤은 깊어갔고 현실에 대한 만족보다 서글픔이 내 마음속에 쌓여 갔다. 무엇인가 말을 해야 한다는 분노가 생겼다. 나는 마룻바닥을 훔치는 걸레의 나무자루를 뽑아 들었다. 술에 취한 채 입을 열었다.

"이번 사태는 현직 국장단의 잘못이며, 그러니 각 부서 국장들은 반항하면 죽여줄 것이니까 앞으로 나와!"

나는 고함을 지르며 주위에 침묵을 요구했다. 그때 내 험한 표정을 보고 반발하려는 국장들도 있었지만 아우성을 치며 좋아하는 나의 지지자들 때문에 아무도 개인적으로 대들지는 못했다. 나는 주위의 현직 국장들을 그 자리에서 무릎을 꿇게 하였다. 서울생활에서 눈치만 남은 사람들이라 어쩔 수 없는 위험을 느낀 때문인지 굴욕을 느끼면서도 몇몇 국장들은 내 엄포에 눈치를 살폈다.

요구가 관철될 때까지 아무도 식사를 해서는 안 된다는 어제의 제의에 밤이 새어도 굳게 닫힌 문을 나서려는 사람이 없었다. 종로경찰서의 정보과에서 어떻게 알았는지 두 명의 정보 형사가 평소 자기네와 안면이 있는 사람들을 불러내려고 하였다. 우리는 당내의 문제에 외부가 개입하지 말 것을 경고하고 면회를 사절하자 경찰관들이 돌아갔다. 당의 최고위원이던 이동화 선생께서 24시간 만에 이런 일이 생긴 사태에 대하여 정중한 사과의 말로 우리에게 이성으로 돌아가라고 타일렀다. 당 사무총장이며 당직개편에 독자적 영향력을 행사했던 이몽 선생은 현실을 인식하고 당 사무총장의 자리에서 물러나겠다고 제의를 했다.

단식 농성은 그런 것을 확인하고 끝이 났다. 모든 당직자의 사퇴서가 제출되었다. 전 사무총장이 된 이몽 선생은 나를 개별적으로 다방으로 불러내어서 매우 섭섭한 표정을 지으며 말문을 열었다. '자네가 청년국장의 가장 적임자였지만 현 주소지가 부산이었기에 또 당시 부산에 있었기 때문에 서울 출신을 내정하였던 것'이라고 하면서 앞으로 남자답게 서로 그런 문제는 잊어버리자고 화끈하게 나왔다.

나는 비로소 이 사람도 그릇이 크다고 느끼며 하루 동안에 대한 일보다 앞으로 당을 위해 노력하자고 의견을 모았다. 두 사람은 서로 거북한 마음들을 금방 씻어버렸다.

전 사무총장과 헤어진 나는 이틀 만에 비지백반 한 그릇으로 속을 달래며 앞으로 닥칠 일에 대한 걱정을 했다. 대중당 정치위원회가 다음날 긴급히 소집된 결과 제출된 국장단의 사표가 수리되었고 사무총장 서리에 경북 의성지구당 위원장인 이원수 동지가 임명되었다.

새로운 당직 개편과 더불어 당의 살림살이가 시작된 것이다. 나는 사직동에 있던 하숙에서 나오면 내자동에 있던 대한 홍익회의 사무실인 김우제 씨의 집과 당사를 내왕하며 한 달 두 달 소일하는 동안 내 수중에는 또 돈이 떨어져가고 있었다.

무엇인가 돈 버는 일을 시작하여야 하겠다는 결심을 매일같이 하면서도 정작 행동으로 옮기지는 못하고 있었다. 동지들과 만나서 대화가 시작되면 다급한 생활문제에 대해서는 잊혀지는 것이었다.

무익한 꿈속에서 헤매던 어느 날이었다. 결국 나는 보따리를 꾸리기 시작했다. 음력 설날을 며칠 앞두고 수중에 돈이 거덜이 난 채 겨우 부산행 기차를 타게 된 것이다. 나에게 닥친 사정을 모르는 동지들은 내가 없으면 당의 혁신이 안 된다고 붙들었지만 누구의 말도 나의 마음속에 감동을 주지 못했다. 정말로 나는 서울을 떠나고 싶지는 않았다.

나는 조국을 사랑했고 소속 정당을 사랑했고 동지들을 사랑했다. 핑계 때문에 남을 수 있는 처지라면 무슨 핑계든 찾고 싶었다. 그러나 내 형편은 정이 듬뿍 든 동지들과 나를 떼어 놓았다.

내가 서울을 떠나는 날 당의 동지들과 그동안 사귄 당외의 친구들이 10여 명이나 서울역까지 배웅을 나와 주었다. 서로가 말 못하는 사정들 때문에 역전 근방 싸구려 술집에서 안주 없는 소주잔에서 위안을 찾으려 애썼다.

최희수 동지가 자기 형편에 무리를 해서 기차표 한 장을 구하여 내 손에 꼭 쥐어주며 섭섭한 표정으로 설 쇠고 올라와 같이 활동하자고 떠나는 나를 위로해주었다. 신민당의 총재비서로 있던 이경식 동지가 주간지 두 권을 사주며 차안에서 읽으라고 내어밀었다.

서울역에는 떠나는 사람들과 들어오는 사람으로 들끓고 있었다.

배웅해주러 나온 동지들은 차표가 개찰되는 출구까지 따라와 힘찬 악수로 내 심란한 마음을 위로했다. 나는 사람들의 틈을 비집고 지정된 내 좌석을 찾아 걸어갔다. 금방 열차가 움직이기 시작했다. 창밖에는 불빛이 어둠 속에서 빠르게 지나쳐갔다.

내일 아침이면 기차가 부산역에 분명하게 도착되겠지 하고, 당연한 일들을 생각하고 있었다. 입석표를 산 사람들이 달리는 기차 안에서 흔들리는 몸을 지탱하려고 의자 옆에 기대는 경우가 많았다.

내 옆자리에는 미인이라고 말하기에 적당한 젊은 여인이 곱게 눈을 감고 무엇인가 생각하는 듯한 표정을 짓고 있었다. 내 마음은 이성과 자리를 같이 하게 된 젊음 때문인지 자꾸만 어떤 파문이 일어나려고 한다. 차 타기 전에 마신 술이 취하지 않고 말똥말똥 정신을 깨워갔다. 주간지를 펼쳐보는 마음 가장자리가 자꾸만 주간지 위에서 여인한테로 시선이 옮겨갔다.

수원역을 통과한 기차가 어둠 속에서 더욱 속력을 더하며 레일 위로 미끄러지는 바퀴소리가 귀에 거슬리게 들렸다. 야릇한 흥분이 이는 속에서 주간지의 책장만 바쁘게 넘기며 옆 좌석에다 대고 말을 붙였다.

"부산까지 갑니까?" 속이 보이는 말이 입에서 튀어나왔다.

여자가 그 말을 듣고 시선을 돌리며 내 쪽으로 고개를 끄덕거려 주었다. 몇 마디의 대화가 그때부터 그 여자와 나 사이에 오고갔다. 그런데 금방 나는 말문이 막혀버렸다. 아무리 생각해 보아도 더 할 말을 찾지 못했다. 어떤 아쉬움이 자꾸만 나를 자극했다. 여자와의 대화가 계속될 수 있다면 내 마음도 기차가 달리는 동안 지루하지 않을 것 같았다. 그래서 억지로 또 말을 만들었다.

"우리들의 인연은 이 기차가 종착역에 닿으면 끝나겠지요."

여자는 조금도 망설임 없이 그렇다고 대답을 해주었다. 그런데 또 말문이 막혔다. 이젠 아무리 머리를 쥐어짜도 할 수 있는 적당히 말이 떠오르지 않는다. 그러니까 그만 나는 실례되는 말을 해버리고 말았다.

"두 사람의 인연이 끝나기 전에 한 번 유혹해도 되겠습니까?"

순간적으로 말을 해놓고 내가 너무 경망한 말을 한 것이 아닌가 후회했다. 여자는 오히려 표정도 변치 않은 채 퉁명스럽게 '자신 있어요?' 하는 대답에 나는 금방 당황해 버리고 말았다.

"실패하고 싶지는 않습니다." 하고 급하게 말을 이었다.

솔직한 나의 대답 때문일까, 여자도 나도 서로 말을 해놓고 웃었다.

조치원을 지나는 기차는 속력을 더 내며 달렸다. 기차를 탄 사람들은 밤이 깊은 탓인지 거의가 졸고 있었다. 나의 입도 더 할 말을 찾지 못해 닫혀버렸다. 대전까지 열차가 달리는 한 시간가량 나의 입에서는 아무 말도 나오지 않았다. 기차가 대전역으로 들어갔다.

사람들이 많이 기차에서 내렸다. 기차가 대전역을 출발했을 때는 입석 승객이 보이지 않을 정도로 기차 안은 비기 시작했다. 옆 좌석의 여자는 무엇인가 혼자 생각하는 표정을 지었다.

그때 열차 안에서 물건을 파는 사람이 옆을 지나갔다. 나는 그 물건을 파는 사람을 불렀다. 2홉들이 소주 한 병과 오징어 한 마리를 돈을 내고 샀다. 금방 오징어 다리를 찢어서 입속에 물고 씹었다. 마개를 딴 술병을 입에다 대고 호기를 부리며 용을 썼다. 굉장한 알콜 기운이 몸에서 생겼다. 금방 속에서 불이라도 붙을 것만 같았다. 속이 알코올 기운에 메슥하고 얼굴이 화끈거렸다. 정신이 점점 몽롱해졌다.

나는 내 팔을 뻗어서 옆자리의 여자 어깨 위에 걸쳐버렸다. 깜짝 놀란 여자가 토끼눈이 되어서 무엇 하느냐고 항의를 했다. 술내가 풍기는 입을 벌리며 '이제 슬슬 유혹해 보는 것입니다' 하고 말을 내뱉었다. 막무가내인 내 행동에 여자는 오히려 가만히 있었다.

힘겹게 기차가 추풍령을 오를 때 우리 두 사람은 옛날부터 사귀던 사람처럼 부담 없는 대화가 오고갔다. 다정하게 자리를 좁혀 앉아 상대에게 기댄 채 힘든 하룻밤을 보내는 것이었다.

그런데 시간이 흐를수록 마음속에는 알지 못하는 아쉬움이 일어났다. 기차가 조금 천천히 달렸으면 하는 기대보다 한 정거장 한 정거장 역을 통과하는 열차가 너무 빨리 달린다는 생각을 들게 했다.

출발역에서 생긴 종착역까지의 인연이 순간의 아쉬움을 쌓으며 결국 기차가 부산역에 닿게 되었다. 열차에 탔던 사람들이 순간적으로 모두 일어나 출구 쪽으로 나아갔다. 두 사람은 다정하게 어깨를 부딪치며 역의 광장까지 나왔다. 광장에는 희미한 아침의 먼동이 트고 있었다. 내가 먼저 말을 끄집어냈다.

"우리 두 사람의 인연은 끝난 것입니까?"

여인의 얼굴에는 서운한 표정이 지나가는 것 같더니만 대답 대신 미소를 지으며 내 물음에 고개를 숙였다.

"참으로 재미있었습니다. 안녕!"

나는 큰 가방을 든 채 바쁘게 길 건너를 향해 뛰었다. 여인은 한참 동안이나 이런 철부지 같은 내 뒷모습을 보고 있었다.

나는 새벽에 운행하는 버스 위로 올라갔다. 차 안은 이른 시간 때문인지 승객이 없이 한산했다. 버스가 달리기 시작했다. 창을 통해 내 시선은 광장 쪽으로 여인을 찾아보았지만 여인의 모습은 보이지 않았다. 정말 무엇인가 아까운 물건을 잃었을 때 느끼는 아쉬움이 마음속에서 일어났다.

조금 전까지의 내 행동이 자꾸만 머리에 떠올랐다. 아침이란 강렬한 빛이 도시를 비추자 나는 다시 현실이란 소용돌이 속에 묻혀들기 시작했다. 비릿한 바닷가의 바람이 내 얼굴에 부딪칠 때마다 내 마음속을 지배하던 이상들이 물러나기 시작했다.

다시 나는 방 문제에 대한 현실을 해결해야 하는 문제에 부딪힌 것이다. 외투를 가지지 못한 나의 나들이는 겨울이 무척이나 춥게 느껴졌다.

이곳 부산에는 나를 위로해 주려거나 도우려는 사람은 없었다. 내 스스로 현실이란 문제에 무조건 뛰어들어 부딪히는 것뿐이었다. 하숙비 조달을 위해 체면이고 무엇이고 팽개치고 나니 나에게 떨어진 일자리란 게 아침나절 여자들이 일하는 미장원을 찾아다니며 위생비누 같은 걸 배달하는 것이 생겼다. 친구들의 사무실을 전전하며 필요한 일거리를 찾으며 1972년의 봄을 맞았다.

내 가슴 속에는 환상처럼 떠오르는 새로운 애정이 쌓였다. 조국을 위해 죽은 영웅들의 모습이 그려지고 후세에 이름을 남긴 선인들의 행동이 제멋대로 머리에 떠올랐다. 뜨거운 피가 온몸에 솟았다. 나의 생활은 오직 떳떳한 생각 한 가지만으로 현실을 멀리하며 행복할 수 있었던 것이다.

그런 어느 날이다. 세상을 깜짝 놀라게 하는 뉴스가 거리를 흥분시켰다. 현직 중앙부장(이후락)이라는 사람이 서슴없이 "나 김일성을 만나고 왔소, 평양 갔다 왔소." 하고 말한 것이다.

나라 안이 금방 단 한 사람의 이야기에 어떤 결과가 나오는가 싶어 흥분이 되었고, 매스컴은 이런 문제를 무슨 위대한 계기가 온 것처럼 떠들어 대었다. 나는 금방 나의 오장육부 전체가 차가워지고 있다는 사실을 느꼈다. 또 이 나라에 무슨 일이 일어날 것인가. 두렵고 어두운 마음이 생긴다. 남북한 양쪽의 위정자들의 의중에 대하여 어떤 실소가 생기기도 하였다.

내 자신이 무슨 큰 잘못을 저질러 놓은 것 같은 낭패한 마음이 생겨나기도 했다. 나는 결코 이런 현상에 대하여 신에게 감사할 수 없는 예감뿐이었다. 한 사람이 수천만 명의 동포를 우롱하려는 재주에 나의 양심은 감동도 기대도 없었던 것이다.

답답한 것은, 양심을 그냥 지니고 살자니 눈앞에서는 순박한 사람들이 당하고 있는 일이 생각나서 안타까운 마음만 더할 뿐이었다. 출세를 할 만큼 해놓고서도 더 출세를 하겠다고 억지를 부려대는 사람들 꼴을 볼 때는 양심이 부족한 자가 욕심만 많아가지고 현대판 진시 황제가 되겠다고 서두르는 것만 같았다.

다른 사람들은 이런 예감을 느끼지 못하는지 그렇지 않으면 이

기회에 출세를 해볼 모양인지 어떤 자는 이런 일에 박수를 보냈다. 나는 그 어느 때보다도 이런 일을 목격하면서 외톨이가 되어가고 있었다. 마음속에는 알 수 없는 두려운 예감이 시간이 흐를수록 더 커져 갔다. 이런 상황이 계속되던 어느 날 세상을 또 한 번 놀라게 하는 뉴스가 생겼다.

국회가 국회의원들의 국정감사 기간 중에 해산되었다는 언론의 딱한 보도였다. 방송들은 무엇 때문인지 이런 일이 국가를 구하는 일이라고 억지 선전을 했다. 어쩌자고 이 사람들은 또 혁명을 하는 것인지 주위의 이야기가 상식적으로는 납득이 되지 않았다. 당장 달라지는 것은 정권의 선전은 들을 수 있어도 국민의 의사는 매스컴 같은 곳에서 들을 수가 없었다. 말 많은 사람들이 입을 닫았는가, 반복되는 슬픈 역사의 전개 앞에서 젊은이의 마음속에서는 눈물이 흐르고 있었다. 자꾸만 막혀버리려는 목구멍 속에서 억지로 말이 튀어나왔다. '나의 양심은 이런 일을 방관하지 않을 것이다.'

18. "유신"이라는 혁명

어제의 일이 옛날처럼 느껴졌다. 사람들은 긴장을 감추려고 표정을 꾸몄지만 질식할 것 같은 답답함이 가슴을 짓눌러 왔다.

나의 양심은 누구에게선가 속고 있다는 느낌이 자꾸만 일어났다. 신을 믿어온 내 마음속에 언제까지나 우리를 도와주지 않는 신에 대해 부정하는 마음이 일기 시작했다.

세상 사람들의 심정을 몰라 분연히 절규하고 싶은 혼자의 충동을 억눌렀다. 이렇게 가슴을 아파하며 한편으로 생활 때문에 쫓기며 며칠이 지났는데 매스컴에서는 유신維新이란 생소한 말을 들먹이기 시작했다. 선전하는 것인지 단순히 기사화하는 것인지 지면이 특종으로 엮어지고 있었다.

나의 짧은 생애에 있어 처음 듣는 생소한 말인 "유신"이란 것이 어떻게 우리를 기대 속에서 구해줄 것인가 궁금하기만 했다. 권력자나 권력에 빌붙으려는 사람들은 우리의 생존 때문에 유신을 해야 한다지만 그렇게 좋은 유신이라면 사람들은 금방 알게 될 것인데 무엇 때문에 열을 올리며 억지로 사람들의 지친 머릿속에 이해시키려고 노력하는지 어떤 땐 납득이 안 갔다.

거리에 나와 보니 온 거리의 벽에는 공고문이 칠갑을 이루었다.

법, 법, 정말 이 나라가 법이 없어 이렇게 휘청거리고 있는가. 아니면 결국 이 법의 남발로 망해버릴 것인가. 내 가슴 속엔 표현은 할 수 없지만 슬픔이 솟구쳐 올랐다.

정말 그 사람들 말대로 조국이 번영되고 통일이 될 수 있다면 하는 마음은, 아무도 자신 있게 공약하지 않는 내용들의 뒤에 뭐가 있을까 하고 가슴 속에 의문으로 쌓였다. 내 심중에는 조국의 앞날과 민족의 장래가 어둠 속에 빠지는 것이 아닌가 라는 의혹이 일어났다.

스스로에게 생기는 의문을 자기한테 또 물어본다. 이와 같은 행동을 반복하다 보니 머릿속에는 별별 상상이 다 떠올랐다. 젊은 가슴 속에 쌓였던, 조국과 동포에게 바치고 싶었던 뜨거운 정열이 식어갔다.

이제 내가 이 땅에서 지켜야 하는 사명이 무엇일까, 진정 동포를 위할 수 있는 몸이 될 수만 있다면, 안타까워지는 마음속에서 단순하지 않은 조건이라도 찾아보기 위해 잠이 부족한 밤을 만들며 시간을 메꾸었다. 정말 불행한 사람들……, 권력이 무엇이며 인생이 무엇이라고 자신의 영혼을 짓밟는 행동을 서슴지 않는가, 불행한 동포를 위해 헌신하지 못하고 온갖 원성과 우려의 말에 귀를 막고 진리를 외면하는 슬픈 행동에 걱정이 많은 내 사정보다 더 딱한 그 사람들의 사정에 동정이 갔다. 동포의 권리를 동포를 위해 사용할 줄 모르는 사람들의 양심에 공포를 느껴야 했고, 어리석은 판단으로 자신마저 망치려는 행동에는 분노를 지나 연민을 느껴야 했다.

더욱이 연일 신문에 발표되는 사회단체와 야당 인사들의 지지

성명들은 나를 허탈감 속에 빠지게 하고도 남음이 있었다.

그런 어느 날 소속 정당의 동지였으며 부산의 인근 지구당 위원장이었던 S동지가 오래간만에 나를 찾아왔다. 울적한 심정 속에 지내고 있던 나는 무척이나 반가웠고 그도 반가운 표정으로 나를 대했다.

우리는 다방으로 들어가 자리를 같이 했다. 그는 내가 말을 하기도 전에 야당 인사들이 모두 유신을 지지하는 성명을 내었으니 나도 거기에 동조하라고 했다. 가만히 있어야 별 볼일 없으니 어느 곳으로 찾아가면 된다고 하면서, 강력히 권하는 말 뒤에는 잘못하다가는 저들에 의해서 병신이 될 것이라고 위협적인 말까지 했다.

참으로 충격적이고 슬픈 말들이었다. 어떻게 잘못되어 가는 정국을 두고 정치인으로서 반대는 고사하고 무조건 찬성만 하라니, 이게 무슨 날벼락인가 싶었다.

결국 내 주위에 있었던 인근 지구당의 동지들도 어떤 이유였는지 지지대열에서 행동을 한 모양이었다. 다음날 신문에는 부산지역의 몇몇 대중당 위원장들의 지지성명이 있었다고 밝혔다. 세상 돌아가는 형편을 봐서 예측은 했지만 막상 사실을 눈으로 보니 가슴이 떨리고 왈칵 슬픔이 올라왔다. 견딜 수 없는 허탈감에 안주 없는 소주병을 기울이며 혼자 눈물을 흘렸다. 그리고는 소리 없는 절규를 내어놓았다.

"나는 결코 출세나 영달을 위해 태어난 사람이 아니다. 오직 양심에 따라 사명을 따르기 위해 살아갈 뿐이다."

이런 소리가 내 가슴에는 아직 남아 있었다.

그러던 어느 날 나에게는 시험이 시작되었다. 일을 마치고 단골 다방에 들어갔더니 면식이 있는 모 기관원이 기다리고 있었다. 그 사람들은 나를 두고 유신에 대한 내 의견을 물었다. 잘 모르겠다고 얼버무리고 말았지만 3·4일이나 끈덕지게 찾아다니며 지지성명을 하라고 권했다.

참으로 난처한 입장이 되었다. 불현듯 고함을 치며 발악을 하고 미쳐버리고 싶었다. 동시에 눈만 감으면 당장 어떤 불행을 당하는 자신의 모습이 보이기도 했다. 그럴 때는 비통스러운 심경이 생기며 억울하게 당하기는 싫었다. 나의 고집에 면식 있는 기관원은 연일 찾아와서 지지를 강요했고 방법을 설명했다. 당황한 나는 이런 날이 계속되자 변명마저도 힘들었다. 그래서 나는 그에게 이렇게 말했다.

"나 한 사람의 지지성명이 무슨 의미가 있겠소. 이렇게 날 사람 대접을 해주니 지지해 버리는 것은 문제없으나 사람들이 알면 무식한 이삼한의 지지까지 얻어 유신이 성공했다고 농담처럼 말을 할 것이오."

나는 어떻게 하더라도 내손으로 지지 성명서를 제출할 수 없었다. '진리가 없는 곳에 어찌 희망이 있으리오' 하는 심정으로 나의 양심을 지키려고 노력했다. 그날도 헤어지는 순간 상대는 인상이 좋지 않았고 한 번 더 기회를 줄 터이니 다시 생각해보라고 위협적인 말이 섞여 나왔다. 그러한 그의 최종 제안에 나는 생각할 시간의 여유를 달라고 하며 그와 헤어졌다.

혼자 남아 아무리 생각해 보아도 국민의 자유를 유보하고 헌법의 기능을 약화시키겠다는 조치가 국가를 위하는 길이 될 수가 없다는 생각을 털어버릴 수 없었다. 그리하여 마음속에다 다짐을 했다. 결코 지지는 하지 않겠다고……

마침내 정권은 "유신헌법"을 국민투표에 붙여 찬반을 결정하겠다고 발표를 했다. 참으로 기막힌 일뿐이었다. 할 테면 그냥 '유신을 해야 하겠다' 할 일이지 무엇 때문에 국민까지 끌어들여 같이 놀아나야 하는지 모르겠다. 그러면서도 찬반에 있어 반대자들에게는 기회를 주지 않았다. 이렇게 해서 억지로 그들은 민중의 자유를 말살하려 하였다. 악인만이 성공할 수 있는 사회가 한 발 한 발 확실하게 다가왔다.

세상의 일이 겁이 나니 말은 한마디도 못하면서 가슴만 태웠다. 아직도 희망을 지닌 젊은이는 어디로 가야 하는가 하는 절망이 가슴을 쳤다. 하늘이 원망스러웠고 내 자신의 산다는 것이 한스러웠다. 그리하여 이제는 독한 소주가 나의 유일한 벗으로 변하고 말았다.

술에 취해 있는 나에게 동리의 반장이 투표를 하라고 통지표를 전달해 주었다. 그런 다음날 국민투표가 실시되었고 절대다수의 찬성이라는 발표가 나오면서 차라리 내 마음은 오랜만에 홀가분해졌다. 이것은 결국 견딜 수 없는 기대를 버린 좌절이었다. 하지만 아직도 미련스럽게 조국의 장래가 나를 괴롭히고 있는 것만은 떨쳐버리지 못했다. 정의에 대해 근본을 버린 사회에 분노가 생겼다.

정말 이 땅에는 양심을 가진 사람들이 현실을 구할 수 없단 말인가? 아니면 유신헌법 같은 희한한 법이 있어야 국력을 신장시킨단 말인가? 여러 가지 의문들만이 나의 몸을 순간순간 알코올에 시달리게 했다.

인심은 하루가 다르게 변했다. 내 표정은 무거워졌고 약간 남아 있던 웃음도 사라졌다. 각박한 세상 일이 희망을 잃게 했다. 이런 날이 있고 나니 사람들 속에서는 협잡이 더 많이 일어났다. 믿음을 갖고 있던 사람들이 한 사람 두 사람 낭패를 당했다.

영리한 사람들의 판단은 법이 상식에서 권력으로 변한 것이 아닌가 느꼈다. 옳고 그름을 잊어버린 세상에서 피해자가 하소연할 곳이 없어 또 낭패를 당했다. 정의를 생각하는 사람의 마음은 견뎌내지를 못했다.

나는 술병과 더불어 시간을 보냈다. 취하지 않으면 잠을 이루지 못했다. 세상이 싫어졌고 사람이 싫어졌다. 1972년의 겨울은 유달리 춥고 길게 느껴졌다.

마침내 나는 술 때문에 얼굴이 검게 변색되었고 코가 붉게 변해 갔다. 그런 속에서도 계절은 역시 정확하게 바뀌면서 나무에 싹을 돋게 했고 해풍이 훈훈한 1973년의 봄을 세상에서 보게 되었다. 이런 봄에 나는 견딜 수 없는 외로움을 안고 몸을 떨고 있었다.

19. 화려한 혼담

나는 점점 약해지고 있었다. 누구한텐가 의지해 보고 싶은 단순한 마음을 느꼈다.

술이 취하면 주위가 허전하다는 것을 알게 되었고 그때마다 머릿속에는 별의별 생각이 다 떠올라 왔다. 이판에 장가나 들어볼까 하고 나약해진 나 자신에게 물어보면 웃음이 생겼다.

삼십이 넘은 나이는 이런 생각이 생소하게는 생각되지 않았다. 이상한 일은 그날 이후로 생겼다. 주위에서 사람들을 만날 때마다 장가들라는 중신이 들어왔다. 사람들이 권한 상대는 지금까지 상상도 못해 본 그런 여자들뿐이었다.

나도 남자니까 장가를 들어 신부를 맞이해야 한다는 것은 당연한 일같이 느껴졌으나 이런 일을 치루어야 할 나의 형편은 말조차 끄집어내는 것도 부담스러웠다. 그런 속에서도 어느 날 나를 잘 아는 사람들이 되건 안 되건 선이나 한번 보라고 내 형편에 구미가 당길 만한 여자를 소개해 왔다.

남자만 똑똑하다면 재산과 가족 관계는 따지지 않는다는 조건이 붙은 여자였다. 또 장가만 들게 되면 주택문제와 방문제도 보장이 생길 만한 그런 가정의 딸이었다. 어찌 되었건 중매를 서겠다고 발

벗고 나서는 사람이 여자의 사촌 오빠 된다니까 허황된 이야기는 아닌 것 같았다. 나의 뱃심에서는 밀쳐야 본전이라는 말이 떠올랐고 하도 권하기에 만나 보기로 승낙을 했다.

여자는 일류대학을 나온 부잣집 딸이라는 소문이었다. 나는 약속날짜의 시간에 맞추어 부산에서는 당시 제일 큰 호텔이던 반도호텔 커피숍에서 만나겠다고 했다. 드라이 클리닝한 양복을 찾아 입고 이발소를 다녀와서 약속 장소로 나가 보았다. 내 모습이 평소보다 몰라볼 정도로 단정해 보였다.

여자 쪽에서는 여러 사람들이 나왔다. 나 한 사람과 상대 쪽 여러 명과의 좌석은 금방 내 기분을 서먹서먹하게 만들었다. 중매 서겠다던 사람이 그때서야 나와 상대를 소개하였다.

상대 쪽 여자는 아무 말이 없었지만 여자의 주위에 앉은 일행들이 나한테 이것저것 질문을 해왔다. 조그마한 말 한 마디도 붙잡고 놓치지 않으려고 했다. 내 기분은 금방 면접시험을 치르는 그런 기분이 들었다. 조건이 조건인 만큼 충분히 이해는 하면서도 마음속에서는 열기와 의욕을 가시게 했고, 특히 언뜻 보기에도 연예인 같은 옷차림을 갖춘 여자가 나와 같은 빈털터리와 고생을 하며 같이 살아 줄 사람 같지 않은 생각이 들기도 했다.

시간은 꽤나 흘러갔다. 그런데도 상대방 측의 일행들은 말꼬리를 놓으려 하지 않았다. 이렇게 되고 보면 내 꼴이 꼭 사람들의 노리갯감이 된 것 같은 기분이 들었다. 나의 심중에서 그만 고분고분하던 태도를 바꾸어서 역습을 시도했다. 상대 쪽의 질문에 대답을 하면서 얼른 말꼬리를 잡았다.

"제가 한 번 물어도 좋겠습니까?"

여자 쪽의 사람들은 말문을 닫았다. 나의 태도는 당당했다. 상대 쪽에서도 승낙을 했다.

"제 말이 너무 결례가 될지 모르겠습니다만 이런 일은 알고 대화가 되어야 하니까요."

나의 시선은 여자를 쳐다보며 새로운 말을 끄집어내었다.

"밥할 줄 아십니까?"

"몰라요."

여자의 의기소침해진 소리에 여자 쪽 가족은 당황해했다. 나는 두 번째의 질문을 던졌다.

"바느질 같은 것은 짧게 말해서 버선 같은 것을 만들 수 있겠습니까?"

상대는 조금 전까지는 당당하던 태도와는 달리 울상이 된 얼굴이었다.

"모릅니다."

여자 쪽 가족들은 반격인지 변명인지 대답을 대신 해왔다. 대학에서 가정과를 나왔는데 왜 못하겠느냐는 것이다. 나는 똑똑한 발음으로 분명하게 다음 질문을 했다.

"정말 부잣집 딸이란 말은 진짜입니까?"

함빡 미소를 피우면서, 이젠 내가 상대들을 놀린 것이라고 생각하며 그만 자리에서 일어났다. 여자 쪽에서는 그런 나를 멍한 눈으로 쳐다보기만 했다.

나는 카운터 쪽으로 가서 일행이 먹은 음료수 값을 계산해 주었다. 그리고는 휑하니 호텔을 빠져나왔다. 그때서야 여자 쪽에서는 무척 당황하고 있었다. 소개를 한 사촌 오빠라는 사람이 나를 따라 오면서 이형 이형 하고 불렀다.

나는 인근의 현대극장 옆에 있던 골목길의 작은 음식점으로 들어가서 그 가게의 주인 여자인 듯한 중년의 아주머니에게 마실 것을 시켰다. 금방 소주 한 병과 부침 한 접시가 나왔다. 뒤를 따라온 여자의 사촌 오빠가 내 좌석 앞에 앉았다. 나는 두 개의 잔에 소주를 따랐다. 단숨에 내 앞의 술잔을 입속에 부어 버렸다. 금방 속이 화끈해지면서 거북하던 마음들이 잊어졌다. 여자의 사촌이 내 잔에 술을 따르며 질문을 하였다. 어떻더냐는 것이다. 나는 서슴지 않고 내 감정을 그대로 말해 버렸다.

"나한테는 어울리지 않아요. 구태여 대답을 한다면 그릇된 계산일진 모르겠으나 30점이었소."

매우 쑥스러워진 두 사람은 소주병을 계속 비웠다.

나는 그날 저녁 알코올에 젖은 몽롱한 정신 속에서 낮에 있었던 일을 생각하며 내가 좀 너무한 행동이 아니었나 생각해 보았다. 가진 것이라곤 불알 두 쪽뿐인 주제에 남자라고 배알은 있어가지고 찾아온 행운을 바가지 채로 깨어버린 것이라고 웃었다.

'가련한 자여, 그대는 자신을 아는가?'

우선 아쉬운 마음에 후회도 했다. 그러나 끝난 일이었다.

그런 다음 며칠이 지나니 또 다른 곳에서 구미에 당기는 일이 생겼다. 이번에 알게 된 여자는 부잣집 딸은 아니었지만 미인이었다. 미인대회에 출전해도 될 만한 얼굴과 몸매는 내 마음을 흔들었다.

솔직히 겁도 났다. 그런데도 나는 여자와 만났고 여자는 나를 따랐다. 그 집 가족들도 은근히 나를 사윗감으로 붙잡으려 했다. 약혼식만이라도 해 두자는 여자 아버지의 제의를 몇 번이나 들었는지 모른다. 결국 이 여자한테서도 나는 자신을 포기하고 말았다. 약혼 제의를 받고 나는 약속을 어기고 말았다. 이유는 미인을 아내로 맞이하고 속 썩을 일을 생각하니 마음이 내키지 않았다.

나는 내 행동에 웃음이 나왔다. 자신이 초라하고 비참했기 때문에 좋은 자리가 겁이 났는지도 모른다고 느꼈다.

이런 일이 있고부터 내 행동이 점점 무절제해졌다. 세상일 때문인지 허전하고 쓸쓸한 것을 이길 수가 없었다. 날이 갈수록 내 마음조차도 알 수가 없었다. 누가 나를 좀 구해 주기만을 간절하게 바랐다.

나는 세상에 태어나 가장 큰 고독을 느꼈다. 하루도 쉬지 않고 술병이 나의 기분을 위로했다.

그러던 어느 날 생각지도 않은 곳에서 직장에 나간다는 한 여자를 소개 받았다. 상대는 부자도, 미인도 아니었다. 한두 번 만나보니 부담이 생기지 않았다. 여자도 나를 경계하지 않았고 오히려 직장의 전화번호까지 일러 주었다.

나는 이런 순간 여자 앞에서 내 자신이 뻔뻔해지고 있는 것을 본다. 나는 내가 생각하는 그런 내가 아니었다. 제 정신이 들 때는 양심에 두려움이 생겼다. 그러면서도 변하고 있는 자신을 두고 어쩔 수가 없었다. 대낮에도 술을 마셨고 술이 취하지 않으면 더 허전하고 외로워서 견딜 수가 없었다.

그렇게 지나던 어느 날이다. 오후의 퇴근 시간쯤 지난번에 그 여자가 일러준 전화번호의 다이얼을 돌려 보았다. 전화가 금방 나왔다. 전화를 받는 사람이 그 여자였다. 곧 만나기로 약속이 되었다. 나는 전화를 하면서도 술 생각이 나서 인근의 생맥주집에서 만나자고 했다. 여자는 500cc잔을 나는 1,000cc잔을 앞에 놓고 이야길 했다.

　술과 여자가 내 앞에 있자 금방 내가 무엇이 되는 기분이었다. 단숨에 큰 술잔을 들이켰다. 여자가 자기 앞에 있는 잔의 술을 내 잔에 채웠다. 또 잔이 비자 여자는 술값을 내었다. 약간 미안했지만, 그 순간을 넘기니 기분이 좋아지는 듯 했다. 그런 나에게 여자는 말을 건네왔다. 자기 집까지 좀 바래다주겠느냐고 한다. 나는 생각했다. 주머니에다 손을 넣었다. 차비가 얼마나 나올 것인지 신경이 쓰였다. 광복동에서 동래까지 거리를 생각하면 자꾸만 마음에 부담이 생겼다. 그러나 나는 대답을 해주어야 했다.

　"차비를 나보고 부담하라고 하지 않으면 용기가 있습니다."

　여자는 웃었다. 우리는 잔이 빈 테이블에서 일어나 나란히 밖으로 나왔다. 빈 차를 잡기 위해 길가에 같이 서게 되었다. 지나가는 사람들이 힐끗힐끗 보며 지나갔다. 여자가 빈 차를 먼저 보고 세웠다. 나는 여자와 뒷좌석에 나란히 앉았다. 택시는 신나게 동래 쪽으로 달렸다. 약간의 주기가 오른 나는 눈꺼풀이 감긴 채 졸았다. 차가 멈추는 충격에 눈을 떴다. 목적지에 다 온 것이다.

　나는 다음의 내 행동을 모르고 있었다. 빈 택시는 두 사람을 내려놓고 떠나버렸다. 이제 여자의 동리까지 다 왔으니까 돌아가야

겠다고 생각하였다. 그때 망설이고 있는 나에게 여자가 말을 걸어
왔다.

"여자를 바래다주는 것은 집 앞까지 바래다주어야 하는 것이 아
니냐"고 하였다. 내 생전 이런 경험을 가진 적이 없어 여자의 말이
맞으려니 생각하며 신사도를 지킨다고 말 한 마디 못하고 여자의
꽁무니에 붙어 골목길을 따라 들어갔다.

여자의 집은 좀 외딴 곳에 있었다. 사람이 집 근방에 접근하는 것
을 안 그 집 개가 요란히 짖어댔다. 환한 전등빛이 집 앞을 밝게 비
추었다. 그리고 여자의 이름을 부르며 그 집 식구들이 나왔다. 이
순간 내 행동은 어색하게 변해버렸다. 숨겨둔 비밀이 탄로났을 때
의 경우처럼 당황해졌다. 그 집 가족들이 이상한 눈초리로 처음 보
는 나를 유달리 주시하며 잠깐 집 안에 들어왔다가 가라고 붙잡
았다.

분위기가 이리되면 나로서도 어쩔 수 없는 입장이 되었다. 낚시
에 걸린 물고기 신세랄까, 마음속에는 두려운 것이 생기는 데도 방
안까지 들어갔다. 여자가 자기 집 식구들을 소개했다. 나는 여자의
아버지라는 사람 앞에 정중하게 인사를 했다. 그리고는 그 집 가족
들 앞에서 내 변명을 좀 했다. 방안에는 저녁식사가 끝나는 중이었
는지 상이 그대로 차려져 있었다. 여자의 집 식구들이 나에게 저녁
식사를 어찌했느냐고 물었다. 나는 그냥 먹었다고 말을 했다. 그때
여자의 아버지가 술을 가져오게 했다. 닭을 볶은 안주와 소주가 상
위에 올라왔다. 그 집 식구들이 전등불 밑에서 초면인 내 얼굴을 주
시했다.

검게 탄 얼굴, 붉어진 코, 앞니가 빠진 치아. 방안에 있던 사람들은 나의 모든 것을 슬금슬금 훔쳐보았다. 여자의 아버지는 나에게 자꾸 술을 권했다. 나도 어지간하게 마시는 편이었지만 그 영감님도 주량이 상당한 편이었다. 점점 술이 취해왔다. 주기가 오른 영감님은 이말 저말 물었다. 이 주사 나이가 몇이오, 하며 먼저 생년월일을 묻는다. 그리고 손을 펴서 손가락으로 육갑을 짚는다. 여자의 어머니가 붉은 빛을 내는 나의 딸기코를 힐끔힐끔 쳐다보며 한마디 거든다.

"술을 좋아하는 기요?"

나는 자꾸만 눈꺼풀이 감기려는 것을 참으면서 대답을 억지로 했다. 분위기는 이야기 때문에 당장 가겠다고 일어날 형편도 못되었다. 여자의 아버지가 자꾸 문제를 만들며 말을 했기 때문이었다. 나는 그때마다 내 형편을 뻔히 알면서도 사실을 수월하게 대답해 주었다.

손으로 육갑을 짚어 보고 난 영감님이 자기 딸을 어떻게 보느냐고 단도직입적으로 말했다. 나는 술기운에 좀 더 솔직하게 말꼬리를 뺀다는 것이 결혼할 준비가 안 되었다고 대답했다. 그럼 무얼 하느냐고 질문을 했다. 직장은 없고 돌아다니며 브로커 노릇이나 하고 산다고 했다. 영감님은 내 숙소가 어디냐고 물었다. 영도의 어느 곳이라고 누나 집을 가르쳐 주었다. 사람들은 그제서야 나를 놓아주었다.

나는 그 집을 나왔다. 밤은 늦어 있었다. 그 집을 나오는 나의 머릿속에 '이제 이 여자와도 만나지 못하게 되었구나' 하는 생각이 허전해지려는 마음속에 떠올랐다. 큰 길까지 걸어 와서 영도 쪽의 버스를 타니 긴장이 풀리면서 정신은 흐리멍덩해져 갔다. 나는 차 안에서 실수하지 않을까 정신을 잃지 않으려고 용을 썼다.

아침이 되어서야 어제저녁에 용하게도 누나 집까지 오게 된 사실에 스스로 감탄만 했다. 다음날 내가 없는 사이에 여자의 친척이 된다는 어느 고등학교 교사와 여자의 남동생인 고등학생이 나의 말을 확인하기 위하여 누나의 집을 찾아왔더란다. 또 그 다음날은 여자의 어머니가 누나 집으로 찾아와서 나와 자기 딸과 혼인시키자는 말을 한 모양이었다.

장가 들 나이가 넘었던 나를 생각할 때 형편 같은 것은 잊어버리고 일류 회사의 여사원이란 말에 덕이나 생길까 봐 장본인인 나한테는 상의도 없이 누나가 여자의 어머니와 함께 용하다고 이름난 사주쟁이 집으로 물으러 갔다.

두 여자가 결정한 결혼날은 사주쟁이가 좋다는 날짜로 정하다 보니 15일도 안 남아 있었다. 나는 내 심중을 모르고 나와 상의도 없이 정한 여자들의 행동에 배짱을 부리고 싶었지만 너무 급박한 날짜 앞에 걱정이 생겼다. 내 수중에는 가진 재산이라고는 5만 원 정도 현금이 있었을 뿐이었다. 그러니 누나가 일을 벌여놓고 또 날 장가보내야겠다는 편지를 써서 시골의 가난한 누나들에게까지 띄운 모양이었다. 부모 없이 자랐지만 똑똑하다고 시골까지 소문이 난 동생 장가든다는 전갈에 누나들이 내 형편을 생각하며 내려왔다.

아무 준비가 안 된 내 앞에 봉채를 보내야 할 날짜가 3일 앞으로 닥쳐왔다. 남매 중에 제일 어렵게 살던 혼자 된 큰 누나가 값싼 일제시계를, 중간 누나가 황금 석돈짜리 목걸이를, 손위의 누나가 백금반지 석돈으로 예물은 타협이 이루어졌다.

일가집에 맡겨 두었던 돈 12만 원을 뺏어가면서 이번만은 꼭 갚아 주겠다고 한 달 전에 나를 그렇게 성가시게 했던 형님도 8만 원을 내어놓았다. 8만 원으로 봉채를 뜨려고 하니 애가 탔다. 옷감 한 벌 값이 5만 원이나 더 되는 것이 많이 있었으니 싸구려 옷감으로 격식을 갖추기에도 부족했다. 나는 시장을 돌아다니며 옷감에다 돈을 맞춘 것이 아니고 돈에다 옷감을 맞추다 보니 흠이 있는 불량품을 사서 넣어야 했다.

뱃심 좋은 나도 봉채짐을 뜨면서는 서글픈 자신을 숨길 수 없는 마음이었다. 다음날 나는 마지막으로 신부가 될 여자와 화장품 판매점으로 들어갔다. 이집 저집 돌아다니며 값만 물어보고 그냥 나왔다. 웬 놈의 화장품 값이 그렇게 비싼지 이해가 안 되었다. 화장품 한 세트의 값이 6만 원이 넘었다. 그날 나는 그냥 신부 될 여자를 혼자 돌려보냈다.

다음 날은 뒷날로 닥쳐온 봉채날을 생각하면서 국제시장 거리를 혼자 어슬렁거리며 사방으로 살피며 다녔다. 나의 발길이 국제시장의 중간 지점까지 가게 되었다. 길가에는 장사꾼들로 사람의 발길을 막았다. 나는 그곳에서 어떤 구루마 위에 진열된 화장품들을 보게 되었다. 당장 나는 그 물건들의 주인더러 가격을 물어보았다.

구루마의 주인은 남자가 여자의 화장품 가격이 얼마냐고 하나하나 물으니 이상하게 쳐다보면서도 대답을 하였다. 어제 상점에서 물었을 때보다 너무 값이 쌌다. 나는 그 사람한테 물었다. 여자들이 화장할 때 꼭 쓰는 것만 이야기해 보라고 했다. 구루마의 주인은 어쩌면 손님을 만났다 싶어 금방 그 태도가 조금 전과 달라졌다.

나는 이름도 모르는 화장품 여덟 개를 낱개로 샀다. 진짜 건 가짜건 그런 것에는 관심이 없었다. 7,500원이라는 그 가격이 당장 마음에 들었다. 이렇게 해서 봉채짐은 꾸려지게 되었다. 이제는 날 받아 놓은 날 예식장에만 가면 되는가 싶었다.

우선 신부 될 여자를 만나 상의를 하였다. 예식장은 손님이 많이 올 것 같으니 큰 걸 구하라고 하며 신부 될 여자한테 아예 일임을 했다. 여자는 나의 허풍을 듣고 대단한 줄 아는지 혼자 나다니며 시내의 예식장을 수소문해서 좌석 수가 제일 많고 홀이 크다고 소문이 나 있었던 남포동의 제일예식장 3층을 예약했다고 나한테 알려왔다. 결혼 4일 전에야 청첩장을 찍었다. 400여 장의 청첩장을 인쇄소에서 찾아와서 신부 측과 반반인 200여 장씩 나누어 가졌다. 막상 일을 당하고 보니 이 청첩장을 누구에게 가져다주어야 할 것인지, 막연히 생각할 때보다도 당황해졌다.

누구도 이런 나의 딱한 입장을 대신해 줄 사람이 없었다.

20. 나 장가갑니다

온종일 나는 한 묶음의 청첩장을 몸에 지닌 채 내 결혼식에 시간을 내어 줄 사람들을 찾아서 길을 헤매야 했다.

"나 장가갑니다."

금방 수줍어져 버리는 마음을 가지고서도 상대 앞에서 힘을 내 청첩장을 내어 밀었다. 그럴 때마다 상대방은 나이 든 내 얼굴을 바라보며 장가간다는 말에 축하한다면서 손을 잡아주는 사람들도 있었다. 오후가 되면 조심을 해도 극성스런 사람들의 행동과 함께 술이 취하게 되었다. 나머지 청첩장 돌리는 일은 다음날로 미루면 되었지만, 딱한 것은 시간이 나의 사정 따위에 머물러 주지 않고 지나 버린다는 것이었다. 3일간을 뛰어다니며 돌린 청첩장 수도 헤아려 보면 70여 장 밖에 되지 않았다.

드디어 내일로 장가가는 날이 다가왔다. 내 사정은 이제 새 신랑의 모양을 가꾸는 일들로 서둘러야 되었다. 목욕도 하고 이발도 해야 했다.

결혼식 시간이 임박하자 걱정이 쌓이기 시작한다. 큰 예식장에 하객이 없으면 허전할 것이라고 생각해 보니 창피한 마음까지 생기게 되었다. 아무리 머리를 짜도 별 방법이 떠오르지 않는다. 이제는 어떻게 해 볼 도리가 없다고 생각했다. 초조한 마음이 고통으로 변하여 어떻게 해도 당할 일이라면 시간이 좀 빨리 가기만을 바라는 수밖에 없었다.

그런 한낮이 되었다. 하루 전의 시간인데도 서울에 살던 동지들 10여 명이 내가 장가간다는 소문을 듣고 결혼식을 보려고 내려왔다. 또 고향에서 남매와 사촌들이 형님 집을 찾아왔다.

1973년 5월 13일 정오의 제일예식장 3층 특실에는 400여석의 좌석은 생각할 수 없었던 기적이 일어났다. 축하객으로 좌석이 차 버리고 통로마저 메워졌다. 신부 측에서도 사람들이 많이 왔지만 청첩장을 받지 않았지만 내가 장가간다는 소문을 듣고 참석해 준 사람들이 수백 명이나 되었다. 식순을 진행하는 사회자의 낭랑한 목소리가 축하객의 바쁜 발길을 붙들었다.

박수와 웃음이 계속 터져 나왔고 600여 명의 하객은 식장의 분위기에 매료되어 다른 집에 참석하려던 사람들까지 구경을 하는 일이 있어 식장의 입구까지 초만원 사례가 되었다. 대중당 간사장의 축사는 "이 나라의 가장 뛰어난 젊은이의 결혼식에 참여해 준 내빈께"라는 서두로 시작되어 하객들의 마음을 사로잡아 주었고, 새 양복으로 단장한 신랑의 모습은 사람들의 눈앞에서 그 순간만은 선망의 대상이 되고 있었다.

결혼식은 상당한 시간을 끌며 끝이 났다. 마지막으로 일가친척 앞에서 예단을 드리는 것을 마치니 이제 나와 신부는 신혼여행 길에 나서는 것뿐이었다. 신부의 직장이었던 은행에서 형편을 보아 제공해 준 승용차에 신랑의 들러리와 신부의 들러리가 같이 따라

와서 시간을 메워 주었다.

우리를 태운 자동차는 신혼여행의 최종 목적지인 제주행의 비행기를 타게 될 시간까지 일행들을 싣고 양산 통도사와 해운대 등을 돌아 주고 적당한 곳에서는 차를 멈추어 기념 촬영을 하게 해 주었다. 오후 6시가 가까워서야 비행기의 이륙 지점인 수영비행장 앞에서 같이 있던 사람들은 돌아갔다.

금방 저녁노을이 지려는 여름철 하늘 위로 폭음을 내며 비행기가 떠올랐다. 창문을 통해 비행기 안에서 밑으로 내려다보면 바다와 섬들이 간간히 보였다. 나는 그때까지 내가 신랑이 된 것이 꼭 동화책의 이야기같이 실감이 가지 않았다. 옆 좌석에 앉은 신부의 얼굴을 쳐다보면 별 생각이 다 생긴다.

이 여자가 부도婦道를 알려고 한다면 고생깨나 하며 견뎌가야 할 것이라고 나의 처지를 생각했다. 내가 몹쓸 짓을 저지른 것 같은 미안한 마음이 떠올랐다. 또 다른 생각은 어릴 때 돌아가신 부모님 생각이 났다. 지금까지 살아 계셨더라면 오늘 같은 나를 보고 얼마나 대견해하며 좋아하셨을까! 하는 생각이 마음 한 구석에 서운한 여운을 남겼다.

비행기가 하늘에 뜬 지 30분도 안 되었는데 비행기 안에 탄 여자 승무원의 목소리가 스피커에서 흘러나왔다. 조금 후에 목적지에 착륙하겠으니 승객들은 안전벨트를 몸에 매라는 방송을 했다. 창 밑에 나타난 바다 위의 육지를 내려 보니 '이제 제주까지 왔구나' 하는 생각이 들었다.

천 리 길도 금방 닿고 보니 새로운 세상의 이야길 듣는 것 같았다. 생각보다도 더 빨리 제주에 온 두 사람이 공항의 출구를 나오니 어두워지고 있는 주위에서 누가 아는 척을 했다. 공항의 출구 쪽에는 신부의 여고시절 동창이었던 친구가 그 사람의 남편 된다는 사람과 함께 우리 두 사람을 마중 나와 있었다. 여자들의 소개로 낯선 곳에서 만난 남자와 인사를 했다. 박선생이라는 상대는 자기까지 네 사람인 일행을 택시에 태워 어디엔가로 안내해 갔다. 차 속에서 여자들이 너무 정답게 이야길 하니깐 남자들도 서먹서먹한 것이 사라졌다.

택시가 선 곳에서 쳐다보니 눈앞에는 용궁횟집이라는 간판이 눈에 띄었다. 박선생은 우리 일행을 그곳으로 안내해 놓고 네 사람이 실컷 먹을 수 있는 음식들을 자꾸 주문했다. 나는 초면에 너무 신세가 되는 것 같은 부담감이 생겼지만 남자끼리 권하는 술잔이 비워지면서 거북스런 마음도 사라져 갔다.

좌석의 분위기가 신혼여행의 이야기로 자연스럽게 오고 갔다. 두 사람은 제주에서 지낼 시간을 위해 약간의 도움 되는 일을 가르쳐 주었다. 또 오늘밤 우리 둘이 지나게 될 밤을 걱정하면서 요즘은 신혼철이 되어서 그런지 제주시내에 하나뿐인 KAL호텔은 방 구하기가 힘이 든다고 말들을 했다. 우리는 그때까지 숙소가 정해져 있지 않았다.

식사가 끝나자 두 사람은 제주에 처음 온 우리한테 숙소를 정할 수 있도록 그 사람들이 아는 곳으로 안내해 주었다. 또 다음날의 스케줄인 신혼여행에 대한 요령까지 일러 주고는 작별을 했다.

두 사람만 들게 된 방에서 신혼의 첫날밤을 맞게 되었다. 신부가 여간 싹싹하게 보이는 탓만도 아니었지만 결혼을 하였다는 하나의 이유 때문인지 나의 마음속에는 오래 사귄 동지처럼 느껴지고 있었다. 처음 느낀 감정은 "결혼식을 올린 남자와 여자 사이가 이렇게 되는 것이구나?" 하는 느낌이 새롭게 떠올랐다. 세상에 태어나서 처음으로 사람대접을 받아 보는 기분이 들었다. 신부와 나는 다음날의 여행계획을 생각했다. 박선생 내외가 가르쳐 준 이야길 생각하며 방안에 있는 전화로 교환 보는 사람한테 부탁을 하여 택시회사에 예약도 하였다. 8,000원에 하루 동안 택시를 대절하기로 하고 아침 일찍 숙소 앞에 차를 보내오기로 약속이 된 것이다.

두 사람은 할 일이 없어졌다. 그때서야 긴장이 풀어졌다. 잠자리에 들었던 우리는 곤한 의식 속에서 전화 벨소리를 들었다. 눈을 뜨니 날이 샌 아침이었다.

숙소의 현관에는 예약한 택시가 도착해 있었다. 두 사람은 아침도 거른 채 바쁘게 자리에서 일어나 서둘렀다. 신부는 얼굴의 화장을 손질했고 나는 옷을 갈아입고 표정으로 신부를 독촉했다. 두 사람이 가방을 들고 현관으로 나오니 숙박업소의 종업원이 우릴 알아보고 택시의 기사를 소개시킨다.

아직 어려 보이는 대절 차의 기사는 능숙하게 짐을 받아들고 택시 쪽으로 우리를 안내했다. 자동차는 서서히 제주 시내를 빠져나가기 시작했다. 시내의 택시가 그곳 사람들의 교통수단이 된 것보다 신혼부부의 대절에 이용되어 온 모양인지 운전기사는 능숙하게 차를 돌면서 저녁 숙박지를 묻는다. 박선생 내외가 알려 준 성산포의 일출호텔에 숙박을 정하겠다고 일러 주었더니 운전기사가 여행

코스의 스케줄을 설명하면서 여러 곳의 이야길 들려주었다. 처음 달리면서 멈추어 준 곳은 제주시의 변두리인 길옆에 있던 500년 되었다는 소나무 밑이었다.

우리가 지니고 있던 카메라를 받아 든 운전기사는 전문 사진사처럼 우리를 보고 포즈를 취하게 한 후 셔터를 눌러주었다. 제주의 전설적 유적지인 삼성혈을 거치면서 차는 5.16도로에 들어 한라산을 가로지른 길을 따라 서서히 움직였다. 금방 녹음이 우거진 한라산의 정경이 눈에 들어왔다. 택시 기사는 예정코스에서 볼 만한 곳이면 차를 세워 주었고 어떤 관광 안내원 못지않게 내력을 설명하면서도 말이 막히지 않았다.

점심때가 되어서 자동차는 서귀포 시내로 들어갔다. 나는 길가의 식당 간판을 보고 차를 멈추게 하여 세 사람이 같이 식사를 시켰다. 신부와 나는 아침 겸 점심을 먹는 것이었다. 밥알들은 까끌까끌하고 목에 걸렸다. 작은 식당의 밥맛은 음식들이 입에 맞지 않았다. 대절차는 다시 우리 두 사람을 태우고 세 군데의 폭포가 있는 곳으로 달려갔다. 아무리 천천히 구경을 하여도 시간은 오후 세 시가 못되었다.

자동차의 기사가 말을 물어왔다. 제주가 처음인 생소한 우리더러 이제부터 어떻게 하겠느냐는 것이다. 호텔까지의 코스가 끝난 것이다. 택시가 우리 두 사람을 현관 앞에 내리게 하자 그곳에 있던 종업원들이 뛰어나와 짐을 받았다. 나는 기사한테 대절비를 지불하고 차를 돌아가게 하였다.

프론트의 종업원이 '어떤 방이 있느냐'고 묻는 나를 두고 객실에 대한 선전을 하며 어떤 방을 정할 것인지 눈치를 보았다. 나는 요금이 제일 싼 현관 위쪽에 있던 한실로 방을 지정하였다. 객실 담당 여자종업원이 금방 짐을 옮겼다. 두 사람은 그런 안내원을 따라 이 층 방으로 올라갔다.

나는 호텔의 방안에 들어가자 불안한 일들이 생각났다. 당장 수중에 지닌 현금이 얼마나 우리들의 시간을 지탱할 수 있게 할 것인지 하는 우려였다. 나는 신부더러 수중에 얼마나 돈이 남았느냐고 물었다. 만 원 정도가 남았다고 귀띔을 해왔다. 여분이 없던 돈 중에서 밀감 밭에 들려 선물이랍시고 구한 밀감 상자들이 두 사람의 입장을 난처하게 만들어 놓았다.

계산을 맞추어 보는 내 머리에는 낭패감이 생긴다. 지불해야 할 호텔의 방값, 오늘과 내일을 지내야 할 두 사람의 식비 및 또 제주 시내까지 나갈 교통요금이 자꾸만 머리에 부담이 되었다. 나는 이런 것을 계산하지 않고 섬으로 신혼여행을 온 것이 여간 당혹스럽지 않았다.

해가 지려면 아직 시간이 남아 있었다. 우리는 자리에서 일어났다. 신부와 나는 작은 포구인 성산포의 바닷가 쪽으로 걸었다. 한 곳도 아스팔트가 되어 있지 않은 시골길은 망태기 같은 걸 걸머진 여자들이 지나는 것 외에는 볼 것이 없었다.

한참 걸었다고 생각하니 물가에는 창고 하나가 나타났다. 더 갈 곳이 없어 길이 막힌 곳에까지 가서 되돌아서야 했다. 비릿한 생선 내음새가 코 가에 묻어왔다. 나는 오던 때보다도 더 느린 걸음걸이로 시골의 동리 쪽으로 눈을 돌리며 발을 움직였다. 결혼식 날 선물로 받은 시계의 바늘이 오후 6시를 가리키고 있었다. 나는 좁은 촌 거리의 이 골목 저 골목을 살폈다.

곱게 화장을 하고 맵시를 낸 신부와 나를 길가에 있던 사람들이 곁눈질로 쳐다보았다. 나는 한참을 쏘다녀도 내가 찾고 싶어하는 집은 눈에 보이지 않았다. 설마 사람 사는 동리에 그런 집이 없으랴 하는 마음에 몇 번이나 낯선 길을 돌아다니면서도 사람들을 보면 물어보지도 못했다.

한참이나 헤맨 끝에 한쪽 길가에 "중화반점"이라는 칠이 벗겨진 간판이 눈에 보였다. 나는 신부의 손을 끌며 함께 그곳으로 들어갔다. 작은 동리에 있던 식당의 내부시설은 형편없었다. 사방에는 옛 자국이 줄줄 흘렀다. 볼품없는 탁자를 두고 신부와 나는 마주 앉았다. 한참이나 지나서야 요리사 겸 주인인 듯 싶은 남자가 두 사람이 앉은 탁자 앞으로 와서 엽차 잔에 물을 따르며 무엇을 시키겠느냐고 주문을 받았다.

나는 주방과 홀 사이에 먼지가 엉망으로 묻어 있는 천 위에 쓰여 있는 메뉴들을 살폈다. 한식과 중국음식의 이름들이 너저분하게 많이 적혀 있었다. 손님이라곤 아무도 없는 것을 오히려 다행이라 생각했다. 신부의 눈치를 살폈다. 그러면서도 주문을 받으려는 사람더러 메뉴대로 다 되느냐고 물었다. 그렇다고 상대는 대답을 했다. 신부 몫으로는 육개장을, 내 몫으로는 그보다 200원이 싼 짜장면 곱빼기를 시켰다.

신부는 깜짝 놀라며 왜 같이 육개장을 시키지 않느냐고 당황하면서 물었지만 나는 또 변명할 말이 없어서 평소에 밀가루 음식을 좋아한다고 엉뚱한 거짓말을 꾸며 보았다. 음식은 두 사람을 한참 기다리게 한 후 나왔다. 도시의 음식과는 맛에서 차이가 났다. 그런데도 하루 동안 두 끼 째 먹는 시골 짜장면이 나한테는 오히려 별미처럼 느껴졌다.

신부도 좀 시장하였던지 육개장을 남기지 않고 그릇을 비웠다. 나는 식사가 끝난 후에야 약간 안정감이 생겼다. 이제 오늘 걱정을 덜어버린 셈이 되었다.

식당을 나온 우리는 제주도의 저녁 노을을 보며 호텔로 돌아왔다. 호텔 앞 잔디밭에는 신혼여행을 온 사람들과 관광여행을 하려고 온 사람들이 띄엄띄엄 잔디 위에 앉아 이야기를 하기도 하고 노래를 부르는 이들도 있었다.

우리도 호텔 앞 적당한 곳에 자리를 잡고 주위의 경관을 눈에 담기 시작했다. 목장의 말들이 멍에가 매이지 않은 채 평화롭게 풀을 뜯는 것이 시야에 나타났다. 주위에는 이제 시간에 쫓긴 어둠이 덮여왔다. 한 사람 두 사람 나와 있던 사람들이 호텔 안으로 들어갔다.

나는 먼저 일어나 앉아 있는 신부의 손을 잡아 일으켜 주었다. 호텔의 객실 쪽으로 걸었다. 우리는 별 말이 없었다. 그런데도 행동과 의사가 잘 통하는 것 같았다. 우리는 새벽에 깨우지 않았는데도 같은 시간에 일어났다. 아직 주위가 어두웠다. 얼굴을 닦고 몸에 옷을 걸쳤다. 그리고는 호텔 현관을 나왔다.

호텔 바로 옆인 일출봉의 가파른 길에는 벌써부터 사람들의 행렬이 이어져 있었다. 호텔 내의 안내 책자에는 일출봉을 한라산의 축소란 말로 소개했다. 우리는 길을 따라 정상까지 올라갔다. 사방이 밝아왔고 동쪽 바다가 붉게 타올랐다. 둥근 해가 바다 속에서 서서히 올라왔다. 정상에 오른 다른 사람들의 시선도 바다와 해 뜨는 곳에 모이고 있었다.

해는 점점 하늘로 떠올랐고 붉게 끓어오르는 것 같은 동쪽의 바다는 본래의 모습대로 다시 푸른빛을 되찾기 시작했다. 정상을 두고 바가지처럼 움푹 파진 분화구 같은 곳에는 누구의 손길에 의해선지 자연 그대로인지 모르겠으나 푸른 잔디가 잘 조화되어 있었고 산양의 무리가 이곳저곳에서 풀을 뜯는 것이 보였다.

우리는 볼 것을 다 본 후에는 올라올 때 힘들었던 가파른 길을 다시 내려와야 했다. 나는 신부한테 아침이나 먹일 참으로 호텔 안에 있는 식당으로 들어갔다. 식당 안에는 먼저 온 사람들이 띄엄띄엄 자리에 앉아 식사들을 하고 있는 모습들이 눈에 띄었다. 탁자 위에 놓여 있는 메뉴표를 조심스럽게 들여다보았다.

매운탕 1,000원, 조기구이 2,000원 메뉴의 가격표시가 나에게 금방 충격을 주었다. 나는 얼른 메뉴표를 제자리에 놓고 신부더러 일어나게 한 후 식당에서 도망치듯 당황하며 객실로 돌아갔다. 결국 아침도 먹지 못한 채 비싼 호텔의 음식값만 확인하고 말았다. 형편이 이쯤 되니 신혼여행이고 뭐고 다 싫어졌다.

호텔 현관에는 자주 빈 택시가 들어왔다. 나는 그럴 때 현관으로 뛰어갔다. 제주까지 두 사람 얼마 받겠느냐고 택시 운전기사와 흥정을 하였다. 합승을 한다는 조건으로 한 사람당 1,000원씩 2,000원에 제주 시내까지 신부와 함께 짐을 챙겨서 차에다 몸을 실었다.

운전기사는 작은 차인 택시(보리사)에 다섯 사람이나 짐짝처럼 합승을 시킨 후 심하게 속력을 내어 달렸다.

지금 두 사람의 수중에는 차삯을 제하면 2,500원의 돈 밖에 남은 것이 없다. 신혼여행이 이렇게 힘든 것이라고는 상상도 하지 못했던 일이었다. 나는 신부를 데리고 무사히 부산까지 돌아가는 생각만으로 머릿속이 가득 찼다. 달리는 차 속에서 다른 합승 손님이 운전수더러 좀 천천히 달리라고 주의를 주어도 내 입에서는 한 마디 말도 튀어나오지 않았다.

차는 상상보다 빨리 제주 시내에 닿았다. 우리는 시내의 KAL 제주 사무소 앞에서 내렸다. 근방의 식당에서 설렁탕 두 그릇을 시켜 먹고 나니 마음은 빨리 제주를 떠나고 싶었다. 신부가 먼저 내 마음을 아는지 KAL 제주사무소 안으로 들어갔다 나오더니 나한테 그곳 사무소 직원과 주고받은 이야길 했다. 2시 비행기로는 표의 교환이 불가능하다고 말을 한다.

나는 우리가 소지한 저녁 비행기표를 잠시 후인 12시 비행기의 표와 교환하게 하였다. 오전 11시 30분에 비행장까지 사무소의 버스가 운행을 한다 하니 지체할 시간이라야 20여 분간이 남아 있었다. 두 사람은 사무소의 대기실에서 기다렸다. 그동안 신부는 그저께 만난 친구한테로 떠난다고 전화를 했다. 20분은 금방 지나갔다. 공항행 버스는 시동이 걸린 채 사람들을 기다렸다.

공항에 나오니 우리를 제주에서 처음 마중해 주었던 신부의 친구 내외가 또 우리를 전송해 주려고 그곳까지 나와 있었다. 나는 두 사람의 그런 행동이 여간 고마운 것이 아니었다. 우리한테는 오래 붙들고 이야길 나눌 시간도 없었다. 안내방송이 승객의 탑승을 자꾸 독촉해 왔기 때문이었다. 나는 신부의 친구 남편과 악수를 나누고 비행기로 올라갔다. 시간이 된 때문이었는지 금방 비행기가 하늘로 뜨기 시작했다.

발밑에 섬들과 바다가 나왔다. 하늘에서 내려다 본 바다는 행복한 풍경으로 보였다. 조그마한 섬들이 밑에서 나타나고 지나간다. 그때 하늘에 구름이 모이고 있었다. 비행기가 구름 속으로 들어가니 흔들리기 시작했다. 자꾸만 불길한 생각에 비행기가 추락하는 것이나 아닌가 불안했다. 기상변화가 일어나고 있었다. (그 시간 이후 4일간 육지와 제주간 비행기가 뜨지 않았다) 그러다가 육지가 보이기 시작했다.

비행기는 요동을 멈추고 잠잠한 상태로 항로를 잡았다. 얼마 후, 우리가 탄 비행기가 수영공항에 착륙하면서 답답하고 불안하던 조금 전의 감정들이 가라앉기 시작했다. 이제 신부를 어디로 데리고 가서 재우느냐는 새로운 고민이 또 머릿속을 채우기 시작했다. 아무리 머리를 갸웃거려 생각을 하여도 신통한 방법이 떠오르지 않았다. 나는 옆에 있는 신부에게 궁한 질문을 하였다. 퇴직금 받은 것 있느냐고 물어보았다. 신부는 딱 잡아떼었다. 나는 그때야 나 자신이 이렇게 주변 없는 비굴한 사내인가 느껴져서 부끄러운 마음을 가졌다.

수영에서 가까운 처가가 있는 동래엘 먼저 들렀더니 장모와 장인이 무척이나 우릴 반겨주었다. 급히 차려온 음식상을 받으면서 결혼하고 처음으로 배부르게 포식을 하고 형님 집으로 인사를 갔다. 그 집 사람들은 그날만은 우리 내외를 불편 없이 맞아 주었다. 나는 다음날로 고향에 있는 부모님 선산을 신부와 함께 찾아가기로 계획을 잡고 있었다.

그날 밤 나는 답답하고 애가 쓰이는 일 때문에 형님에게 궁금한 것을 물어보았다. 축의금이 얼마나 들어왔느냐고 말을 했더니 형은 약 20만 원 정도 들어왔더라며 궁색한 변명을 하면서도 어딘지 돈을 쓴 곳은 안 가르쳐 주면서 다 썼다며 표정이 달라졌다. 이젠 마지막 걸었던 기대마저도 사라졌다.

평소 형의 행동을 아는 나로서는 이런 일로 다투어 보았자 이득이 없는 일이었다. 세상의 인심이 이렇게도 야박한가 느껴진다. 그래도 부조 한 푼 못한 형이 축의금만은 챙겨 돌려줄 줄 알았는데 이제 그런 생각마저도 깨어지고 말았다. 사정이 이러한 상황에 처하면 오히려 마음이 단단해진다는 말이 실감이 났다. 아무도 동정해주지 않는 세상에서 혼자 울어보면 무슨 소용이 있겠는가? 지워진 운명은 한탄할 곳조차 없었다.

가련한 자신을 두고 내일을 기다리면서 애가 타는 마음으로 잠을 자지 못했다. 그리고 다음날 신부를 데리고 오랜만에 고향을 찾아갔다. 제일 먼저 어린 나를 버려두고 세상을 떠나간 두 분 부모님의 무덤 앞에 가서 신부와 나는 절을 했다. 신부가 장만해 간 옷가지를 무덤가에서 불로 태우고 준비해 간 술로 무덤 위의 잔디에다 뿌리니 금방 콧등이 찡하며 눈가에 눈물이 맺혔다. '어머니, 아버지 제가 장가를 들었습니다. 신부도 제 옆에 있습니다.'

마음속에서는 자꾸 이런 말들이 튀어나오려 했지만 한 마디도 입 밖으로 내뱉지를 못했다. 고향땅에 살던 누나나 친척들은 나에게 그 순간만은 무척 반가운 얼굴로 장가든 나를 맞이해주었지만 앞으로 어떻게 지낼 것이냐는 말은 한 사람도 묻지 않았다. 모두가 눈치만 남아 있던 사람들이라 아픈 말은 피하는 모양이었다.

우리는 밤을 새우고 부산으로 돌아왔다. 걱정하던 일들이 점점 다급해왔다. 속으로는 안달이 났다. 결혼식날 축의금만 내가 잘 챙겼으면 삭월세방 하나는 구할 수 있었는데 하는 생각에 형이 야속했지만 이젠 다 지난 일이었다. 이럴 때는 나 자신이 얄미워졌다.

어쩔 수 없이 신부를 친정에 한 3일만 가 있으라고 말을 해서 보내 놓고 자신은 미친 듯이 시내를 쏘다녔다. 비위가 좋지 않은 나는 어느 사람을 보고도 돈 이야기를 끄집어내지 못했다.

하루가 지났다. 운명의 신은 나를 그냥 외면하지 않았다. 우연하게도 행운이 생긴 것이다. 돈 20만 원이 내 수중에 들어오게 된 것이다. 나는 그날 저녁, 동래 처가로 달려갔다. 아내는 내 일을 생각하며 안타깝게 기다리다가 내 얼굴을 보더니 무척 반가운 표정을 지었다. 그날 저녁 우리는 처가에서 하룻밤을 같이 지내고 방을 구하러 다녔다. 당장 생각 같아서는 형과는 좀 멀리 떨어져 살고 싶었다. 처는 동래의 처가 가까운 곳에 방을 구해 보자고 아쉬운 제의를 했지만 나는 서면 근방에서 방을 구하려고 했다.

온종일 서면 일대의 가까운 동리를 훑어도 20만 원으로 적당한 방이 없었다. 마침 그때 누님 동리인 민씨 집에서 방이 한 칸 났다고 해서 보증금 20만 원에 월세 5천 원으로 부엌이 갖추어져 있지 않은 방 한 칸을 구해 우리의 신혼살림을 꾸렸다. 아내가 가져온 물건들을 방안에 정돈해놓고 보니 두 사람이 겨우 누울 수 있을 만한 공간이 남았다.

끼니 때가 되니 아내가 정성들여 지은 푸짐한 상이 들여왔다. 나는 음식상을 보고 처음으로 장가 든 보람을 느꼈지만, 혼자 살기에도 힘겨운 자신이었는데 또 한 사람 더 짐을 짊어지는 것 같은 생각이 들었다. 나는 두 사람의 생활을 위해 나만 수월하게 선택을 할 수가 없었다. 수입이 있는 일이면 무슨 일이든지 하려고 찾아다녔다. 고생으로 살아온 나였기에 어려운 환경에 적응하는 것은 단련이 필요치 않았다. 한 푼 두 푼 돈이 생기면 아내에게 맡겨 보관시켰다.

그러던 어느 날이었다. 몸이 좀 피곤한 것 같아 집에 들어가 쉬고 싶은 마음에 한낮에 집으로 들어갔다. 아내가 동리 아이들과 함께 방안에 앉아 있었다. 아내도 나와의 생활을 위해 동리의 국민학생들을 모아놓고 과외공부를 시키고 있었던 것이다. 그런 것을 보게 된 내 마음은 금방 찡하고 새로운 감정이 느껴졌다. 쉬고 싶었던 마음을 바꾸어서 밖으로 나왔다.

그렇게 불안하기만 하던 생활은 두 사람의 노력 속에서 조금씩 나아져 갔다. 한편으로 정국은 점점 불안이 감돌았고 민족을 구하겠다던 유신의 선전은 사람들의 정당한 말에도 재갈을 물렸다. 정당법을 내세워 정당의 간판을 내리게 했고 감시와 탄압으로 인재들의 뜻을 짓밟았다. 내가 사랑했던 대중당도 자금의 압박과 가중되는 정권의 박해에서 견디지 못해 결국은 간판을 내리고 말았다.

사람들은 양심을 가지고 있어도 그 양심을 쓸 곳이 없었다. 이젠 정의를 가진 자가 매를 맞아야 하는 시대가 닥치고 있었던 것이다. 쥐를 잡으려 하지 않는 고양이만이 출세할 수 있는 세상을 보며 나는 허무함을 느꼈다.

그런 세상에 성질이 급한 사람들이 자기네의 애정을 믿고 정당을 만든다고 나섰다. 답답한 것을 느끼는 사람들의 관심이 이곳에 쏠렸다. 내 가슴 속에도 사회에 대한 애정이 마음에 불붙기 시작하였다. 어떻게 된 일인지 사람들은 정치를 찾으려는 사람보고 미친 사람이라고 손가락질을 했다.

알지 못할 마음만이 뜻이 있는 사람들의 가슴을 아프게 했다. 정당한 말을 할 수 있는 사람은 가는 곳마다 경계의 눈총을 받았다. 나는 이 어려울 때 내 양심으로 신당에 참여할 것인가를 며칠이나 골똘히 생각해 보았다. 일본 식민치하에서 독립운동하기보다도 더 어려운 제 나라 안에서의 정치운동을 생각하면 처의 얼굴이 나를 괴롭혔다.

나는 며칠이나 한 여자와 조국을 생각하다가 결국에는 통일당이란 간판을 내건 신당의 부산 조직 책임자였던 박재우 씨를 찾아 그 사람의 집을 방문하였다. 그런 후 며칠 지나지 않아서는 박재우 씨를 통해 민주통일당에다가 부산의 제1 선거구인 중구 영도의 조직책을 신청하였다. 나는 앞으로의 일들을 생각하며 조금이라도 더 가정에 보탬이 되고자 이곳저곳 뛰어다닌다. 그런 후 1개월이 지났을 때 나의 조직신청서가 조직위원회를 통과하여 결정이 났다는 소문이 인편에 전해왔다. 또 얼마 지나지 않아 박재우 씨로부터 한 번 만나자는 연락도 받게 되었다.

그 시기 나의 사정은 몇 푼의 돈을 벌겠다는 개인 사정이 있어서 몸을 뺄 수가 없었다. 마음은 이 나라의 정치를 구하기 위해 서울행 열차를 타고 싶은데 현실은 나의 행동을 하루 이틀 미루게 했다. 그러다가 어느 날 신문에 실린 개헌 청원운동에 관한 기사를 읽게 되었다. 당장 나는 어떤 충동에 사로잡혔다. 밤새도록 밤잠을 버리고 생각해 보았다.

믿고 싶은 사회를 위해 국민이 좋아할 수 있는 법을 만들어 독재자로부터 해방시켜야 한다는 의식이 가슴 속에서 뜨겁게 올라오고 있었다. 마음이 더워지기 시작했다. 나는 더 참을 수가 없었다. 나는 하던 일을 버려둔 채 당일로 서울행 열차를 탔다. 서울에 올라온 나는 새로 생긴 빌딩들을 쳐다보며 오랜만에 중심가를 쏘다녔다.

제일 먼저, 신당인 통일당 당사로 찾아 들어갔다. 뜻밖에도 이경식 동지를 그곳에서 만났다. 이경식 동지는 그 당에 나오던 젊은 청년지사들을 나한테 소개시키기도 했다. 인사를 나누고 보니 모두 뜻이 통했다. 그들은 부산에서 일어나는 여러 가지 이야길 내게 물어왔다. 또 어떤 자는 날보고 부산시 개헌 청원운동 지부장 자리를 맡아서 같이 투쟁하자고 성급하게 졸랐다.

나는 이런 말을 들으면서 자리에서 일어나 통일당의 사무국으로 들어갔다. 낯선 사람들이 내 얼굴을 쳐다보았다. 나는 당의 사무총장 앞으로 걸어갔다. (당시 통일당의 사무총장은 전 경북 대학교 문리과 대학 학장이었던 하기락 씨였다) 내 소개를 하며 인사를 했다. 하 총장의 얼굴이 내 이름을 확인하자 쫓기는 사람처럼 서먹서먹해 한다. 당장 알 수 있었던 일이지만 어떤 사람의 방해 때문에 완결되어 결정된 사실이 보류로 변해 있었다. 사실을 확인한 나의 심중은 편할 수가 없었다.

내가 통일당을 나오려고 하니 조금 전에 이야길 나누던 통일당의 젊은 간부 당원들이 나를 인근에 있는 다방으로 데리고 갔다. 그들은 내게 그들과 함께 같은 일을 할 수 있기를 원했지만 나는 지금 당장 어떤 결심도 이곳에서 말하고 싶지가 않았다. 내 행동 때문인지 좌석의 분위기가 당장 어색해졌다. 나는 무거워지는 마음 때문에 가볼 곳이 있다는 핑계를 내세워 좌석에서 일어나고 말았다. 다방을 나선 나의 마음 한구석은 쓸쓸했다. 한마디로 통일당에 걸어본 장래의 기대가 무너진 것이다.

행선지를 정하지 않고 걷고 있었다. 어디로 가본담, 한참이나 쏘다닌 끝에 낙원동 쪽으로 방향을 잡았다. 아직도 어려운 조건들을 견디며 시골 경로당보다도 초라한 당 사무실을 지키면서도 행동을 포기하지 않는 통일사회당의 김철 위원장께 인사나 하고 별 볼일 없으면 서울을 떠날 것이라고 생각했다. 내가 들어선 낙원동의 통사당 사무실은 너무나 한산하고 쓸쓸했다.

내 얼굴을 아는 어느 당원이 반갑게 인사를 했다. 내 마음이 금방 비통해지려고 하였다. 이 땅에서 많이 존재할 수 있는 비극이라 여겼다. 그래도 하나의 정당인데, 사정은 너무나 비참했다. 사람마다 여윈 얼굴에 눈망울만 반짝거렸다. 김철 위원장은 뜻밖에 나의 방문을 두고 함박 얼굴에 미소를 지으며 반갑게 손을 내밀었다.

어떻게 들었는지 내 결혼식 이야기부터 끄집어내며 당시 결혼식에 참석하지 못해 섭섭하다고 말을 했다. 그곳의 간부 되는 당직자들이 나를 중심으로 에워쌌다. 위원장실의 소파가 몸을 기대니 삐걱거렸다. 찡하는 마음에 이곳 사정이 당장 머리에 떠올랐다. 이야기 주고받는 동안 대화만은 누구나 호기가 넘치고 있었다.

나를 아는 그들은 제법 달라진 내 얼굴을 확인하고 마누라가 해준 밥이 좋긴 좋은 모양이라고 농들을 했다. 나도 웃음이 나왔다. 입 하나일 때도 머리가 무거웠는데 입 두 개가 되니 이젠 어깨까지 무겁다고 말을 하니 그곳에 있던 사람들은 한바탕 웃었다.

내가 자리에서 일어나려는 차에 누가 내 손을 잡으며 차나 한잔하자고 끌었다. 김철 위원장도 그렇게 하라고 권했다. 나는 자리에서 일어났다. 여러 사람과는 작별의 악수를 나누었다. 나를 다방까지 안내해 간 사람은 이동열 동지와 민주회복 서울특별시 대변인을 맡았던 백철 동지였다.

나는 차를 마시면서 두 사람으로부터 서울에서 일어나고 있는 근간의 이야기들을 들을 수가 있었다. 그리고 또 소식이 궁금하던 월파 서민호 선생께서 수송국민학교 건너편에서 통일연구인협회 사무실을 내어놓고 많은 사람들과 접촉하고 있다는 사실도 들을 수 있었다. 나는 서울에 올라온 김에 한 군데 더 들릴 곳이 생긴 것이다.

서울에서 지내게 된 하루는 나에게 있어 매우 분주했다. 다방을 나온 세 사람은 뿔뿔이 헤어졌다. 별 생각도 하지 않고 내 발길은 청진동 쪽으로 향했다. 지나가는 사람을 붙들고 수송국민학교가 어디냐고 물었다. 청진동 쪽 사람들은 금방 수송국민학교를 가르쳐 주었다. 나는 내가 있는 주위에서 얼마 안 되는 거리에 큰 간판이 걸린 통일연구인협회 사무실을 찾아낼 수 있었다. 사무실 안으로 들어가니 사람들이 많이 모여 있었고, 분위기부터 위엄이 있어 보였다. 낯선 사람이 나를 붙들고 어떻게 찾아왔느냐고 용건을 물었다. 나는 회장님께 인사나 드리려고 왔다고 내 소개를 하였다.

얼마쯤 지나니 회장실의 문이 열리며 사람들이 나왔다. 장재철 동지가 회장실에 들어갔다 나오더니 나를 회장실로 안내했다. 72세인 선생은 건강해 보였다. 나는 선생께 인사를 올렸다. 선생은 나를 자리에 앉게 한 후 차를 시켜오게 했다. 신혼생활이 어떻느냐고 근간의 나에 대한 안부를 묻는다. 꼭 결혼식에 참석하는 것인데 미국에 있었기 때문이었다고 변명을 했다. 나는 선생이 바쁠 것 같아서 잠시 있다가 차만 마시고 자리에서 일어났다. 회장실을 나오니 장재철 동지가 몇몇 그곳에 나왔던 사람 중에서 대학 교수와 정치인이라는 사람들을 소개해서 인사를 나누었다.

나는 또 그곳에서 우연히 지난 대통령 선거 때 야당 쪽 후보였던 김대중 씨의 비서관인 권 노갑 씨를 만났다. 그 사람은 커피나 한잔하자며 다방으로 나를 데리고 갔다. '일전에 부산에 갔다가 나의 집을 찾다가 못 찾고 그냥 올라오게 되었다'는 말까지 하며 초면인데도 무척 반가와 했다. 그는 요즈음 통일연구인협회 조직을 담당하고 있다고 자기소개를 했다. 언제 나타났는지 서범용 동지가 다방 안으로 들어오며 나를 보고 인사를 했다. '며칠이나 서울에서 묵을 것인가' 물었다. 나는 오늘 밤차로 내려갈 참이라고 말했다. 우리 일행은 요즈음 세상에 대한 이야길 끄집어내었다. 권노갑 씨는 통협이 전국 도지부가 거의 결성되었는데 부산직할시가 아직 결성되지 않았으니 지부장 한 사람 물색해 주든지 그렇지 않으면 나보고 지부를 좀 맡아 달라고 부탁을 했다.

나는 그 사람들의 부탁을 어떻게 할 것인가 생각하다가 통일연구인협회의 원서와 간행물을 한 보따리나 주는 대로 가져가겠다고 말했다. 장재철 동지가 오늘 오후 6시에 중대발표가 있다는데 무슨 발표인지 알 수가 없다며 한복을 입은 중년 남자와 이야길 나누었다. 한복 차림의 중년은 얼마 후 나에게 자기소개를 먼저 했다. 그 사람의 직업은 교회 목사였다. 신문에서 많이 본 이름이었다. 좌석을 같이 하였던 사람들은 모두 나라에 대한 걱정을 가지고 있었다. 6시가 가까운 시간이 되었다. 트랜지스터 라디오를 조심스럽게 켰다. 우리는 귀를 기울였다.

정부가 긴급조치 1호를 발동한 것이다. 우리 일행은 긴급조치 1호의 내용에 놀라고 말았다. 주위에 있었던 사람들의 표정이 심각하게 변했다. 여기저기서 한숨이 튀어나오는가 하면 절망적인 말들이 튀어나왔다.

내 마음이 얼음처럼 차가워지고 있는 것을 느꼈다. 저녁이나 같이 하고 가라는 그곳 사람들의 호의를 사양하고 아직 차 시간이 많이 남았는데도 역을 향해 걷기 시작했다.

사람들과 길에서 부딪치면서 언제 왔는지 서울역 앞이었다. 매표소에서 부산행 표 한 장을 구입하고 인근의 음식점으로 들어갔다. 열차 시간을 맞추며 혼자서 소주잔을 기울이고 있었다. 소주 한 병을 다 마시니 차 시간이 되었다. 감정 때문인지 술이 취하지 않는 것 같았다. 정신없이 열차표의 지정된 좌석 번호를 찾아가 앉았다.

자꾸 갑갑하고 답답한 감정을 느꼈다. 열차 안에서 물건을 파는 사람을 불러 소주 한 병을 샀다. 안주도 없이 소주병을 목구멍에 부었다. 술이 목구멍으로 자꾸 흘러 들어갔다. 비로소 몽롱한 의식으로 지독한 알코올의 독기를 느끼기 시작했다. 나는 의자에 기댄 채 밤새도록 일어난 일들을 모른 채 술에 곯아떨어진 것이다.

누구인가 나를 흔들었다. 눈을 뜨니 기차 안은 비어 있었다. 나는 급히 짐을 챙겨 역의 출구 쪽으로 허둥대며 뛰어갔다. 혹시나 하고 걱정을 하고 있던 아내가 나의 귀가를 보고 무척이나 다행한 표정을 지었다. 연일 신문에는 긴급조치 위반으로 체포된 사람들의 명단이 발표되었다. 더러는 기억되는 얼굴들도 있었다. 그들은 왜 감옥으로 가야 하는가? 그들이 당한 현실이 남의 일 같지가 않았다. 열기를 잃어버린 겨울은 더 춥고 지루하게만 느껴졌다.

나는 내 자신이 무사하게 지낸다는 사실에 수치감 같은 걸 느꼈다. 인간의 가장 큰 욕구가 무엇인가? 사람마다 생각은 다르겠지만 국가를 위해 그 장래를 생각해 본다면 서로의 생각하는 차이가 그렇게 차이질 수만은 없다고 느껴졌다.

유신은 누구를 위해 생겨난 것이며, 긴급조치법은 누구를 위해 생긴 것인가? 나의 마음속에는 두려움도 수치심도 점점 사라져 갔다.

나는 이때 처음으로 결혼을 한 사실에 대해 후회를 했다. 나는 어려운 자신의 문제 외에 두 갈래 기로에서 생각해 보았다. 사랑을 따르자니 스승이 울고, 스승을 따르자니 사랑이 운다 하는 유행가의 구절이 어쩌면 나를 두고 생긴 말 같기만 했다.

어느덧 복잡한 세상에서 아내 덕분에 일 년이나 넘게 행복했다고 생각했다. 유신을 하겠다고 겁을 주던 일도 부딪히니 2년이나 견뎠다. 험난한 세상도 살다 보니 면역이 생긴 건가. 겁을 먹던 유신보다 세상이 험악해지니 젊은 마음속의 애국심이 가슴을 내어밀기 시작했다.

세상을 보는 애정 속에 아내의 얼굴이 잊어졌다. 이런 것이 나의 운명일까? 남들은 쉬쉬 하는데 나는 떠들려고 하는 것이다.

양심, 그 양심을 가진 자를 사람들은 어리석다고 핀잔을 준다. 그런데도 더 큰 운명에 부딪히기 위해 우리의 가난한 생활에서 나는 엉뚱한 일을 서슴지 않았다. 또 새로운 활동을 위해 자금마련을 시작한 것이다.

돈은 쉽게 구해지지가 않았다. 사람들은 나의 정당한 말부터 외면을 하는 형편이니 누가 나보고 나라 위해 일해보라고 돈을 빌려주겠는가. 결국 나는 급한 김에 전세방이나 하나 구하려고 불려가던 그 급한 희망의 줄을 끊어버렸다. 마누라보고 그 돈을 찾아오라니까 겁먹은 얼굴이 된 마누라가 별 말도 없이 우리가 일 년 동안 굶주리며 애써 모은 돈 전부를 찾아왔다.

세상인심은 어제가 다르고 오늘이 다르건만 나는 모든 내 자신의 문제를 잊어버리고 이래서는 안 된다는 생각 하나만에 의지한채 계획도, 가진 것도 없이 서울로 올라가야 한다는 결심만 하고 있었다.

21. 고독한 양심

내 머릿속에는 이제 내 자신에 대한 아무 생각도 남아 있지 않았다.

세상이 이래서는 안 된다는 대답뿐이었고 자신의 양심을 구하기 위해서는 불의와 싸우든가 죽음을 선택해야 한다는 두 가지 결정 뿐이었다. 어려운 조국을 외면하지 않는 일만이 젊은이의 양심이라는 생각이 들었다. 가치 있는 일을 하기 위해서는 서울로 가야 하며 그곳에서는 무슨 일이든 찾게 될 것으로 믿었다.

이런 내 결심이 확실해진 날 아침에 아내는 가방에다 내 옷가지를 챙겨 넣으면서 몇 번이나 같은 말만 되풀이했다. 눈물이 고인 애처로운 눈으로 나를 쳐다보았다. 자기는 지금 아기를 가진 몸이니 나 혼자 생각만 하지 말고 태어날 아기와 자기 생각까지 하면서 어떤 행동이든 신중히 하라고 애원을 했다.

나는 내 앞에 있는 그런 아내가 한없이 측은한 생각이 들었다. 아내는 집을 나서는 나를 시내버스가 서는 곳까지 따라 나왔다. 나는 아내의 얼굴을 외면하면서 달려오는 버스 위로 올라갔다. 떠나는 버스를 넋 나간 사람모양 쳐다보던 아내의 얼굴이 어느 틈에 보이지 않는다.

아이를 가진 몸이란 말이 고독하게 살아온 나의 머릿속에 맴돌았다. 나는 다시 부산을 떠나는 고속버스를 탔다. 버스는 속력을 높여 서울 쪽으로 달렸다. 창밖에 스치는 풍경을 보면서도 마음속에서는 어떤 불안한 생각을 쫓을 수가 없었닷. 나는 무엇 때문에 이 버스에 탄 것인가, 나는 또 무슨 일을 당장 할 것인가, 내가 하려는 일들이 나의 가족이 고생하는 것만큼 보람 있는 일인가, 자꾸만 의문이 쌓인다. 머릿속이 생각과 그 생각을 짓누르는 또 다른 생각으로 가득 찼다.

모든 것은 사람의 팔자인가. 피할 수 없는 운명이라면 자신을 돌아보지 못하는 자신의 냉정한 마음도 자책할 수가 없었다.

한 인간의 젊음, 그 젊은 인생에는 뜻이 있는 것이다. 이 땅에 태어났기에 이 땅의 모순과 싸우다 죽어간 사람들의 행동을 다음 세대의 사람들은 무어라 평할 것인가 하는 의문이 일어났다. 자기 조국을 사랑하고 그 조국에 대해서 애정을 바치려는 것은 결코 외로운 행동이 되지 않을 것이라고 느껴졌다.

자기를 버리고 자신을 위한 일을 포기하고 집을 나온 나의 행동이 잘못한 것만 같지는 않았다. 나의 가슴 속에는 아내의 가엾은 얼굴도 처음 세상에 태어날 아기의 얼굴도 조국에 대한 애정만큼 클 수가 없었다. 형극의 길을 앞에 두고 나는 조국에 대한 더 깊은 애정을 느끼고 있었다. 나의 심중에는 아내나 자식보다도 조국을 더 사랑한다고 외치고 있었다.

그때 고속버스가 서울의 터미널에 닿았다. 나는 나의 심중을 우선 누구와 먼저 이야길 해 볼 것인가, 한참이나 생각하다가 머리에 떠오른 것은 구좌석 형의 얼굴이었다. 한낮의 서울 시내에서 시내

버스를 두 번이나 갈아타고 헤맨 끝에 서부경찰서 근방에서 구좌석 형을 만날 수가 있었다. 자기의 일하는 곳까지 찾아온 내 행동에 어떤 생각을 하였는지 이상한 눈초리로 바라보았다. 우리 두 사람은 인근의 대포 집으로 들어가서 해가 지기 전부터 소주병을 비우기 시작했다. 뱃속에 술이 가득 차자 몸이 부담을 느꼈다. 우리는 밤이 어두워서야 택시를 잡아탔다.

구좌석 형 집근처인 모래내의 한 여관에 방을 정했다. 나는 서울에 상경하게 된 동기를 여관에서 이야기하였다. 우리 두 사람의 이야기는 밤을 새웠다. 내 이야기 속에서 그는 술이 깨어버리는지 비통한 표정을 짓고 있었다. 긴급조치에 관한 법을 생각하는 모양이었다.

한참이나 생각해 보던 그는 입을 열었다. 자기의 우정은 내 뒤를 따라가겠으나 세상의 인심이 변하고 있으니 어디 내 뜻이 이루어지겠느냐는 것이다. 나는 진리를 따르려 하며 상식이 통하는 사회에 살기 위한 양심으로 지금이야말로 나를 조국의 문제에 바칠 때라고 나의 결심을 말하였다. 그는 듣고만 있었다. 나는 '이 사람도 지금 긴급조치라는 법을 생각하고 있구나' 하고 생각했다. 미운 자들을 20년 동안 감옥으로 보낼 수 있는 법.

나의 행동이 다른 사람들한테 있어서 오해를 남기지 않는다는 보장이 있을까? 그런데도 구좌석 형은 나의 국가에 대한 깊은 애정을 알고 있었다. 그도 나와 같은 한 때가 있었기 때문이었다.

1963년 한일회담 반대를 위한 행동으로 그 자신은 전남 광주의 모처에서 군중이 운집한 집회장에 나가 준비해 간 칼로 배를 가르며 창자가 몸 밖으로 빠져나오는 순간 의식을 잃으면서도 한일회담을 반대하자고 외치며 국가 장래에 대한 애정을 간직했던 사나이다운 행동파였었다.

나는 그의 그런 단순한 기질을 생각하며 '우리는 조국을 위해 죽을 기회를 마련하여야 한다'고 되풀이하였고 그는 '죽음을 각오한 순간만이 자기 손으로 자기 배에 칼을 꽂고 배를 가를 수 있다'고 경험을 말했다. 삶이 죽음보다 더 고통스럽다는 그다운 이야기.

나는 그런 그의 마음에 공감을 느꼈고, 나의 어떠한 생각도 그에게 상의를 했다. 그러면서 우리는 서로 양심과 정의감이 일치함을 알게 되었고 더욱 친밀해졌던 것이다.

아침이 늦어서야 우리는 헤어졌다. 그는 직장으로 나는 종로 방면의 버스를 탔다. 반년 만에 올라온 서울은 많이 변해 있었다. 그렇게 건강을 자신하던 월파 서민호 선생도 그가 가진 꿈을 남긴 채 세상을 떠난 후였다. 또 나를 서글프게 한 것은 어제까지 애국자인 양 법석을 떨던 사람들이 권력 밑의 사랑을 얻기 위해 변질해 버린 사실들이다. 이런 모든 현실을 보며 세상만을 탓할 수 없었다. 각박한 인심 속에서 조국을 위해 무엇인가 해보자는 나의 뜻은 산 위에 가서 물고기를 잡겠다는 어리석음보다 더했다.

나의 주변으로는 서울 사람들의 뜻을 한순간에 산다는 것은 불가능한 일이었다. 나는 어쩔 수 없는 마음을 지니고 통사당의 김철 위원장을 찾아갔다. 김철 위원장은 통일사회당 사무실에서 삐걱거리는 고물의자에 앉아 있다가 나의 얼굴을 대하자 자리에서 일어나며 언제나처럼 웃으며 내 손을 잡았다. 나는 그 순간 의지를 느끼며 내가 서울에 올라오게 된 동기를 말했다. 김철 선생은 내 이야길 들으면서 신중히 생각하라는 말을 해주면서도 얼굴 표정이 금세 동요했다. 나는 오래간만에 말 상대를 만난 것 같아 분연히 내 뜻을 표현했다.

"오늘과 같은 조국의 사정이 하늘의 뜻이었다면 내가 하고 싶어 하는 행동도 하늘의 뜻입니다. 진리는 간단한 것입니다."

나는 내 뜻을 이해시키기 위해 지난날의 절망에서 이겨 온 나의 생활을 처음으로 남에게 이야기했다. 한 사람 두 사람 내 얼굴 앞에 모인 그곳 당원들도 내 이야기를 같이 들어주었다. 상식이 소멸되는 사회야말로 내 일생에 있어 가장 고통스러운 절망이라고 말한 것이다.

김철 위원장은 나를 위로하는 말을 해주었다. 힘을 가지라는 것, 그래서 내 힘으로 그곳에 소속된 민사청을 먼저 재건해 보라는 제의였다. 당장 옆에 있던 통일사회당의 젊은 간부 당직자들이 호응을 해주었다.

나는 새로운 용기를 얻은 채 서울 시내를 헤매며 대중당 시절의 동지들과도 접촉을 하였고 민주통일당 내에서도 나와 개인적으로 마음이 통하던 젊은 당원들과 접촉을 시도했다. 재야인을 자처하는 목사나 전직 교수, 전직 언론인들과도 만났다. 서울 시내에 거주하는, 군대 생활을 할 때 알게 된 전우들의 소재를 찾아 헤매기도 했다.

나는 만나는 사람마다 붙들고 국가에 누를 끼치지 않겠다는 것과 정권에 대한 반항이 아니라 반성을 위해 내 행동을 도와달라고 호소했다. 그렇게 하다 보니 동조세력이라기보다 나를 이해해 주는 사람이 서울 시내에서 40여 명이나 생겼다. 이제 적당한 날을 선택하여 민사청의 재건을 결성하고 결과를 확인하는 합법적인 절차만 거치면 무슨 얘기든 말이 통할 것 같았다.

어두워지는 사회를 젊은 정열로 밝혀보고 싶은 간절한 마음 때문에 일을 빨리 완성시키기 위해 쉴 새가 없었다. 서울역 근방인 염천교 다리 부근에서 일명 번개라 부르는 옛 전우로 하여금 힘깨나 쓸 건달들 4명을 모이게 한 자리에서 한 번쯤 세상에 나온 김에 보람찬 일을 해보지 않겠느냐고 설득을 하였더니, 공짜 술을 먹을 때는 무슨 일이든 따라 하겠다고 하다가 내가 민사청을 재건할 것이라는 대목에서는 옆에 있던 자들은 금방 공포를 느끼는 겁먹은 얼굴들로 바뀌었다. 나는 순간 이들의 앞에서 내 열변으로 현실을 안심시킬 수 있는 말을 찾지 못했다.

그렇게 많은 양심인들을 감옥으로 끌고 간 긴급조치에 관한 법은 나뿐만 아니라 조국의 장래를 한번쯤 걱정해 본 사람이라면 누구나 심경을 거슬렸던 모양이다. 어떤 도전이나 정당한 비판도 이 법을 피할 수가 없었다. 나는 이런 현실에 도전하기 위해 내 정열과 애정을 불태우려는 것이었다. 그럴 때 내 주위에는 이런 나에게 용기를 가지게 격려해 주는 사람도 있고 반대로 못마땅해 하는 자도 있었다.

그런 와중에서도 일이 생겼다. 하루도 빠지지 않고 나를 만났던 사람들 몇 사람이 그날따라 통 얼굴들이 보이지 않았다. 나는 그 사람들이 이제 나를 피하는 것이 아닌가 의심이 생기기도 했지만 그릴 리가 없다고 생각했다. 나의 마음속에는 그래도 겁나는 세상인 심에서 믿고 싶은 사람들의 얼굴이기 때문이었다. 나는 오후가 되면서 내 쪽에서 그들을 찾아 거리를 헤매며 다녔다. 그러다가 우연한 장소에서 내 결혼식에 참석했던 김 교수(전직 홍익대학 학생처장)를 만나게 되었다. 김 교수는 내 소문을 들었다며 손을 잡고 무척이나 반겨주었다. 그리고는 아직 해가 지려면 시간이 남아 있는 하늘을 보면서 길가에 있는 조그마한 가게로 나를 끌고 갔다.

우리 주변에는 금방 안면이 있는 사람들이 모여 무리를 이루었다. 소주가 담긴 잔들이 이 사람 저 사람 손에서 나에게로 건너왔다. 여러 사람으로부터 받는 술잔이 빈 속인 나를 취하게 했다. 나는 점점 술 때문에 이성을 잃기 시작했다. 날은 이미 어두워 있었고 사람들은 모두 술기를 느끼며 자리에서 일어났다. 나는 사람들과 헤어져 혼자 거리를 쏘다녔다. 나는 한없이 외로움을 느꼈다. 지나가던 사람들이 비틀거리는 내 어깨에 부딪쳤다. 세상이 빙글빙글 돌아갔다. 정말 내 마음은 그때 미치고 싶었다. 조국을 생각하는 내 마음은 안타까워서 죽을 것 같은 고통을 느꼈다.

목적도 없이 쏘다니다 보니 열두 시가 되었다. 통금 때문에 숙소인 여관으로 돌아왔다. 혼란스럽던 마음도 깊은 잠속에서는 잠시나마 잊을 수가 있었다. 누군가가 심하게 문을 두드리는 소리에 잠을 깨었다. 누굴까 하는 생각을 하며 문고리를 땄다. 왈칵 문이 밀리며 들이닥친 사나이들이 있었다.

아무리 머리를 흔들어도 모르는 얼굴들뿐이었다. 그 사람들은 우악스럽게 나를 노려보았다. 그런 그들이 이젠 능숙한 행동으로 다음 일을 서둘렀다. 방안의 구석구석을 다 뒤졌다. 멍청해 있던 내가 당신들 누구요 하고 물었는데도 대꾸도 하지 않았다. 무슨 짓이냐고 항변을 할 참인데 그중 한 사람이 나한테 동행을 요구하였다. 나는 그 순간 무엇인가 느끼면서 아무 말도 하지 않았다.

거절한다고 나를 대접해 줄 사람들이 아닐 것이라고 생각하며 그들을 따라나섰다. 어두운 새벽의 아스팔트길 위로 우리가 탄 차가 불빛을 비추며 달려갔다. 어디로 가는 것인지 짐작도 할 수가 없었다. 그렇다고 물어보고 싶지도 않았다. 자동차가 멈추고 보니 처음 와보는 건물 속이었다. 나는 곧 넓은 사무실을 지나 심문실인 것 같은 작은 방에 갇히는 신세가 되었다. 큰 테이블을 앞에 두고 혼자 앉아 생각해 보았다. 내가 이곳에 들어와야 할 이유를 알 수가 없었다.

9시쯤이나 되어서야 일행 중에서 부장이라고 불리우던 자가 심문실로 들어왔다. 어저께 하루 종일 식사를 거르고 술만 마신 빈속이 쓰리고 아팠다. 나는 내 자신이 처해 있는 꼴이 우스워 웃음이 나오려는 것을 참으며 먼저 말을 꺼집어내었다. 무엇을 알아볼 참인지 사람을 데리고 왔으면 아침이나 먹여 주는 것이 예의가 아니요 하고 말을 내뱉으니까 부장이라는 사람은 대꾸도 않은 채 금방 일어서서 밖으로 나갔다. 얼마 있지 않아서 양이 좋은 곰탕 두 그릇이 들어왔다. 또 조금 전에 나갔던 부장이라던 사람이 들어왔다.

나한테 처음으로 하는 말이 식사를 하라고 권한다. 두 사람은 마주앉은 채 곰탕을 열심히 먹기 시작하였다. 한 그릇을 비우고 난 나는 시중의 식당보다 고기가 많이 들었다고 느꼈다. 제법 살 것 같이 생기가 돌기 시작했다.

이젠 다음에 일어날 일들이 궁금하고 답답했다. 자꾸만 불길한 마음이 일어났다. 내 시선은 조그마한 방안을 구석구석 뒤지기 시작했다. 몇 시나 된 것일까. 시간을 생각해 보다가 밖을 향해 소변을 좀 보고 싶다고 말을 하였다. 조금 있으니까 어깨가 떡 벌어진 사람이 옆에 붙어 동행을 하였다. 그는 아무도 없는 통로에서 관심 있는 질문을 하였다.

"선생, 운동하셨다지요?"

나는 정색을 하였다. 그는 다 알고 있다면서 서울역 앞에서 힘깨나 쓰는 번개 이야길 해주었다. 돌아오는 길에 어저께 종로바닥을 그렇게 찾아 헤매던 얼굴들이 이곳 사무실에서 보였다.

그들은 눈이 충혈된 채 지친 표정으로 나를 쳐다보았다. 나는 심문실로 들어가면서 그들한테 눈인사를 보냈다. 한낮 동안 아무 질문도 못 받고 혼자 앉아 있었다. 정오가 되었다. 또 먹음직스러운 곰탕 그릇이 들어왔다. 오래간만에 때맞추어 고기국물과 음식을 뱃속에다 집어넣으니 더욱 생기가 났다.

내 머릿속에는 오만 가지의 생각이 떠올라 왔다. 이 사람들이 나를 어쩔 셈인가, 불길한 생각이 머릿속에서 계속 사라지지 않았다. 아내의 얼굴과 태어날 자식의 얼굴이 떠올랐다. 남자 아이일까 여자 아이일까. 나는 무엇 때문에 이런 곳에 끌려온 것일까. 그런데도 상대는 아직 묻지도 않고 대답도 하지 않는 것이었다.

나를 초조하게 만든 다음, 무엇인가 음모를 만들 것인가 싶었다. 새장 안에 갇힌 새를 생각하며 이곳에서의 반항에 대한 무모함을 느꼈다. 내가 머릿속에서 섬뜩함을 느끼며 두려운 마음을 가지게 된 것은 오후였다.

　아직 순진했던 내 마음은 세상을 믿는 쪽이었고 사람을 믿었다. 내가 무사하리라는 것을 믿으면서도 이곳 사람들의 태도를 보아 석연치가 않았다. 그런 내가 운이 좋았던지 밤이 늦어서야 나를 연행했던 사람들과 다른 사람들의 인사까지 받으며 꺼림칙한 그곳을 나올 수가 있었다. 다음날 타의 반 자의 반에 의해서 가방을 챙겨 동대문 고속버스 터미널로 갔다. 아무에게도 서울을 떠난다는 말을 알리지 않았다. 아침 일찍 나의 근황이 걱정이 되어서 찾아왔다는 이동열 동지와 민주회복 국민회의 운영위원으로 지낸 김상석 동지가 가방을 터미널까지 옮겨주면서도 못내 섭섭한 마음을 서로가 숨겼다. 우리 세 사람은 터미널 근방 리어카 앞에서 소주 한 병과 삶은 계란 두 개로 이별을 담은 술잔을 권했다. 화끈 화끈하게 술기운이 올라왔다.

　부산행의 버스가 떠나기 위해 시동을 걸었다. 나는 버스로 올라왔고 두 사람은 두 사람이 갈 곳으로 가 버렸다. 달리는 차 속에서 마음속으로 축원을 시작했다. '신이여, 이 땅에서 저주를 거두고 축복을 내리소서.'

　정말 내 마음은 동포들의 조그마한 행복이나마 신의 뜻에 의해 얻기를 원했다. 고속버스는 오후 늦게 부산터미널에 도착했다. 그동안 아무 연락도 없다가 불쑥 집으로 들어가니 아이들을 한방 가득히 모아놓고 과외 지도를 하던 아내가 눈에 눈물이 맺히며 아이들에게 내일 오라고 하면서 시간보다 빨리 돌려보내고 나서 고생은 없었느냐고 말을 걸며 내 얼굴을 훔쳐보았다.

방에다 요를 깔아주고 좀 누워서 피로나 풀라고 권하면서 부엌이 있는 곳으로 나가는 아내의 뒷모습을 보는 내 심정은 괜히 장가들어서 죄 없는 여자만 고생시킨다는 생각으로 마음이 아팠다. 이제는 가난한 우리 두 사람의 생활에 좀 신경을 써야 되겠다는 생각을 하였다.

세상의 인심은 하루가 다르게 무섭게 변해갔다. 나는 어디 적당한 사업이나 없나 싶어서 거리를 쏘다니기 시작하였다. 영도에서 서면까지 걸어갔다가 걸어서 되돌아오기도 했다. 그렇게 애를 쓰는데도 나에게는 적당한 일거리가 눈에 들어오지 않았다. 무엇인가 시작은 해야겠는데 머릿속에는 무슨 일을 할까 엄두가 나지 않았다.

서울 소식을 모른 채 반 년이 흘렀다. 1975년 음력 설날을 맞이하였다. 만삭의 몸이 된 아내가 출산 준비를 하느라고 걱정이 되는 모양이었다. 장모가 자주 우리가 세 들어 사는 집을 찾아왔다.

그런 어느 날 아내는 순산을 하였다. 아기는 사내 아이였다. 웬일인지 반가워야 할 마음은 반갑지가 않았다. 생활능력도 없는 나에게 입만 하나 더 늘어난 셈이었다. 좁은 방은 이제 아기의 잠자리까지 만들다보니 더욱 불편해졌다. 아내와 나는 좁은 방에서 세 식구가 견디기 위해 잠자리로 들 때에는 서로 반대방향으로 누웠다. 내 발끝이 언제나 아내의 머리맡에서 놀았고 아내의 발끝이 내 코 밑에서 놀았으며, 아내는 내가 발을 안 씻어서 발 냄새가 난다고 한다. 두 사람은 서로의 마음을 위해 신경을 썼다.

겨울은 또 봄으로 변했다. 아기는 100일이 되었다. 제법 방긋방 긋 웃기 시작했다. 수입이 없는 세 사람의 가계를 꾸리기가 아내는 점점 힘드는 표정이었다. 말은 못해도 남자인 나는 자존심이 엉망 이 되는 것 같은 느낌이었다. 나는 결심을 했다. '좋다. 나를 찾아보 자.' 그날부터 가난은 나의 친구가 아니라는 것을 입증하려는 노력 을 서둘렀다. 사람들을 뻔질나게 만났다. 그래도 뾰족한 수는 아직 찾아지지 않았다.

하루는 시청 앞의 남도다방에서 친구를 만나기로 하였다. 시간 을 정하지 않았던 나는 막연하게 그를 여러 시간이나 기다렸다. 나 의 옆 테이블에 두 사람의 손님이 와서 앉는다. 두 사람은 옆 테이 블에 들릴 정도의 음성으로 이야길 나눈다. 사업 이야기인 듯했다.

무료했던 나는 자연히 그 이야기에 관심이 쏠렸다. 옆자리의 사 람들은 열기까지 내뿜으면서 이야기를 계속했다. 그 사람들의 이 야기 속에서 나도 한번 그런 사업을 벌려볼 수 있을까 하는 생각을 했다.

두 사람은 한창 신이 나서 떠들다가 밖으로 나갔다. 내 머릿속에 는 금방 엿들은 이야기가 맴돌았다. 그때 기다리던 친구가 다방 안 으로 들어왔다. 그는 오래 기다렸지 하면서 내 맞은편 자리에 앉았 다. 나는 자꾸만 머릿속에서 지워지지 않고 맴도는 조금 전에 들었 던 이야길 농담 삼아 그 친구한테 물었더니, 그는 자기가 좀 아는 사람이 그런 장사를 하고 있는데 부산 시내에 어디 적당한 장소가 있겠느냐고 의구심을 표했다.

나는 뒷날부터 들은 이야기와 친구의 조언을 밑천으로 생각하고 바닷가를 혼자 헤매었다. 정말 친구 말처럼 장소가 없었다. 그러나 나는 포기하지 않았다.

그런 어느 날이다. 남부민동과 암남동의 경계 지점에서 배를 댈 수 있는 곳을 발견하였다. 내가 본 장소는 당시 상황으로는 외진 곳이었다. 그날 집에 돌아와서 아내와 상의를 했다. 행여 도움이 될까 봐 누나와 형을 찾아가서도 이야길 하였지만 이 일만은 실수였다. 돈 좀 구할 수가 없겠느냐고 말 좀 했다 해서 형은 뒷날 아침 나를 찾아와서 화적 같은 놈이니, 분수를 모르는 놈이라고 주위사람들이 듣도록 고함을 지르며 기를 꺾었다.

천하에 날고 기는 사람도 많은데 네깐 게 날개도 없이 날려느냐고 팬히 성질을 부리며 아내 앞에서 얼굴에 침까지 뱉으며 나갔다. 형은 다음날 아침에도 찾아와 나를 보고 욕을 했다. 그러나 결코 상황이 어렵다고 내가 해야 할 일을 포기하는 그런 나는 아니다.

뱃길을 알기 위해 뛰어다녔고 또 그런 일에 관계되는 사람들을 찾아다녔다. 그리고는 열심히 혼자 궁리를 하였다. 돈을 구하지 못하면 어쩌나 하는 생각도 떠올랐다. 아내는 아내대로 걱정이 되는 모양이었다. 물에 빠지면 지푸라기 하나라도 의지하고 싶은 마음이라더니 엉뚱한 일만 하던 내가 마음을 잡고 장사를 해보겠다니 그래도 기대가 큰 모양이었다.

두 사람은 돈 때문에 걱정을 하면서도 내색을 할 수가 없었다. 서로가 서로를 실망시키지 않으려고 노력했다.

22. 빵을 구하기 위해서

아내는 어디서 구한 것인지 내가 필요로 했던 돈 40만 원을 융통해 가지고 왔다.

나는 그동안 생각해둔 대로 망설이지 않고 행동을 서두르며 일을 시작했다. 40만 원의 돈은 모래 값과 부선비, 외선비, 그리고 육지의 양육비까지는 절대 부족한 돈이었으나 부딪쳐 보아야 하는 것이 나의 사정이었다. 끝내 나는 배를 빌려 가지고 섬진강으로 올라갔다.

부산 시내에서는 제법 이름이 알려져 있었던 건달인 내가 모래 장사를 시작한다니까 금방 섬진강에 소문이 퍼졌다. 밤새도록 크레인이 물 밑의 모래를 부선에다 싣는 동안 나는 한잠도 자지 않고 조금이라도 모래를 배에다 더 싣기 위해 배 옆에서 서성거렸다. 뒷날 잠에서 깨어난 부선 선두가 배에 실린 모래를 보더니 짐이 너무 많이 실려서 항해를 못한다고 길길이 성질을 부린다. 나는 그를 잘 타일러서 배를 끌고 나왔다.

외선 선장도 내 얼굴 때문인지 상당히 협조적이었다. 내일 한낮이면 부산에 배가 도착을 할 수 있다는 외선 선장의 말만 믿고 육지 쪽에 올라 차편으로 부산에 먼저 내려왔다. 나는 배가 도착하면 모래를 즉시 양육하기 위해 모래 하역용 크레인을 구하려고 여러 곳을 쏘다녔다. 처음 당해 보는 일이라 어색한 것이 많았지만 결과는 다 처리가 되었다.

내가 장사를 한다고 소문이 나니 나를 아끼던 동지들과 주위의 사람들이 20명이나 구경을 나와 바닷가에다 술자리를 만들었다. 약속된 예정 시간에 바다 위에 배가 보였다. 바닷가에서 기다리던 선주도 나도 안심이 되었다. 부선이 축항에 닿게 되고 준비한 크레인이 모래를 땅 위로 퍼 올리기 시작하였다. 그때 땅 관리인이라는 사람이 숨을 헐떡이며 나를 찾아와서 따지기 시작했다. 누구 승낙으로 이곳에 모래를 양육하느냐고 서슬이 시퍼랬다. 그리고 작업을 방해하기 시작했다. 20여 명이나 모여 있던 주위의 친구와 동지들이 영문도 모르고 그 관리인을 나무랬다.

길길이 뛰던 관리인이 지주 회사에 전화를 하는 모양이었다. 시비가 생겼으면서도 주위 사람들의 도움과 나의 배짱으로 다음날 아침에는 완전하게 작업을 마칠 수가 있었다. 모래 무더기를 보고는 인근에서 일을 시켜 달라고 그 동리에 살던 사람들이 찾아왔다. 나는 가까운 곳에 산다는 세 사람을 인부로 쓰기로 했다. 현장 책임을 아무에게나 맡길 수가 없어서 처가의 장인을 보고 물건을 좀 지키기 위해 나와 달라고 간청을 하여서 도움을 받았다.

처음 하루 동안에는 아무도 물건을 사러 오는 사람이 없었다. 나는 답답해져서 공사장으로 주문을 받기 위하여 뛰어다녔다. 며칠 간은 내가 맡아온 주문 외에는 팔리지가 않았다. 세월이 흐르면서 한 군데 두 군데 단골도 잡히기 시작하였다.

나는 장사를 위해 새벽 3시 30분이면 자리에서 일어났다. 대강 얼굴을 닦고 국에 만 밥을 한 그릇쯤 먹고 나면 4시가 되었다. 어느 날이건 그 시간이면 집을 뛰쳐나와 현장으로 달려갔다. 이른 시간 때문에 사람이 보이지 않는 허허벌판에서 주위에 흩어져 있는 나뭇조각을 주워서 불을 지피며 일꾼을 기다렸고 손님을 기다렸다. 효과가 나타났다. 일꾼들도 주인이 서두니까 다른 집 일꾼보다는 일찍 나왔다. 새벽 일찍 물건을 구하려는 차들이 우리한테 와서 물건을 사갔다. 장사가 기틀이 잡히면서 나는 해가 지고 일이 끝날 때까지 현장에서 착실히 감독을 했다.

점심때가 되면 인부들이 보는 앞에서 라면을 한 개 끓여 점심으로 때웠고 저녁은 꼭 집에 와서 먹었다. 시작한 장사는 생각하던 것보다도 수월하게 일이 풀려 나갔다. 처음 한 배를 판 것이 생각보다도 흡족한 이문을 남겨 주었다. 그때부터 내가 직접 섬진강까지 모래를 사러 갈 필요가 없어졌다. 부선 선주들이 모래를 싣고 와서 받아 달라고 찾아오기 때문이었다.

그러던 어느 날이다. 모래를 적재해 둔 땅 지주회사의 직원들이 나타났다. 예상은 하였지만 괴로운 말을 한다. 나는 손발이 닳도록 사정도 하고 임대료를 형편껏 낼 것이니 도와달라고 애원도 했고 어떤 때는 배짱도 부렸다. 그러다가 시간이 흘러가니까 지주 측과도 시비가 적어졌다.

그런데 또 문제가 생겼다. 인근 해양 고등학교가 운동장으로 매립을 한 토지를 비싼 임대료를 받고 4군데나 모래 장사를 하도록 다른 사람들한테 장소를 빌려주었기 때문이었다. 그때부터 장사의 경쟁은 치열했다. 약하면 망하고 강하면 버틸 수 있었다.

나는 이런 속에서 경쟁을 해야 했다. 이럴 때는 나의 얼굴이 유리한 점도 많았다. 안면 때문인지 단골도 늘어갔다. 경험이 쌓일수록 마음속에는 자신이 넘치고 있었다. 뚝심과 웅변은 한 사람의 착실한 인부 몫과 사장 역할을 해내기에 별 부족한 것이 없었다.

인부들이 혀를 내둘렀다. 점심 도시락을 싸와서 먹던 인부들은 라면을 끓여 먹고 있는 나를 보고 기가 차는 모양이었다. 또 점점 일이 많아지니까 수입보다 고된 일을 견디지 못해 처음 인근의 어설픈 인부들이 더러는 일을 그만두고 나가는 사람이 있었다. 새로 바뀌는 사람들은 모두 삽질에는 능숙하였다. 어릴 때부터 중노동을 경험해 보았기 때문에 노동판에서 사람을 다루는 내 재질은 천부적이라 할 만했다. 일하러 나오던 나이 든 사람들도 내 앞에서는 죽는 시늉만 하였다. 나는 언제나 일과 사정을 구분해서 처리했다.

드디어 내 앞에 결과가 나타나기 시작했다. 불과 수개월 만에 우리가 짊어지고 있던 빚을 청산하고 나의 밑천으로 모래 무더기가 점점 커져간 것이다. 처음으로 처가 쪽 사람들이 나를 신뢰하기 시작하였다. 단순히 건달로만 보았다가 장인의 이야기에 태도가 달라진 것이다.

경험 없이 장사를 시작한 것이 6개월도 못 되어서 기틀이 잡히기 시작하였다. 나는 내 행동을 두고 그때부터 또 고민을 하기 시작하였다. 돈을 벌 것이냐 조국을 구할 것이냐 하는 기로에서 고민이 생겼다. 다급하고 배고팠던 일들이 자꾸만 보였다. 또 한쪽에서는 약속이 깨어져도 책임을 지지 않는 사회가 내 눈에 괴로움을 더했다.

슬픔과 어두움 속에서 자란 나는 내 가족을 울리더라도 어두워 오는 사회를 구해야겠다는 강력한 양심을 깨달았다.

비로소 나는 내 사명이 무엇인가 알게 되었다. 가슴 속에 잠재해 있던 불길이 다시 일어나 내 마음을 불태우기 시작했다. 나는 우선 진실한 사람들을 규합하여 병들고 있는 사회를 구해야 한다고 결심을 했다.

눈앞에는 세상이 불신으로 인해 점점 사람과 사람 사이에 문제가 생기고 있었다. 불의에 의해 매를 맞는 양심이 법으로부터 보호를 받지 못하는 것을 볼 때는 안타까웠다. 가장 중요한 것은 사회 정의가 보이지 않고 힘이 정의를 대신하고 있다는 사실이었다. 더 무서운 사실은 수사기간 민사 사건 불개입 원칙이란 법률해석을 알고 나서부터이다.

양심인들에게는 독약처럼 쓸모가 없었고 협잡 성질이 있는 악인들한테는 보약처럼 효능이 있다는 사실 때문에 뻔뻔스러운 악인은 닥치는 대로 빼앗고 사기를 치고 협잡을 하면서 민사라고 했다.

법은 공평한 것을 주장하면 된다. 그런데 선한 자가 욕을 보고, 결국 뺏긴 자는 뺏은 자를 증오한다. 사람들은 점점 사회에 대한 애정을 잃어갔고, 그놈이 그놈이라고 하여 세상을 바로 보려 하지 않고 속단하는 습성이 생겨났다.

이런 것을 보는 내 마음은 분노와 슬픔이 뒤엉켜 가슴을 저몄다. 나는 소멸되어 가는 정의를 구하는 것과 파괴되고 있는 민족정기를 구해야 한다는 다급한 마음이 나의 가정생활보다도 더 급하다는 사실을 느꼈다.

며칠이나 이런 일로 고민하던 끝에 장사 밑천 중 반을 떼어서 이런 일에 쓰고자 서둘렀다. 제일 처음 시작한 일은 사무실을 구하는 일이었다. 이곳저곳 복덕방을 헤맨 끝에 부평동 사거리 쪽에서 5평짜리 사무실을 보증금 10만 원에 월세 2만 원으로 계약을 하였다. 남의 전화를 빌려 왔고 아는 사람들로부터 헌 집기도 얻어다 들여놓았다. 이제 또 결심이 필요하였다. 어떤 일이든 정열을 쏟지 않으면 안 되게 되어 있었다. 사업장으로 나가느냐 동지를 찾아 거리를 헤매야 할 것인가 하는 것이다.

나는 더 생각을 하지 않고 결정을 내렸다. 사람들을 찾아 거리를 헤맸다. 만나는 사람마다 내 뜻을 전하였고 설득을 해보았다. 또 어떤 방법으로 나의 애정을 이 땅의 사람들에게 바칠 것인가를 골몰히 생각도 하였다. 그러던 어느 날 사회부조리추방 청년협의회를 구성할 것을 결심하였다.

23. 정의를 찾는 행동

나는 불의와 싸울 하나의 사회단체를 만들기 위하여 먼저 취지문과 정관을 만들어야 했다. 또 이번 일만은 부산에서 시작해서 그 세력을 북상시켜야 되겠다고 생각하면서 그 조건에 따르는 것을 찾기도 했다.

입회원서를 만들어서 주위에서 만나는 사람들한테 나누어 주면서 사회를 구하자고 설득을 해나갔다. 이러한 행동은 일주일도 안되어서 40여 명이나 발기위원이 되어 호응해주는 사람들이 생겼다. 나는 초안이 다 된 취지문과 정관을 인쇄소에다가 맡겨서 수천 부나 찍어오게 하였다. 비로소 협의회를 발족시키기 위해 입회원서를 내어 준 사람들을 소집했다.

비좁은 사무실에는 35명의 발기위원이 참석한 가운데 행동을 하기 위하여 지금까지 추진해 왔던 일인 사회부조리추방 청년협의회의 집행부를 구성하게 되었다. 발기위원으로 참석했던 불교 웅변인 협의회장 정갑덕 동지의 제청에 의하여 그날 저녁 만장일치로 나는 그 회의 회장으로 뽑혔다. 내 제청에 의하여 부서별 책임자가 회원 사이에서 인준을 받았다.

참석자들은 업무와 행동을 토론하게 되었고 모여든 사람들의 마음에는 굳은 결의까지 생기기 시작하였다. 젊은 사람들이 조국의 사회문제를 위해 앞장서겠다는 행동은 당연한 것으로 알았고 정의를 보급하는 것이 보람된 일인 것으로 알았다.

그런데 그 다음날부터 젊은 사람들이 조국을 위해 양심을 구하는 행동이 얼마나 힘겨운 일인지를 알게 되었다. 기관에서 일하는 사람들이 당황해하는 얼굴로 찾아왔다. 나는 그 사람한테 취지문과 정관 일부를 내어 주었다. 또 내가 하고자 하는 일도 설명해 주었다. 그 사람들은 나를 두고 겉으로는 잘해 보라고 했지만 예감이 이상했다.

결국 나의 희망은 출발도 못해 보고 주위의 냉대와 절망에 처한 것을 느낄 수가 있었다. 사회단체 등록을 서둘고 보니 주위에서는 생각조차 못해본 괴상한 일들이 일어나기 시작했다.

행정에 밝은 사무국장인 정갑덕 동지더러 관계부처에 등록 서류를 접수시켜 법적 지위를 갖추게 하라고 나는 성화를 부려 보았지만 며칠 뒤 어떻게 된 일인지 전해오는 소식은 등록 절차가 불가능할지 모른다는 소리뿐이었다. 나는 비로소 어떤 젊은 양심도 조국과 사회를 위해 바칠 수가 없다는 사실을 예감했다. 그때부터 나에게는 또 시련이 생기기 시작했다. 설상가상이랄까. 불운은 연속해서 일어났다.

배를 가진 자들이 우리집 하치장에는 모래를 실어다 주지 못하겠다는 통보였다. 계약이 되어서 우리 하치장에 모래를 싣고 왔던 배가 하치장에 대기를 하다가 외부의 압력에 의해서 돌아가야 하는 일이 생겨났다. 나는 영문을 몰라 이곳저곳을 뛰어다니며 애를 태웠다. 도대체 주위에서 생기는 일들이 납득이 안 갔다. 또 어떤 동지의 신변에 위험한 일이 생겼다. 자꾸 불행한 일이 보이기 시작하니 한 사람 두 사람 겁을 먹고 나를 만나는 것을 피했다.

나는 그때서야 외로움을 느끼기 시작하였다. 며칠이 못가 결국 나 혼자 남아 사무실을 지키게 되었다. 수천 장이나 인쇄가 되어 있는 취지문과 정관을 훑어보며 이상한 마음을 느꼈다. 도대체 세상을 알 수 없어 고개를 흔들었다. 도적을 잡겠다고 나섰다가 매를 맞은 격이다. 무엇이 잘못된 것일까. 나는 취지문의 내용을 훑어보았다.

"오늘날 우리는 역사적 전환기에 임하여 격동하는 소용돌이 속에서 미래의 영광과 희망을 찾아서 투쟁하고 있다. 혁명, 경제, 개혁, 유신체제 등을 절규하는 것도 모두 격동하는 소용돌이 속에서 조국과 민족의 영광과 발전을 슬기롭게 이룩하려는 몸부림이라고 할 수 있는 것이다.

우리의 사회는 나날이 변하고 있는 것은 확실하고도 엄연한 사실이다. 이것을 어떤 자는 위대한 성과라 하며 또 어떤 자는 실패라고 단정한다. 이것은 비판하는 자들의 세계관, 민주주의에 대한 해석 여하에 따르는 견해의 차이에 기인하는 것이므로 우리는 여기에 관여할 바는 아니다.

그러나 우리는 여기 묵과해서는 안 될 중요하고도 시급히 해결하여야 할 중대사가 있다. 그것은 다름이 아니라 사회의 부조리 제거이다. 격동하고 있는 오늘날 언제 어디서든지 폭풍이 몰아치고 강토를 진동하는 분화가 화산에서 폭발할지도 모르는 이 절박한 시기에 사회의 부조리가 사회의 구석구석까지 침투해서 깊이 뿌리 박고 있는 오늘의 현실은 민족의 장래에 불길한 암영을 던져주고 있다. 돌이켜 생각해 보건대 이와 같은 사회의 부조리가 깊숙한 폐부에까지 뿌리박고 있다는 이 엄청난 사실은 민족의 앞날에 치명적인 결정타를 가하고 있는 것이다. 무릇 사회의 부조리는 민족의 영광과 발전에 양립할 수 없기 때문이다. 그러므로 영광된 조국의 역사에 자랑과 자부심을 갖고 있는 민족의 한 사람이라면 그 누구도 사회의 부조리를 깨끗이 우리 사회에서 청소할 것을 열망하고 있다. 그러나 사회의 부조리는 너무나 깊이 뿌리박혀 있다. 따라서 이것을 일소한다는 것은 하루아침에 되는 것도 아니고 국가의 행정력을 동원해서도 쉽게 해결될 수 없는 것도 누구나 다 알고 있는 사실이다.

사회의 부조리 일소에는 국가의 권력으로도 될 수 없고 말로만 호언장담해서도 될 수 없는 것이다. 오직 유일한 방법이란 새로운 차원에서 새로운 각오로써 국민적 정풍운동을 전개하는 길 밖에 없다. 그러나 이와 같은 일대 국민운동은 너무나 거창한 과업이며 용이한 문제가 아니다. 그러므로 우리는 우리 스스로의 의중을 깊이 살펴서 우리의 역량에 합당한 범주를 설정하며 젊은이다운 열정과 깨끗한 심정에서 뜻있는 청년들의 뜻을 모아서 사회부조리추방 청년협의회를 결성코저 하는 바입니다. 1975년 월 일.

정관 내용: 제1장 총칙

제1조(명칭) 본회는 사회부조리 추방 청년협의회라 칭한다.

제2조(목적) 본 회는 각 분야의 부정 부패 및 사회 부조리를 제거하기 위한 과감한 사회운동 전개를 그 목적으로 한다.

제3조(사업) 본 회는 목적달성을 위한 다음과 같은 사업을 한다. ① 공명한 사회 건설을 위한 캠페인 운동, ② 성실한 사람이 잘 사는 사회 건설을 위한 배가운동, ③ 사회 부조리 부문의 경고 폭로 고발운동.

제4조(소재) 본 회의 중앙회를 부산에 두고 필요에 따라 서울특별시 지부 및 각 도청 소재지에 지부를 둔다.”

정관을 읽어 내려가는 내 눈동자에 글자가 희미해진다. 눈물이 고인 것이다.

나는 짓궂기만 한 내 운명 앞에서 정말 나 자신은 가치 있는 행복을 위해 어느 곳에서도 일할 수 없는 것인가 하는 의문을 가져보았다. 눈치껏 살려고 하는 주위 사람들의 처세를 보면서도 무슨 운명의 사나이라고 손해 보는 일만 골라 서두르는지 나 자신도 알 길이 없었다. 밤이 되면 사람들은 똑같이 어둠을 보는데 나 혼자 애타하는 행동은 무슨 빌어먹을 팔자란 말인가.

아내에게 걱정을 안겨주고, 자식의 여윈 얼굴을 보는 것이 사나이의 양심이란 말인가. 세상에 대해서도 화가 치밀었지만 내 자신에 대해서도 한탄이 생겨났다.

장사 길이 막혀 빈둥빈둥 놀게 된 나를 보고 아내는 안타까운 표정이었다. 나도 내 앞에 닥친 예사롭지 않은 일에 부아가 치밀었지만 사실은 어떻게 해결할 방법을 찾을 수가 없었다.

아무리 뛰어도 나에게 물건을 팔겠다는 사람이 없었다. 그동안 개척해 놓았던 단골도 물건이 떨어지니 끊어지고 말았다. 내 행동 하나만 믿고 일도 없는 일터에 나온 일꾼들이 내용을 모르니까 순진하게 뱃사람들만 두고 욕을 했다. 나는 누구를 원망하는 마음마저도 포기했다.

한 달이 지나가고 또 한 달이 지나가도 좋은 일은 생기지 않았다. 답답하던 가슴이 타고 녹아 적개심으로 변했다. 세상 돌아가는 꼴이 가소롭고 웃기는 일들뿐이었다.

나는 다시 서울로 떠나고 싶은 마음이 생겨나기 시작했다. 모순과 싸워야 하는 것이 내 사명임을 느끼면서 이판사판이란 생각을 했다. 그런 어느 날 장사를 쉰 지 3개월이 지난 후의 일이다. 어느 선주가 모래를 실어다 줄까 하고 장난 같은 말을 했다.

그날부터 나는 자식과 아내와 일하는 사람들을 위해 다시 장사판을 벌였다. 한 번 호되게 당하고 난 뒤라 그런지 다른 마음이 생기지 않았다. 우리는 열심히 일을 시작했다. 전번보다도 더 많은 단골이 잡히기 시작했다. 주위로부터 차츰차츰 성실성과 신용의 인정을 받게 되었다.

나는 행동을 통해 나보다 나이가 더 먹은 일꾼들을 이끌고 나갔다. 서로의 사이에 생기는 정을 떼기 위해 온종일 필요 이상의 대화를 한 마디도 하지 않았다.

처음 만날 때와는 달리 일꾼들은 시간이 흐를수록 나의 행동을 신뢰하게 되었고 나는 완벽할 정도의 장사꾼으로 변해갔다. 나에게는 불과 몇 개월 만에 다시 생활에 여유가 생겼다.

262

아내의 권고 때문에 은행에다가 부금을 하나 부었다. 그리고 나서 몇 달이 못 되어 내가 장사를 하는 땅의 지주회사가 그 땅을 분할해서라도 팔겠다는 통고를 하여 왔다. 나는 당장 엄두가 나지 않아 또 고민이 되었다. 이런 일을 아내와 상의하였더니 새로운 돌파구가 생기기 시작했다.

지주회사에 사정을 하여서 잔금 기간을 충분하게 여분을 얻어서 150여 평을 계약을 하였다. 내가 계약한 땅은 입구 쪽이었으며 그곳에는 마침 국유지가 200여 평이나 붙어 있어서 내 장사에는 지장을 받지 않았다. 남의 빚돈으로 땅의 등기가 우리 앞으로 넘어 왔다. 또 그 땅을 잡히고 부금을 타서 개인 빚도 청산을 하였다.

내 마음속에는 다른 마음을 가질 여유가 없어졌다. 빚으로 생긴 재산을 지키기 위하여 남보다 일찍 일어나 더 열심히 뛰고 돈이 벌리면 은행에다 적금을 붓고 필요할 때 그 적금을 또 이용하는 것을 되풀이했다. 이렇게 하니까 가진 게 없어도 재산 증식이 가능했다.

1977년 여름에는 은행의 적금 대부로 제법 넓은 정원이 달린 내 집 마련에 성공도 하였다. 나는 한 사람의 상인으로 성공해 가는 내 모습을 보게 된 것이다. 상인의 생활은 나에게 많은 만족을 줄 수가 있었다. 내가 이렇게 착실하게 장사꾼이 되었을 때도 나와 친하던 동지들은 긴급조치에 의해 옥중을 드나들고 있었다.

나는 은행빚 때문에 이젠 몸을 뺄 수가 없었다. 나의 집에서는 또 하나의 딸이 태어났다. 이번만은 불어난 식구를 두고 마음에 별 부담을 느끼지 않았다. 가정은 화목했고 남들은 우릴 보고 성공했다고 경이에 찬 눈으로 칭찬을 했다. 내 생애에 있어 가장 경제적으로 성공한 한 해였다.

나는 가난에 짓눌리는 형제들도 도와주었다. 손위 누님의 남편인 자형은 나의 밑에다 일자리를 만들어 주었고, 형제들을 돕기 위해 생각도 많이 했다. 시골에 사는 가난한 누님한테도 논을 좀 사주었다. 고향땅에는 내가 성공했다는 소문이 자자하게 퍼졌다. 정말 바쁘게 돌아가는 나날이었다.

겨울이 가고 봄을 맞이하였다. 나는 영도다리 입구에다가 내 개인 사무실을 차렸다. 나를 찾아오는 사람들이 많았다. 사업상 찾아오는 사람들도 있었고, 다른 일 때문에 만나러 오는 사람들도 있었다. 나는 이런 하루하루 달라지는 자신을 보면서도 여러 사람들의 이야기 속에서 운명적인지 또 고민에 빠지기 시작하였다.

조국과 동포들을 위해 일할 것인가 외면할 것인가 하는 문제가 고민으로 변하기 시작하였다. 오늘까지 양심과 정의감 때문에 당한 많은 경험을 가지고 있었기 때문이었다. 조국을 구해야 한다는 애정만은 언제나 가슴 한 구석에서 사라지지가 않았다.

하루하루 달라지고 있는 각박한 인심이나 상식을 멀리하는 사회의 현실성을 보면 더욱 충동이 생긴다. 양심을 잊은 무서운 사람들의 행동을 받아들여야 하는가 거부해야 하는가 하는 생각을 하며 마음속으로 부르짖었다. 양심을 구해야 한다는 절규였다. 가치 있는 행동을 위해서는 세상을 통탄만 하고 앉아서 기다릴 수만은 없었다.

추석을 넘기면서 열기가 차오는 마음속에는 점점 아내나 자식의 얼굴보다 조국의 장래가 더 안타까웠고, 다음 세대의 젊은이들에게 이런 형편을 두고 변명을 만들어주고 싶지가 않아서 내 결심을 몇 번이나 번복을 했다.

유신헌법 속에서 관제선거 양상이 될 선거법을 알고 있으면서도 이런 선거법만 믿고 국회의원이 되겠다고 나설 사람들의 얼굴을 그리면서도, 또 동포들에게 현실 속에서 위험한 장래가 우리 가까이 다가오고 있다는 사실을 깨우치기 위해 행동을 개시해야 한다는 결심이 생기기 시작한 것이다.

달력이 금방 금방 넘어갔다. 길거리의 담벼락에는 큰 종이에 인쇄된 경고문과 담화문들이 나붙기 시작하였다. 세월은 어느덧 10월 달을 알리고 있었고, 내 마음속에서는 일을 시작함에 앞서 먼저 외로움을 느끼게 되었다.

힘 앞에 괴로움을 당할 양심을 생각하면 지금까지의 마음들이 또 뒤로 물러났다. 그래서 나를 또 질책했다. 망설임을 가지면 할 일은 끝난 것이라는 마지막 말로 나를 지켰다. 나는 비로소 내 결심을 행동으로 옮겼다. 10여 명의 사람들을 주위에 불러 모았다. 찾아온 사람들을 시켜서 선거구내 투표소 파악, 선거인 수 파악, 주민 생활 상태 등을 분류해서 계획을 잡기 시작했다.

이런 일도 난관에 부딪히게 되었다. 사전선거운동이란 말 때문에 나와 같은 신분은 다른 사람들의 행동을 보면서도 나설 수가 없었던 것이다. 나는 급한 김에 서울에 편지를 띄웠다. 며칠 후 구좌석 동지와 최희수 동지가 서울에서 같은 날 내려왔다. 두 사람은 극구 내 행동을 만류하기 시작하였다. 세상의 인심이 이럴 때는 가만히 있는 것이 나를 위해 제일 좋은 방법이라고 타일렀다.

나는 두 사람의 충고 속에서 진정한 우정을 느꼈다. 실은 나도 많이 망설이고 있었기 때문이었다. 누가 또 조금만 권해도 나는 행동을 포기하고 싶었다. 그런데 신의 뜻만은 그런 것을 원하지 않았다. 다시금 내 마음이 움직인 것이다. 구좌석 형이나 최희수 동지도 이런 날 보고 어쩔 수 없는지 조언을 하며 이제는 행동을 같이 했다.

모순과 싸우지 않는 사람들. 나는 그 사람들과 또 싸우기 위해 누군가가 해야 할 일을 대신하기 시작한 것이다. 무소속 후보가 겪어야 하는 현행 선거법을 두고 구좌석 형과 최희수 동지는 나와 함께 무엇인가 골똘히 생각했다. 새로운 세력을 만들 것인가. 그냥 이대로 무방비 상태에서 외롭게 싸울 것인가. 나는 두 가지의 이론을 놓고 의견을 구했다. 사람들의 말은 새로운 세력을 만들기에는 너무나 시간이 촉박해 있었다.

그런 어느 날 구좌석 형이 신문에 난 1단짜리 기사를 눈앞에 내밀었다. 기민당의 창당준비위원회의 신고서 제출에 따른 기사였다. 전화를 걸어서 중앙선거관리위원회 정당과로부터 기민당의 창당준비위원회의 연락 전화번호를 알 수 있었다.

나는 기민당 창당준비위원회에 전화를 내었다. 한 번 상경하여 만나보자는 그쪽의 전화를 받고 구좌석 형을 기민당의 사정을 알아보고 오라고 대신 서울로 올려보냈다. 이틀 만에 구좌석 형이 서울을 다녀왔다. 그의 이야기는 나에게 상당한 위안이 되었다. 목사들이 있었고 신부도 있었고 때묻지 않은 청년 동지들이 호응을 하고 있으며, 어느 시기에 가서는 재야의 양심 세력과 기존 정당 속의 양심 세력들이 합류할 것이라는 의견이었다.

나는 구좌석 형이 전해준 말만 믿고 무소속보다 단순히 편의와 활동이 나은 정당공천을 위해 지구당 창당에 따르는 요식행위를 서둘렀다. 해당기관에 당일로 준비서류를 제출하고 지구당의 창당 대회에 따른 날짜를 잡았다. 장소 사용은 사람을 시켜 영도에 있던 모 극장을 예약하게 하였고, 인쇄소에다 의뢰하여 관행물과 벽보를 찍어 오게 하였다. 이런 나를 두고 당장 관할 경찰서 정보과에서 데리러 왔다. 나를 보는 그곳 책임자는 표정이 좋지 않았다. 괜히 내 행동 때문에 자기네들이 귀찮아졌다는 이야기였다.

그날 오후에 장소 사용을 위해 돈까지 지불하고 영수증까지 끊어준 극장 측에서 전화가 왔다. 당일 날 장소 사용이 불가능하다는 통고였다. 날짜는 내일 모레이고 벽보는 장소가 어디라고 거리에 나붙었는데, 곤란한 일들이 생기게 되었다. 극장 지배인은 우리 때문에 사장이 곤란한 입장에 빠졌다는 것이다. 나는 또 경찰서로 찾아갔다. 정치 담당 책임자를 만났다. 극장 측의 이야길 전하고 내가 무엇이 대단하다고 이런 일을 겪어야 되느냐고 슬슬 구슬렸다. 몇 번이나 같은 말을 반복해 가며 잠깐 조용하게 끝내겠다고 사정을 하였다. 그날 오후 사무실로 돌아온 나한테 극장 측에서 전화가 걸려왔다. 경찰서와 양해가 되었다고 사용하라는 것이었다.

나는 주위의 동지들과 계획을 짜기 시작했다. 청중 동원과 창당 대회 진행방법이었다. 우리는 워낙 급박하게 서둘고 있는 일들이라서 나는 모든 일에 대해 마음속에 염려가 쌓이기도 했다. 대회 전날, 중앙당 창당준비위원회에서는 젊은 청년지사 세 사람이 대회에 참석하기 위하여 나를 찾아왔다. 어떻게 소문이 퍼졌는지 나와 사이가 가까운 재야의 동지들이 5명이나 서울에서 대회를 보기 위해 내려왔다. 타당인 민주통일당에서도 전 선전국장이며 당내 청년 당원들을 통솔하던 이경식 동지가 친구 자격으로 서울에서 대회식에 참석을 하였다.

1978년 10월 27일, 이른 아침이 되니 하늘은 구름이 끼기 시작했다. 9시가 넘으면서 가랑비를 뿌렸다.

9시 30분, 10여 명의 외지 손님들에 싸여서 나는 극장으로 들어갔다. 열 시의 대회식에 맞추어 준비는 다 되어 있었는데 텅 빈 극장 안은 싸늘한 기운마저 감돌았다. 날씨 때문에 청중이 없다면 얼마나 쓸쓸할까 생각하며 빈 의자들이 눈동자 속으로 들어온다.

10시가 다 되었을 때 7·8명의 남자들이 극장으로 들어왔다. 이제부터 사람이 모이는가 싶어 얼굴을 돌려 바라보니 어디에서 낯익은 얼굴들이다. 텅 빈 극장 안으로 들어온 한 무리의 사람들은 재미있어 하는 표정으로 나에게 말을 붙였다.

오늘 청중이 얼마나 올 것 같으냐는 질문이다. 정말 그때 그 말을 들으니 걱정이 되었다. '날씨도 이러하니 한 200명 정도 안 오겠는기요' 하는 나의 말을 듣는 사람들은 수긍인지 부인인지 고개를 끄덕거린다. 그때부터 극장 입구에는 한 사람 두 사람 줄을 지어 사람들이 모여들었다. 얼마 있지 않아 좌석이 차고 통로가 메이고 공간이란 공간은 사람들의 열기가 꽉 찼으며 좁은 극장의 면적에 2,500여 명의 청중은 극장 밖에서 극장 안으로 들어오려고 밀어붙였다.

나도 상상 못했던 일이지만 당황한 쪽은 사찰을 위해 나온 기관원 쪽이었다. 누가 무전을 친 것인지 금방 경찰서의 기동타격소대가 출동을 해왔고 나의 행사를 위해 백차가 배치되는가 하면 경찰의 고급 간부가 주위에 나와서 교통질서를 정리하기 시작하였다.

극장 안에서는 식순이 진행되었다. 사회자의 엄숙한 목소리가 수천의 군중을 침묵시키려 했다. 간단한 요식행위를 통해서 나는 위원장에 선출되었다. 극장에 모인 사람들은 나를 보며 박수를 쳤다.

24. 내가 해야 했던 일

사회자가 흥분된 목소리로 내 소개를 했다. 나는 그 말을 들으면서 중앙에 있는 연단을 향해 걸어 나갔다. 수천 개의 눈동자가 그런 나의 행동을 따라 움직였다. 나는 나를 따라 움직이는 사람들의 눈동자를 나의 시선에 담기 시작했다. 그리고 천천히 마이크에다 대고 입을 열었다.

"오늘날 조국이 처한 현실을 바라보며 나는 주위 사람들의 만류를 뿌리치고 젊은 양심을 숨길 곳이 없어 지금의 정치현상을 알면서도 속고 있는 사람들의 억울함을 깨우치기 위해 나와 내 가족의 행복을 바치며 생명까지도 걸어야 할 비정한 현장에 신을 믿고 여러분을 믿으며 뛰어들었습니다.

아직까지도 정의의 소재를 찾지 못해 외로움을 느끼며 자신의 운명에 도전한 고집스런 저의 행동에 이 순간 뜨거운 박수를 보내준 내외 귀빈 여러분, 그리고 당원 동지 여러분에게 먼저 감사하다는 인사부터 드립니다.

지금까지 이름조차 들어보지 못한 기민당을 이 사람이 선택하여 이곳에서 창당을 하게 된 것은 이 나라의 기존 정당이 시대와 이 시대의 국민들 앞에 사명감 같은 걸 내어놓지 않고 당리 당책과 자신들의 이익에만 치중하는가 하면, 또 자신들에 의해서 생긴 모순에 억울한 사람이 생겨도 책임을 지지 않으려는 괴상한 버릇을 보고 무엇인가 잘못되어 가고 있는 것 같은 현실을 바로 잡기 위해 나는 오늘 양심 있는 사람들 편에 동참하게 되었습니다.

지금 저의 주위에는 교회의 목사님과 신부님이 있습니다. 또 자기를 속일 수 없는 양심인들이 기민당을 만들기 위해 노력하고 있는 것입니다. 우리는 정권을 탐내지도 않고 권력을 탐내지도 않으며 부귀영달을 탐하지도 않습니다. 진정한 민주주의를 원하며 밝은 사회를 원하며 동포들의 앞에 희망을 원하고 있는 것입니다. 우리의 목표는 수치심을 잊은 채 계속 남을 속이는 자나 기대 가치가 없는데도 그것을 지키려고 역사에 반역하는 악인과 싸우기 위한 목적을 가졌고, 또 진리에 따르는 정치를 소생시키기 위해 민족의 양심을 직결시키겠다고 그 뜻을 밝혔습니다.

존경하는 애국 시민 여러분!

어떤 사회이든 양심이 지켜질 수 없는 사회는 불행한 사회입니다. 우리가 행복한 사회에 살고 있느냐 불행한 사회에 살고 있느냐 하는 문제는 여러분 개인이 알고 있는 것입니다. 우리가 불행한 사회에 살고 있다면 그 책임은 마땅히 이 나라 안에 존재한 정권과 그 주변이 책임을 져주어야 마땅한 것입니다.

그런데도 그 사람들이 그런 것을 몰라라 한다면 그 행동은 양심이 없는 사람들의 행동으로밖에 볼 수가 없는 것입니다.

한마디로 말해 상식이 떠난 사회는 위험한 사회입니다. 그래서 이참에 많은 사람들이 나라를 구해야 되겠다고 떠드는 것입니다. 그런데 이런 소릴 듣기 싫어하는 사람이 있습니다. 그러니 저의 가족은 걱정이 생겼고 저는 다리를 펴고 잠을 자지 못하게 되었습니다. 그런데 이런 위험 속에서도 포기할 수 없는 것은 조국에 바치려는 나의 애정입니다. 더 많은 젊은 양심들을 형무소로 보내기보다 내 생명을 바쳐서라도 정치를 바로 잡기 위해서는, 나의 용기가 양심을 포기하라는 선언을 받아들일 수 없습니다. 나의 장래는 여러분의 심판에 의해서 앞으로 결정될 것입니다.

아직도 이 나라에 상식을 살리고 양심을 지켜주어야 한다는 말 뿐입니다. 자신이 박해 받는 것을 두려워하고 자신의 안일을 생각하는 쪽으로만 기운다면 그것은 두려운 세상에서 눈을 감고 귀를 막고 사는 행위이며, 이런 짓이야말로 가장 어리석은 짓으로서 자신에 대한 자기 책임마저도 부인하는 행위일 뿐입니다. 또 장차는 스스로 멍에를 멘 노예생활의 시작을 기다린다는 것입니다. 정말 자신을 버린다는 것이 자손들의 앞날에도 삶의 수단이나 행복이 될까요? 나는 지금 의문을 품지 않을 수가 없습니다.

사랑하는 동포 여러분!

나는 오늘 이 자리를 빌려 이 땅의 모든 사람들한테 외치고저 합니다. 비겁한 자신과 싸워주실 것을 부탁드리고 싶습니다. 그 길이 이웃을 진실로 사랑하는 길이며 조국을 사랑하는 길입니다.

여러분의 방관적인 나약함은 이 땅에 양심과 정의를 침몰시키는 길이며, 정의와 양심이 존재하지 않는 사회는 영원히 어둠 속에 잠긴 그런 세상이 되게 하는 것입니다. 세월이 좀 더 흘러 살기가 어려워지고 억울한 일이 생기고 나서 후회하고 반성하면 무슨 소용이 있겠습니까.

오늘의 현상은 전적으로 국민 전체가 책임질 것이 많습니다. 주인 노릇을 안 하려고 하니깐 당연한 벌을 받는 것입니다. 좀 더 정신 차리고 살자며 호소하는 사람을 보고 손가락질이나 하는 사람들이 있으니까 나라의 살림살이가 어려워지는 것입니다. 그러니까 또 거짓말 잘 하는 사람이 생기게 되고 그런 말이 불신을 낳고 서로가 서로를 믿지 못하는 딱한 사정을 저마다 지닌 채 가슴을 치고 후회할 일이 생기는 것입니다.

이제 우리는 남의 출세나 부러워하고 자기 자신을 포기하던 나약한 시대적 배반 행위에서 탈출해야 할 때가 왔습니다. 스스로가 자기의 희망과 자유를 얻기 위해 침묵을 버릴 때가 온 것입니다.

지금 이 시점에서 우리가 조국을 위하여 지킬 것은 아무 것도 없습니다. 용기와 노력과 자신에 대한 투자만이 위대한 결과에 기다림이 될 것입니다. 스스로 주어진 권리를 행사하고 스스로 판단하는 가치관을 지니는 것만이 이 땅에서 우리가 갖추어야 할 상식이며 조국에 대한 의무라고 나는 판단합니다.

여러분, 여러분의 이상이나 꿈을 찾기 위해서는 자기에 대한 도전이 꼭 필요한 시기입니다. 그 하나의 예를 보십시오. 가난했던 스위스 사람들은 조건이 갖추어지지 않은 곳에서 진리 하나만을 지킨 용기에 의해서 세계에서 제일 소득이 높은 국민이 되었습니다. 오랜 역사를 가진 서구의 영국은 의지 하나만으로 간단한 법률로 이루어진 헌법만으로 오랜 세월을 두고 흔들리지 않고 세계 제일의 민주주의를 지켜 나가고 있습니다.

우리는 역사에서 이런 주위의 사정과 내력을 배우면서도 현실을 해결하지 못한 것은 인재를 멀리하고 있으며 국민의 주인의식 포기에서 기인된 것입니다. 속이는 자가 있고 속는 자가 있었습니다. 그러니 아무 일도 지켜질 수가 없는 것이 사실입니다. 양심보다는 욕망이 지켜지는 사회는 스스로 그 고통을 느낄 때가 있을 것입니다. 결국 자업자득이라는 말이 됩니다. 그러나 저는 지금 분명히 희망을 제시하였습니다.

정치가 잘되는 나라나 경제부국으로 발전을 이룩한 나라들은 대부분 먼저 그 나라 국민 속에 믿음이 형성되어 있었다는 사실을 믿으며 개인의 창의력이나 용기가 숭상된 데서 생긴 것뿐이었습니다. 우리가 이 사람들보다도 못한 것은 정신적으로나 신체적으로 봐도 별로 빠지는 것이 없습니다. 그렇다면 부자 국민이 되고 부강한 나라가 되는 것은 간단합니다. 그런데 이런 일을 못하는 사람들의 억지가 무섭기만 합니다. 나는 이런 자리에서 누구를 욕하려 들고 싶지도 않습니다. 한마디 하고 싶은 말은 오늘의 고통스러운 조국을 구하고저 하는 마음 때문에 제 가족들한테는 못난 남편, 못난 아비가 되었습니다. 지금 저는 안타까운 마음을 가눌 길이 없습니다. 오직 부족한 것을 찾으려 도전했습니다.

주위에 계신 동지 선배 여러분!

험난한 앞길에 격려와 충고를 보내 주어 이 사람이 다른 길로 가지 못하게 지켜주고 오직 젊은 양심을 조국에 바칠 수 있도록 간절한 마음으로 부탁의 말씀을 올리며 오늘 이 자리를 통해 저의 인사

274

에 대신합니다. 감사합니다."

극장 안에 있던 사람들은 흥분했다. 박수와 환호가 폭발했다. 싸늘한 날씨였는데도 실내가 열기로 가득 찼다. 행사에 참석했던 중앙당 연사들의 축사가 있었고 친구 자격으로 구좌석 동지가 축사를 했다.

"젊은 사람이 험난한 세상에서 생명을 바치려고 하여도 바칠 곳이 없으니 나라를 위해 목숨을 바친 선열들을 두고 죽어도 얼굴을 들지 못할 수치를 느끼면서, 그래서 자신을 위로하고저 오늘 이삼한 동지의 양심적 선택에 조금이라도 용기를 주기 위해 제 집에서는 내려가지 말라고 붙잡는데도 고집부리며 이곳에 찾아왔습니다.

오늘 이 자리에 나오신 부산 시민 여러분! 여러분이 아직도 양심과 정의를 구하고저 하는 이곳의 열기를 보고 나 또한 나라를 위해 시비를 가려보고 싶은 심정뿐입니다.

우리나라 속담에 시집살이 석 3년이란 말이 있습니다. 귀머거리 3년, 벙어리 3년, 봉사 3년을 시집살이에서 겪으라는 말로 전해 온 이야기입니다. 그런데 요즈음 정치하시는 높은 분들은 우리 국민들 보고 시집살이를 시킬 모양입니다. 엊그저께 신문을 보니깐 무고죄는 엄벌에 처하겠다는 담화가 발표되었는가 하면 국민들이 중상모략을 심하게 한다고 해 놓았습니다.

험난한 세상에 살다 보면 그런 일도 더러는 있을 것입니다마는 왜 그런 말씀을 그분들이 자주 신문에다 대고 하시는지 모르겠습니다. 침묵이 강요되고 있는 사회에서 울고 있는 동포가 얼마나 되는지 그런 일에는 신경을 쓰지 않고 국민의 위에서 권력을 휘두르던 자가 갑자기 부자가 되었다는, 10억에서 수백억까지 재산을 모았다는 소문은 사실인가 거짓인가 밝혀 보겠다는 의사는 한 번도 밝혀 본 바가 없습니다.

억울하다고 생각하는 사람의 입에다 재갈을 물리며 사실이 사실이 아니라고 엄포를 주면 국민은 누굴 믿고 살며 사람의 양심은 두었다가 어디에 쓰라고 배고픈 사람한테 시집살이만 시키는지 알 수가 없습니다. 또 이런 상태를 언제까지 지속할 것인지 공약조차 없으니 살기가 죽기보다 더 지루합니다. 나는 우리 사회가 짊어지고 있는 이러한 문제의 해결을 위해 양심과 용기가 있는 사람을 정치 현장에 내몰기 위해 오늘 이 자리에 찾아왔습니다. 부산에서 살고 계시는 여러분이 저보다 더 잘 아시는 일입니다만 이삼한 동지야말로 이 땅에서 자기와 싸울 수 있는 가장 뛰어난 인물이며, 그분의 지금까지 걸어왔던 길도 이 땅에 살고 있는 동포의 사명자로서 손색이 없다고 본인이 생각하였기에 고민이 많은 정권이나 고달픈 민족이나 영광이 없었던 조국을 위해 이런 분께 십자가를 지워야 한다는 사실이 저의 심중에 확신을 가지고 여러분에게 거듭 말씀을 올리고 싶습니다.

여러분들께서도 이삼한 동지가 불의와 싸워 좌절하지 않도록 격려와 또 스스로 채찍이 되어 주실 것을 당부드리오며, 상식이 숨어버린 사회에서 상식을 되찾고 축복이 멀어진 곳에 축복을 구하며 역사 앞에서 진실을 되찾을 수 있게 되기를 간절히 바라면서 축사에 대신합니다."

청중이 가득 찬 장내는 요란스러운 박수 소리가 넘쳤고 사회자
가 다음 연사를 소개할 때까지 흥분과 감동이 사람들의 얼굴에 넘
쳤다. 시간은 정오를 넘겼다.

그 장소에 파견되어 있던 기관원들의 당부는 긴급조치로 복역한
사람은 축사를 시키지 말라고 부탁을 했지만 서울에서 일부러 나
를 보러 온 이경식 동지의 청을 거절할 수가 없었다. 나는 지금까지
있었던 사실들을 설명하고 너무 정권에 대한 성토만은 하지 말아
달라고 부탁을 했다.

이경식 동지는 당시 민주통일당의 당직을 가지고 있었다. 사회
자는 이경식 동지를 청중들한테 소개했다. 사람들은 놀란 눈으로
주시한다. 그는 천천히 그리고 깨끗한 목소리로 자기소개를 했다.

"나는 민주통일당의 당적을 가진 이경식입니다. 긴급조치인가
무엇인가 하는 것 때문에 감옥에 갔다가 최근에 석방되어 오늘 부
산 영도에서 이삼한 동지가 기민당을 창당하고 양심과 용기를 조
국의 장래에 바치겠다는 장한 결의에 불초 이 사람이 격려나 좀 해
주고자 이곳에 찾아왔습니다.

가까이에 계신 주민 여러분!

나라를 위해서나 여러분을 위해서 이삼한 동지 같은 젊은 양심
이 조국을 위해 싸울 수 있게 힘이 되고 보호자가 되어 같이 행동해
주실 것을 부탁드립니다. 특히 요즈음에 와서 어떤 문제든지 사실

을 알고 행동해 달라고 거듭 부탁을 드립니다. 지나고 나서 속았다고 한탄을 하는 사람들이 많습니다. 슬픈 일을 당하기 전에 예방할 수 있다면 예방하는 것이 좋지 않겠습니까?

엊그제 감옥 구경을 갔더니 별의별 사람을 다 만났습니다. 세상 인심 조금은 알게 되었습니다. 거기서 들은 사실 다 털어놓으면 이곳에 오신 분들 마음 소란해질 것이고 이곳에 나와 있는 경찰관들 입장이 곤란할 것 같아 꼭 해야 할 말만 골라 하겠습니다.

여러분께서는 조국이 바라는 지도자, 여러분이 바라는 지도자는 여러분 스스로가 찾아야 한다는 사실입니다."

이경식 동지의 축사는 사람들의 폐부를 찔렀다. 그는 다시 목청을 높였다. 내 마음은 자꾸만 불안해졌다. 간단하게 마무리 지으라고 전달을 했다.

창당대회는 예상외로 성대하게 끝마쳤다. 앞으로 네 자신의 운명이 궁금하기만 했다. 세월은 시간을 좇는다.

11월이 되었다.

이제 나는 무엇을 생각해야 한단 말인가. 무언가 한 가지 결정을 내려야 하는데도 온갖 걱정과 괴로움이 나를 괴롭혔다. 나 자신의 뒤를 돌아보면 자꾸만 께름칙한 생각들이 따라다녔다. 아내 역시 걱정되어 보이는 얼굴을 드러내며 눈치껏 살자고 애원을 한다. 사무실에 나오면 나를 돕겠다는 사람들이 내 마음에다 채찍질을 했다. 누군 어떻고 누군 어떻단다. 집에 들어가면 망설여지고 밖에 나오면 해야 되겠다는 사명감에 빠지는 일이 반복되었다.

그런 어느 날 아침, 집에 웬 낯선 사람의 전화가 걸려왔다. 전화의 저쪽에서는 나를 찾았다. 이야길 하다 보니 전화를 건 사람은 부산 제3지구당 창당준비위원장이었다. 나는 한 번도 본 적이 없는 사람의 전화인데도 동지의 입장에서 반가움을 느꼈다.

전화의 내용은 오늘 오후 1시에 주례의 모 예식장에서 창당대회를 여니 꼭 참석해 달라는 전화였다. 서울에서는 구두서 목사(전 침례교회 총회장)가 참석한다고 했다. 나도 그 시간에 참석하겠다고 말을 전해주고 수화기를 내려놓았다. 몸에는 심한 피로가 일어났다. 술 때문인지 생각을 많이 했기 때문인지 머리가 무겁고 골이 쑤시는 것 같은 피로를 느꼈다.

나는 오전 중 내 사무실에 나가 대강 할 일에 대해 그곳에 나온 사람들한테 지시를 하고 정오가 되어서는 부산 제3지구당 창당대회에 참석하기 위하여 사무실에서 출발을 하였다. 내가 탄 자동차는 길가에 있었던 건물인 대회장을 힘들이지 않고 찾아냈다. 창당대회장인 조그마한 예식장에는 벌써부터 사복 경찰관들이 여럿 보였다.

나는 그곳 대회장을 위해 일하는 사람 같은 안내자를 붙잡고 내 명함을 내어놓았더니 금방 제법 나이가 들어 보이는 중년의 신사가 와서 인사를 했다. 그 사람은 오늘 대회를 주관한 준비 위원장이 본인이라고 자기소개를 먼저 했다. 나는 처음으로 그 사람과 악수를 나누었다. 서울에서 내려온 구 목사도 나와는 초면이었지만 나를 만나보고 매우 반가운 표정을 지었다.

창당준비위원장은 나와 구 목사를 중앙에 설치된 좌석으로 안내를 했다. 내 옆자리에는 구 목사가 앉았다. 나는 양심을 위해 교회를 나온 원로 목사에게 시국에 대한 문제와 양심을 가진 사람들의 이야기로 걱정을 했다. 호걸풍인 구 목사는 하나님이 우리를 지켜 주실 것이라고 나를 격려해 준다. 그때 시간이 다 되었는지 사회자가 장내를 정리한다. 창당준비위원장이 나한테 와서 부탁을 했다. 축사를 좀 해달란다. 준비해간 말이 없어서 당황하기도 했지만 대답은 그러마고 했다. 나는 머릿속에서 내가 무슨 말을 할 것인지 조금 후에 있을 축사의 내용을 찾기 시작했다.

사회자는 식순에 따라 대회를 진행시켜 갔다. 그리고 손용규 선생이 위원장에 선출되었다. 오랫동안 교단에서 일해 왔다는 그분의 용모를 볼 때 경력보다는 험난한 오늘의 세대를 생각해 보면 걱정이 생겼다. 금방 금방 식순이 진행되었다. 위원장의 인사말이 끝나고 구 목사의 축사가 끝나자 사회자는 나를 청중들 앞에 소개했다. 나는 자리에서 일어났다. 중앙의 연단으로 걸어 나갔다. 그곳에 모인 사람들의 시선이 나를 붙들었다. 나는 마이크에다 입을 대고 침착하게 목소리를 높였다.

"험난한 세상에서 자신을 돌볼 기회도 어려울 때 조국을 사랑하고 동포를 사랑하는 마음이 있어 오늘 이 자리를 만들고 또 이곳에 나와 준 손용규 위원장의 애국적인 자기 양심에 같은 길을 걸어가는 동지의 한 사람으로서 고마운 마음으로 내 뜻을 전해드리며, 오늘 이러한 출발을 위해 도와주신 당원동지 여러분의 열성에 뜨거운 감사의 말씀을 드립니다. 무엇인가 잘못되어 간다고 느껴지는

280

현장에서, 누군가가 이 자리에 뛰어들어 사실을 확인하고 희망을 심어야 한다는 이유 때문에 순박한 양심에 자기희생을 동의했습니다마는 험난한 세상의 인심이 정의를 찾으려는 노력에 두려움과 외로움을 심어주고 있습니다. 뜻은 있어도 말은 못하고 알고는 있어도 행동을 하지 못합니다. 바로 우리들 주위에 긴급조치가 선포되어 있습니다.

가족을 생각할 때 이 땅에 태어난 자신을 슬퍼해야 했습니다. 자신이 두려운 사람들은 남을 편들려고 하지 않습니다. 고통은 또 고통으로 이어져가고 있는데 그것을 치료해 주겠다는 사람은 아무도 없습니다. 그래서 이런 절망적인 문제에 대해 해결을 해보겠다고, 병드는 사회를 고쳐보겠다고, 정치를 해보겠다고 손용규 위원장이 이 자리에 나왔습니다.

이곳에 자리를 같이 해주신 당원동지 여러분 또 내빈 여러분!

여러분이 해야 할 일을 손 위원장이 도맡아 하려고 한다는 사실을 오늘 널리 알려주시고 물심양면으로 도와주셔서 이 나라의 정치를 바로 잡기 위해 힘이 되어 주시길 간구하는 바입니다.

제가 오늘 손 위원장을 처음 이 자리에서 보았습니다만 관상을 보니깐 완전히 진짜였습니다. 세상에는 가짜가 많습니다. 여러분, 생각해 보시면 많이 기억해 내실 것입니다. 이씨 세상에는 이씨 것이요, 윤씨 세상에는 윤씨 것이요, 박씨 세상에는 박씨 것이요, 또 다음 세상에는 다음 사람의 것이 될 줏대 없는 사람들이 많습니다. 이웃을 속이고 사회를 속이고 수단 방법을 가리지 않고 남을 속이고 줄을 잡는 사람들, 그들이 오늘날 우리의 세대를 망치고 있다는 사실을 여러분은 아셔야 할 것입니다. 일꾼이라고 골라 놓으면 일은 안 하고 감독한테 잘 보이기 위해 아양만 떠는 이런 게 어디 일꾼입니까. 기생이지."

박수와 웃음이 장내를 소란스럽게 한다. 나는 다음말로 또 청중을 침묵시켰다.

"농사를 망치면 핑계는 하늘에다 둡니다. 속은 사람은 말도 못합니다. 이런 세상에는 그래서인지 이유가 많습니다.

쉬운 말로 제가 여러분에게 하나 물어보겠습니다. 대한민국 법률 제1조에 보면 주권은 국민에게 있다 하는 조문이 있습니다. 이 말이 무슨 말인지 아시지요? 바로 여러분이 이 나라의 주인이라는 그 말씀입니다.

여러분, 그러면 여러분이 주인 대접 받아 본 적이 있습니까? 잘못 보였다가는 천덕꾸러기 대접도 못 받습니다. 왜 세상이 요지경으로 변했습니까. 줏대 없는 작자들 때문이요 자신의 직분을 망각하고 직무를 유기하는 사람들 때문입니다. 그래서 답답한 사람들이 참지 못하고 애국심만 믿고 가족들의 만류를 뿌리치고 패가망신은 그냥 두고 생명까지도 걸어야 하는 이런 자리로 뛰어 나왔습니다. 바로 잡아야 한다, 바로 잡아야 한다, 그 마음으로 말입니다.

지금 이 순간에도 제 집에는 한숨 소리뿐입니다. 제 행동이 안타까워 제 여편네가 죽을 지경이랍니다. 동포가 무엇이며 조국이 무엇이냐고 나를 타이르는 여자의 마음, 남들처럼 살아가자고 절규하는 자식을 키우는 여자의 변을 들어 본 적이 있습니까? 목석이 아닌 사람의 심중으로는 애간장이 녹을 때도 있습니다. 자식의 애처로운 눈물을 볼 때마다 못난 애비의 변을 느낍니다. 그러나 한편으로는 양심을 지키겠다는 마음 하나로 고집을 부리며 버티고 있습니다. 저희는 양심을 이 땅에 바칠 것입니다. 어떤 어려운 점이 있어도 우리를 사랑하는 사람들을 실망시키지 않을 것입니다.

오늘 이 자리에 오신 당원동지 여러분 그리고 내빈 여러분!

여러분께서는 손 위원장의 처지와 심정을 깊이 아시고 부족한 점이 있더라도 이 땅에서 양심을 가진 분이라는 것을 유의하시고 이끌어 주시고 채찍질해 주시길 간곡하게 부탁드리겠습니다. 속담에 아기가 크면 어른이 된다는 진리가 있습니다. 이제 우리는 희망을 키우면서 현명하게 살아 갈 국민이 될 것을 같이 다짐해 보면서 오늘 이 식전에 나와 축사에 갈음합니다. 감사합니다."

장내의 박수소리가 나의 띵하던 머릿속을 씻어 버린다. 앞에서 어떤 사람이 선생님이 연설할 때 기관원 같은 사람들의 얼굴에 경련이 일어나더라는 귀띔을 해주었다. 나는 구 목사와 함께 식장을 빠져나왔다. 손용규 위원장이 우리 두 사람의 옆으로 뛰어왔다. 나는 그냥 떠나려고 하는데 손 위원장은 식사라도 같이 하고 가라고 권했다. 부산 제3지구당 간부들과 타지구당 조직책 희망자들이 10여 명이나 있었다.

우리는 엄궁동에 있는 모음식점에서 점심을 시켰고 식사가 끝난 후 일행들은 헤어졌다. 손 위원장은 그의 부인과 함께 영도다리 입구인 내 사무실까지 구두서 목사를 배웅하기 위해 따라왔다. 나는 차 한 잔씩을 시켜서 대접을 하고 보냈다.

시간에 쫓기는 바쁜 일정들을 보면서 또 오늘 하루가 지나가는구나 생각해 본다. 마음속에서는 부담감이 더욱 커진다. 솔직히 말해 내 마음은 흔들리고 있었다. 안정이라는 유혹이 자꾸만 내 마음을 자극했기 때문이다. 그런데도 나에게는 따로 정해진 운명이 있었다. 이 운명은 나로서도 어쩔 수가 없었다. 하룻밤을 이 생각 저 생각으로 지냈다. 언제나 잠자리에서 일어나면 머리가 아팠다. 전화의 벨소리가 요란스럽게 울렸다.

이른 새벽에 누가 전화를 걸었을까, 생각하면서 수화기를 들었다. 어떤 불길한 예감이 머리를 스친다. 나에게 전화를 건 사람은 어제 창당대회를 한 부산 제3지구당 위원장인 손용규 선생의 부인이었다. 당장 수화기에서 흘러나오는 목쉰 소리는 예사롭지 않은 일이 생긴 모양이었다. 어저께 저녁 한밤중에 웬 낯선 사람들이 집에 와서 사람을 데리고 나갔는데 소식이 없다는 것이었다. 어떻게 했음 좋겠냐는 걱정스러운 목소리가 자꾸 내 마음에 걸렸다. 어찌되었든 당장은 알 길이 없는 것이다. 알아보겠다는 대답 하나로 전화의 수화기를 내려놓고 말았다.

아침을 먹은 후에 나는 사무실로 출근하면서 10시경이나 되어서 경찰국 정치 담당한테 전화를 걸어 물어보았다. '손용규 씨가 실종되었다는 연락을 받았는데 당신네들 소관이요?' 하고 물었다. 그런데 그쪽에서 전하는 이야기는 '북부경찰서에 연행되어 있다'며 어제 내가 한 연설은 무사하게 넘어가게 되었다고 다른 말까지 했다.

내 마음은 어처구니가 없고 허탈상태에 빠졌다. 나는 나의 바쁜 일정은 뒤로 밀쳐 두고 사정이나 알아보아야 되겠다고 북부경찰서로 달려갔다. 정보과장을 찾아가 내 신분을 밝히면서 어떻게 된 내용이냐고 물었더니 이번 일은 자기네들 소관이 아니라고 상부의 지시만 기다린다는 것이었다. 그때 어떤 형사가 손 위원장을 데리고 들어왔다.

손 위원장은 나를 보자 계면쩍은 웃음을 띠면서도 어떤 기대감을 갖는 모양인지 천진하게 행동했다. 나는 그의 마음을 실망시킬 수가 없었다. 곧 풀려나게 될 것이라는 막연한 말로 잠시나마 안심을 시키고 형사들을 보고는 잘 부탁한다는 필요 없는 말을 하고 나와 버렸다.

경찰서 밖에는 진작부터 와 있었던 손 위원장의 부인과 그 측근한 사람이 정문 앞에 힘없이 서 있었다. 나는 사실대로 일이 잘못된 것 같으나 아직 문제가 확정된 것이 아니고 어느 곳의 지시를 기다린다 하니 이만쯤의 일이면 잘 될 것이라는 막연한 말을 했다. 그리고 돌아오는데 내 머리에는 오만 가지의 생각이 떠올랐다.

어제만 해도 밝은 표정이었던 사람들이 하룻밤 사이에 어두운 얼굴을 하고, 경찰서 앞에서 발을 굴리며 서 있는 측은한 부인의 모습이 지워지지가 않는다. 나도 일을 당하면 내 아내가 저런 모습으로 서성대겠지 하는 생각이 떠오른다. 왜 남들처럼 살지 못하느냐는 아내의 괜한 투정 같은 말들에 대해 여자의 마음을 알 것 같기도 하였다. 나는 내 자신의 뒤를 돌아보았다.

태어나면서부터 천대를 받고 이웃에서 멸시를 당하던 일, 형제로부터 학대까지 받으면서 동물처럼 생명의 삶을 지켜왔던 성장기를 생각할 때 이제 또 정권으로부터 박해 받기를 자초하고 있는가를 생각하면 내 운명을 통곡이라도 하고 싶었다.

신은 나한테서 무슨 일이 일어나기를 기다리는가. 양심과 정의감 때문에 받는 고통을, 또 그 고통을 아무에게 이야기조차 하지 못하는 큰 고통을 간직하면서 나는 부산에서 일어나고 있는 일들을 서울에 있는 당에다가 전화로 알려주었다. 이것이 내 주위의 일들을 두고 내가 할 수 있는 행동의 전부였다.

나는 한심함을 느꼈다. 이래 가지고 무슨 일을 할 것인가. 남들처럼 자신을 즐길 수 있는 조건을 가지고 있으면서도 왜 위험에 부딪히려는지 도무지 내 자신의 행동이 마음에 들지 않을 때가 있었다. 부딪쳐야 하느냐 물러나느냐 하는 망설임에, 지구당을 창당해 두고도 10여 일이나 손을 쓰지 않은 채 등록절차를 방치하고 있었다.

11월 10일이 넘어가니 서울에서 뻔질나게 독촉전화가 왔다. 지구당 등록서류를 만들어 보내 달라는 것이다. 나는 비로소 그때야 결심을 하게 되었다. 20여 명이나 되었던 ,나를 돕는 당원들한테 입당원서 및 인감증명을 떼어 오게 하였다. 그런데 예상은 했던 일이지만 이틀이 지났는데도 30여 장 정도의 입당원서와 인감증명서가 들어왔다.

정의를 부르짖고 나온 기민당이란 정당이 양심 세력의 집단이라는 소문이 퍼지니까, 하도 시달려온 세상 사람들은 혹시 무슨 일이나 생기지 않을까 아예 외면을 하는 모양이었다. 나는 웃음이 나왔다. 임박한 날짜가 마음에 걸렸다. 이제 내가 스스로 나설 차례였다.

지구당 사무국장인 김 동지한테 등록서류를 뒷날 정오까지 만들게 하였다. 다음날 아침 신선 2동 사무실 앞에는 9시가 되자 40여 명의 사람들이 모여들었다. 민원을 맡아보는 아가씨가 땀을 흘린다. 40여 장의 입당원서와 인감증명을 받아내는 데 별 어려움이 없이 처리한 것이다.

내 동지들과 지구당 사무국장은 경이에 찬 시선으로 나를 바라보았다. 13일 오후 등록 서류를 선거관리위원회에 들고 갔던 사무원이 등록증을 그날 늦게 받아왔다. 아무도 장담할 수 없었던 일을 해낸 것이다.

15일은 중앙당에서 창당대회를 하겠다고 연락이 왔다. 나는 다음날로 다가오는 행사를 위해 분주하게 서둘렀다. 14일 오전, 두 사람의 동지들과 함께 내 승용차로 서울을 향해 달렸다. 자동차는 오후 4시경에야 서울 시내의 낙원아케이트 앞에 닿을 수가 있었다.

내가 처음 찾아가는 창당준비위원회의 사무실은 사람들로 가득 차 있었다. 내 지구당 창당대회에 참석한 바 있던 어떤 동지가 내 얼굴을 알아보고 무척이나 반기면서 여러 사람들 앞에 나를 소개했다. 주위의 눈들이 나를 살피더니 금방 악수하기 바빠졌다.

나는 대강 주위가 잠잠해지는 순간을 기다려 서류 봉투에서 지구당 등록 서류의 사본이 든 봉투를 조직위원회에 넘겨주었다. 그러고서야 내 개인 사정 때문에 행사의 일정만 듣고 사람들로 북적거리는 사무실을 빠져나왔다. 숙소를 정하면 연락을 하겠다는 말을 남기고 두 사람의 동지가 기다리는 자동차 쪽으로 향했다. 나는 잠시 후 창당준비위원회의 사무실과 가까운 곳인 청계천에 있는 센추리 호텔에다 방을 구하여 놓고 나를 따라 온 두 사람의 동지한테는 서울에서 볼일이 있으면 보고 내일 아침 8시까지는 오라고 했다.

나는 두 사람의 동지가 방을 나가자 금방 온몸에 피로를 느꼈다. 창당준비위원회 사무실에다 호텔 객실의 전화번호를 알려주고 오랜만에 서울에 올라온 김에 옛 동지를 생각하면서 전화기를 들었다. 어떤 사람은 전화가 되지 않았고 어떤 쪽에서는 반갑다고 금방 달려왔다. 소주병과 오징어다리를 들고 온 사람들이 구김살 없이 옛날처럼 대하는 얼굴들을 보면서 술잔을 주고받았다. 밤은 깊어 갔다. 술기운이 얼굴에까지 올라왔다. 한 사람 두 사람 마지막 시내 버스를 타기 위해 호텔을 나갔다.

나는 옛 동지들이 떠나면서 남긴 위로의 말을 되씹으면서 잠자리를 잡았다. 눈을 감으니 금방 피로가 밀려왔다. 그때 전화기에서 벨소리가 울렸다. 신호는 끊기지 않고 계속 왔다. 내 마음은 당장 술기운 때문에 짜증스러워지려고 했다. 억지로 수화기를 들었다.

상대 쪽에서 먼저 나를 찾았다. 나는 대답을 했다. 전화기의 저쪽에서 금방 반가운 음성으로 변했다. 전화를 건 사람은 신학대학을 나온 사람으로 천주교회의 예비 신부였다. 내일 창당대회에서 나를 정치위원에 뽑을 것이니 승인해 달라는 전화였다. 나는 적당히 말을 얼버무리며 수화기를 놓았다.

내가 잠에서 깨었을 때는 아침이었고 두 동지가 호텔로 돌아온 뒤였다. 대강 나의 몸가짐을 갖춘 뒤에 우리는 인근인 낙원동을 향해 출발을 했다.

창당준비위원회의 사무실은 복잡했다. 나는 아직도 창당대회의 장소를 모르고 있었다. 궁금증이 발동했다. 창당준비위원회의 조직 책임자를 붙잡고 도대체 오늘 어느 곳에서 대회를 하느냐고 계면 쩍은 얼굴로 물었다. 한참이나 망설이던 그는 지금까지 장소 결정을 보지 못했다는 사실을 말했다. 돈을 주어도 구할 길이 없다는 딱한 변이었다.

한참이나 지난 뒤에야 사람들이 분주하게 설쳤다. 서울의 변두리에 있었던 터밭골이란 곳에 있는 장로교회에다가 장소를 정했단다.

자동차가 달리기 시작했다. 앞차를 따라 서울의 지리에 서툰 내 차의 운전수가 기를 써가며 따라갔다. 나는 이 순간에도 현실의 저쪽에 있는 사람들에 대해 비정을 느끼기 시작했다. 이만한 일에 이렇게 한다면 다음 일은 어떻게 할 것인가. 한 가지 두 가지가 아닌, 부딪힐 다음 일들을 생각하면 나의 훗날이 자꾸만 마음에 걸렸다.

차는 변두리까지 나왔는데도 또 산동네를 넘어갔다. 그런 후에 교회가 있는 곳에 멈추었다. 또 그곳에서도 일을 벌이기 전에 말썽이 생겼다. 어떻게 알게 되었는지 소속된 교회의 상부층에서 내려온 연락은 교회 안에서는 정치집회를 열게 해서는 안 된다는 압력이었다. 이젠 그곳 교회 목사의 결정만이 남은 것이다.

목사는 오히려 우리 쪽에 대해 미안해하면서 하층인 지하실 쪽을 쓰라고 했다. 일개 정당의 중앙당의 창당대회가 비닐 장판이 깔린 지하실에서 열리게 된 것이다. 야박한 인심과 공포가 곁들인 위협 속에서 양심과 정의감에 불타는 결의가 진행되는 순간이었다. 식순이 진행될 때마다 당 지도부가 구성되고 12명의 정치위원이 선출되었다.

대회장은 쌀쌀한 날씨였는데도 열기를 품으며 순조롭게 폐회식까지 끌고 갔다. 대회를 치르는 모두의 얼굴은 어떤 결의 때문인지 숙연했다. 두려워 말라, 두려워 말라, 우렁찬 성가가 공간을 향해 퍼져 나갔다.

대회는 순조롭게 끝을 낸 셈이었다. 대표 최고위원과 12명의 정무위원은 오늘 남긴 문제들을 협의하기 위해 지방에 사는 사람들은 귀가하지 말고 낙원동 당사까지 가서 기다려 달라고 집행부에서 통지를 했다.

나는 일행과 함께 내 자동차 쪽으로 걸었다. 그런데 자동차 안에는 웬 낯선 사람이 조수석에 벌써 타고 있었다. 어떻게 문을 따고 앉아 있었을까 하는 의심보다 내 앞길에 대한 불안이 생겼다. 내 차를 태워 달라던 사람한테는 양해를 구하고 시내를 향해 달리기 시작했다.

운전석 옆에 앉은 뱃심 좋은 사나이는 자기소개도 하지 않은 채 단 한 마디도 입을 떼지 않았다. 차가 목적지인 낙원동에 도착하여 멈추었는데도 사나이는 차에서 내리려고 하지 않았다. 나는 당사를 향해 들어갔다. 나는 지금 내가 당하고 있는 이야기를 아무에게도 말하지 않았다.

중앙당 사무실에서는 곧 정치위원회를 열겠다고 하더니 우리를 안내해간 곳은 인근에 있던 어느 호텔의 넓은 한식방이었다. 방 중앙에는 테이블이 준비되어 있었고 열세 개의 방석이 우리들을 맞이했다. 12명의 정치위원 중 나는 나이가 제일 연소했지만 정치적인 경험만은 제일 많은 편인 것 같기도 했다. 회의는 내 발언에 의하여 진행이 되어갔다.

나는 회의를 간단하게 끝내는 방법을 선택하였고 모든 안건은 총선 후까지 보류하자는 의견을 제시하여 통과시켰다. 당을 꾸밀 수 있는 실무진 몇 사람만 인준을 하고 더 유능한 인재를 영입한다는 조건을 내세워 의견 충돌 없이 회의를 끝내게 하였다. 그날 저녁 창당대회에서 아무 요직도 맡지 못한 도봉 지구당위원장인(청년 실업가였던) 임창진 위원장이 정치위원들과 함께 저녁 식사나 하자는 초청에 내가 제의를 해서 응하게 되었다. 오후 6시쯤 되어 각자 자리에서 일어났다. 나는 내 차가 있는 곳으로 걸어갔다. 그때까지 낯선 사나이는 조수석에 버티고 앉아 있었다.

부산에서 같이 올라온 동지들을 보고 이제 볼일이 끝났으니 부산으로 출발한다고 말을 하니 그때까지 자동차의 조수석에 목석처럼 앉아 있던 사나이가 자리에서 일어나며 차 밖으로 나왔다. 그리고 처음으로 입을 열며 인사를 했다. 안녕히 가시라고 또 손을 내밀며 악수까지 청했다. 나는 얼마쯤 차를 운전기사한테 몰게 했다.

그리고는 인근에 차고가 딸린 여관을 잡았다. 두 동지한테는 저녁식사를 시켜 주고 나는 회식장으로 달려갔다. 초대된 좌석에는 당 정치위원 말고도 지방으로 떠난 줄 알았던 지구당위원장급 인사들도 배석하고 있어서 방 안에는 20여 명이나 있었다. 내 마음속에는 이번 일로 처음 만난 사람들이라 서먹서먹하기도 하였지만 또한 어떤 사람들인지 그 인물 자체에 궁금증을 느꼈다. 처음에는 분위기가 서먹서먹했으나 술이 들어오고 술잔을 돌리면서 약간의 취기가 몸에 오르자 사람들은 긴장을 풀려고 애를 썼다.

누군가가 이런 제의를 했다. 돌아가면서 자기 내력에 대한 소개를 하자는 것이다. 모두 다 동의를 했다. 한 사람 한 사람 자기소개를 멋있게 해댔다. 내가 듣기에는 모두가 훌륭한 인물들이라 여겨졌다. 소개가 끝나면 경이에 찬 눈초리와 박수가 나왔다.

나는 자랑스럽지 못한 내 지난날을 이야기해야 하는 분위기가 기다리고 있었다. 그러다가 끝에서 두 번째인 내 차례가 오게 되었다. 나는 주는 대로 받아 마신 술에 정신이 흔들렸다. 그 자리에 있던 사람들은 나를 주시했다. 연소한 나이보다 당당한 태도, 그래서 사람들은 나를 두고 더 궁금했는지 모른다. 나는 앉은 자리에서 일어서서 천천히 입을 열기 시작했다.

"내 아버지는 석수장이로 화전을 일구던 사람이었습니다. 나는 내 아버지의 얼굴을 보지 못했습니다. 내가 기억에 담을 수 없는 태어난 지 얼마 안 되어서 세상을 떠났다는 말을 들었습니다. 혼자된 어머니의 손에서 자랐습니다. 내 어머니는 나를 사랑할 수가 없었습니다. 고달픈 여인의 힘에 부담을 준 짐이 되었으니까 말입니다. 그분도 아홉 살 적에 돌아가셨습니다.

열 살 때부터 세상의 인심을 확인하게 되었습니다. 냉정한 사회에서 살려고 하다 보니 별 것 다 겪은 사내입니다. 남루한 내 꼴이 이웃으로부터 멸시를 받았지요. 어떤 때는 동리에서 성질이 사나운 아이들의 분풀이 대상도 된 적이 있었습니다. 형제조차도 나를 학대하였습니다. 나는 힘없는 동물처럼 세상을 두려워하며 살아왔습니다.

13살 때에는 신문장사, 아이스케키장사, 중국인주물공장의 노동자, 좌우지간 궂은일은 무엇이든지 해 보았습니다. 지금 저는 너무 복잡한 나를 다 소개는 못합니다. 너무 기니까요. 군대라는 곳엘 갔다가 제대해 보니깐 성인이 되었지요. 빵 문제 때문에 취직을 하려고 하였더니 보증인이 없어서 몇 번이나 직장을 못 구하고 질식할 것 같은 감정을 느끼던 날, 나는 세상에서 어떤 사명을 느끼고 정치를 해 보겠다고 뛰어 다녔습니다. 비로소 내 적성에 맞는다는 걸 느꼈습니다.

조직 속에 들어가니까 난생 처음 사람대접을 받았습니다. 대중당에 입당해서 지구당위원장 청년국장, 사회단체 회장, 준비위원장 같은 것은 열 번도 더 맡아 보았습니다. 간이 커진 제가 1971년 5월 25일 선거에 출마를 했더니 나를 아는 사람들이 입을 딱 벌립디다. 나는 내 자신의 무지 때문에 언제든지 참모를 필요로 했고, 한 번도 부자 붙은 자리에는 앉아보지를 못했습니다. 이번에는 당대표나 한번 해 볼까 했더니 정치위원밖에 못 됐습니다마는 우리들이 있는 곳이 양심세력이라는 데 매력을 느끼며 그 양심을 통해 나 자신의 발전을 기대합니다. 앞으로 잘 이해하고 지내봅시다. 나에게도 소개의 기회를 주어 감사합니다."

연설조로 내어 풍긴 내 소개에 좌중은 숙연해졌다. 이번에도 경이에 찬 눈동자들이 나를 향했다.

다음 사람이 또 자리에서 자기소개를 했다. 대강 좌중의 인물들에 대해 우리는 서로가 근본을 생각할 수가 있었다. 나는 어지간히 배가 부른 것을 느끼며 제일 먼저 자리에서 일어나 양해를 구했다. 구 목사가 같이 가자며 자리에서 일어났다. 회식을 열어준 임창진 씨가 문밖까지 따라 나오며 자기 차를 타고 가라고 권한다. 염치가 좋았던 나는 그러자며 자동차로 먼저 올라타면서 구 목사한테 타기를 권했다. 자동차는 얼마 안 되는 내 숙소를 거쳐 구 목사의 다음 행선지를 향해 달려갔다.

나는 왠지 내 마음속에서 걱정이 생기기 시작하였다. 앞으로 우리가 같이 해야 할 일은 예삿일이 아닌 것이다. 정상적인 당의 출발을 첫째, 정권이 양해를 할 것인가, 궁금하였다.

그들이 우리의 양심을 양해하지 않는다면 우리의 운명은 행동하기에 앞서 불운을 맞게 될 것이다. 새장에 갇혀 있는 새를 생각했다. 허공을 날고 싶은 마음을 가지고 있으면서도 날지 못하는 신세가 훤히 눈에 보인다. 정의는 총알을 막을 수 있을까 하는 의문이 생긴다. 잘못 되었다가는 하고 생각하면 답답하고 안타까운 마음으로 자신을 학대해야 하는 무서운 생각이 떠나지 않는다. 잠이 드는가 마는가 하는 속에서 날이 새었다. 두 사람의 동지와 함께 나는 서울을 떠났다.

고속도로 위를 달리고 있는 자동차는 부산을 향해 속력을 내었고 16일 오후 나는 사무실에 돌아왔다. 서울까지 같이 동행하였던 두 사람의 동지들은 사무실에 모인 다른 동지들을 보고 내가 중앙당의 정치위원이 되었다는 사실을 통고했다. 이곳 사람들은 다시 나를 신임하기 시작했다. 나는 걱정과 우려가 마음에서 떠나지 않았다.

시간이 가면서 이런 마음을 더욱 확인하게 되었다. 중앙당이 정식 등록을 시켰느냐는 질의 전화를 하면 중앙당의 조직 부서에서는 내일 된다, 모레 된다, 시간만 끌었다. 정당이 등록되면 200만 원의 공탁금 절약과 선거 운동원의 활동에 큰 차이가 있었다. 정당 등록으로 등록의 효력이 발생되는 23일이 지나서야 통보가 왔다. 도저히 불가능했다는 서글픈 통보였다. 나는 24일을 얼마나 지루하게 망설이며 보냈는지 모른다. 그런데 나는 또 25일의 아침을 맞이하였다. 운명은 시간만이 결정할 수가 있었다. 내 마음속에서는 격렬한 대립이 시작되었다. 나가느냐 주저앉느냐 빨리 좀 시간이 가주었으면 하는데 이날따라 왜 시간이 이렇게 긴지 모르겠다. 주위에서 여러 사람이 내 마지막 결정을 주시하였다.

25. 어려운 결정

몇 시간만 지나면 고민은 풀릴 수가 있었다. 변명할 건덕지도 없고 시간은 더욱 지루해서 견딜 수가 없었다.

내 행동을 지켜보며 동정만 살피던 주위의 사람들이 충동질을 했다. 그때 사무장인 김 동지가 나의 이런 행동에 눈치를 챈 것인지, 시간을 넘길 것이냐고 다그쳤다. 나는 죽을 지경이 되어서 결정을 기다리는 사람들한테 어쩔 수 없는 답변을 했다. 운명은 기어이 나를 어려운 일에서 피하지 못하게 만들었다.

등록 마감시간 마지막 두 시간을 남겨 놓고 사무장 앞에다 도장을 내어 주고 집에다가 전화를 하여서 500만 원짜리 보증수표를 끊어오게 하였다. 주위에서 지겹게 내 동정만 살펴보던 사람들의 얼굴에 활기가 솟기 시작한다. 사무장이 준비하였던 서류를 챙겼다. 몇 사람이 그 뒤를 따라 나갔다. 조금 후에 사무실로 돌아온 사람들은 후보 등록 접수증을 내 책상 위에 내어놓았다. 사정이야 어떻든 당장 마음이 바빠졌다. 억지로 힘을 냈다.

그런 나에게 다음에 닥칠 일들이 두렵고 괴롭게 떠올라왔다. 어떻든 이제 물러설 수는 없었다. 현실을 아는 나로서는 내 행위가 자신의 가치를 조국에 바칠 수 있는 행동 중에서 가장 큰 수단이라고 여겼다. 양심과 용기만으로 현시점에서 권력의 배후 인물과 대결하는 자체가 얼마나 나를 멍청한 놈이라고 느꼈는지 모른다. 그런 마음속에서도 나는 다음 세대의 용기를 위해 위험하기 짝이 없는 행동을 시작했다.

나는 눈앞에 떠오르는 자식과 아내 그리고 나를 아껴주던 사람들의 환상을 더듬으며 괴로운 마음을 억지로 쫓아버렸다. 선거가 끝난 후 찾아오게 될 보복이나 후유증을 생각하면서도 나는 당장 국회의원 후보로서의 내 소신을 꿋꿋이 지킬 결심을 하고 있었다. 나는 하나하나 내가 해야 할 일들을 옆에 있던 사람들을 독촉하면서 서둘렀다.

현수막을 주문하였고 직접 내 손으로 선거 공보의 원고를 작성하였다. 어제의 하루와 오늘의 하루가 달라져 버렸다. 시간은 말도 못하게 빨리 달아났다. 내 머릿속은 온통 내가 찾아내어야 할 여러 가지의 일들로 계속 차 있었다. 당장 선거운동원을 동리마다 구해야 했고, 합동정견 발표장에 들고 나갈 연설문 문안도 구상해야 했다. 이런 나한테는 언제나 잠이 부족했다. 당장 자금 사정이 또 걱정이었다. 무소속이란 핸디캡은 계속 발표되는 당국의 엄포 속에서 기가 죽어 갔다. 눈만 뜨면 골이 쑤시고 머리가 무거웠다. 속수무책이란 말이 이런 것을 두고 생긴 말 같기만 했다. 생각하면 기대볼 데는 아무 곳에도 없었다. 이런 지독한 현장에서 단 하나 가질 수 있는 생각은 합동연설회에다 막연하게 기대를 두는 것뿐이었다.

1978년 11월 28일은 겨울철인데도 하늘에서는 비가 뿌리고 있었다. 바로 그날이 합동연설회가 실시되는 첫날이었다. 그러나 오후가 되니 비가 그치면서 날씨가 갰다. 그때부터 기온이 갑자기 내려갔다.

시간이 되어 청학국민학교 운동장인 연설장에 나가니 지금까지 느끼지 못하던 당황감이 자꾸만 생기는가 하면 또 머리가 괴상한 생각들로 산란했다. 걱정과 피로가 몰려왔다. 몸마저 추위를 느끼는지 유난스럽게 떨렸다. 그때 운동장에 설치된 스피커에서 안내방송이 나오고 있었다. 연설 순위의 추첨을 하겠으니 빨리 나오지 않는 후보자는 기권으로 알고 추첨을 하겠다고 했다.

사무장이 내 도장을 가지고 마이크가 설치된 자리 쪽으로 나갔다. 얼마 후 추첨을 하고 돌아온 그 사람이 좀 민망스런 얼굴을 하며 10번이라고 일러주었다. 날씨와 시간을 생각할 때 걱정이 되었다. 혹시 또 빈 운동장을 보며 연설을 하게 되는 것이나 아닌지 하는 마음이 생긴 것이다.

그런 나에게 겨울해가 서쪽 산에 걸릴 때쯤 차례가 돌아왔다. 선거관리위원 측의 마이크에서 내 이름을 불렀다. 나는 자신만만했던 생각과는 달리 두려워진 마음으로 연단 위로 올라갔다. 기온 때문에 더 추위가 느껴졌다. 정해진 시간을 기억하면서 넓은 운동장을 향해 입을 열었다.

"10대 총선에서 10번의 기호를 타고 10번째 연설을 하겠다고 이곳에 나온 이삼한입니다."

하면서 허리를 구부렸다. 사람들은 내 인사말에 대접을 해주는 것인지 박수를 쳤다. 나는 다음 말을 생각하며 입을 열었다.

"이번 지역선거에서 한 사람에게 십자가를 세 번씩이나 지워준 것은 나의 요술이 아니고 신의 뜻일 것입니다. 추운 날씨에 기다려 준 여러분에게 보답하기 위하여 제가 왜 국회의원에 출마하게 되었는가 하는 말씀부터 해보겠습니다.

저의 가슴 속에는 답답한 것이 많습니다. 정치하는 사람은 있는데 정치가 우리 주변에 없다는 것입니다. 가만히 앉아서 들으면 애국자는 많은데 실제는 나라꼴이 말이 아닙니다. 국민들은 정말 믿을 데가 별로 없습니다.

사기당하고 억울하다고 가슴 치는 사람이 세상에서 제일 많이 사는 곳이 우리가 사는 땅이 아닌가 생각이 들었습니다. 그래서 왜 이런 세상이 가면 갈수록 고쳐지지 않고 더해 가는지 궁금하기도 하고, 우리가 뽑아 보낸 국회의원들이 국회에 나가서 도대체 어떤 일을 했기에 이렇게도 억울한 사람, 슬픈 사람이 생기는가 알아봐야 하겠고, 또 방치할 수 없는 우리들 주변의 사정을 반영해 보고자 꽤 까다로운 선거에 출마하고자 여러분 앞에 나섰습니다.

저는 다른 사람들처럼 돈이 많아서 명성을 얻으러 나온 사람도 아니요, 관록이 좋아서 자랑을 하겠다는 것도 아니요, 학벌이 좋아 누굴 가르치겠다고 나온 사람이 아닙니다.

도저히 두고 볼 수 없는 세상 꼴과 걱정스러운 나라의 장래를 두고 참고 견딜 수가 없어서 나 같은 사람이 나와서는 요런 세상에서는 안 되는 줄 알면서도 젊은 양심은 조국을 그냥 외면할 수가 없어서 나라를 구해 보겠다고, 죽어가는 정치를 구해 보겠다고 아까운 목돈을 구해서 공탁금까지(실제 두고 보면 알 일이지만 저 같은 것은 기부금이 될 것이지만) 500만 원이나 내어놓고 나왔습니다. 이번 선거가 앞으로 우리가 살아가는 데 있어서 나라나 우리 개인이나 중요한 선거이기 때문에 저 또한 결심이 다른 사람 같지 않고 특별히 대단하였던 것입니다. 이 중요한 선거에서 이 땅의 주권자인 여러분들께서는 안면이나 물질의 유혹이나 협박과 회유에 속지 말고, 여러분 자신이 입후보 등록은 안 했더라도 한 사람의 후보자로서 임해줄 것을 부탁드리는 바이며, 또 주위에다가 이번 선거야말로 중요한 선거이니 나라를 위해서 일할 수 있는 사람, 용기가 있는 사람, 양심이 있는 사람, 정의를 살릴 수 있는 사람을 스스로 찾아야 한다는 선거 풍토를 조성함으로 해서 정말 나라의 장래를 구하는 일에 같이 힘써 주실 것을 한 사람 국민된 양심으로서 여러분에게 부탁을 드려야 하겠습니다.

오늘 기온이 갑자기 내려가서 날씨가 쌀쌀한데도 마지막 사람까지 연설을 들어 보겠다고 남아 주신 유권자 여러분, 여러분의 말을 듣지 않더라도 나는 여러분의 심중을 헤아릴 수가 있을 것 같습니다. 나 또한 지금 심정은 앞에 나와 이곳에서 연설은 하고 있어도 실제 제 심정은 여러분의 심정 바로 그것과 같습니다. 나는 법률과 양심을 보호하지 않는 모순된 오늘날의 정치와 싸울 것을 약속하겠습니다.

나는 정의를 외면한 무능하고 용기 없는 사이비 정치인과 싸우겠습니다. 바로 그 이유로 오늘 이 자리에 나왔습니다. 여러분 그놈 괜찮은 놈이라고 생각하시는 분 박수 좀 치십시오. 오늘 날씨가 추워 그런지 저의 마음이 차갑습니다."

하고 말을 끝내니 사람들 속에서는 웃음과 박수가 터져 나왔다. 나는 다음 말을 끄집어내었다.

"요즈음 세상을 보니 보는 것마다 기막히고 답답한 일뿐입니다. 긴급조치다 뭐다 해서 남의 양심에다 수갑까지 채우는가 하면 가진 것을 일구어서 저축은 고사하고 외부에서 빚내어다가 흥청거리는 것 보고 정치 잘한다고 줏대 없는 소리나 씨부리는 자들을 지도자 만든다고 떠드는 것을 볼 때 눈물까지 나옵니다.

인재가 그 사회에서 보호를 받지 못하는 사회, 이런 일은 역사책에도 없습니다. 양심을 버린 사람들을 보고 순진한 사람이 걱정을 한다고 어떤 일이 생기겠습니까. 장사 한 번 안 하고도 수백억 원을 모은 사람들이 있습니다. 도깨비 부자인 것입니다. 이런 현상이 방망이의 요술이냐 그렇지 않으면 협잡이란 요술이냐 궁금합니다. 사실을 모르는 사람들은 그 사람들의 생활을 부러워하게 됩니다. 또 그런 나머지 세상에는 별의별 일이 많습니다. 억울한 자가 많이 생길 것은 엄연한 이치이지만 이 억울한 사람들이 호소할 곳이 없어 가슴을 치는 것을 볼 때 양심을 가진 자의 힘없는 가슴에 그 고통이 울리고 있다는 것입니다.

이런 슬픈 사연들의 종식을 위해 우리 동포의 모두는 비겁한 자신과 투쟁해야 한다는 원칙을 보이기 위해 나는 출마를 했습니다. 이곳에 나오신 분 중 저보다 여건이 못한 분은 별로 없습니다. 여러분이 여러분의 조국을 위해 행동을 보이지 않는 한 우리의 앞날은 어둠 속에 묻히게 될 것은 구태여 예견할 필요가 있겠습니까? 아무도 책임을 질 수가 없다고 발뺌을 한다 해도 가까운 앞날에 우리는 우리 스스로 일어나기에 힘이 들 피해를 입게 될 것입니다.

나는 이런 일을 방관할 수가 없습니다. 나는 이 땅에 태어나서 누구보다도 충분히 고생을 경험했었습니다. 그때마다 나는 미래에 대한 행복으로 오늘까지 살아왔습니다. 지금 그 미래가 위험에 빠져 있습니다. 이것을 구할 수 있는 자는 여러분과 저입니다. 여러분이 하겠습니까? 제가 할까요? 누가 하든 각오는 단단히 하고 대들어야 할 일입니다.

지금 이 순간에도 나의 후보 상대자들은 내가 무슨 이야길 하는지 이해하지 못하는 분이 있을 것입니다. 그런 분을 위해서도 한마디 하겠습니다. 특히 정계로 관계로 두루 돌아다녀보신 분들은 자기들 의견을 그동안 많이 반영해 보았을 것입니다.

그런데 나라꼴이 요즈음 보니까 요 모양 요 꼴입니다. 조금치라도 그런 사람들은 아직 양심이 있다면 오늘의 사회에 대해 변명 같은 것 구태여 생각하려고 하지 말고 새로운 시대를 위해 스스로 용단을 내려 줄 것을 부탁드리겠습니다. 그리고 다른 분들께는 이 자리가 웅변 대회장같이 변하는 자릴 만들어서는 안 된다는 것이 또한 제 주장입니다. 나라를 구하겠다는 인재의 앞길을 막는 행위가 여러분의 마음속에 자랑이 되는 그러한 시대가 지금은 아님을 경고하겠습니다. 현재의 어려운 문제점을 해결하기 위해 목숨을 내어놓지 못하겠다 싶은 분들은 미안하지마는 오늘 이 자리에서 사퇴해 달라고 제의하겠습니다.

나라가 중요하고 희망이 중요하고 사실이 중요한 것이 오늘날 우리가 보아야 할 현실인 것입니다. 나는 이런 일을 하겠다고 후보자와 유권자 여러분 앞에 자신 있게 공약하는 바입니다. 나는 평소 우리나라 정치인 중에서 김두한 선생과 서민호 선생의 의회 활동을 존경해 온 사람으로서 그분들과 같은 길을 걸어 갈 것을 약속드리겠습니다."

그때 시간을 알리는 종이 울렸다. 나는 마지막 당부의 말을 이었다.

"여러분, 오늘 동리로 돌아가시거든 저의 말씀 좀 전해주시기 바랍니다. 우리 고장의 명예를 빛낼 것은 물론 나라의 장래를 빛나게 할 것을 약속드리겠습니다. 감사합니다."

나의 연설은 끝을 내었다. 다른 후보의 박수 부대까지 손뼉을 쳤다. 해가 넘어간 연단 위로 마지막 연설 순위자가 올라갔다. 땅거미가 지는 운동장 연단 위에서는 마지막 사람의 연설회가 시간을 맞추어 끝을 냈다. 나는 만신창이가 되어버린 몸과 마음을 지닌 채 힘든 행군을 시작하였다.

고민과 아쉬운 문제들은 점점 많이 불어났다. 무소속이란 입장 때문에 나의 행동은 집과 선거 사무소를 왔다 갔다 할 뿐이었다. 까다로운 선거법을 지키려 하다 보면 아는 사람도 찾아갈 수가 없었다. 새장 속의 새가 오직 바깥쪽에 있는 사람들한테 표정으로 동정을 구하는 길밖에 없었다.

선거 사무실에는 별의별 사람이 다 찾아왔다. 대부분 끝에 가서는 솔직하게 표와 돈을 바꾸자고 요구했다. 절박한 현장에서 내 마음은 쓰리고 아팠다. 선거방법은 관제 선거 같은 기분이 들었고 유권자는 내일의 현실에 대해 생각하지 않으려는 사람들이 많았다. 장차 이 나라는 얼마나 많은 어려움을 겪어야 하는가 생각하면서 99%의 불가능보다 1%의 희망을 위해 나 자신을 버티었다.

사법부와 행정부에서는 걸핏하면 선거사범을 엄벌에 처하겠다고 경고문을 실은 종이를 자주 길거리에 붙였다. 세상에서 제일 까다로운 선거법 속에서 믿는 데도 없이 선거에 참여해서 자기주장을 내 싸우는 내 꼴이 우습기도 하였다. 대부분의 후보들은 잘못된 정부의 P·R만 하고 유권자들한테 박수만 받았다.

나는 이런 게 선거냐고 내 자신에게 항의를 했지만 대답이 나올 리 없다. 이런 답답한 마음속에서 두 번째의 합동정견 발표회가 영주동의 봉래국민학교에서 실시되었다.

날씨는 청명했고 기후는 풀려 따뜻했다. 청중은 작은 학교의 운동장을 가득 메웠다. 내 연설 순위는 다섯 번째였다. 4사람의 연설을 듣고 나니 내 차례가 왔다. 나는 연단으로 올라갔다. 그동안 신경을 너무 많이 쓰고 말을 많이 한 탓인지 목이 착 잠겨 있어서 안타까움은 절정을 이루었다.

청중들은 박수를 치며 내 연설을 재촉하였다. 나는 천천히 힘을 들여 목을 틔우며 입을 열었다.

"그저께 청학국민학교에서 있었던 연설회에서 열 번째 연설을 하였습니다. 내 차례까지 기다리다 보니 아홉 사람의 연설을 듣게 되었습니다.

모두 한결같이 국민학교 학생 때 하던 웅변대회의 연사들인 양 유신 정부의 대변인처럼 대안도 없이 참으라고 하는 식의 소위 오늘날 권력 쥔 사람들에게 아부하는 것 같은 말만 하고 목마른 사람들 보고 언제 비가 올 것이라는 말은 빠뜨리고 문자 타령만 하는가 하면, 자기들이 일당 주고 끌고 온 사람들에게 박수 치기나 시키는 것을 보고 그 사람들의 웅변이 하도 딱해서 제 마음속에 화가 치밀어 올랐습니다. 그때 내 차례가 되어서 죄 없는 마이크에다 대놓고 고함을 좀 질렀더니 이렇게 목이 짝 잠겨서 제 말을 듣기가 여러분들께서는 거북하실 줄 믿습니다. 하지만 저 또한 사회와 조국의 장래를 생각해서 안타까운 마음으로 이 자리에 올라왔으니 주어진 시간 동안 이해와 협조를 부탁드립니다.

　나의 주장은 언제나 핑계 잘 대는 사람만 속아서 뽑아 더러운 꼴만 당할 것이 아니라 우리가 당하고 있는 괴롭고 어려운 일을 하나하나 해결할 수 있는 사람을 지지하며 뽑아주어야 한다는 주장부터 먼저 하겠습니다. 자식 대대로 유신이나 할 것이며 부족한 희망 속에서 한국적인 민주주의나 이해하며 속아주고 또 속아주고 억울해도 입 닫고 참고 또 참고 하는 지루한 일만 되풀이 하지 않고, 좀 똑똑하고 용기 있는 사람을 뽑아서 세계적인 민주주의를 하도록 해 보고 일등 국가를 한 번 만들어 보자 하는 것이 나의 소신입니다.

　말 잘하는 사람의 말만 믿고 살지 말고, 안 되는 일의 원인을 하나 하나 확인하여 바로 잡도록 하고 답답한 사람들 답답하지 않게 하는 사회, 풍토를 개선해 보자는 것이 제 정치적인 주장입니다. 한 나라의 국회의원이라는 일꾼을 뽑는 것이 선거인데 여러분께서는 상전이 되기를 원하는 사람을 뽑게 되는 그런 곤란한 일을 저지르지 말자는 부탁을 드리겠습니다.

이번 선거에 나온 사람 중에서 현재의 선거법 덕분에 1등, 2등만 하면 된다는 기대에서 나온 사람 중에는 1등, 2등 할 만한 사람이 눈에 보이는 것 같습니다. 악법도 법이라는 이유 때문에 법을 내세우는 현장에서 사실을 사실대로 말할 수 없는 안타까움을 가슴에 새기면서 저의 생활에서는 대단히 큰돈인 500만 원을 공탁금으로 내놓고 조국이 이래서는 안 되겠다고 출마는 했습니다마는, 여러분에게 제 자신을 알리기에는 너무나 답답한 일들뿐입니다. 공개적으로 선거운동을 하는 보장된 방법이란 것은 고작 네 번의 합동연설 기회뿐인데 그것도 짧은 20분 동안이니 네 번 다 합쳐보아야 80분입니다. 장소도 제 마음대로 선택하는 것도 아니고 지정해주는 곳에서 그것도 제비뽑기로 운수를 잡아야 하는 순위 결정에는 난감할 뿐입니다. 잘못 뽑았다가는 사람 다 나가 버린 운동장만보고 가슴 속에 울부짖는 애국심을 호소해야 하는가 하면, 잘 잡았다 해도 돈 많은 사람이나 권력 주변에서 노는 사람들이 데리고 오는 박수 부대 앞에서 제 신세 생각하고 울어야 하니, 도대체 이 딱한 남자의 사정을 어떻게 해야 옳습니까!

또 어떤 사람들은 돈을 쓰면 안 되는 선거인 것을 알고 있으면서도 돈을 막 뿌립니다.

간단하게 설명하면 7사람 달리기를 하는데 완전 자유로운 사람과 손이 묶인 사람, 발이 묶인 사람이 있는가 하면 저 같은 사람은 지금 손발 전부 묶인 채로 모든 규칙 다 지켜야 하는 형편입니다. 이게 무슨 장애물 경기입니까? 여러분께서 공평한 심사를 할 수만 있다면 확인해 보십시오. 제가 1등입니다.

그런데 이게 장애물 경기가 아닌 것 같아요. 그러니 사람 욕심에 다른 사람들이 위반을 하는 것 아닙니까. 이유는 알 수 없고 이유를 몰라 심판한테 물어보면 무엇이라고 하는지 아십니까? 그 사람들 말이 더 근사합니다. 웃기는 경기 같지요. 이번에는 꼭 공명선거를 하겠다고 신문에서는 떠듭니다마는 그래 이런 방법이 공명선거입니까? 제가 지금 국회의원이 못될 것 같아서 이렇게 떠드는 것이 아닙니다. 조국을 생각하고 동포들의 입장을 생각하고 역사를 생각할 때 안타까워서 외치는 것입니다."

금방 잠겨 버릴 것 같은 목청을 억지로 유지하며 얼굴에 경련까지 일어나는 힘든 장면을 확인하면서도 주위에다가 마음속에 쌓인 사실들을 고백하고 사람들의 이목을 사실의 현장으로 돌리려고 힘을 더할 때마다 군중 속에서는 계속 박수가 터져 나왔다.

내가 연설을 마치고 밖으로 나올 때에는 수많은 군중들이 내 발길 앞으로 에워쌌다. 나는 현실을 똑바로 분별하려 하지 않는 사람들의 뜻을 이해하지 못한 채 내 자신의 고통과 희생을 위해 안간힘을 다하고 있었다. 투표일이 가까워지면서 사람들 속에는 분위기가 달라졌다. 금전이 난무하는가 하면 공포 분위기마저 조성되고 있었다.

그런 속에서 나 자신은 기댈 것이 아무 것도 없다는 사실을 느낄 뿐이었다. 그런데도 동지들은 자금을 풀어야 한다고 선거운동원들의 투정을 부추기기만 했다. 나는 고민을 하게 되었다. 그런데도 또 어려운 일들은 여기저기에서 생겼다.

선거 조직원인 한 여자가 저녁에 내 집에 와서 눈물을 흘리며 딱한 사정을 호소했다. 남편의 직장에서 남편더러 마누라 단속을 잘하든지 직장을 떠나든지 양자택일을 선언했단다. 성난 남편의 행동을 말하면서 자기는 어떻게 되느냐고 울었다. 나는 그 여인을 위로했다. 나의 출마는 양심과 정의의 구현은커녕 오히려 양심과 정의를 가진 자를 학대하는 결과를 만들고 있었다.

서울에서도 대중당 시절에 만났던 5명의 동지들이 나를 돕겠다고 부산까지 왔다. 또 생면부지의 양심인들이 서울에서, 대구에서, 대전에서 찾아왔다. 나에 대한 여론과 인기가 좋다고 모두 한결같은 과장을 해대었지만 내 마음은 우울 속에서 헤어나지 못했다. 예전에는 느껴보지 못한 새로운 두려움이 생겨나기 시작한 것이다. 자신을 위로하기 위한 파산이냐, 순진한 사람들을 실망시키더라도 장차의 조국에 봉사하기 위한 자기 방어냐 하는 양 갈래의 기로에서 결심을 위한 결단을 내리기에는 많은 어려움이 있었다. 이러다 보니 최종 선거일은 3일 밖에 남지 않게 되었다. 그 3일이 나에게는 죽음보다도 더 큰 고통이었다. 내 마음에는 어느 정도의 냉정이 회복되기 시작했다. 그동안 조직세포로 열심히 뛰어준 핵심 멤버들을 두고 나는 어떻게 하더라도 반발만은 무마하여야 했다. 그래서 나는 같은 시간에 모두를 한 자리에 불러 모았다. 내 현재의 심정을 솔직하게 털어놓았다.

"나는 여러분을 속이고 싶지 않습니다. 다른 후보와 나와는 입장이 좀 틀립니다. 다른 후보들은 대부분 저쪽에서 좋아하는 사람들입니다. 나는 지금 그 반대입니다. 내 자신의 파산은 각오한 일이지만 이런 일이 남기게 될 분명한 사실만은 나한테 앞으로 어떤 변명도 주지 못할 것입니다.

나의 진정한 마음은 여러분이 기대하는 곳에서 있고 싶습니다. 선거운동하는 데 별 경험도 없는 여러분이 짧은 기간 동안 나를 생각하며 만들어 놓은 조직의 맥과 줄기는 상당하다는 것을 압니다. 당선은 못 되더라도 세상의 이목이 나를 따른다는 사실도 압니다.

그러나 지금 내가 막바지에 접어들어 선택하여야 할 행동에 대한 어떤 문제가 뒤따라올 때 단순한 것이 아니라는 것입니다. 바로 여러분들이 고통스러운 십자가를 후회 없이 짊어지겠느냐는 것입니다. 이것이 우리에게는 결정이 안 된 상태입니다."

한 곳에 모인 핵심 멤버들은 조금 전까지와는 달리 아무도 입을 떼지 않았다. 서로의 얼굴에는 침묵이 흘렀다. 다른 사람들도 선거법을 알았고 본인들이 일하고 있는 후보자가 당시 정권이 가장 두려워하는 양심인이라는 것을 알고 있었기 때문이었다. 나는 다시 내 뜻을 전하기 시작하였다.

"나는 여러분을 어떤 경우에서도 이해하고 싶습니다. 이 순간 이후 다른 후보자와 손을 잡더라도 결코 원망하지 않을 결심입니다."

나는 내 참다운 마음을 밝힌 것이다.

어떤 기대감을 가진 채 모였던 사람들은 실망한 얼굴로 힘없이 사무실을 빠져나갔다. 고통을 안고 있는 시간이 무척이나 천천히 흐르기 시작했다. 들어오는 소식마다 하부 조직의 이탈이었다. 우리 일행에게 이제 최선이라는 말은 남지 않았다.

나는 투표가 시작되던 날, 내 일을 사무실에 남게 될 사무장한테 일임하고 서울에서 내려와 마지막 날까지 옆에 있어 주었던 이동열 동지와 부산을 떠나는 시외버스 정류장 쪽으로 나갔다. 내 마음은 어디론가 멀리 떠나고 싶었다.

어디로 갈 것인가? 방향조차도 생각해 보지 않고 금방 떠나는 버스에 오르고 나서 차의 행선지를 살피기 시작했다. 시내를 벗어난 버스가 양산 쪽으로 뻗은 자갈길을 달렸다. 두 시간쯤 지난 후에야 양산 통도사 근방에서 내렸다.

맑은 물이 흐르는 통도사 입구에서 도로를 따라 걸으면서도 자꾸만 텅 빈 마음속에서 서글퍼지는 것을 느꼈다. 그러나 나는 내 자신의 지난 행동에 대해서는 후회하지 않았다. 쓸쓸한 마음을 달래기 위해 술이 필요했다. 이 동지와 내 앞에는 빈 소주병이 하나둘 늘어 갔다. 우리가 술집을 나올 때는 몸을 가누기조차 힘이 들었다. 지나가는 택시가 우리를 인근의 통도사 호텔까지 실어다 주었다.

두 사람이 의식을 되찾았을 때는 술 취한 다음날의 아침이었다. 방안에 있던 텔레비전의 화면에서는 아직도 전국적인 개표 현황이 중계되고 있었다. 다행스럽게도 내가 출마했던 부산의 중구 영도구의 개표는 종료되어 있었다.

무겁던 마음이 개운해지기 시작했다. 나는 이성을 되찾으면서도 다음 행동을 어떻게 할 것인가에 대해서는 생각나지 않았다. 호텔을 빠져나온 우리 두 사람은 시골의 장터 근방에서 국밥을 시켜서 아침 겸 점심으로 허기진 배를 채웠다. 무슨 일이든지 저질러 버릴 것 같은 마음을 두고 몇 군데나 술집을 전전하며 알콜로 비애가 쌓인 감정을 씻어야 했다.

밤이 되어서야 집으로 돌아왔다. 걱정을 하고 있던 아내가 나를 보자 반가운 표정을 지었다. 북적거리던 집안은 조용했다. 나를 위로하기 위해 아내는 정성을 다하는 듯했지만 방안에 들어가자 나는 이내 쓰러지고 말았다. 아내는 내 몸 위에 담요를 덮어 주었다.

다음날 나는 몸을 단정하게 가꾸고 선거 후의 마지막 마무리를 하기 위해 사무실로 나갔다. 정오가 되자 그동안 핵심동지였던 여러 사람들이 나왔다. 그 사람들은 나를 보고는 미안한 표정을 지었다. 나는 그런 사람들을 보고 위로의 말을 찾아야 했다. 술을 몇 병 사오게 하여 그동안 맺혔던 마음을 깨끗하게 잊으려 했다. 얼마큼 준비해 나간 돈이 든 봉투를 한 사람 한 사람에게 건네주었다.

"이제 선거는 끝났습니다. 이 봉투는 내 성의입니다. 작은 봉투지만 여러분들에게 양해가 되었음 합니다."

좌중에 모여든 사람들의 표정 속에서 화기애애한 빛이 살아나기 시작했다.

나는 한 사람 한 사람의 앞에 놓인 술잔 앞에 술을 따르며 비로소 내 속마음을 이야기해 주었다. 이 땅에는 아직도 양심을 가진 사람들이 살고 있으며, 세상을 바로 보려는 사람들이 있다는 것과 친척도 아닌 사람들이 돈 봉투나 어떤 물질에 대한 기대나 대가없이 표를 던져 준 순수한 사람들이 남아 있다는 사실에 나는 내 행동에 대해 보람을 느낀다고 말을 이었다.

세상의 이목을 얻기 위해 돈을 쓰고 표를 샀다면 나는 상당한 표를 비용만큼이나 얻을 수 있었겠지만, 그러나 그 결과는 내 자신의 양심 속에서 영원히 나를 고문하는 결과로 남았을 것이라는 마음을 전한 것이다.

나에게 남아 있던 것은, 자존심이 문제가 아니고 앞으로 내가 찾아야 할 조국에 대한 나의 사명이었던 것이다. 정말 나는 힘겨웠던 모든 일을 신속하게 마무리했다.

술이 취하는지 한 사람 한 사람 사무실을 나갔다. 나중에는 텅 비어 버린 사무실에 혼자만 남게 되었다. 선거가 끝나고 3일이 못 되어서 나는 선거 기간 동안에 생긴 일들을 말끔히 잊었다.

나는 새로운 일들을 구상하기 시작했다. 간간히 나와 함께 선거일을 했던 사람들이 나를 찾아와 정말 어려운 뒷마무리를 깨끗이 했다고 칭찬들을 했다.

12월 한 달이 무척이나 허전했고 쓸쓸했다. 순간과 순간 속에 권태와 잡념이 밀려왔다. 나는 내 감정 속에 사치와 허영을 가지고 있는 것일까? 생명이 남아 있는 순간까지 보람 있는 행동을 조국에 바치기 위해 자신을 지켜야 한다는 필요성을 느꼈다. 새롭게 내 가슴 속에는 한없는 꿈이 생기기 시작하였다.

지루해서 참을 수 없었던 긴 겨울밤을 덧없는 망상 속에 시달렸고 아침이 될 때에는 언제나 잠이 부족하다는 느낌을 받았다.

1979년의 봄이 되면서 나는 새로운 출발을 했다. 지난해까지 하던 장사를 다시 시작하게 되었다. 사업자등록증도 새로이 교부받았다. 다시 시작한 장삿집에는 전에 거래하였던 사람들이 하나둘 찾아오기 시작했다. 나는 일을 통해 나의 지난 행동에서 생긴 모든 일을 잊고 일 년 전의 상인으로 돌아가기 위해 노력했다.

주위 사람들 중에는 내 결단과 성실성에 칭찬을 하는 사람들이 많았고, 내 행동을 자기 일인 양 마냥 대견해하며 용기를 주는 사람들도 있었다. 다시 개업한 장사가 한 달을 넘겼다.

20. 무서운 경험 속에서

주위에서 불안한 일들이 눈에 띄기 시작했다. 지금까지 한 번도 경험하지 못한 사건들이 생기게 되었던 것이다.

내 운명에는 편안함이란 잠시도 머물 수 없는 것인지, 나로서는 도무지 이해할 수 없는 일들이 벌어지고 있었다. 이런 일들을 겪을 때마다 세상에서 고립된 것 같은 외로움을 느끼곤 하였다. 하루하루 마음속으로 파고드는 어두운 그림자로 인하여 질식할 것만 같기도 하였다.

점포에서 일을 보는 여자 아이가 속이 상해서 엉엉 우는 날이 많아졌다. 세무서의 직원들이 이틀 걸러 한 번쯤 내 장삿집을 다녀갔다. 처음에는 몰랐지만 반복되니까 어떤 의심이 생겼다. '설마?' 하면서도 구멍가게처럼 조그마한 점방에 4명씩이나 떼를 지어 찾아왔을 때는 마음에 집히는 것이 있었다.

장사 시작한 지 한 달밖에 되지 않는 집에 찾아와 약점을 찍어내려는 사람들이 더욱 딱했다. 온통 책상 안을 다 뒤져 놓는가 하면 자물쇠가 채워진 서랍은 아예 부수어 놓았다. 그러고서는 가게에 진을 치고 위압감을 주기도 했다. 이러한 상황에 직면한 나는 도저히 참을 수가 없어서 한 번은 대어들며 한바탕 말씨름을 벌였다.

"세상에 이런 불공평한 사례가 어디 있단 말이요. 외형도 얼마 되지 않는 집에 이틀에 한 번씩 문안을 오니 대접이요? 위협이요? 소문을 들으니 큰 장삿집에도 1년에 한 번도 안 들리는 집이 있다는데 도대체 나를 무얼로 생각하기에 이렇게 대한단 말이요? 차라리 이 지경이라면 당신네들 사정 보아서 내가 장사 그만 두겠소. 솔직히 말합시다. 행정 지도 나오신 거요, 약점 캐러 온 것이요?"

내가 하도 떠드니까 나이 든 선임자는 겸연쩍은 얼굴을 했다. 언제 또 나왔더냐고 묻는다. 그저께 나온 사람은 누구며 그전에 온 사람은 누구냐고 물었다. 관내 세무서에서 나오고 국세청에서 나오고 요즈음 무척 신경 쓰인다고 말을 하니 듣는 사람들도 입을 다물었다.

하늘에는 노을이 생기기 시작하였다. 점심나절에 찾아왔던 국세청 직원이라는 사람들이 자리를 털며 일어나면서 겸연쩍은 얼굴이 되어 말을 내어놓는다. 통보가 오거든 국세청으로 좀 들어오란다. 나는 그 말을 듣고는 참지 못하고 떠들었다. 내가 대한민국 어디엔들 못갈 곳이 있을 상 싶소, 안심하고 돌아가라며 열을 올려 말대꾸를 했다.

웬일인지 이런 일이 있고 난 후부터는 세무 공무원은 장삿집에 잘 나타나지 아니했다. 하지만 무엇인가 꺼림칙한 게 걱정이 풀리지 않았다. 그런 어느 날이었다. 또 눈에 거슬리는 일들이 눈앞에서 벌어지기 시작하였다.

도로가를 지나다 보면 교통순경들이 법규 위반 차량을 단속하는 것을 종종 볼 수 있었지만 그러나 이런 현상은 처음 보는 일이었다.

교통지도 백차인 코티나 승용차에는 교통순경이 6명이나 타고 나와서 내 장삿집 길목 좌우에서 흩어져서 아예 한나절을 채우며 단속을 실시하였다.

처음에는 당연한 일로 보아 넘겼으나 시일이 지나면서 이틀에 한 번씩 반복되는 정기적인 행사에는 납득하기 어려웠다. 나는 어떤 일이 생기나 보려고 그때마다 재미있는 현장을 쳐다보며 장삿집 길가에 의자를 내어놓고 아예 관람자가 되었다.

이상한 것은, 이런 일이 있으니까 더욱 장사가 잘 되었다는 점이다. 얼마가 지나자 백차와 교통순경들이 나오지 않았다. 오히려 내 마음속에 이상한 동요가 생겼다. 웬일일까, 내 예감에 더 무서운 일이 생길 것만 같았다.

그런 다음 날이었다. 측량기사 한 사람이 나와서 열심히 땅의 측량을 했다. 내가 장사하는 곳 출입구의 대문 쪽 땅에다가 말뚝을 박았다. 하도 이상한 것을 많이 본 우리집 일꾼들이 걱정을 하였다. 나는 당장 측량기사더러 당신 지금 무얼 하느냐고 따졌다. 측량기사는 간단하게 누구를 찾아가 물어보란다. 나는 이틀간이나 알 만한 사람들을 통해 수소문을 하여서 측량 기사를 보낸 사람을 만날 수가 있었다.

처음 만난 사람은 납득이 안 가는 소리만을 골라 편리한 대로 말을 하였다. 나는 꼭 내가 놀림을 당하고 있는 느낌이 들었다. ○○ 콘테이너 사장이란 명함을 내어민 이××이라는 사람은 용도도 분명치 않은 이유로 항만청에서 그냥 임대를 받았단다. 6개월에 50만 원을 내기로 하고 계약을 체결했다는 서류를 내어 보였다. 나는

316

만나는 사람마다 딱 한 사람뿐이라고 생각이 들었다. 남의 집 담장 안에 들어 있는 출입구를 임대받겠다는 사람이나 임대해 준 사람들의 심리보다도 우리나라의 법 규정에 위배되는, 도시계획에 들어 있는 땅은 불하나 임대가 불가능했는데도 임대해 주었고 임대받았다는 사실에 더욱 놀랐다.

나도 가만히 있을 수만은 없었다. 한마디로 심보 나쁜 사람들에게 엄포를 놓았다. 악인과 싸울 준비는 되어 있다고.

나는 이××씨의 사무실을 뛰쳐나와 항만청으로 찾아갔다. 아무리 죽을 운수라지만 이럴 수가 있을까 생각하였고, 나를 겨냥한 괴상한 일이라고 생각했다. 우선 부산지방항만청장을 찾아가서 사정을 이야기해 보기로 했다. 몇 번이나 벼른 끝에 항만청장을 만나 경위를 이야기하니 자기는 빠지면서 항무국장을 만나보라고 또 아랫사람한테다 떠넘겨 버렸다. 그날따라 항무국장은 어디에 출장 나간 것인지 자리에 없었다. 나는 미친 사람 꼴이 되어서 기다린 끝에 저녁나절에야 항무국장과 억지로 만날 수가 있었다.

나는 국장이란 사람을 보고 내가 찾아온 용건을 끄집어내니 그 사람은 당장 얼굴에 불쾌한 표정을 짓는다. 관계된 부하직원을 부르더니 하는 말이 걸작이었다. 처음에 무엇이라고 말했느냐는 것이다. 도장만 찍으면 끝나는 것이 아니냐고 말 안 했느냐면서 나를 데리고 나가서 처리하라고 했다. 나는 다시 원점으로 돌아가서 이 일 때문에 드나든 기억이 있는 사무실로 끌려갔다.

계원은 불쾌한 표정으로 내 생각과는 관계없이 윽박질렀다. 국가기관에서 하는 일에 불평을 한다고 불순분자 취급까지 하였다.

나는 세상에 대해 무서운 고독감을 느꼈다. 너무 억울하다는 생각
이 들었고 분노가 터지기 시작하였다. 입 속에서는 고함소리가 올
라왔다.

"야, 이 강도들아, 피도 눈물도 없는 자들아. 세상에 이런 꼴이
어느 시대에 있었느냐, 멀쩡한 놈 병신 취급하는 것이 네놈들 취
미냐?"

나는 책상을 치며 통곡을 하였다. 사람 살리라고 목청껏 고함을
질렀다. 주위에 있던 사람들의 얼굴이 당황하기 시작했다. 먼 곳에
있던 사람들이 내 주위에 모여들었다. 바쁘게 자기소개를 하면서
사람들은 내 손을 잡고 항만청 밖으로 끄집어냈다.

세상이 점점 살기가 어려워진다는 사실을 느꼈다. 내 앞날에 대
해 불길한 예감이 들기 시작하였다. 겁나는 세상에서 양심이 맥을
출 수가 없구나, 정의가 없는 세상에서 억울하다고 누굴 찾아가서
호소할 것인가, 하는 생각만이 나를 울렸다.

뒷날 항만청에서 만났던 직원이란 자한테서 전화가 걸려왔다.
들어왔다 가란다. 그곳 사람들은 개구쟁이처럼 단순히 나를 놀리
기 시작했다. 어떻게 이 사람들을 대해야 할 것인지 머리에는 엄두
조차 떠오르지 않았다. 그냥 쉽게 사정도 해보고 종용도 했다. 그들
은 내 약점을 집요하게 찾았지만 나에게는 그들이 찾을 수 있는 약
점이 없었다. 항만청의 관계직원들은 이제는 컨테이너 사장이라는
이××씨에게 다 떠넘겼다.

이××씨는 정말 웃기는 사람이었다. 비굴하게 변명을 해대었다.
마음 같아서는 어떤 행동이라도 저지르고 싶었지만 과격한 행동을

할 수가 없었다. 사용허가증에 명시된 돈을 낸 영수증을 보자고 다 그치니까 외상으로 계약을 하였다는 것이었다.

나는 그때 또 한 번 놀랐다. 대한민국 정부의 봉급을 받는 사람들의 상식이 우스웠다. 꼭 이××씨와 같은 조건을 갖추어야 한다면 나는 내 이름으로 임대 절차를 마치려고 하였다.

내가 언젠가 본 책 속에는 도시계획에 들어 있는 국유지는 불하나 임대가 금지된 걸로 되어 있었다. 그런데 이제는 새삼 임대를 해 가라고 강요당하고 있는 것이다. 또 조건도 먼젓번 서류와는 엄청나게 차이가 나는 420만 원을 미리 불입하라는 것이었다. 너무 심하지 않느냐니까 그렇지가 않다는 대답이었다.

당시의 그 금액은 사유지의 임대료보다 5배가량 비싼 가격이었다. 나는 울며 겨자 먹기로 통로를 막는다는 바람에 돈을 준비하였다. 전화는 하루에도 두세 번씩 걸려왔다.

내 억울한 사정은 그들에게 통하지가 않았다. 내가 물건을 적재하는 것도 아니요 단순히 차량의 출입에만 사용되니 주위의 민간인 토지 사용료와 같게만 조정해 달라고 애원을 해도 통하지가 않았다. 생업 터전을 버리지 않으려고 계약을 하겠다고 구비 서류를 작성하니 이번에는 딴말이 나오는 것이었다. 주위에 있는 지주들의 동의서를 받아 오라는 것이다. 지금까지 내가 사용했던 길이 다른 사람들에게서 사용해도 좋겠느냐는 승낙을 받아오라는 것이었다.

갈수록 태산이라는 말처럼 이런 엄청난 소리를 들으며 나는 내 자신도 모르는 사이에 남의 노리갯감이 되어 가고 있었던 것이었다. 몇 년간에 걸쳐 힘들여 이룩해 놓은 사업장은 당장 위기에 처해졌다. 항만청 관계자는 통로의 입구 쪽에 있는 지주들을 불러서 자기들 쪽은 자기들이 쓰라고 종용을 해댔다.

그런 어느 날 옆집에서는 장사를 방해하기 시작했다. '자기 앞을 자기가 사용하라'고 했다며 항만청 관계자의 말을 끄집어내었다. 내 마음은 분노와 슬픔에 휩싸여 있었지만 고함이나 눈물은 사라졌다. 세상에 없는 일들을 스스로 보고 느끼는 것이 나의 운명일까? 나는 하루도 빠짐없이 항만청 관계자의 시달림을 받았다. 세상에 이런 법이 어디 있느냐고 만나는 사람마다 붙들고 하소연을 해보아도 이 땅에 이미 불행한 자의 친구는 없었다. 어쩌면 모든 사람들이 이런 세상에서 지쳐 버렸는지도 모르는 일이었다. 그래서 남의 불행에 대해서는 참관하려 않는 것인지…….

이상한 것은 나 말고도 땅(국유지)을 점유하고 있었던 집이 여럿 있었는데 그들에게는 돈을 내어놓든지 그렇지 않으면 땅을 비우라는 소릴 안 하는 것이었다. 이해할 수 없는 일은, 출입구가 계획되었던 음모인 것처럼 점점 봉쇄되어간 것이다. 이제는 장사를 정리하는 길만이 최선의 방법이었다. 더 버틴다면 어떤 화가 또 떨어질 것인지, 두려운 마음이 생겼다.

내 마음은 무겁고 침울해져 갔다. 나는 내 자신의 힘으로 이젠 더 버틸 방법이 없었다. 배 선주들은 또 나한테는 물건을 팔 수 없다고 없는 이유를 만들어 대었다.

나는 비통해진 마음으로 다음에 닥칠 내 자신의 운명을 생각하며 간구하기 시작했다. '신이여, 저를 도와주소서!' 맑게 개인 하늘

320

과 푸르고 잔잔한 바다의 물결이 내 이야길 듣는 것만 같았다. 통로가 막히고 물건을 살 수 없어 바닥이 드러난 점포의 현장을 쳐다보는 마음은 더욱 안타까웠다.

27. 분노한 하늘과 바다

우연이었을까, 신의 뜻이었을까. 맑게 개인 하늘에서는 그날 오후가 되면서 구름이 끼기 시작하였다. 후덥지근한 날씨가 금방 비를 뿌릴 것 같았다. 잠잠하던 바다에서 물결이 일기 시작하다.

그런 다음 라디오에서 지금까지 없었던 태풍주의보가 발표되었다. 하루가 지나니 바다의 파고는 5미터에서 10미터로 변했다. 물기둥이 옹벽의 축강에 와서 부딪쳤다. 또 다음 물기둥이 몰려왔다. 물의 힘은 단 이틀 만에 이변을 일으켰다. 파도에 의해 바다쪽 항만청 도로의 콘크리트 조각들이 깨어지기 시작했다.

며칠 전 우리 출입구에 억지로 쌓고 배짱을 부리던 옆집 사람의 고기 상자들이 바다 속으로 쓸려나갔다. 내가 장사하던 땅들도 떨어져서 물속에 잠겼다. 내 장삿집 좌우 100여 미터가 물에 의해 처참한 형상만 남았다. 내 마음속에는 허탈이 생겼다. 물기에 젖은 몸이 7월인데도 떨리기 시작했다. 그런데도 내 머릿속에는 이제 모든 시비는 끝났구나 하고, 지금까지 느껴보지 못한 묘한 감정을 느꼈다.

그 시간부터 하늘은 점점 개이고 바다의 물결이 위력을 잃어 갔다. 시간이 흐르면서 내가 장사하던 곳 여기저기에 물기둥에 의해 깨어진 콘크리트 조각이 지나간 태풍에 의해 일어난 일들을 알게 해 주었다.

그런 일이 있은 지 3일이 지나지 않아 또 잠잠하던 물결이 바다를 덮으면서 태풍 경보가 내렸다. 이번에는 무한정의 비를 뿌렸다. 태풍의 피해는 내가 태어났던 고향인 하동지구를 물로 뒤엎어 버렸다. 고향 사람들은 큰 물난리를 겪게 된 것이다.

나는 시간이 지나면서 나를 연관시켜 보면서 누구의 뜻일까 하고 의문을 품었다. 먼저 온 남자 태풍인 어빙은 나의 장사 터전이었던 부산의 남항 일부를 심하게 강타했고, 뒤따라 온 여자 태풍 주디는 나의 출생 비밀이 있는 고향 하동을 제일 심하게 강타했다. 예년보다 일찍 온 태풍을 보고 또 이상했다. 나는 아직 이런 것이 예보없이 순간적으로 생긴 일이 없었기에 더욱 그런 생각이 들었다.

신문의 지면과 텔레비전 화면에서는 연일 수재민 기사로 떠들썩했다. 어떤 마음 좋은 사람들이 성금을 내었다고 신문과 텔레비전에서 하도 떠들어 대니까 이제는 무슨 수가 생기는 것이 아닌가 하는 기대가 생겨났다.

정부의 높은 분들이 수해지구 현황을 시찰한답시고 왔다 갔다. 피해가 생긴 곳엔 재해대책 본부가 설치되었다고 방송과 신문에서 떠들었다. 높은 사람들은 정말인지 그냥 하기 좋은 말을 하는 것인지 긴급복구라는 말을 듣기 좋게 해댔다. 나는 처음으로 사람들이 떠드는 소릴 듣고 의심 없이 믿고 싶었다.

그런데도 시간이 흘러가면서 나한테는 사람들의 말에 의심이 생겼고 실망이 커지기 시작하였다. 수재민 돕기 운동은 있었는데

도와주는 것은 고사하고 한마디 위로의 말조차 전하는 사람이 없었다.

중장비가 나와서 파괴된 도로를 복구한다고 서두르는 것이 눈에 보였지만 어떤 불안한 예감에 또 의심이 생겨났다. 나는 사방으로 뛰어다니며 전에 한 높은 분들의 공약이 실제인가 싶어 확인하여 보았더니 또 난감한 일이 생겼다.

항만청 소유의 도로를 복구하면서 우리 장사터 앞 도로에 대한 복구계획은 빠졌단다. 내 땅을 경계로 좌우측에 우선순위를 정해 건설회사에 도급을 주었는데 내 소유 대지 앞 도로변만 좌측 한 집 우측 두 집은 방치하겠다는 것이었다.

아무리 좋게 생각을 하려고 노력을 해도 내 마음속에서는 이해할 수가 없었다. 섭섭한 생각을 할 때마다 가슴이 답답해졌다. 참으로 살기 어려운 세상이라고 느껴졌다. 나는 세상에서 이런 억지를 왜 자주 보아야 하는지 이해를 할 수가 없었다.

누구의 도움을 조금 얻는 것은 고사하고 나 자신의 자비에 의한 자력 복구마저도 방해를 받고 있는 실정이었다. 생각하면 생각할수록 속이 상하고 현기증이 일어났다. 그런 어느 날 자신을 위로하고자 혼자서 술잔을 들고 있었다. 바로 그때 전화가 걸려왔다.

시내에서 학생들이 데모를 했다는 것과 많이 체포되었다는 소식이었다. 나는 사실인가 하는 의아심도 생기지 않았다. 술잔을 팽개친 채 시내 쪽으로 나갔다. 광복동 거리에 들어서니 당장 눈이 따갑고 눈에서 눈물이 나려고 했다. 길거리에는 안면 있는 사복 경찰관들이 골목마다 서성거렸다. 밤이 되려는 남포동 거리에서 젊은 대학생들의 아우성이 터져 나왔다. "유신은 물러가라." 참으로 오래 간만에 내가 하고 싶었던 말들을 들은 것이다.

밤이 새고 나니 길거리에는 요소요소에 무장한 군인들이 지나가는 사람들에게 위압감을 안겨 주었다. 그들은 백주에 사람들이 많이 보는 데서도 서슴없이 자기들 눈에 거슬리는 사람한테는 난폭한 짓을 했다. 이런 것을 보면 세상이 어떻게 되는 것인가 두렵기만 하였다. 가슴에는 피가 엉겨 붙고 있었다.

어떤 이변이 일어날 것인가.

그러던 중 10월 26일을 만났다. 저녁 텔레비전 화면에서 중대뉴스가 발표되었다.

"대통령 서거."

영문을 몰라 하는 사람들한테 다음날이 되면서 사건의 내막이 알려지기 시작하였다. 사람들 속에서는 서서히 어떤 이변이 곧 뒤따라올 것 같은 느낌이 생겼다. 나는 18년 동안 권력의 자리에서 국민에게 빚과 불신을 남기고 죽은 지난날의 대통령에게 연민의 정을 느꼈다. 이제 이 땅에는 민주주의가 시작되는가? 나는 또 앞으로 닥칠 어떤 예감 속에서 불안하기만 하였다.

죽은 대통령은 이 땅에 양심과 정의와 인재를 남겨두지 않았다. 그러했기 때문에 우리의 주위에는 잘못하다가는 혼란의 와중에 빠질 우려도 있었던 것이다. 과도정부가 구성되고 그 겨울이 해를 넘겼다.

혜성처럼 등장한 세 김씨의 출현을 보면서 조국의 장래가 내 머릿속에서 어두움으로 차기 시작하였다. 그들은 이 땅에 소망의 민주주의를 건설할 수 있을까. 의심과 의아심이 남는다. 지도자로서의 새 시대 인물로는 어디인가 아쉬움을 남기는 사람들.

나는 세 김씨에 대해 혼자서 생각을 해 본다. 내 얼굴에 서글픈 미소가 떠올랐다.

신은 우리 민족을 시험하고 있는 것일까? 내 눈에는 세 김씨에 의해 자꾸만 새로운 역사가 뒤따라옴을 느꼈다. 나는 내 자신이 확신하지 못하는 두려움 때문에 내 행동을 구속하기 시작했다. 외출을 삼가기 시작했고 온종일 사무실이나 집에서 사람들을 피했다.

지루한 시간을 메꾸기 위해 세상에 대한 어떤 믿음을 걸고 하루 종일 화투 패를 떼면서 궁금한 마음을 풀 때도 있었다. 그때가 내 생애에 가장 한가한 시간이었다. 주위에는 더러 활동을 권고하는 사람도 있었지만 나는 코웃음을 쳤다. 떡 줄 사람은 생각지도 않는데 날뛰면 무엇 하느냐는 심정이었다.

나는 세 김씨 중 어느 편에 붙어도 상당한 예우를 받을 수 있으리라고 생각했으나 세 김씨에게만은 마음을 의지하고 싶지 않았다. 그런 심경 속에서 나는 다른 어떤 사람과의 대화도 피했다. 두려운 마음이 감추어진 1980년도의 봄이 무르익기 시작하였다. 새로운 시대를 공약한 과도정부의 내각이나 그 속에서 일어나는 하루하루의 조짐 속에서 소망보다 걱정을 하기 시작했다. 나는 알 수 없는 예감 속에서 세 김씨의 장래에 대해 실망하기도 했다.

이 땅에 하늘의 뜻은 위대한 지도자를 우리에게 보여주지 않은 것이다. 또 어떤 조짐일까. 학생들의 시위는 이 땅에서 영원한 민주주의에 대한 포기 선언 같았다. 신문에서 노동자의 쟁의가 실린 것을 보고 이제 나는 다음 세대를 준비했다. 다음의 주인공은 누구일까? 오직 나에게는 그것만이 궁금했다.

한 인재가 참고 살아가기에 너무나 크고 고통이 따르는 도시의 장래를 피하기 위해 준비를 할 필요성을 느꼈다.

나는 오래간만에 처음으로 고향땅, 내가 태어난 산속, 그곳으로 돌아가야 한다는 나의 운명을 느끼기 시작한 것이다. 이제 나는 내 영혼을 구하기 위해 육신이 요구하는 욕망을 포기해야 한다는 것을 느꼈다.

내 마음이 흔들리기 시작했다. 밤마다 잠을 이룰 수가 없었다. 가슴 속이 텅 빈 것 같고 허전한 마음 때문에 견딜 수가 없다. 단 하나의 방편은, 알코올에 온몸이 절어 녹초가 되면 그날 하루만은 나 자신의 고통을 덜 수가 있었다.

나는 견딜 수 없는 허탈상태를 느끼며 복덕방을 찾아 다녔다. 내가 살고 있는 집을 시가보다 좀 싼 가격으로라도 팔아 달라고 부탁을 하였다. 주위에서는 내 마음을 몰라 왜 집을 파느냐고 듣기 좋은 소리로 만류를 했다. 그런데도 내 마음에는 변화가 없었다. 내 자신의 운명 때문인지 복덕방에 내어놓은 집을 사겠다고 흥정을 하려는 사람이 나타나지 않았다.

나는 아무렇게나 무너져 버리려는 자신을 붙잡기 위해 마음속에서 처절한 투쟁을 시작했다. 그런 나날 속에서 희미하게 힘겨운 자신을 찾아내고 있었다. 머릿속에 한 수의 시가 떠올랐다.

세월은 불러도 돌아오지 않고

인생은 늙으니 죽음뿐이네.
욕망을 가진들 영원한 것 아니니
후세에 남길 것은 추억뿐이로다.

나는 지난 일들을 생각해 보았다. 내 마음속에 오랜만에 뜨거운
감동이 생겼다. 나는 자신을 보며 네가 죽을 때 떳떳한 영혼을 가질
수 있겠느냐고 물었다. 지난날의 추억이 영상에 비친 화면처럼 비
쳐지면서 행복감이 되어 마음에 와 닿았다.

안목 때문에 더욱 고독해야 했던 일, 용기 때문에 미움의 대상이
된 일, 양심 때문에 모략을 받던 일들을 후회해 버리고 싶지만은 않
았다. 고달팠던 지난 일도 보람되게 느껴졌다. 세상을 생각하는 마
음에 불신과 불안이 떠올라왔다.

왜 나는 다른 사람들과 생각하는 생리가 다를까? 조국은 나에게
은혜를 베풀지도 않았는데 나 혼자 그 조국을 짝사랑하고 스스로
거기서 생기는 괴로움을 느끼고 있는 것이다. 나의 운명은 영원히
슬픈 사연을 지니고 살아야 하는 것일까? 의문과 의혹을 느꼈다.

1980년 5월 18일 정오, 라디오에서 흘러나오는 격한 아나운서의
목소리에서 나는 오랫동안 예견한 내 예감이 적중한 것에 대해 격
동을 하고 있었다.

세 김씨의 운명이 금방 변하고 있는 새로운 세계에서, 나는 우리
의 꿈이 종착역에 닿지 아니하게 해달라고 신에게 간구하고 있었
다. 새로운 세계의 적응과 그 시대의 개척을 위해 나는 깊은 환상에
빠졌다. 앞으로 펼쳐질 정국에 대한 관심도 컸지만 머릿속에 떠

오르는 예견은, 새 시대의 주역들이 당황하며 일을 시작하려 한다면 양심과 정의감과 안목을 가진 자를 다시 내쫓게 되리라고 판단해 조국의 앞길에 대해 두려움을 가졌다.

나는 미칠 것 같은 마음속에서 술병을 찾았다. 내 모든 생각을 술잔에 띄워 보내기 위해 잔을 들었다. 의식이 멀어지고 하루를 힘겹게 넘겼다.

길거리에서 만나게 되는 사람들이 어제와 표정이 달라보였다. 사람들은 그들의 표정에서 침묵을 지키려고 애를 썼다. 괜히 이럴 때 아는 체 하는 것이 얼마나 어리석은 짓인가 나는 경험하고 있었다. 곳곳에서 생기는 일들이 시간마다 흘러나오는 뉴스 속에서 사람들의 마음을 최대한으로 위축시켰다.

우리의 가정은 생활이 쪼들리고 있었다. 복덕방에다 내어놓은 집이 흥정되었으면 하는 생각으로 나날을 보냈다. 고독을 느끼며 술잔을 들이켰다. 더욱 조국에 대한 깊은 애정을 느끼며 빨리 취하려고 애를 썼다.

띵해진 머릿속에 세상이 빙글빙글 돌고 있었다. 나만 이런 것일까, 딴 사람도 이런 것일까? 점점 의식이 멀어졌다.

28. 답답한 사람들

내 마음속에 또 답답함을 갖게 하는 일이 생겼다.

주위에서 일어나는 일들이 그랬고 눈앞에 보이는 것이 또 그러했다. 점점 상식을 가지고는 살기가 힘든 일들이 생긴 것이다. 세상 사람들은 남의 일 따위에 입을 떼는 일이 없어졌다. 또 이해할 수 없는 일들은 마음을 안타깝게 만들었고 자신에 대한 고통을 만들게 했다.

그런 어느 날 내가 장사하던 터 앞의 해안도로를 복구한다는 소문이 퍼져서 내 귀에까지 들어왔다. 그러나 그 소리를 내가 다시 한 번 확인하였을 적에는 나는 내 귀를 의심하게 되었다. 내 집과 옆에 붙은 한 집의 앞길만은 방치해 두겠다는 이야기였다. 나는 그런 사람들의 이야기에 납득이 가지 않았다.

주위에는 이상한 소문들이 퍼지고 있었다. 도로복구 공사를 맡게 된 하청회사 노무자들이 일을 떼 준 관청의 행동에 더 답답한 마음이 생기는지 나를 보고 관계 관청에 찾아가서 교제를 좀 해보라고 했다. 우둔한 어떤 사람들은 이런 것이 나의 무능 탓이라고 믿었고, 눈치 빠른 사람들은 이런 일을 보며 나를 동정하는 사람도 있었다.

남항의 수해 자국이 전부 복구가 되었는데 축항도 아닌 도로 부분을 2년씩이나 방치해 오다가 막상 공사를 시작한다면서도 불과 40여 미터를 끊어두고 억지로 버티는 것은 무엇인가 뜻이 담긴 것도 같았다. '나랏일을 하는 사람들이 이런 식으로 일을 한다면?' 하고 생각을 해보니 장래에 닥쳐올 조국의 앞날에 대한 걱정이 앞선다. 어리석게도 나는 이런 일에 대하여 정부의 높은 사람들에게 탄원도 해 보았다. 회답을 받아보면 지난 행동은 나 자신을 이젠 자학에 빠뜨리게 하는 것이었다. 이런 일도 나의 운명 속에 담긴 일이라 생각하면 당장 또 신의 뜻인가, 악마의 짓인가 하는 두려움이, 그 생각이 없어질 때까지 나를 고문하였다.

나는 스스로 위안을 찾기 위해 별의별 생각도 다 찾아보았다. 쓸데없는 짓이 많았던 과거를 청산하기 위해 제5공화국이 탄생할 앞날에 기대도 걸었고, 그것만으로도 부족할 때는 안주 없는 술로 내 정신을 잃게 하였다. 그런 내 앞에 또 슬픈 일이 생기고 말았다.

나를 억지로 사위를 삼았고 내 일을 위해 헌신해주던 처가의 장인이 1980년 추석을 넘긴 다음날 세상을 떠났다는 소식이 전해져 왔다. 나는 장인의 장례를 처가 식구들과 함께 치르고 보니 평소에는 느껴지지 않았던 진실들이 내 가슴 속에 움트고 있었다. 주위에서 좋은 사람으로 소문도 나 있었지만, 사람을 보는 안목이 높았던 장인의 행동이 그동안 나도 모르게 얼마나 의지가 되어 왔는가 하는 사실을 돌아가신 다음에야 깨닫게 되었다. 그때서야 나의 가슴한 구석이 빈 것처럼 허전해져 왔다.

그런 나날들이 계속되었다. 나는 세상에 대해 외로움을 느꼈고 점점 늘어가는 주량 앞에서 멍청한 사람처럼 변해 가고 있었다. 당장 외모부터 달라지기 시작했다. 내 코는 항상 붉어져 있었고 얼굴은 타고 있었다.

아내가 나를 볼 적마다 건강에 대한 충고를 했지만 나는 그런 소리는 한쪽 귀로 흘러버렸다. 나는 그때 내 자신의 몸마저 주체하기가 점점 힘이 들 정도로 약해져 갔다. 엉뚱하게도 한번 멋있게 타락해서 세상에 태어난 재미가 어떤 것인지 시험해 보고픈 느낌도 들었다. 이런 나에게 설상가상이랄까 엉뚱한 일이 또 생겼다.

친구라고 소개해야 할지 감시인이라고 소개해야 할지 모를 사람이 나타나 내 주위에서 그림자처럼 나를 지켰다. K라는 사나이는 술자리에서는 술벗이 되었고 타락해 버리고 싶은 충동을 밖으로 내보일 때마다 어떤 장소건 동행자가 되었다. 내가 다른 사람들과 만나 정치적인 문제나 앞으로 정치 무대로 나설 것이라는 이야기를 하지 않을 때는 그는 나를 괴롭게 하지 않았다.

나는 이런 형편 속에서 나의 무기력함을 정리하면서, 어찌되었건 영도다리 근처에다 열어두고 있던 사무실을 폐쇄시키고 집으로 그 짐을 옮겼다. 사람들과의 접촉을 끊어버리고 혼자 집에 틀어박힌 것이다. 이런 나의 집을 하루도 빠지지 않고 찾아오는 사람은 K뿐이었다.

K는 우연한 기회에라도 사람들을 만나 내 신상과 연결된 장래의 선거 문제나 정계 진출 문제에 대한 이야기만 나오면 눈알을 부릅떴다. 어떤 장소에서건 분위기를 고의적으로 망치는 짓을 했고 연방 적대적으로 대해 왔다. 옆에 있던 사람들은 그런 그의 행동에 그

가 누구인지 몰라 궁금해 하는 눈치를 보이면 K는 선수를 쳤다. 상대 앞에서 이 삼한이 친구라고 인사 소개를 자신의 입으로 하는 것이었다. 이런 순간 내 마음은 세상 덕분에 좋은 친구 하나 사귀게 된 것인지 모를 일이지만 K의 행동에 불쾌해지는 것은 한두 번이 아니었다.

엉뚱한 생각들로 그 해의 가을이 지나가면서 내 귀에는 별의별 소문이 다 전해져 왔다. 또 매스컴이라는 곳에서는 거짓말인지 정말인지 모를 새로운 화제를 전하곤 했다. 사람들은 그냥 신문이나 텔레비전을 보면서 새로운 문제들을 그저 그렇겠지 하는 정도로 받아들였다. 옳고 그른 것은 알 바가 아닌지 알려고 하는 사람도 보이지 않았다.

새 술은 새 부대에 담아야 한다는 말들이 나돌기 시작했다. 지금은 누가 무엇을 어떻게 바라고 있는 것일까?

오랜 역사 속에서 그렇게 힘들었던 대중 정치가 실현될 것인가? 그렇지 않으면 어려웠던 역사 속으로 다시 돌아갈 것인가? 하는 생각들이 오랜만에 나에게 무슨 책임이 있는 양 마음을 안절부절못하게 했다.

신문과 텔레비전에서는 그때부터 뉴스의 초점을 정치 규제자 대상을 두고 특종을 만들고 있었다. 세상의 사람들은 구구한 억측들을 했다.

이런 시간에 K는 아예 한낮 동안은 우리 집에서 기거하듯이 했다. 그리고 헤어질 때는 내일의 계획을 물었다. 나는 자꾸만 K의 행동 앞에서 지쳐가고 있었다.

주위에서 사람들은 나를 보고 때가 왔다고 부추겼다. 그런 순간이 생기면 내 옆에 있던 K는 화까지 내면서 상대와 나의 대화를 끊으려고 노력했다. 그럴 때마다 나의 의문은 'K는 왜 이런 짓을 하는 것일까? 어떤 일이 그의 사명인가?' 세상의 돌아가는 상태를 볼 때 의심이 가는 것은 한두 가지가 아니었다. 하도 달라지기만 하는 사람들의 이야기 속에서 마음속에 숨긴 기대는 어처구니가 없게 되었다.

내 집을 무상출입하는 K라는 남자는 내 의중을 알고 그러는지 모르고 그러는지 무조건 나의 정계진출은 포기시키려고 애를 썼다. 주위의 사람들은 앞으로의 일을 생각하며 격려와 지원을 약속하는 사람들이 있었다. 세상 사람들도 이해관계가 없을 때는 공명정대한 것에 기대를 걸게 되는가 보다.

어떤 믿음 속에서도 불안하기만 한 나의 앞길을 두고 사람들이 나를 어떻게 보건 그건 신경이 별로 쓰이지 않았다. 다만 나 자신의 애정을 조국에 바칠 곳이 없음을 원통해 하였다.

그런 어느 날 규제 대상에 있던 인사들의 명단이 발표되었다. 가슴을 조이며 신문에 난 이름 속에서 내 이름을 눈을 크게 뜨고 살폈지만 내 이름은 없었다. 2차가 발표되었어도 내 이름은 없었다. 이젠 주위에서 사람들이 이번 선거에 내가 출마하게 될 것이라는 것과 당선될 것이라는 사실을 믿는 사람도 있었다. 내 가슴 속에는 불길이 타기 시작했다.

조국을 가지기 위해 조국을 지켜야 한다. 그런데도 정신을 차리면 안타까운 마음만 앞에 있었다. 오늘의 주역들이 가진 생각을 도

저히 알 길이 없었다. 과거를 경험한 나로서는 어떤 일도 상식만으
로 장담을 할 수가 없었다.

나는 새장 속에 들어 있는 새의 마음은 어떨까 생각했다. 허공을
날아보고 싶은 마음이야 오죽하리요마는 튼튼한 날개가 있는데도
허공을 날지 못하니 당하는 자 아니면 누가 그 마음을 알까보냐고
혼자 생각했다. 내 마음속에는 시간과 함께 일어나는 부담이 쌓이
기 시작했다.

겨울은 추워지는데도 내 체온은 열기를 내뿜었다. 또 그런 날 새
로운 시대를 구하겠다는 공약처럼 브라운관의 저녁 프로에서는 선
거꾼의 이야기가 방영이 되고 있었고 물질 속에서 뛰고 있는 비정
한 인간사가 마음을 아프게 화면을 만들었다.

시중에서는 새 술은 새 부대에 담으라는 말이 유행이 되어 사람
들 입에서 흘러 다녔다. 정부가 제시한 시간은 선거까지 3개월이
남아 있었다. 왜 이렇게 큰일을 빨리 서두르는지 모를 일이었다. 신
문의 정치면에서는 정당 이야기가 실려 나오기 시작하였고, 그런
며칠 후부터 우후죽순처럼 정당의 윤곽들이 드러나기 시작하였다.

내 마음속에는 또 고민이 쌓이기 시작하였다. 조국에 대한 희망
을 거느냐, 내 가족들의 마음을 편안하게 해주느냐 하는 문제였다.
나는 짧은 시간 동안 나 자신의 지독한 운명을 생각하면서도 새로
운 희망을 제5공화국에 걸어 보기로 결심했다. 언론매체에서 더욱
요란스럽게까지 사람들의 마음을 들뜨게 했다.

12월 7일은 나에게는 부산시 반공연맹 대강당에서 열린 웅변대
회의 대회장직을 맡은 날이었고, K는 최근에 돌아가신 자기 어머

니의 삼오제 날이었다. 나는 그날 시상식의 자리를 빼어 먹은 채 서울을 향해 특급열차에 몸을 실었다. 눈앞에는 나를 의심하고 원망할 주최 측의 얼굴이 떠올랐다. 열차는 신나게 달렸다. 멍청한 마음속에 기대에 찬 새로운 애정을 담기 시작한 것이다. 내 자신 세상에 태어난 것에 대한 가치를 찾으려고 애를 썼다. 어떻게 해서더라도 내 자신에 대한 사명을 찾아야 한다는 기대를 잊지 않았다.

기차가 서울에 가까워질수록 내 마음속에는 흥분이 일어났다. 제5공화국은 실패가 남지 않는 동포들의 희망을 지켜줄 수 있는 정치를 탄생시켜야 한다고 하는 기대감뿐이었다. 한스럽던 지난날들이 생각이 났다. 자랑스럽지 못한 역사, 핍박받던 민중의 생활을 생각하면서 사랑을 느껴 보지 못하고 자라온 나였기에 이런 일에는 더 큰 야망이 생겼는지도 모른다. 내 행동이 동포들의 앞날에 행복을 줄 수만 있다면 내 영혼은 어떤 고통이라도 감내할 수 있을 것만 같았다. 내 약속은 나의 한스러운 지난날의 경험을 바쳐 민족을 구하고 싶었던 것이다.

나는 내 행동에 깊은 애정을 느꼈다. 달려온 기차가 정시에 도착하자 내 마음은 또 바빠졌다. 만날 사람들을 위해 교통편이 비교적 좋은 삼각동에 있는 우석호텔에다 한실로 방을 구하고 알 만한 사람들에게 전화를 걸었다. 나와 통화가 된 사람들도 시기 때문인지 흥분을 하며 금방 달려오는 사람들이 대부분이었다.

내 숙소인 호텔방 안은 이내 소란스러워졌다. 이번에는 아무도 나의 이런 뜻을 만류하기 위해 말을 끄집어내는 사람이 없었다. 시간이 흐를수록 끝없는 대화가 우리들에게 어떤 희망을 찾게 했다.

나는 비로소 18년간의 지루했던 기억들을 더듬으며 이제야 나의 능력을 바칠 수 있는 시기를 만난 것이 아니냐는 착각에 빠졌다. 당장 취해야 할 행동을 주위로부터 들으려고 했다.

그 시간 내 앞에 있던 사람들은 정신적인 면이나 능력 면에서 이 땅에 남은 인재들 중에서 우리가 빼어 놓을 수 없는, 필요로 해야 할 사람들뿐이었다. 그래서 나는 더욱 자만적이 되었는지도 모른다.

다음날부터는 새로 생기는 몇 개의 정당으로 인사를 가기로 정했다. 앞으로 벌어질 일들은 모른 채 의욕이 생긴 사람들이 나를 찾아와 같은 정당에서 일을 하자고 말을 끄집어내는 사람도 있었다. 뒤늦게 정당을 만들겠다고 발기인 대회에 참석을 하라고 숙소의 전화벨을 울리게 하는 쪽도 있었다.

좌우간 서울은 흥청거렸고 전국에서 올라온 정치 지망생들이 불황에 허덕이던 서울의 숙박업소에다 오랜만에 호경기를 맞게 했다. 신문의 기사는 더욱 열기 있게 정치 지망생들의 가슴에다가 불을 붙여댔다. 나는 나 자신의 최종 결심을 찾기 시작했다.

바로 그날 정오였다. 라디오에서 흘러나오는 뉴스가 사람들을 어리둥절하게 했다. 가칭 자유민주당의 정당 결성을 포기한 선언 때문이었다. 내 머릿속은 뜻밖의 시기에 생긴 일들에 의문점을 갖게 되었다. 내 옆에 있던 사람들이 구구한 억척을 끄집어냈다. 그러나 당사자가 아닌 사람들로서는 그 사람들의 포기 사정을 알 길이 없는 것이다. 나는 이제 내 몸을 담을 곳을 찾아 새로 생기는 정당을 순방했다.

그런데 어제와 다른 것은, 내 조직생활 12년 만에 처음 보는 일이 생긴 것이다. 정당을 만들겠다고 발기를 했던 다수 사람들은 반가워하는데 조직문제를 담당한 실무자들이 당장 나를 대하길 부담스러워하는 인상을 주었다. 최소한 4당 정도까지가 그랬다. 이런 일들은 철모르고 끄덕대던 내 마음에 부담감을 주었다.

왜 그럴까? 이유 모를 사연에 자꾸만 마음이 꺼림칙했다. 무엇인가 나에게 잘못이 있는 모양인데 그걸 알 길이 없는 것이었다. 진리와 양심과 희망 때문에 나는 모순과 싸우기 위해 자신을 내어놓으려던 사명적 철학이 점점 상처를 입어갔다.

세상을 보는데도 사람마다 차이점은 있기 마련이다. 신은 아직까지 나에게 뜻을 전할 수 있는 시기를 만들게 해 주지 않는 모양이라고 느꼈다.

당장에 떠오르는 생각에는, 서울에서 더 구경할 것은 아무것도 없을 것 같았다. 나는 주위 사람들이 눈치채지 못하게 조용히 서울을 빠져나갈 준비를 서둘렀다. 아직도 서울에는 세상 물정 모르는 정치 지망생들로 열기가 넘치고 있었고, 신문은 이런 사람들에게 보다 넓은 지면을 할애했다.

나는 그런 현장에서 도망치듯 서울역을 향해 바삐 걸었다. 구좌석 동지가 가방을 든 채 바쁘게 나를 따라 왔다. 나는 주위를 쳐다볼 여유조차도 없었다. 부딪칠 것만 같은 사람들을 피하며 바쁜 마음이 되어 차를 타는 것마저 잊고 서울역까지 걸어왔다. 경부선 승차권을 팔고 있는 매표소 앞에는 사람들이 창구마다 줄을 잇고 있었다. 어떤 사람이 창구 앞에 가서 금방 떠나는 차표를 돈으로 바꾸려고 했다. 나는 그 사람한테서 부산까지의 차표임을 확인하고 그 차표를 대신 사 주었다. 그리고는 이 순간까지 나를 도우려고 행동을 같이 해 주고 있는 구좌석 동지로부터 가방을 건네받으며 작별의 악수를 나누었다.

이제 기차의 출발시간이 얼마 남지 않았음을 역전에 걸린 시계가 가리키고 있었다. 개찰을 받는 사람들이 바쁜 걸음으로 뛰어갔다. 구좌석 동지가 먼저 입을 떼며 어서 들어가라고 나를 재촉했다. 나는 바쁘게 개찰구를 통과하며 열차의 좌석번호를 찾아갔다. 금방 기차가 기적을 울리며 움직이기 시작했다. 나에게는 이유 모를 부아가 자꾸만 목구멍까지 치밀어 올라왔다.

창밖에 스치는 풍경을 보면서도 여느 때처럼 어떤 감동이 생기는 것이 아니고 갑갑하고 답답한 마음뿐이었다. 그리고 40년이 되어 가는 내 인생에 대해 지나온 추억을 떠올리기 시작했다.

운명은 뜻을 남기려는 나에게 실패만을 줄 것인지 앞일에 대한 궁금증이 내 생각을 두려움 속으로 끌고 갔다. 나는 견딜 수 없게 된 생각 속에서 벗어나기 위하여 기차가 서는 역에서 소주 한 병을 샀다. 한낮의 열차 속에서 혼자서 마시는 소주의 맛은 씁쓸했었지만 취하려고 마시는 술이기에 억지로 입에다 부었다. 얼마 있지 않아 속이 메슥거렸고 얼굴에 열기가 올라왔다. 술기운이 내 몸을 부대끼게 했다. 몽롱한 의식이 다행스럽게 나를 잠들게 해 버렸다.

기차가 부산에 도착을 한 시간은 오후 늦게였다. 곧장 집으로 들어갔더니 내 표정 속에서 아내가 무엇인가 알아내려고 자꾸만 거동을 살폈다. 오나가나 인덕이 없는 놈이라고 생각하며 투정이 생기려는데도 아내는 나의 무거운 표정을 밝게 하려고 어떤 확신에 서인지 싱글벙글 웃음기마저 얼굴에 띄운다.

성질나는 대로라면 소갈머리 없는 여편네라고 쥐어박기라도 하고 싶었지만 오죽이나 나한테 애가 쓰이면 저렇게까지 할까보냐 싶어 또 한번 나 자신에 대한 순간의 외로움을 느꼈다.

사람의 마음대로 되지 않는 세상, 그 세상에 대해 궁금증을 느끼면서도 며칠 동안 나는 집 안에 박힌 채 바깥나들이를 하지 않았다. 괴로운 생각도 슬픈 생각도 술로 기분을 달랬다. 선거꾼들이 간간히 집에 드나들었다. 그들은 내 의중을 알려고 했다. 그들의 가장 큰 관심은 나에게 또 돈이 얼마쯤 준비가 되겠느냐는 것뿐이었다. 며칠 전 방영을 끝낸 드라마의 선거꾼을 본 어리석은 사람들이 한 밑천 잡아 보겠다는 꿈을 간직한 채 돈 있는 사람에게 붙기 위해 미치고 있는 꼴들이 보였다.

이런 꼴을 보아야 하는 나는 내 자신을 지탱하기 위해 점점 많은 양의 술이 필요했고, 몸에 퍼지는 술기가 몸과 정신을 허탈상태에 빠지게 했다.

이런 나날의 같은 행동 속에서도 술로 세상사를 달래지 못해 밖으로 나오면 오가는 사람들이 내어놓는 이야기 속에서 의외의 말들을 들을 수 있었는가 하면, 조국의 앞날이 내 마음속에 걱정을 부채질했다.

신문과 방송에서는 연일 각 정당에서 발표한 조직책의 이름이 신문에 실려 나왔다. 어떻게 생각하면 하나의 이변으로 보이기도 했다. 이런 것을 보고 입을 열어야 하는가 입을 닫아야 하는가. 이제 사회에 진실을 확인할 사람이 몇이나 남아 있는지 그런 것이 의심스럽기만 하였다.

유언비어나 무고죄는 엄벌에 처하겠다는 포고문을 읽을 때 느끼던 섬뜩함에 입을 떼고 싶지가 않았다. 모든 것은 하늘이 알고 있는 것, 내가 어떻게 이 시비를 가늠할 수 있겠는가 싶었다.

하루하루가 지루했다. 시간을 보지 않고 술을 마셨다. 마음속에는 희망을 잊은 채 허탈 상태였다. 안타까운 마음을 지니고 말할 상대를 찾지 못해 비틀거리며 거리를 쏘다녔다.

또 봄이 왔다. 출세하고 싶은 사람들은 이 판에도 많았다. 나는 입가에 혼자 미소를 머금었다. 어떤 사람들은 보기에도 불쌍하게 여겨졌다. 그 가족들을 생각하면 동정이 가기도 했다.

3월은 나로서는 견디기가 힘이 들었다. 국회의원 후보들은 정치적인 어떤 대안이나 소신을 밝히지 않은 채 질서만은 잘 지켰다. 나는 이런 것을 보면서 어느 때보다 선거에 대한 실감을 느끼지 못했다. 내 마음만이 생각하기에 따라 어둡고 두려웠다.

코가 딸기코가 되어서 붉은 색깔을 내면서 부어 있었다. 몸을 술에 절인 것 같은 느낌이 들도록 주독이 들어 있었다.

아내는 세상일에 너무 신경을 쓰는 나를 두고 걱정을 하였다. 남들처럼 살면 되지 무슨 애국자가 되겠다고 그렇게까지 하느냐고 투정도 내놓았다. 일제 때 독립운동하던 사람치고 지금 한 사람이라도 출세한 사람이 있느냐고 물었다.

나는 그런 아내의 말을 들으면서도 이제는 그런 것을 나무랄 여유마저도 잊고 멍청해졌다. 허탈하게 변하는 마음속에서 현실의 고통을 피하려고 눈을 감지 못하는 정의감은 소리 없이 혼자 울었다.

그런 어느 날, 드디어 총선은 끝이 났다. 내 마음속에는 당락에 대해 약간 씁쓸했지만 다른 사람들이 좋아서 뽑아 놓은 걸 가지고 또 이의를 달고 싶지 않았다.

답답한 마음이 풀어지지 않는 속에서 시간은 또 며칠이나 흘렀다. 어느 날 오후 배달된 일간신문의 지방 난에는 서구 암남동 95의 18일대의 46미터의 끊어져 방치되어 왔던 해안도로가 복구 공사를 실시한다는 기사가 실려 있었다. 그리고 나서 1개월이 지난 다음에는 어느 건설 업체가 공사를 맡았는지 깨어진 콘크리트 조각을 기중기로 들어내는가 하면 지면을 고르기 시작하는 것이었다.

내 가슴 속에는 오랜만에 새로운 생각들이 꿈틀거렸다. 세상의 모든 뜻은 하늘이 정한 것이라고 생각하면서 내 자신의 앞날에 대한 생각을 바꾸어 보았다. 오래간만에 차츰 생기가 되살아나는 것만 같았다.

여름철이 되면서 수해지역에는 다시 도로가 생겼다. 공사를 맡은 건설회사가 철수를 했다. 열심히 장사나 해 볼 참이었다.

나는 우리들 소유의 남은 땅을 고르면서 도로와의 옹벽공사를 내손으로 처리하면서도 어쩐지 마음 한 구석은 씁쓸한 데가 있었다. 관청에서 감독한 부분의 공사를 마친 자리가 어쩐지 마음에 자꾸만 걸렸기 때문이었다. 나는 다음에 닥쳐올 재난을 생각하니 마음이 고달팠던 것이다. 어떻든 빚돈을 내어 와서 공사를 시작한 것이 며칠이 지나자 옹벽공사도 끝이 나게 되었다.

무더운 여름의 날씨는 계속 더웠다. 공사를 다 해 놓고 살펴보니 이젠 지난번에 하던 모래 장사 같은 것은 할 수가 없게 되어 있었다. 엉성하게 한 도로쪽은 옹벽공사가 지반을 제대로 조성을 못한 탓으로 아무렇게나 큰 돌이 물 밑에 묻혀 있었기 때문이었다. 또 이런 것을 두고 볼 때 세상 사람들이 일하는 것이 답답하였다. 태풍이 온다면 저런 것이 견딜 수가 있을 것인가? 하는 의심이 자꾸만 내 마음에 의문을 남겼다.

그러던 어느 날 바다의 물결이 거칠어졌다. 태풍이 올 것이라는 기상대의 예보였다. 그 다음날은 바다가 뒤집히기 시작하였다. 파고는 점점 높아졌다. 기상대의 발표는 시간마다 달라졌다. 태풍이 우리나라의 근해를 스치며 지나간단다. 약간의 안정이 되기도 했지만 어쩐지 바다쪽이 안심이 안 되는 마음이었다. 그날 오후 2년이나 걸려 완성을 시킨 도로가 힘없이 깨어지면서 새로 복구를 했던 부분들이 물밑으로 떨어져 나갔다.

나는 이런 과정을 보면서 기가 차기 시작했다. 잠시 나에게 머물던 안정 같은 게 금세 허물어져 버렸다. 내가 손해 본 부분보다 당국에 대한 불신으로 가슴이 더 아팠다. 왜 세상은 이래도 되는 것인가? 억울한 자가 동정을 받지 못하는 세상이 정말 나에게는 싫었던 것이다.

이런 내 마음을 또 아프게 하는 것은 수재민을 돕자는 구호였다. 나는 웃음이 절로 나왔다. 연일 떠들어대는 보도기관의 내용들에 대해 아예 관심조차 없었다. 기막히는 사연을 말한 곳조차도 잊어버린 슬픈 감정을 술이 아니면 주체할 수 없어 나는 끝내 미치고 말았을 것이다.

긴급복구라는 것을 두고 질질 몇 년을 끌어온 것은 무슨 사정 때문인지 모르지만 억지로 공사를 마치는 기분으로 끝을 낸 지 며칠 되지 않아 또 그 자리만 터져버리니 이번에는 수해 지역과 관계가 없는 사람들까지도 나름대로 공사 자체의 불신보다 당국에 대한 원망이 쏟아져 나왔다. 파도 때문에 터진 것인가, 대비성 없는 부실에서 생긴 일인가 하는 의문들이었다.

이쯤 되니까 관계되었던 관청에서 입을 열었다. 그 내용이 신문에 보도되었는데 워낙 파도가 세었다는 것이다. 그런데도 이상한 것은 주위의 파괴된 부분 전부가 관에서 감독한 그 공사구간만 손실이 있었던 것이다. 가슴이 답답하고 억울하기만 하던 나와 같은 사람들한테는 물어보는 사람도 없었지만 말할 곳도 없었다.

연거푸 수해를 당하다 보니 지난번에도 경험한 바가 있었기에 아예 이번에도 나와 같은 수재민을 도와주지 않을 것을 알고 있었다. 그런 나에게 어떤 사람이 우리집까지 찾아왔다.

자발적인 행동인지 누가 모르고 시킨 것인지는 모르지만 이웃의 안면 있는 영감님이 날 찾더니 수재민을 돕겠다는 것이었다. 나는 금방 눈이 크게 떠졌다. 이번에는 진짜구나, 우리가 수해 당한 것은 신문에도 나지 않았는데 아무리 이웃의 일이라고 하지만 어떻게 알았을까 생각하니 반가웠다. 그래서 금방 내 얼굴이 어느 구세주라도 만난 듯 기분이 좋았는데, 나중에 영감님의 본 심중을 알고는 기가 막혔다.

날보고 기부금을 내라고 억지를 썼다. 나는 기가 막혀 말이 나오지 않았다. 사람들이 모두 왜 이럴까 한심한 생각이 들었다. 나는 당장 감출 수 없는 불쾌한 감정을 노골적으로 지닌 채 '도대체 내가 돈을 주면 어떻게 하겠느냐'고 물었더니 그냥 수재민 도와주려고 그런단다. 그래서 '돈이 거둬지면 누굴 가져다 줄 것이냐'고 계속 물었다.

나에게 성금을 요구했던 영감님의 얼굴이 붉어지기 시작하였다. 나는 비로소 내가 태풍의 피해로 파산지경에 이른 이야기와 연거푸 수해의 피해를 입었지만 지원은 고사하고 말이나마 정답게 한 번 말하는 사람이 없더라고 푸념을 하니 그 사람은 도망치듯 내 앞을 떠나갔다. 다시 나는 '역시 세상이 큰일이구나' 하는 생각이 들었다.

이러한 사실은 어디 떠들 것도 못된다. 신문에 하도 유언비어를 단속한다고 하는 기사가 자주 실리니 사실을 말해도 사실이 아니라면 누가 이런 일을 증명할 것인가 하는 생각을 하니, 이런 것이 희극인가 비극인가 구분이 안 되었다. 나는 속이 타고 답답했다.

술로 시간을 메꾸었다. 내 스스로 육체를 박해했다. 참으로 힘드는 세상일을 보며 산다고 느끼니 삶이란 자체가 어느 절의 스님이 이야기했던 말처럼 고해인가 싶었다. 다른 사람들도 이런 마음을 느끼고 죽을까, 나만 느끼게 되는 것일까? 나는 내 자신 앞에 있던 모든 희망을 잃어버리고 말았다. 예견은 했었지만 정말 무서운 세상이라고 느껴졌다.

허무하고 고독한 자기 자신을 보아야 하는 슬픈 비애가 말조차 내어놓을 곳이 없었다. 술에 의해 뱃속의 간과 창자가 시달림을 받다가 병이 되는 것 같은데도 가만히 시간을 보낼 수 없어 또 술을 마셨다.

그런 늦은 여름의 밤이었다. 1981년 8월 14일 저녁 10시가 넘은 시간이었는데 전화벨 소리가 내 신경을 괴롭혔다. 끊기지 않는 신호 소리에 나는 힘들게 수화기를 들었다. 다급하게 전화의 저쪽에서 나를 찾았다. 내가 이삼한이라고 했더니, 금방 목소리가 변하면서 반가운 목소리로 인사를 한 사람은 서울에 살고 있었던 최희수 동지였다. 그가 나한테 전해준 말은 슬픈 내용이었다. 구좌석 형의 죽음을 알려주면서 밤차로 올라오라고 하였다.

나는 엉망으로 마셨던 술이 금방 깨어버렸다. 얼떨떨하던 기분이 허탈로 변했다. 내 급한 성질은 이럴 때 또 본색을 드러내었다. 시계를 보면서 마지막 서울행 밤차를 타기 위해 서둘러댔다. 아내를 닦달하여 여비를 구해 오게 하였고 미친 사람처럼 집을 뛰쳐나왔다.

피서철이어서 그런지 역에 도착해 보니 역전에는 서울 쪽으로 올라갈 젊은 인파들로 매표소 앞이 붐비고 있었다. 길게 늘어선 줄 뒤에 붙어서 입석표 한 장이라도 사야겠다는 마음으로 자꾸만 시계의 바늘에 신경을 썼다.

당일 부산을 떠나는 마지막 열차 안은 입석표를 지닌 사람들은 서 있기에도 괴롭게 했다. 사람과 사람 사이에서 열기가 일어났다. 큰 덩치인 몸을 아무 곳에나 좌석표를 산 의자에 끼일 수도 없고, 남의 의자 옆에 잠깐 기대어 서면 젊은이가 엉덩이를 밀어내곤 했다. 몸이 고단해지니까 시간은 더욱 느리게 갔다. 지루한 마음과 싸우기에는 정신도 지쳐버렸다.

급한 마음속에서는 투정이 나왔다. 죽은 자를 두고 산 사람 고생시킨다고 욕을 해 놓고 비로소 웃었다. 지루한 시간 때문에 지난 15년 간 그와 나 사이에서 생겼던 일들을 생각하면서 얼마간은 감회를 느꼈다. 할 일이 많은 나를 두고 가다니, 또 누구와 사귀어 진실한 동지라 믿고 세상에 대한 꿈과 뜻을 논한단 말인가. 새삼 운명을 달리해 버린 그를 두고 아쉬움이 일어났다.

어둠 속을 뚫고 밤새 달려 온 기차가 서울 시가지를 항해 들어갔다. 나는 열차 안 세면장에서 물로 얼굴을 닦으면서도 오늘 하루 동안에 겪을 일들을 생각했다. 다행히 열차에서 내리니 그 시각에 서울역의 그릴이 문을 열어두고 있어서 이용할 수가 있었다.

최희수 동지의 집에다가 내가 상경한 것을 알렸다. 최 동지는 곧 나오겠다며 전화를 끊었다. 급한 대로 서울에서 알 만한 다른 동지들한테도 연락을 취해 주어야 하겠는데 8·15라는 날짜 때문에 연락하는 것이 힘이 들었다.

내가 구좌석 동지를 위해 마지막으로 지켜야 하는 일들을 머릿속에서 찾으며 최 동지를 기다렸다. 만난 지가 서로 제법 된 최희수 동지는 생각보다도 빨리 반가운 얼굴로 역 그릴에 나타났다. 그런 그가 나를 자기 차에 태워 안내하기 시작했다. 우리 두 사람은 병원에 안치된 초라한 구좌석 형의 빈소를 찾아간 것이다. 그 집 가족들이 내 얼굴을 알아보고 오열을 터뜨렸다.

나는 그의 빈소 앞에서 제단 위에 놓여진 사진을 대하자 비로소 그가 죽었구나 하는 실감이 났고, 지난날의 그의 행적을 생각하면서 양심과 정의감 때문에 고생을 하던 그를 생각하게 되어 눈물을 흘렸다. 경주에서 국회의원을 지낸 심봉섭 형이 빈소의 호상을 보고 있었다. 우린 좌석 형의 지난날에 대한 이야기와 장례 문제에 대한 이야길 했다. 고인의 동생이나 자매들도 나와 심봉섭 형의 의견에 의지하려는 눈치였다.

나는 밤새도록 눈 한번 감아 보지 못한 몸이었기에 피로가 생겼다. 분위기는 이런 나를 계속 붙들었다. 여름철의 하루해가 지친 사람들한테는 더 길었다. 저녁때가 되니 다음날 치를 장례를 두고 장지 문제 때문에 실랑이가 일어났다. 고인의 동생들은 경기도 광주에 있는 선산 쪽에 묻자는 것이었고, 처는 서울 근교인 기독교 공원묘지에 묻자는 의견이었다. 양쪽 다 고집이 대단하여 양보가 없었다. 또 고인이 생전에 다니던 교회목사가 와서 묘지에 관한 모든 비용은 자기네가 책임을 지겠다고까지 했다. 여러 사람들의 의견이 서울 근교인 일산으로 정해졌다.

나는 고인의 동생들을 설득하여 그렇게 하도록 권했다. 고인의 동생들도 내 말을 들었다. 시간은 저녁나절이 다 되었다. 그때서야 나를 보고 사람들이 어디 가서 좀 몸을 쉬라고 권하면서 어떤 사람들은 자기네 집으로 가자고 했다. 평소 고인과 친하게 지내왔던 몇 사람의 일행은 병원의 빈소에서 유족들만 남겨두고 내일 있을 장례식을 생각하며 자리에서 일어났다.

나는 최희수 동지를 따라 천호동으로 갔다. 죽은 사람을 생각할 때 한없이 쓸쓸했다. 어디서이든 나의 허전한 마음을 위로 받고 싶었다. 피로하던 생각들이 점점 사라졌다. 참 좋은 벗이었는데 하는 생각이 자꾸만 떠올랐다. 최희수 동지는 이런 나한테 약간의 술을 먹였다.

8월 16일 장례식을 치르기 위해 병원으로 들렀다가 어떤 소리에 충격을 받았다. 구좌석 형의 죽음은 병사가 아니고 자살이었던 것이다. 병원 측에서 끊어 준 진단서에서 확인을 하면서 그의 죽기 전 고통을 생각하였고 금세 숨가쁜 고통이 나한테서도 느껴졌다. 세상을 다 살지 못하고 죽은 젊은이의 한이 내 가슴에 쌓였다. '왜 죽었어. 말 좀 해 봐.' 아무리 물어도 내 귀에는 그의 목소리가 들리지 않았다. 죽음의 원인을 모르니깐 더 답답했다. 주위에 있던 사람들은 갖가지 억측들을 하였고 그때서야 그 당시 주변에 있던 사람들이 일어났던 일들을 이야기하였다.

유족들 속에서는 분위기가 험악했다. 나는 죽은 자를 더 욕보여서는 안 된다고 생각했다. 흥분한 사람들을 타이르며 서둘러서 장례절차를 추진했다. 영구차가 서울특별시의 경계를 넘어서자 비포장도로 위를 덜컹거리며 달렸다. 내 머릿속에는 지금까지 고인과의 사이에 있었던 조그마한 일까지도 떠올랐다.

나라를 위해 생명을 버리겠다던 그가 이유도 남기지 않은 채 세상을 자살로 끝내었다는 사실은 납득이 안 갔지만 그의 죽음에 이유가 있다면 상당한 이유가 있었을 것 같은 두려움이 감추어지지가 않았다. 공동묘지에서는 그곳의 인부 둘이 미리 관이 들어갈 구덩이를 파두고 우리가 도착하기만을 기다리고 있었다. 나는 이런 현장을 보며 목이 메여왔다.

"친구여, 동지여, 고이 자거라. 너의 최후의 비극이 슬펐더라도 나 또한 너와 닮은 곳이 있으니 조국을 위해 네 몫까지 다해 놓고 죽을 것이다." 하는 말들이 약속처럼 목에서 올라왔다.

서울에 다녀온 나를 두고 아내는 더욱 내 건강에 신경이 곤두서는 모양이었다. 나는 점점 삶 그 자체에 대해 허무한 것을 느꼈다.

하루하루가 세상에서 생기는 일 때문에 허탈 상태에 빠지는 마음과 이 세상에 혼자 남은 것 같은 고독 속에서 염세적인 생각에 잠기기도 하였고, 내 자신에 대한 절망을 느끼기도 했다. 정말로 하루하루가 지루하였고 현실에 대한 의욕이 상실되고 있었다. 또 다시 내 생활은 술에 의해 위로를 받기 시작하였다.

나는 염치 좋은 얼굴로 나와 함께 술을 마셔줄 사람을 찾아 길거리를 헤매며 찾아다녔다. 얼굴은 수척해져 갔고 코가 점점 또 붉게 빛을 냈다. 아내는 이런 나를 두고 언제나 그랬듯이 걱정하기 시작하였다. 죽어버리기라도 했으면 하는 내 마음을 알고 그러는 것일까.

나는 내 자신에 대해 모든 것을 잊어버리고 싶었다. 선이 무엇이며 악이 무엇일까? 지나고 나면 남는 것은 추억뿐인데 사람들은 왜 같은 것을 똑같게 이해하지 못하는가? 영혼은 자기를 구하기 위해 육신을 받아 세상에 태어났는데 육신 때문에 욕망의 유혹 속으로 떨어지고 만다.

나는 누구인가. 왜 다른 사람과 다른가. 끈질겼던 생명력, 기적처럼 이어지는 사연들, 고통뿐인 운명 속에서 아름다운 추억들을 간직한 삶.

모든 것에 대해서 의문이 생겼다. 나는 어떻게 살아야 하는가? 그런 문제에 누가 대답을 해주길 기다렸다. 그러던 어느 날 나는 내 자신에 대해 지금까지 느껴보지 못한 신체적 결함을 발견하였다. 온몸에 맥이 풀렸다. 가까운 거리를 걷는데도 힘이 들었다. '이러다가 죽게 되는 것 아냐?' 하고 생각하면 무엇인가 미련이 남았다. 삶에 대한 아쉬움이 나에게 남아 있구나 하는 것을 느낀다.

건강상태를 알아보기 위해 병원을 찾았다. 내과 전문의는 술 때문에 간이 많이 상했다고 겁을 주었다. 입원을 하라고 권했지만 입원 수속에 따른 치료비를 생각하니 또 금방 죽을병이 아니라고 모호한 대답이 튀어나왔다.

의사의 말 때문인지 술이 싫어졌다. 약국에서 흔하게 구할 수 있는 간 치료제 몇 알을 사서 복용하기 시작하였다. 하루하루 지남에 따라 내 몸에는 생기가 다시 돋아나기 시작하였다. 가슴 속에 죽어가던 정의가 되살아났고 조국에 대한 새로운 애정으로 아쉬움 같은 걸 느끼기 시작했다.

나는 또 다시 나의 사명을 찾기 위해 깊은 생각과 어떤 이론을 열심히 구상하기도 했다. 인간이 당하는 문제는 스스로 마음속에서 해결될 수 있다는 사실을 느꼈다.

내가 이 땅에서 해야 하는 일은 '동포들 앞에 나의 양심과 용기 그리고 노력을 바쳐야 한다'고 생각했다. 그런데도 이런 일은 오늘의 정치적 현실이란 문제 때문에 용이한 일이 아니었다. 이 땅 위에는 권력의 집단이 있었고 악이 있었고 육신의 욕망이 있어 나의 행동이 거부되고 있었던 것이다.

'신은 이런 나를 위해 기적을 보여 주지 않는다. 사람들은 나를 대수롭지 않게 여긴다. 답답한 것은 내 마음뿐이다. 우리 주변에는 여러 가지 여건 때문에 어려운 것이 많다. 그런데도 어떠한 진리를 그 누구도 다시 내세우지 않는다. 내일의 문제를 위해 지금 죽으려는 자는 없는 것이다. 뻔한 사실을 두고 속고 속이려고만 하는 것이다.' 이것이 오늘날 배운 사람들의 논리일까? 입으로 말하는 것이 수월하다고 함부로 사실을 오도하는 이 엄청난 사실을 숨기는 데에는 어떤 자신감이라도 두고 하는 일일까. 영원히 속일 수 없는 것은 진리인데 우리가 살고 있는 사회의 장래가 염려되기만 했다.

자신을 위해서는 먼저 자신과 싸워야 하고 동포를 위할 줄 아는 사람은 먼저 동포와 싸워야 하는 진리가 떠올랐다. 나는 조국을 위해 자신을 바친다는 일이 얼마나 힘드는 일인가를 머리에 떠올려 보았다.

괴로움과 함께 할 양심, 위험과 함께 할 정의, 굶주림 속에서 찾아야 할 외로운 용기. 나는 지금 이러한 생각 때문에 누구보다도 더 오래 살고 있다는 현실의 지루함을 느꼈다. 정말 딱한 세상만 보게 되니 만나는 사람마다 붙잡고 나의 이론을 전하면, 현실에서 살아야 하는 눈치만 남은 사람들이 옳은 말을 해도 시치미를 뗀다. 나는 이런 일을 보면서도 누구도 탓할 수 없는 세상의 일들을 한탄만 할 수가 없었다.

양심, 자신을 괴롭히는 이 양심에 의지하여 살려고 하니 더욱 힘들 뿐이었다. 자학과 자책이 나를 가만히 두어도 지치게 해 버렸다. 이제 정말 기다려 볼 것도 찾아볼 수도 없었다. 내가 이 땅에 태어나 고독하게 살았지만 부끄럽지 않게 살았다는 추억을 생각했다. 고집스럽게 지킨 양심이 어떤 때는 위로가 되었다. '누가 오늘의 우리를 구할 것인가. 하늘이여 축복을 주소서. 사람들이 진리를 깨우치게 도와주소서.' 나는 내 스스로가 감당할 수 없는 일들을 기도하기 시작했다.

그런 어느 날이었다. 1981년 12월 26일, 세상에 대한 실망을 느끼면서 우리가 살고 있는 시대에 대한 배반만 하는 사회에서 또 한 번 당해야 하는 운명이 남아 있었다.

29. 잘난 바보

아내가 나를 찾더라는 이야길 들었다. 나는 집에다가 무슨 일인가 전화를 걸었다.

아내의 다급한 목소리가 "그것 부도났습니다" 했다.

나는 그 소릴 듣고 눈앞이 캄캄했다. 설마 하면서도 의심이 생겼다. 세상에 대한 허탈감이 마음에서 일어나고 있었다. 평소에 보던 친분만 믿고 남을 도운다고 내 딴에는 거짓말까지 해서 얻어다 준 돈이었기 때문이다.

처음 수표를 보고 믿어도 되느냐고 말까지 했고, 또 두 사람이 지급지 은행에다 조회까지 해 본 어음이었다. 그때 수산업협동조합 부산시 다대지점 소장이라는 신분까지 밝힌 사람이 전화를 받은 것이다. 수표 이야길 하자 그 물건 같으면 자기가 책임을 질 수 있다는 말을 했다. 나는 그 소릴 듣고 잠시나마 사람들과 사회를 의심한 내 마음에 부끄러운 마음까지 느낀 적이 있었던 것이었다.

생각을 할 때마다 죽일 놈들 하는 격한 감정이 속에서 위로 올라왔다. 배반이 상식이라고 믿어 온 속된 자들을 찾아서 거리를 헤매기 시작했다. 금방 눈이 뒤집혀질 것만 같았다. 12월의 쌀쌀한 기온을 피부에 느끼면서도 골목길에 숨어서 잠복까지 하며 기다린 끝에 돈을 가져간 영감님을 만났다. 나를 본 영감님은 처음에는 당황하는 척하더니 곧 태연해졌다. 자기도 받은 것이라고 시침을 뗄 때였다. 그러다가 어쩔 수 없는지 나를 데리고 발행 회사라는 곳까지 찾아갔다.

나는 당장 그곳에 가보고 '사기 당했구나' 하는 것을 느꼈다. 계획적인 것이 눈에 보였다. 나는 영감님을 놓치지 않고 계속 다그쳤다. 내 성질을 아는 영감님은 부산 땅에서 이삼한을 사기꾼 조직 정도가 감히 손을 정면으로 대고 싸울 수 없을 것이라는 것을 알고 쩔쩔매었다.

뒷날은 금융기관의 소장이라는 자를 좀 혼을 내어 주어야 되겠다고 생각하며 점포 소재지로 찾아갔더니, 일주일 전에 사표까지 내고 급히 퇴직금까지 챙겨서 도망친 후였다.

나는 다시 역장이 무너지고 있었다. 사람들의 양심을 두고 환멸을 느끼기 시작했다.

믿어주는 자를 배반해야 하는 딱한 행동을 재주처럼 여기는 사람들보다 이러한 것을 두고 언제까지나 방치해 버릴 것인가 하는 사회의 양심에 분노가 치솟았다. 나는 비로소 이런 일이 흥분만으로 해결될 일이 아니라고 생각하고 하나하나 사람들의 이야길 들으면서 정리를 했다.

3,000만 원이나 되는 부도 난 어음 뒷면에는 수협 다대지소 소장의 배서날인이 되어 있었다. 지능만 가지고 몇 개월에 10억 정도는 챙겼구나, 생각을 하면서도 마음은 씁쓸했다. 돈은 십 원도 변상을 하지 않으면서도 어떻게나 일당들이 수습을 잘 하는지 나를 제외

한 다른 사람들은 멍멍하게 김이 빠져 갔다.

나는 발행자의 뒷조사를 했다. 발행자는 여러 번 사기 전과가 있었으며 전에도 이런 일을 한 부정 수표 전과자로 그의 앞으로 된 재산은 없었다. 돈을 가지고 있지 않은 전과자의 수단치고 놀라웠다. 아니, 양심이 중히 여겨지지 않는 이 땅의 이야기였다.

수협의 소장이라는 자 역시 돈 씀씀이로 소문이 나 있었고 뒤에는 여자가 몇이나 있다는 소문도 있었다. 두 사람의 연극이었을까, 나는 의심이 생겼다. 이야기 뒤에는 서울에 두목이 있다고 들렸지만 더 추적할 수가 없었다. 더 알아도 아무런 해결책이 나에게는 없었기 때문이었다.

나는 이 일이 나 개인한테도 문제가 있었지만 사회에도 문제가 있었다는 것을 느꼈다. 여러 날이나 시간을 두고 생각했다. 이런 일을 법률에 호소하면 될까. 법이 사회정의를 대변하느냐가 의심이 생겼다. 이런 이야길 하면 나를 이상한 사람이라고 다음 세대 사람들이 생각할지 모르지만 민사사건 수사개입, 불개입의 원칙은 지능범이 저지른 일을 그가 붙잡혀서 고백하기 전에는 정의를 아는 수사관인들 어떻게 해볼 수도 없는 것이다.

고소장에다가 내력을 다 써서 납득이 가게 하려면 며칠 써야 할 것이고 그렇다고 그 효과조차도 분명치 않았고, 이런 사회에서 항상 높은 분들의 훈계가 비방하기 없기로 되어 있는데 사실대로 내가 먼저 판정을 해가지고 이 자들이 사기꾼이요 하고 써낼 수도 없었다. 또 발행자가 조직을 가진 전과범이요 하고 말할 수도 없는 것이다.

한 놈은 여자를 셋씩이나 먹여 살리기 위해 수표 용지, 어음 용지 꺼내어 주고 점포에 드나드는 고객들 돈 네다바이 한 자요 하고 고함을 칠 수도 없는 것이다. 생각해 보니 더 기가 막혔다.

우선 정의를 살리겠다는 사명을 가진 곳이 있어야 찾아가서 이야길 해볼 수 있을 것이 아닌가 하면서도 그냥 덮어두고 넘어가기에는 내 양심이 허락을 안 했다. 방송국과 모 신문사의 사회부에다가 전화를 걸었다. 이러이러한 일이 있으니 취재해 보면 재미난 것이 드러날 것이라고 일러 주었다. 저쪽에서는 알았다고 했다. 나는 그날 내내 뒷날까지 이틀간이나 뉴스 시간마다 라디오와 텔레비전 앞에서 귀를 기울여도 결코 그 사건에 대한 언급은 나오지 않았다. 신문도 마찬가지였다. 마지못해 직접 아침 9시경에 방송국에 찾아갔다. 그러나 나는 세상에 대한 충격과 실망만을 느껴야 했다.

기자들은 사건을 확인하려 들지 않았다. 내가 사기꾼들의 다음 음모를 막기 위해서라도 이 사건만은 너무 엉터리가 많으니 취재를 해서 세상에 알려줄 것을 요구해 보았지만 기자들은 매우 불쾌한 인상까지 보여 주었다. 세상이 왜 이 지경이 되었을까. 아무리 생각해도 이해가 가지 않았다.

내가 언론의 사명이 무엇이냐며 따지자 그때서야 경찰서로 가보자며 더욱 불쾌한 얼굴로 나를 두고 말을 하였다. 세상이 나를 웃겼다. 단순하게만 생각했던 주위는 내 생각과는 너무나 많이 달랐던 것이다. 그래도 내 마음 한쪽에서는 어떤 기대감을 가지고 기자가 일러준 경찰서의 한 부서로 약속된 시간에 찾아갔다. 방송국의 기자도 그 시간에 경찰서로 들어왔다.

그는 나를 보고 아예 사람 취급도 하지 않은 채 경찰서의 경제 담당 형사를 보고 내가 방송국에 찾아와서 따지더라고 항의 비슷하게 말했다. 경찰관이 나를 확인하고 인사를 했다. "이 선생, 나를 알지 않소. 이리 찾아오면 되지 방송국에는 무엇하러 갔소?" 하면서 상세하게 고소장이나 한 장 써서 내라고 했다.

그때 부산에서 발행되던 모 일간 신문사의 기자가 말을 붙였다. 당신이 우리 회사에 전화 했느냐는 것이었다. 나는 그렇다고 대답을 하였다. 그는 나를 두고 모욕적인 말로 무안을 주었다. 돈놀이 하는 사람이냐고. 나는 사기꾼보다도 이제는 기자라는 사람들의 행동이 불쾌했다. 또 그는 서슴없이 함부로 말을 하였다. 한번 혼을 내어 주려고 했는데 만나보고 참는다는 말까지 했다.

나는 당장 기자의 말을 받아 "여보, 나는 사회를 밝히기 위해 15년간이나 투쟁했던 사람이요." 하니, 나이가 나보다 어려 보이는 기자가 자기는 25년간 나라를 위해 일했다는 것이었다.

나는 도대체 내가 이런 자들과 말대꾸를 한다는 사실에 수치감을 느꼈다. 나는 그곳을 얼른 나와 버렸다. 혼자 길을 걸었다. 사회의 장래가 걱정으로 변해갔다. '용서할 수 없는 놈들!' 하고 이가 갈렸다. 주위에는 아무 곳에도 믿을 곳이 없다는 것을 확인하고 나니 걷고 있는 다리가 후들거렸다.

날이 갈수록 양심이 견딜 수 없는 고문을 당했다. 정의사회구현이라는 팻말을 길거리에서 보면 고개를 돌려버렸다. 사실은 사실대로 말해 주어야 착한 자도 살아갈 수가 있는 것이라는 생각이 떠올랐다.

마음속에는 앞으로 더 살아가야 할 장래가 걱정이 되고 있었다. '억울한 사람은 있는데 억울한 사람의 친구는 없다.' 한 마디로 이 땅에 정의가 죽은 것이다. 이 슬픈 사실을 사람들은 확인하지 않고 살아갈 뿐이었다.

봄이 되니 또 충격적인 사실들이 나를 기다리고 있었다. 시골 하동河東땅에 살고 있는 우리 남매 중에 제일 큰 누님께서 한 번 다녀 가라고 연락이 왔다. 또 다음날이 되니 빨리 올라오라고 전화통에서 성화를 댔다.

나는 누님의 사정이 급함을 알고 급히 고향인 하동으로 올라갔다. 오래간만에 나를 만난 누님이 살았다는 듯한 숨을 내어 쉰다. 나는 누님이 내게 올라오기를 독촉한 사정 이야기를 들었다. 시골 구석에서도 기막힌 일이 일어나고 있었다.

책임감 없는 몇 사람이 구획 정리위원인가 하는 꼭두각시가 되어 입지 조건이 도저히 합당하지도 않은 곳인데도 불구하고 경지 작업을 한답시고 무지한 사람들을 울리는 일을 시작하고 있었다.

처음부터가 웃기는 일이었다. 세 동강 난 논을 두 동강을 만든다고 50여 만 원 가까이 부담금을 물라고 했다. 왜 그렇게 많은 돈을 내야 하느냐고 물으니 모두 다 동의한 일이라는 대답이 나왔다.

그 동네 구장이라는 사람은 돈만 내면 모를 심기까지 다 해준다는 것이었다. 나는 당국을 믿고 건설회사를 믿고 그곳 꼭두각시 노름을 하는 구장 말을 믿었다. 그러나 정의가 부족한 곳에서 믿음이란 언제나 낭패를 몰아왔다.

공사가 끝나고 나니 50cm의 논두렁이 2m로 변한 것 외에는 우

29. 잘난 바보

리 소유의 땅 주위에는 파괴뿐이었다.

멀쩡한 수로를 새로 만든다고 깊게 파서 용수로마저 끊어버렸다. 남의 토지 위에서 파괴 행위를 한 것으로 인해 우리에게는 엄청난 일거리가 생겼다. 어처구니없는 일을 당해 항변할 곳이 없는 사람이 되어 참고 있자니 이젠 서서히 수작이 드러났다. 파괴된 논두렁은 개인더러 자기부담으로 하라고 했다.

토지의 12%는 유지들을 위해 그럴듯한 명목으로 빼앗아갔다. 1,025평이라고 받은 논은 실제 750평뿐이었다. 싸움 싸움 하여 항의를 하니 온갖 욕설을 하며 군청 직원은 측량기사와 상의하여 나머지 모자라는 토지 부분을 떼어주긴 했지만 이것도 잠시 입을 막기 위한 수작이었다. 이젠 경지 작업을 하기 전보다 논의 지형이 더 나빠졌다. 세 동강은 여전히 세 동강이었다. 오히려 불도저가 파괴시킨 논두렁을 다시 만드는데 공사비가 60여만 원이나 더 들었다. 또 나를 놀라게 한 것은, 우리를 도와준다고 국고 보조가 우리 앞으로 약 200만 원 정도 나왔다는 것이었다. 우둔한 내 머리에도 떠오르는 생각은 '몇 놈 돈푼깨나 만지겠다'는 생각뿐이었다.

그런데 또 며칠이 지나고는 가한지를 해준 논에다가 말뚝을 박았다. 우리에게는 약 900평만 가지라는 말이었다. 정말 어처구니가 없었다. 이번에도 또 당하고 보니 하자에 책임질 놈은 세상에 하나도 없었다. 항변을 하면 도리어 협박을 했다. 계산을 해보니 기가 막혔다.

1,158평에서 258평은 강제로 빼앗길 형편이고, 부담금과 논두렁 만든다고 들인 작업비만 근 110만 원 정도다. 또 당국에서 농민 도

와준다고 보태주었다는 200여만 원을 합치면 310여만 원이 된다 하더라도 돌려받은 900평이 얼마나 땅값이 나갈지 몰라도 땅위로 불도저가 4시간 지나간 대가가 땅 ½을 날린 형편이 되었다. 생각하면 어처구니가 없고, 세상을 보면 딱하기만 하였다.

이런 일이 국가가 국민을 돕는 사업일까? 화가 치밀어 올라왔다. 이렇게 해도 무사하기만 한 세상이 한심하기만 했다. 억울해도 항변할 곳이 없는 세상이고 또 당할까 봐 입을 다물어야 하는 사람들의 마음은 말할 수 없이 아팠다. 책임을 가질 줄 모르는 사람들, 정의를 박해하고 양심을 미워하는 사람들, 이 땅에 그런 자들이 살기에 우리는 희망을 빼앗기고 말았다.

나는 모든 사실을 알고 나서 정의를 찾아 헤매었다. 하동군수를 찾아갔고, 또 도의 농정국장을 찾아가 보았다. 결국 나는 없는 살림에 차비만 날린 결과 외에는 아무런 소득도 얻지 못했다.

억울한 자가 억울하다고 말을 하면 양심을 잃어버린 자들은 도리어 불순하다는 눈치다. 내가 도청의 높은 사람을 찾아가서 최후로 한 말은 "담당자들은 바보 천치인가? 부정과의 결탁인가? 국가지원 사업을 통해 국민의 불신을 조작하려는 반역행위인가?" 하는 것들이었는데, 내 항변을 들은 상대방의 대답은 언제나 침묵 속의 조소였다.

억울하다. 억울하다. 그러나 이 억울한 자를 도우려는 친구가 이 나라에는 분명히 없는 모양이다. 그러니까 이런 일은 또 일어난다. 외쳐도 외쳐도 메아리조차 없는 외침이 되었다. 온몸에 힘이 빠지고 지쳐 감을 느꼈다.

용기와 양심 따윈 최소한 이 시대에는 아무 가치가 없는 어리석은 자의 사치품인가? 솔직히 말해서 나는 허탈상태에 빠지고 말았다. 가슴 속에서는 피가 식어버린 느낌이 들도록 싸늘한 기분을 일게 했다. 억지뿐인 사방을 둘러보면서 사람의 양심이 어디에 필요한 것인지 알 수가 없었다.

말 못하는 사연들이 가슴에 쌓여서 답답했다. 나는 내 자신을 위해 이럴 때 필요한 말을 찾기 시작했다. 동화 속의 이야기가 생각났다. 눈 두 개 가진 원숭이가 외눈 가진 원숭이 동네에 갔다가 병신 취급을 받았다는 이야기에 웃음이 나왔다. 세상이 재미있어졌다. 하루 종일 우리 속에 갇힌 돼지를 생각하면 내가 불평할 하등의 이유가 없었다. 파멸과 큰일이 금방 닥칠 것만 같았다.

이때부터 주위 사람들이 하는 흉내를 내기 위해 돈을 좀 쓰니 술과 엉뚱한 생각들이 모든 것을 잊어가게 했다. 일부러 자신을 타락시키기 위해 이런 생활을 되풀이하는 동안 나는 하루하루 주위가 희미해져 가는 것을 느꼈다. 점점 눈이 보이질 않았다. 이제 나는 세상을 다른 사람처럼 살게 되는가 생각했다. 눈은 더 희미해졌다.

불안한 마음이 생겼다. 내 발길은 병원으로 향했다. 안과 전문 의사가 진찰을 하더니 큰일 날 뻔했다고 겁을 주었다. 3일만 늦었어도 완전히 보이지 않았을 것이라며 조금이라도 술을 먹어서는 안 된다고 경고를 했다. '봉사가 되어서는 안 되지' 하는 마음 때문에 쉬지 않고 치료를 하였더니 시력은 회복되어 갔다.

술을 끊으니 멍청해지던 자신이 점점 생기를 되찾으며 소생해 갔다. 나는 비로소 내 삶 속에서 용기와 양심이 설 땅을 찾기 위해

상식이 사라진 거리를 헤맸다. 별의별 궁리를 해도 무슨 수를 찾을
수가 없었다. 시골 도둑놈들의 음모를 사회에 고발하기 위해 진정
서를 쓰기 시작하였다. 무고죄는 엄벌에 처한다고 매스컴에서 자
주 떠들어 대니까 사실을 쓰는데도 손이 떨렸다.

　얼마 후 높은 분한테서 회신이 왔다. 자주 주위에서 들은 이야길
생각하며 이제는 어떤 기대도 하지 않았다. 몇 번이나 술 때문에 욕
을 당하고도 또 술을 들며 견딜 수 없는 순간들을 이기려고 노력
했다.

　최종적인 진정서의 회신을 받아보고 고함을 쳤다.

　도둑놈들이 나라 망친다고 하는 생각뿐이다. 관이 개입한 곳에
서는 언제나 주위에 좋지 못한 내음새가 났다. 진정서의 회신에는
계수 맞추기에 천재들이 법률 몇 개를 적어 보냈다. 기가 차고 가슴
에 피가 응어리지는 기분밖에 나지 않았다. 약속이 깨어져도 책임
을 지지 않는다는 말을 하는 자들이고 보니 더 시비한들 무슨 소용
이 있을까 싶었다. 나는 국회나 당국에 호소하기로 마음을 단단히
가졌다.

　우선에 정의를 버리지 않은 사람을 찾아 나의 이런 일에 후원자
를 구할 생각을 하였다. 그리고 내가 당하더라도 이 일을 묵과할 수
없다고 생각했다.

30. 절망과 축복

내 생각에는, 내가 찾기만 하면 내 주위에도 '우리 사회를 구해야겠다'는 생각을 가진 동지가 있을 줄로만 믿었다.

나는 그런 사람들을 찾아 길을 헤맸다. 하루하루 시간이 지나는 동안 내 마음은 외로움을 느꼈다. 마음에 안달이 생기고 가슴이 답답했다. 몇 년 동안 따라다니는 우환 때문에 집안의 가계가 어려워진 것을 알고 있으면서도 이제는 서울에 올라가서라도 일을 벌여야겠다는 생각 때문에 여비를 구해 오라고 아내보고 채근했다.

내 생각은 오직 옳지 못한 사람들로부터 이겨야 한다는 양심뿐이었다. 개인을 괴롭혀 사회에 불신을 만들고 국가를 기만하여 어려운 재정을 축내는 악질들을 사회에 고발하여야 한다는 사실만이 내 가슴에 불을 질렀던 것이다. 그래서 나는 아내의 충고 따윈 재수 없는 여자의 소리로 여기면서 서울에 올라갔다. 많은 사람들이 살고 있는 그곳에 가면 억울한 양심을 구해줄 사람이 있을 줄 믿었다.

그렇게 믿고 서울까지 올라갔는데도 이젠 내 계산에 완전히 착오가 생기기 시작했다. 알 만한 국회의원을 찾아가 보아도 사회의 정의나 국가의 현실에 대해서는 말대꾸조차도 하지 않았다. 답답한 김에 정당이란 곳을 찾아다녀도 나의 투쟁에 대해 말이나마 지원을 받아 보려고 했지만 당장 느낀 것은 모멸과 비웃음뿐이었다.

나와 절친했던 옛 동지들조차도 어찌된 일인지 이런 나를 피했고 또 억지로 출세를 한 자들은 더욱 상대조차 해주지 않으려고 했다. 정말 세상이 이럴 수가 있을까. 내 마음은 안타까움을 지나 미치려고 하였다. 만나는 사람마다 어떻게 된 영문인지 나를 타이르기만 하였고 답답한 세상일들은 외면하려고 했다.

나는 사람들의 꼴을 보고 기가 막혔다. 그 많은 서울 사람들도 이젠 앵무새가 되었다는 말인가. 감정을 느끼지 못하는 행동에 분노보다 웃음이 섞여 나왔다. 생각을 바꾸어 바라보니 무대 위에 펼쳐진 희극으로 보였다. 나는 지금까지 고집스런 자신이 우스워졌다.

이런 곳에 찾아와서 무엇을 기대했단 말인가. 내 몸속에서 느낄 수 있는 것은 죽음과 그 죽음보다 더 괴로운 마음뿐이었다.

장차 세상은 어떻게 되어갈 것인가. 도적을 보고도 잡지 못하는 사람들의 안타까운 마음을 생각했다. 그러한 속에서 내 마음은 점점 절망의 수렁 속으로 빠져 들어갔다. 나는 나의 그런 머릿속을 정리해 버렸다. 나의 기억을 죽이라는 소리가 들렸다. 쓸모없는 사람들을 잊어버리라는 것이었다. 당했던 일들을 씻어버려야 한다는 것이었다. 오늘부터 다시 인생의 첫 길을 시작해 보라는 소리가 들렸다.

나는 비로소 내 자신을 깨닫기 시작했다. 마음으로도 세상을 조금 이해할 것 같았다. 그리해서 나는 지금까지 나 자신을 얽어매었던 자만을 풀기 시작했다. 앞으로 세상을 살아가기가 더 고독하고 더 힘들어도 나는 이 땅에서 제2의 인생을 구해야 한다는 판단이 되살아났다. 바로 그 순간 가슴 속에서 다시 생명의 강한 불길이 머리로 향해 올라오고 있었다. 마음이 뜨거워지는 것을 느끼기 시작했다. 방바닥에 무릎을 꿇고 두 손을 모았다. 온몸에 전류가 흐르는 것처럼 몸이 떨리고 뜨거워졌다.

나는 이 순간 높은 곳을 향해 축원을 시작했다. '저는 적으로부터도 존경을 받도록 자신을 지켜나갈 것입니다.'

비로소 나는 남을 위해 내 자신이 걸어왔던 운명을 뒤돌아보며 인생기를 쓰기 시작하였다. 지나온 기억을 하나하나 더듬었다. 정신이 점점 맑아지고 손이 떨렸다. 미래의 젊은이를 위해 또 조국의 앞날을 생각하며 원고지에다 글을 적었다.

내 몸속에서는 두려움이 없어졌다. 대신 커다란 감동이 생겨났다. 그러니까 이상한 현상이 일어났다. 그때까지 지니고 있던 여러 가지 몸속의 질병들이 한 가지씩 사라져 버린 것이다. 누구라도 들으면 믿지 못할 일이 생기고 있었다.

극심했던 해소 기침이 멈추었고 붉은 코가 제 색깔을 내었다. 답답한 가슴 속의 병들이 나아 버렸다. 멀쩡하게 달라진 나를 보고 아내는 신기해했다. 내가 사실을 이야기하니 귀신이 붙은 거 아니냐고 중얼거렸다.

나는 다시 태어난 것이다. 내 가슴 속에서는 우렁찬 소리가 퍼졌다.

"비겁한 자신과 싸워라!"

지은이 이삼한

1942년 2월 21일(음) 경남 하동에서 화전민의 아들로 태어나 제대로 교육을 받지 못하고 독학으로 지식을 쌓았다.

홀어머니마저 여의고 극도의 가난과 멸시 속에서 자신을 추스르며 세상에 대한 안목과 경험을 쌓아 나갔으며, 사업에서도 성공을 거두었다.

나라와 민족에 대한 자신의 역할을 고민하면서 제8대, 제10대 국회의원 선거에 출마하였고, 대중당 부산시당 위원장을 역임하였다.

정치현실과 사업에서 좌절을 맛보고, 자신과 인간의 내면을 성찰하는 시간을 통해 1984년 12월 최고의 깨달음을 이루다.

1988년부터 아시아 전법 여행을 시작하여 인도, 티베트, 스리랑카 등을 방문하였고, 특히 태국에서는 제1왕사 프라이안 성본과 대담하기도 하였다.

1989년에 부산 달마원을 개원하여 정기법회를 시작하였으며, 1992년는 실상학회를 창립하였고, 1998년 잡지 「자연의 가르침」 창간호를 발행하였다.

1990년부터 옥스퍼드 등 유럽의 유명 대학에서 강연하였다.

2007년에는 칼텍공과대학, MIT공대, 프린스턴대학, 스탠포드대학, 뉴욕대학, 버클리대학, 예일대학, 하버드대학, 콜롬비아대학, NASA 등에서 기후변화 및 중력에 관한 강연을 하였다.

2008년 8월 12일 말레이시아 쿠알라룸프르에서 별세하였다.

외로운 투쟁

초판 1쇄 인쇄 2023년 9월 5일 | **초판 1쇄 발행** 2023년 9월 12일
지은이 이삼한 | 펴낸이 김시열
펴낸곳 도서출판 자유문고

　　　(02832) 서울시 성북구 동소문로 67-1 성심빌딩 3층

　　　전화 (02) 2637-8988 | 팩스 (02) 2676-9759

ISBN 978-89-7030-172-3 03810　값 20,000원

http://cafe.daum.net/jayumungo